ハケンアニメ！

辻村深月

マガジンハウス

ハケンアニメ！／目次

装画　ＣＬＡＭＰ
装幀　芥陽子

第一章　王子と猛獣使い

どうして、アニメ業界に入ったんですか。

という質問をされる時がある。

さあ、どうしてでしょうね、と、首を傾《かし》げる。アニメが好きだからですよ、と答えることもある。

もう少し熱く、答える時もある。

大好きだったからです。昔から。アニメが、キャラが、あの声優が、あの作画が、設定が、監督が、音楽が、主題歌が、世界観の、それこそ、すべてが。

画面の中に流れる、音と絵の連動。主人公の表情、コスチューム、セリフ、圧倒的な視覚で、〝魅せる〟ということ。

なんだこれ、と思った作品がいくつもある。

衝撃の中味が説明できないくらい、全身が痺《しび》れたようになって、あわてて、その週から録画ボタンを押したような経験が何回もある。やばい。なんだこれ、なんだ、これ、なんだ、これ。

――かっこいい。

そんな経験をくり返ししたのが、今の勤務先である中堅アニメ会社・スタジオえっじに就職するなんてまだ思いもしなかった、十代の頃。

制作進行やプロデューサーという肩書きがつき、アニメの世界に内部から関わるようになってからは、その憧れは幾分、職業的なものにかわった。もともとファンだったから、現場ではしゃぐ時もある。目が肥えた分、違いもわかるようになって、「この作画のここがたまらん！」と、細かく騒げるポイントも増えた。

だけど、そんなのは所詮、全部が頭で考えた萌えポイントだ。

初期衝動の「かっこいい」の衝撃は、仕事にしてしまった者の悲しい宿命としてもう消え失せている。

そう、思っていた。

大学を卒業し、就職して五年目、二十七歳の時に、『ヨスガ』を観るまでは。

ヨスガ。正式名『光のヨスガ』。

後に、「あのヨスガを撮った」という枕言葉で呼ばれることになる、アニメ監督・王子《おうじ》千晴《ちはる》の初監督作品だ。

超大手のアニメーション会社・トウケイ動画の若手監督だった王子は、この一作で、日本の地上波アニメの歴史を十年進めた、と言われている。

この時、王子は弱冠二十四歳。

女性のようなきらびやかな名前は、一見すると芸名か筆名のようだが本名だ。（ちなみに、そのことに触れたアニメ誌の記者が、彼から「俺がカミーユだったら殴られてますよ、バーイZガンダム」と言われ、不興を買って帰されている）

有科香屋子《ありしなかやこ》も、『ヨスガ』を観た一人だ。

というか、この業界にいる以上、あの時に彼のこれを観ないなんていう選択肢はありえなかった。

なんだこれ、という例の瞬間に襲われる。

驚いた。自分の中に、まだこんな気持ちが残っていたことに。もう十代ではないのに、気持ちが画面の中に引き込まれていく。一番心が柔らかな少女時代に観たアニメの影響を、新たなものが塗り替えることなんて、絶対にないと思っていた。

気持ちが十分に言語化できない、影響を受けやすい時期に問答無用に観たもの、読んだもの、聴いたものとの巡り会いは一生の財産で、その貯蓄をもとに、香屋子はこれまで仕事をしてきた。好きなものに詳しくなることで、感動は言語化できる頭でっかちなものになり、無条件に〝いい〟と思えることは減った。

香屋子はもう子どもではなく、わからないからこそ神秘的で魅力的だった世界の輪郭を獲得してしまった。専門用語に通じ、技術にさえ詳しくなってしまった以上、それは仕事だから当然だ。誰かのファンになったとしても、それは仕事相手への「尊敬」だという側面が強い。

再び、誰かのものに、こんなに恋い焦がれるように「憧れ」るなんて。

『ヨスガ』を観ながら、おもしろい、と思っていることに、後から気づいた。感情に名前が追いつかなかった。

自覚したら、寒気が襲ってきた。今この瞬間、大好きなものを見つけて、これを他の人も観ていることに、たった今観たばかりだというのに嫉妬が生まれる。私がこれを見つけたのだと、自分だけのものに、したくなる。

王子千晴、という名前を覚えた。

自分の三歳年下の若き天才。同世代の、自分と同じアニメやマンガ、小説やゲームを糧にして、同じものを観て育ったクリエイターだということが細部から伝わる。それが、今の子にも古びることなく斬新に映るのだということを、彼が今、作品を通じて全力で証明している。

それは、香屋子の時代の空気を吸った、香屋子のための物語だった。

自分以外の他の誰にも、自分以上にこれを理解して欲しくない。業界内部の人間として別の作品をまさに進行中だったにもかかわらず、その時は『ヨスガ』を通じて、本来〝お客様〟であるはずのアニメファン——他の視聴者たちに嫉妬さえしたのだ。お前らに、これがわかってたまるか、と。

その瞬間から、有科香屋子の中で、アニメ業界に入った理由はかわった。誰に訊《き》かれても、もう今後は本当のことを明かすつもりはなかった。

それでも、もし訊かれることがあれば、心の中では揺るぎなく、こう答えるだろう。

どうして、アニメ業界に入ったんですか。

ええ、それは、きっと、いつか王子千晴と仕事をするためです。

——そう思いでもしなければ、もうやっていられない。

くり返し、思い出をあたためるようにして、香屋子は自分に言い聞かす。私は、王子千晴と仕事する。それは、とてもとても、望んでいたはずのことなのだと。

||||

「春のハケンはこれで決まりですね」

打ち合わせを終え、見晴らしのいい窓の外を見ながら、「いただきます」とユニマットの紅茶を一口飲んだ時だった。

え、と顔を上げると、逢里《おうさと》が微笑《ほほえ》んでいる。「さすがです」と言われて、上の空だったことを反省しながら、つい反射的に「ありがとうございます」と声が出てしまった。

ハケン、というのが何を意味するのかわからなかったが、それにより訊き返すタイミングを逸した。ハケン。漢字で書くと、派遣、だろうか。香屋子が考えているうちに、逢里が手元の資料をめくる。

「『運命戦線リデルライト』はまだ仮タイトルなんですか？」

いきなりの問いかけに、飲んでいたカップを持つ手が動揺して止まった。

しかし、パワーポイントを印刷したＡ４資料をめくる逢里に他意はない様子だ。香屋子を見るでもなく、資料の中のキャラクター原案に目を落としている。

「あ、やっぱり、ジュウリのこの衣装、いいですね。この髪型、挑み甲斐があるなぁ」とすぐに続けるのを聞いて、香屋子もカップを下に置き「ええ」と素知らぬ顔をする。

逢里の手にある資料の表紙に書かれた作品タイトル、『運命戦線リデルライト』の横には、小さな文字でまだ「(仮)」と入ったままだ。そして、逢里の言うジュウリは、このアニメの主人公、十和田《とわだ》充莉《じゅうり》のことだ。

香屋子は微笑みながら答えた。

「それではほぼ確定なんですが、資料から抜き忘れてしまって。次に来る頃には、正式なタイトルとして決定のご報告ができると思います」

「そうですか。確か、アニマーケットの垣内《かきうち》さんが、もう少しインパクトのあるものにする予定だと言われていたみたいだから。うちの社長も、それこそ、『ヨスガ』みたいな、名前だけで意味もある略しができた方がいいんじゃないかと、前にお話ししていましたよね」

名実ともに業界のナンバーワンを誇るフィギュア会社、ブルー・オープン・トイ(略して、ブルト)の企画部長である逢里は、自身で原型も手がけるというフィギュア愛の人だ。アニメやゲーム業界もそうだが、フィギュア業界は近年急激に勢いが出てきたせいか、見た目にも世代的にも若い人が多い。部長といっても、逢里はまだ二十九歳。わざと長く流したおしゃれ七三の髪と黒縁の眼鏡は現実感がなく、八〇年代のイギリスのロック歌手のようで、この恰好ができるのは相当自分に自信がある証拠だな、と香屋子は思う。

実際、人気があって、香屋子のスタジオにもファンがいる。ブルトへの打ち合わせを担当した女子はみんな、眼鏡美形いいですよね、と目をきらきらさせて帰ってくる。

柔らかい物腰で、仕事ができて、しかも自身も現場に立つくらいのフィギュア好き。「うちの人気原型師たちに比べたら、僕のは素人の趣味みたいなもんですよ」と前に言っていたが、言葉と裏腹に彼の原型はそこそこ評判もいい。

企画の外交マンとしても優秀で、打ち合わせ時に、言いにくい話をさらりと「そろそろお金の話をしますか」と切り出してくれるさりげなさは、そつなくスマートだ。

人気が高いのはよくわかる。

アニメもフィギュアも、男も女も、この業界周りで働く人たちは、皆、総じて〝愛〟に弱いのだ。自分のやっていることに誇りをもっています、これが好きです、というのを見せられてしまうと、簡単にたらされてしまう。

そうやって盛り上げて決めた話の後で、結果、愛だけじゃどうにもならないお金の問題が発生して揉めたり、地味な作業に地獄のように追われることになっても、一瞬燃え上がった愛の思い出が、その過程をあたためてくれることは多い。後悔も絶望もするが、それでも慰めにはなる。

「タイトルの件も含め、社長さんにも、いずれ、またご挨拶に伺います。——その時は、王子も一緒に」

「あ、ぜひともよろしくお願いします。楽しみだな。第一話はいつ頃の完成予定ですか?」

「まだ未定ですが、今、三話までは進めているので、そこまではお目にかけられる日も近いと思います」

「そうですか」

逢里は鋭い男だが、何かに勘づいている様子はとりあえずない。嘘を言っているわけではないのだ、と香屋子も、念じるように思う。飲んでいる紅茶は、さっきから味がしなくなっていた。

勢いのあるブルトは、ここ数年でアニメタイトルの製作委員会に名を連ねることが増えた。香屋子がメインでプロデューサーを務める『運命戦線リデルライト(仮)』にも、最初の企画段階から参加している。——つまりは、お金を出している。

「発表、来週末ですよね。きっと大騒ぎになるんだろうなぁ。何しろ、王子さんの十年ぶりの新作だから」

「九年です」

空気を薄く吸い込んで、香屋子は微笑んだ。

「そこのところを厳密にしないと、王子、へそを曲げてしまうので」

「あ、すいません。でも、そういうところまで含めて、王子さんは本当にキャラを裏切りませんよね。作品もだけど、本人もそれに負けないくらいおもしろい。王子って名前もそうだし、なにしろあのルックスでしょう」

ルックスはあなたもかなりでしょうけど、と思いながら、香屋子は「ええ」と頷《うなず》いた。気を紛らわすために傾けたカップには、もう中味が残っていなかった。

王子は、一時期、〝アニメ界の星の王子様〟と呼ばれていたのだ。

星の、とついているのは、別にサン＝テグジュペリに関係しているわけでも、それが彼の撮ったアニメのモチーフだったからというわけでもなく、単に揶揄《やゆ》だろう。イケメン監督、とも呼ばれた。

実際、香屋子も初めて彼の写真を見た時には驚いたのだ。世間で言われるイケメン○○は、その業界にしてみれば……という程度のことが多いが、王子は違った。テレビや雑誌で他の俳優と並んでいても容姿が見劣りしない。『ヨスガ』が人気になった当時は、アニメ誌やサブカル誌が彼を表紙に据えたこともあったが、それすら書店で違和感なく棚に溶け込んでいた。

「『ヨスガ』は好きだが、監督がイケメンな必要ってあれ、あんのか」

「あの監督が出過ぎなのが気にくわないので、『ヨスガ』はスルー」

ファンからも、そんなやっかみめいた声があったくらいだ。彼の『ヨスガ』に心底参っていた香屋子も、それには少々同意見というか、もったいないな、と思った。作品があれだけ確かなのに、監督本人のルックスなんていうつまらない理由で反感を買う。容姿を武器に熱狂的なファンは確かに生まれるだろうけど、アンチを作るリスクを考えたら得策じゃない。アニメ誌を始め、マスコミも珍しがって取材に行くし、宣伝になるなら、と製作サイドもそれも受けるのだろうけど、これなら普通の容姿をしていた方がよかったかもしれない。

同じ業界にいるプロデューサーとしての目線からそう思ったのだが、香屋子自身、我ながら自分が結構ストイックな性格をしていることに驚いた。イケメン監督本人のファンになる女性も多い中、自分がときめくのはあくまでも彼の作品についてだけなのだ。あるいは、イケメンはイケメンだけど、彼の容姿が単に香屋子の好みとは違ったためか。

実際の王子千晴をその頃見かける機会があって、少しばかりショックだったから覚えている。身長百七十近い香屋子に対し、王子の身長は多分、百六十少し。きれいに整った顔や、ふわふわの髪が少年のようだと思っていたが、本当に、誇張なく小生意気な少年そのものという印象だった。

――『ヨスガ』から、九年。

王子はその後、トウケイ動画を辞め、いくつかのスタジオを転々としながらフリーになり、その過程でさまざまな作品の助監督や演出を手がけた。それらを一つ一つ話題作として世間に送り出しながらも、彼自身のメイン作品を長らく作らずにきた。

王子千晴が得意とするジャンルは、『ヨスガ』もそうであったような所謂《いわゆる》「魔法少女もの」だ。十代の少女が超常的な力を手に入れることで、変身し、敵と戦うことをメインにストーリーが進む。魔法少女ものの歴史は古く、わかりやすく人気のポイントが設定しやすいということで、もともとはずれが少ないと言われるジャンルだ。子どものファンがキャラクターの人形や武器のステッキを欲しがり、大人たちもまたフィギュアやグッズを求める。商業的にも成功しやすい。

王子の魔法少女ものの特徴は、それが、子どもよりは圧倒的に大人の方を向いていた、ということだ。その意味では、子ども向けの魔法少女ものの殻をかぶった、かなりシビアな内容だった。残酷なシーンもベッドシーンも、わかりやすい形ではないが、ぼかしながらもちゃんとある。十代の痛々しいまでの少女性を浮き彫りにした、と絶賛された。

〝萌え〟をメインに語られる魔法少女ものでは異例なことに、その支持層の大半は、子どもでも男性でもなく大人の女性で、そんなところも評価が高かったし、何より、それを描いた王子が男性であるという点にも注目が集まった。

『運命戦線リデルライト（仮）』は、そんな彼の九年ぶりとなる待望の新作だ。

しかも、ジャンルは、彼が得意とする魔法少女もの。主人公充莉が、自らの魂の力で乗るバイクを変形させて闘う。見せ場のバトルシーンは毎回レースだ。バイクのメカデザインには実際のバイクメーカー、ＨＩＴＡＮＯのデザイナーを迎えている。

「リデルライト」とは、少女たちが駆るバイクの総称。

スタジオえっじの、ここ数年で一番のプロジェクトだ。

今日まで注意深く詳細を伏せてきた。来週末、ニコニコ動画の生中継で、王子の記者会見とともに初めてタイトルが発表される予定になっている。

「だけど今日はどうしたんですか。有科さんが来るなんて」

逢里に言われて、はっと背筋が伸びる。「え？」と振り返ると、「いつもは大宮《おおみや》さんとの間でだいたい話が済むから」と笑った。その後で、微《かす》かに表情を曇らせる。

「ひょっとして、フィギュア周りのことで、王子さんが何か気にされてたりします？」

「あ、いえ、そういうことではなくて、たまたま近くに来る用事があったので」

アニメのプロデューサーは、同じタイトルに複数いるのが普通だ。

香屋子の属するアニメ制作会社はあくまでアニメを作るだけで、リリースまではしない。言ってみればレコード会社の所属アーティストのようなものだ。アーティストが作った作品を実際に放映し、販売するのはパッケージ会社の役割で、えっじの場合は、それは業界大手のアニマーケットだ。

アニメはお金と、人の手が膨大にかかる。一つのアニメの制作に、スタジオえっじの香屋子を始め、アニマーケットやテレビ局からも人が入り、今動いているプロデューサーは全部で四人。さらにその下に、各会社のアシスタントプロデューサーや企画進行と呼ばれる人たちがつく。

役割もまちまちで、予算を見る者、原作者やクライアントのフォローにまわる者、香屋子のように監督始めスタッフとの実際のアニメ制作に寄り添う者、とさまざまだ。

ブルトにとっては、香屋子は完全にアニメ制作側――監督の王子担当というイメージなのだろう。

生きた心地がしない思いで「あと、王子は」と苦しい言葉を続ける。

「ブルトさんの作品がとても好きなので、今の進行の少しは励みになればと思って状況を伺いにきました。原型師も、鞠野《まりの》さんがご自分からぜひと言ってくださったと聞いて、とても喜んでいたので」

「鞠野、超はりきってますよ。監督が王子さんで、キャラデザがginさんで、それでやらせてもらえないんだったら意味わかんないって言ってました」

鞠野は人気原型師で、フィギュアを担当してもらいたいアニメ関係者からの予約で、仕事は何年も先までびっしりといっぱいだと聞く。そこに割り込ませるような形で、王子のためなら、と引き受けてくれた。

フィギュアの企画はアニメの企画が立ち上がってすぐから打診して、アニメの放映開始の半年前から原型を作る。今は、まさにその最中だろう。

「王子に伝えます」と微笑み、「お忙しい中ありがとうございました」と頭を下げる。

会議室を出て、入り口まで戻る時、社内の様子がざっと見渡せた。

ブルー・オープン・トイは、観光名所としても名高い池袋の商業ビルの三十七、三十八階を社として構えている。周囲を見晴らしのいい窓に囲まれ、社員がずらっと手元にフィギュアを置いて居並ぶ様は壮観だ。

机一つ一つの上に、アニメやゲームのキャラクターを象《かたど》った精巧なフィギュアがさまざまなポーズで飾られている。その様子を見るだけで、今のアニメ業界で何が一番勢いがあるのかがわかる。各自がどれだけ愛着を持った作品やキャラクターであっても、日々革新する技術のために、古いキャラクターはテーブルの上で代替わりして消える運命にあるからだ。

香屋子がプロデューサーとしてついた作品のフィギュアは、まだいくつか飾られているが、『ヨスガ』のものは一つもなかった。

ドアを出て、「では」と視線を上げる。がんばって微笑み、ブルトのドアに背を向ける。

と、逢里から呼び止められた。

「有科さん。ちょっと待ってください」

瞬間、ぎくりと首筋が緊張し、おそるおそる、息を詰めるようにして首を後ろに向ける。逢里が奥に消え、少しして「これ」と一つの箱を持ってきた。見て、こんな時なのに、心がわあっと浮き立った。香屋子が前に担当したアニメのキャラクターの、〝みにみぽいど〟と呼ばれる二頭身バージョンのフィギュアだ。

「ミーレじゃないですか」

「この間お会いした時に、ミーレお好きだったたって言ってたから。たまたま見つけたんで、よかったら。ひょっとしてお持ちですか？」

「いいえ、ありがとうございます。まさかまだこちらに在庫があるなんて思わなかった」

「本社の方にはないですけど、倉庫だったらたいていのものはとってあります。他にも欲しいのがあったら言ってください。探します」

誠実そうな目にまっすぐに覗き込まれると、言葉が出なかった。小さな息を一つ呑み込んで、「逢里さん、いい人ですね」と、ようやく言った。

逢里が、「お互いさまですよ」と微笑んだ。

「この仕事をしてるとよく思います。ここは悪い人がいない業界だって。アニメ業界もそうですよね」

「悪い人がいない？」

「あ、偽善的な意味で言ってるわけじゃないんです。もっと必然的な意味で。お互い狭い業界だから、すぐに噂になるでしょう？　いい加減な仕事をした人のことはあっという間に広まって、仕事がしにくくなる」

「ああ」

それならば、よくわかった。アニメスタッフはスタジオを渡り歩くフリーランスが多いが、それでも噂になれば、誰もその人には仕事を振らなくなる。——技術の問題だけじゃなしに、どこそこの作画監督が自分の下の女性アニメーターに手を出した、なんていうきわどい話だってすぐに広まる。

「じゃあ、このミーレフィギュアも何か裏があってのものですか？　ブルトさん、うちに何かお願いごとがあるとか」

「やだな、そんなわけないじゃないですか」

逢里はこれにもまた穏やかに、首を振って応じた。

「たいしたものじゃないし、これは単純に、いつものお礼ですよ。では、また」

今度こそ手を振って、彼が頭を下げる。香屋子が自動ドアを抜けるまでそうしているつもりなんだろうと思ったら、ふいに胸が痛んだ。あわてて外に出て、ドアが閉まったのを確認してから、ゆっくりと顔を上げる。逢里の姿が見えなくなって、ほっとして、誰もいない廊下の壁に背中をつけた途端、足先に入った力が、真夏に出しっぱなしにしたチョコレートのようにどろどろと溶け、崩れていった。

天井を振り仰いで、大きく息を吸う。

手の中の、もらったばかりのかわいいフィギュアが、とんでもなく重かった。唇を嚙《か》んで、やってくる衝動に耐える。申し訳なさでいっぱいになる。

――王子が消えたことを、今日も、言えなかった。

頭がずきずきと痛んだ。携帯電話を取りだして着信を確認するも、メールも電話もなし。連絡は入ってこない。彼が制作途中のアニメを放り出して、今日でもう一週間になる。なってしまう。

立ち上がり、前を向く。もらったフィギュアを鞄にしまい、会社に戻るまでの間に、どこかのトイレに入って、二分だけ泣こう、と心に決める。

|||||

「大きい女の人だね、有科さんて」

初回のお願いに上がった打ち合わせの席で、王子は、出し抜けにそう言った。

「え」と驚いて顔を見返すと、ふざけ調子に「俺のことチビだって思ったでしょ」と言われて、さらに面食らう。

「いえ、そんな……」

「モデルみたいだね」

「いやいや。本当、うん。プラモデルみたい。日向で溶けないように気をつけるんだよ」

へ？　と目を見開き、からかわれたのだとわかるまでに時間がかかる。

実際、モデルみたい、という言葉はその頃よく言われていた。長身で、髪が長くて、いっつもきれいにしてていいですね、と修羅場中の現場で嫌みのように言われたこともある。化粧なんて、もともとの顔立ちがある程度はっきりしてるせいで、すっぴんになってもそうと気づかれないだけだし、洋服だって、確かに好きなものを買って着ているけど、家に帰れなければ何日だって皺《しわ》だらけの同じスカートをはいている。会社で二時間しか寝てない時だって山ほどあるのに。だいたい、背が高いことがコンプレックスな女が世の中にたくさんいることくらい気づけ、鈍感。

怒りがふつふつと沸いてきた。今日は特に理不尽なことを言われた気持ちになる。きれいにしてきて、当然じゃないか。あんた、王子千晴なんだから。私の憧れの人なんだから。

「年、いくつ」

むっとしたが、問われるままに答えた。

「三十五ですけど」

「俺の三つ上かぁ。俺が小六の時、中二？　中三？　大人だなぁ」

どこまで本気で身を入れて話しているのか、わからなくて途方に暮れる。『光のヨスガ』についての話をしていたはずだった。あのアニメのどこが好きか、どんなところが素晴らしいと思ったのか。

あのアニメの衝撃から何年も経ってから、直接あれを作った本人に話ができているのだと思ったら緊張して、何度も声が詰まりそうになった。けれど、さっきから王子は「ふうん」とか「そうなんだ」とかつまらなそうに相づちを打つだけで、そんな香屋子の感想を端《はな》からつぶしてしまう。弾まないことがわかっているボールを、それでも打ち続ける苦行を強いられているようだった。彼には賛辞を受け止めるつもりが、一切なさそうだ。

愛を武器に、それを主張して相手を口説き、口説かれてきた香屋子にとって、褒めさせてもらえない、というのはつらい状況だった。他の雑談にはものすごく饒舌《じょうぜつ》なのに、王子は、こと自分の作品の話になると、途端にこちらを試すような顔つきになる。目さえ合わさず、感情のスイッチを切る。

感想を伝えれば伝えただけ、自分がその他大勢のファンといっしょになって、あの時の衝撃を説明する言葉が遠くなっていく。あんなに好きなのに、特別に、大好きになったのに。伝わらず、もどかしく、自分の頭の悪さを空回りしながらひたすら自覚するような時間が流れた。口説ける言葉が尽きたところで、王子に言った。

「あなたと仕事がしたいんです」と。

王子はそう聞いても、しばらくぼんやりと何もない机の上を見ていた。気怠《けだる》げに肘をつき、言葉さえ発しなかった。

心臓が痛かった。もしダメだと断られても、くり返し、何度もしつこく頼み込むつもりだった。沈黙が、一分、二分、それかもう少しあったろうか。やがて、王子が口を開き、放った言葉だった。

「大きい女の人だね、有科さんて」

肩透かしを食らった思いで、口をぽかんと開け、次に、これはきっと断られる、と覚悟した。

王子の目は灰色に染まって、その時、ほとんど無表情だった。


思えば、最初から兆候はあったのだ。

香屋子は痛む胃を抱えて、スタジオえっじの受付をすり抜ける。小さいながらに三年前にようやくセキュリティー環境を整えた会社の入り口に社員証をかざし、中に入る。香屋子の机がある二階の企画部に行く途中で、アニメーターたちが作業するフロアを横切る。

社内は、いつもたいてい静かだ。

アニメは集団で作るものだが、基本的には、それぞれの地道な作業の積み重ねによって成るメディアだ。打ち合わせや簡単なやり取り、世間話のような会話もあることはあるが、作業中の私語はごく少ない。各自がデスクに座って、黙々と自分の作業に没頭する。ヘッドフォンやイヤフォンを嵌《は》めて、完全に自分の世界に入り込むアニメーターも多い。

一階フロアは物音がほとんどしないけれど、何人も人がいるという気配だけが常に充満している。ビル内は、昼間でも、常に建物のどこかに深夜を抱えているかのようだ。

原画と動画、仕上げ、撮影と分かれた部屋の前を通ると、ドアが開いて、一人の男が顔を出した。ぶつかりそうになって、咄嗟《とっさ》に「あ、ごめんなさい」と声が出る。顔を上げ、そして、内心で小さく息を呑んだ。

原画アニメーターの迫水《さこみず》だった。猫背の体躯《たいく》に、構ったところがなさそうなボサボサの髪。今どきそれはないだろうと思うような、牛乳瓶の底みたいな厚さの眼鏡は、中学校の頃最初に作ったものを、ずっとレンズの度数だけ上げてきた、と前に言っていた。痩せた身体を包むように着た、えっじ制作のアニメキャラが印刷されたTシャツは、サイズが大きいのか、肩がだいぶ余って、逆に服の方に着られているような印象だ。多分、自分で買ったのではなくて、会社で誰かにもらったのだろう。

香屋子が気づいたのと同時に、彼も香屋子に気づいた。こちらに向けた顔を、目を合わせないままふいっと逸らし、露骨に無視する。どこかに行くために出てきたはずなのに、再び、部屋の中に戻ってしまおうとする。

「お疲れさまです」

ここで気まずくなってはならないと、虚勢のように張った声にも、返事はなかった。怒ったような音を立てて、香屋子の前でドアが再び、バタン、と閉じた。

苛立《いらだ》ちなのか、むなしさなのか。入り交じった感情が胸を衝《つ》く。眼鏡、戻したんだ、と一瞬の後に気づいてしまうと、今度は悲しみが仄《ほの》かにこみ上げて、息苦しくなる。弱っている、と自覚する。

――レンズの薄いものや、フレームがかっこいいものがいくらもある。

彼に、眼鏡の買い換えを進言し、イメージチェンジを勧めたのは香屋子だった。そして、新しい眼鏡をかけた迫水を、周囲のアニメーターたちは皆「迫水さんって、印象だいぶ変わる」と褒めていた。迫水本人も、「そうですか」と笑って応えていたのに。

気にしない、と決めたはずだった。

働いていれば、こんなトラブルはいくつもある。無視くらい、どうってことない。

大丈夫、あと一ヵ月か、半年もすれば、こんなことは何でもなくなる。

強引に気持ちを切り替え、階段を上る。


一階の静けさが、二階に入ると、途端になくなる。

うるさく、慌ただしく人が動く気配が濃厚になる。絶えず話し声がどこかでしていて、「はい、えっじです」「その件はですね」と電話応対のやりとりも聞こえる。怒鳴り声も、日常茶飯事だ。

この二階を事務方のフロア、と前に言った時、一人のアニメーターから「どっちが事務作業ですか」と苦笑されたことがある。「明日までに二十枚っすよ」と赤く充血した目で睨まれた。

「戻りました」

椅子にバッグを置き、一言告げる。気遣うような視線が、控えめにこちらを見るのがわかった。

一週間前からの王子の失踪は、すでに同僚たちの間でも何人かが話題にし始めている。公に知っているのは社長と、『運命戦線リデルライト（仮）』に直接関わるプロデューサーなどスタッフ数人だけで、原画や動画を手がけるアニメーターたちにさえ、動揺を与えたくないという理由から、まだ話していない。

だが、同じ釜の飯を食うようにして小さな会社で働くのだ。秘密なんて、いつまで持ちこたえられるかわからない。

「有科さん。社長が、戻ったら来てくれって」

席につこうとしてすぐ、背後から『リデル（仮）』で制作進行を務める川島《かわしま》に言われた。香屋子は監督と一緒に作品タイトル全体の流れをみるが、その下には一話三十分の枠をそれぞれ受け持つスタッフがいる。制作進行は、いわば各話ごとのプロデューサーだ。

彼が困ったような表情を浮かべながら、小声で「連絡ありました？」と尋ねてくる。わかりきったこと訊くなよ、という思いで「あるわけない」と答える。八つ当たりのような口調になってしまったかも、と反省して、もう一言追加する。

「もしそうだったら、とっくにみんなに言って祝杯上げてる。祭りだよ、祭り」

「ですよね」

「――ごめんね」

謝ってしまうと、川島がびっくりしたようにあわてて首を振った。

「別に有科さんのせいじゃないじゃないスか」

「……ありがとう」

答えながら、社長室に向けて歩いていく。背後にまだみんなの視線を感じながら、それでもやはり、私のせいなのだと思ってしまう。

社長室、と言っても名ばかりの、フロアを強引にパーティションで個室の形に仕切っただけの一角を、コンコン、と二度ノックして、中に入る。

「おかえり」と鋭い声で、江藤《えとう》社長が迎えた。

仕事中に食べるのはよくないですよ、と何度も注意しているのに、入った瞬間に、スナック菓子の匂いがふっと鼻をつく。見れば、机の上には、ポテトチップスのコンソメ味。

今年四十五歳になる江藤社長は、自身も現場で長らく数々のアニメ制作に携わってきた人だ。香屋子と同じ制作進行からプロデューサーに進み、三十代でスタジオえっじを立ち上げた。

若い頃は、いかにも繊細な文学少年という風体だったそうだが、今ではそんな面影はまるでない。本人曰《いわ》く「ストレスが多い仕事だから仕方ない」そうだが、今は若い頃と比べて体重はゆうに二倍以上。一度、えっじのアニメの出来がイマイチだとネットで叩かれた時に「社長が白豚な件について」というスレッドが掲示板サイトに立って、「ブタはないだろ。俺、顔立ち自体は割としゅっとしてるしさ」と不満そうに反論を口にしていた。

眠たそうにパソコン画面を見つめていた目が、入ってきた香屋子に向けられる。

「言えた？　反応どうだった？」

「それが……」

『リデル（仮）』の製作委員会に入っている各会社に、監督が変更になる可能性が出てきた旨を伝える。

おとといの会議で決まったことだった。

香屋子は、王子を待つべきだ、と最後まで反対した。

製作発表の記者会見までは、まだ一週間ある。王子だってそのことは承知しているはずで、それまでには戻るはずだ。それに、もし仮に王子が戻ってきた場合、彼の失踪をひとたび公《おおやけ》なものとして騒いでしまえば、王子は今後、本格的に「一度は逃げた」相手となって、クライアントともスポンサーとも信頼関係を崩したまま仕事を続行せざるをえなくなってしまう。

そう主張したが、通らなかった。

あまりに直前になってから伝えれば、そちらの方がはるかに信用問題になる、と至極もっともな結論が出た。香屋子にもそれはわかる。わかるが、いざ、王子の名前のもとに集まってくれた人たち、今も尽力してくれている人たちを前にしたら話ができなかった。

もう一月。春からの放映まで、あと三ヵ月を切っている。

その期間を通してテレビ放映するアニメを「シリーズアニメ」と言うが、シリーズ放映前のこの時期に監督が不在である、というのは通常では考えられない非常事態だ。

歯切れの悪い香屋子の口調に感じ取るものがあったのか、江藤が「ふーっ」と大きく息を吐いた。手元のコンソメに手を突っ込み、がさがさと中味を探る。

「有科さ、俺のこと、優しいとでも勘違いしてる?」

「いいえ」

誇張でなく、肩が震えそうになる。

そんなふうに思えるわけがなかった。浮き沈みの激しいこの業界で、うちのような中堅の会社を今日まで長く牽引《けんいん》してきた江藤の怖さは入社当時からよく知っている。

叱られるのはいつだって怖い。

監督とプロデューサーは、芸能人とそのマネージャーか、ある意味ではそれよりもずっと濃い関係をペアになって結ぶ。

監督が現場に来なければ始まらないことも多く、だから香屋子も、王子のことは仕事のみならず私生活だって管理してきた。何時に現場に入れて、何時に上がり、どれくらい寝てもらって、翌日は起床時間に家にお迎えに出向く。――今、洗濯してるからあと一時間待って、と言われて、洗濯機の音を聞きながら、部屋の前で一緒に待ったことだってある。（香屋子が代わりに洗濯する、という申し出は、「やめてよ、俺、年頃の男の子なんだから」と嫌そうに断られた）

彼が悩みに入れば昼も夜もなくそれに付き合い、深夜突然かかってくる電話にも四時間、五時間と応じた。王子は前評判通りの天才肌で、そしてわがままだった。彼が〝星の王子様〟と呼ばれた所以《ゆえん》だ。作品のためならとことん悩むし、それに人を付き合わせることとなんてなんとも思わない。大勢のスタッフと、膨大な作業を仕切る現場に立つアニメ監督たちには、多かれ少なかれそういう傾向があるが、王子は、香屋子がこれまで関わった監督の中でも群を抜いていた。

けれど、香屋子は楽しかった。彼の「いいものを作りたい」という気持ちは混じりけのない本物だと感じた。そのためなら、どれだけだって、彼に付き合ってもいい。

王子の管理は香屋子の仕事で、彼を現場に恙《つつが》なく入れることが、自分の義務だった。

一週間前、いつも通り彼のマンションに出向き、チャイムを鳴らしたが、王子は出てこなかった。おかしいな、と思いながらも、この時は「まだ寝てるのか、このやろう」くらいにしか思わなかった。家の電話を鳴らし、携帯を鳴らし、実際に部屋の前まで行って、ドアを何度も叩いて、蹴って——、だけど、応答が一切なかった。

その時初めて、嫌な予感がした。

王子が行きそうな場所、訪ねそうな知人に片っ端から連絡を取る。

彼の実家には、真っ先に電話をかけた。「あらー、うちの子がすいません。まったくあの子は、昔から嫌なことがあるたびに、すぐにへそを曲げて」とのんびりした声を聞かせる彼の母親をせかして、マンションの管理会社に連絡させ、鍵を開けてもらった。

王子の姿はなかった。

財布と携帯も一緒になくなっていた。部屋は仕事の資料が散らばったままで、置き手紙も、何もなかった。

携帯は、「電波の届かない場所にあるか、電源が入っていないためかかりません」の状態だった。電池が切れたのか、王子が自分で切ったのかはわからない。だけど、こちらに何の連絡もないまま、完全な音信不通になった。

逃げたのだ、と誰もが思った。

香屋子も、彼の姿のない部屋を見回し、ぽかんと口を開けながら、この事実をどう受け止めればよいのか、わからずにいた。

前日まで、王子は四話目以降の脚本が上がらないと、ずっと悩みに入っていた。

テレビで放映されるシリーズアニメには、シリーズ構成と呼ばれる脚本家がいることが多い。その人の組み上げた全話分のストーリー構成に沿って、その下に各話の脚本家がつき、彼らが実際のセリフまで入った脚本を書く。優秀なシリーズ構成がいれば、脚本は当然、全体を通じてブレの少ない芯の通ったものができてくる。

しかし、『リデル（仮）』の場合は、シリーズ構成の仕事もまた監督である王子の役目だった。各話の脚本家は、彼が提示する漠然としたヒントと流れを受けて、王子と何時間も打ち合わせをし、作業を進めなければならない。

そして王子は、それまでの制作過程で、組む予定だった脚本家を三人やめさせて、最後にはとうとう自分で書くと言い出していた。

——香屋子の目から見ても、苦し紛れの選択のように思えた。

シリーズアニメの場合、放映までにだいたい三話分があればよい、と一般的には言われる。

実際には、それだけではすぐに貯金がなくなって、すぐに自転車操業のように現場が苦しくなる。それが目に見えているから、なるべく早め早めにスタッフを確保して動いてもらう必要がある。シリーズアニメの単位は、だいたい三ヵ月、全十二話構成。アニメーターたちはチームに分かれて、それぞれの話数をローテーションで受け持っていく。

脚本や、画面のセル画や背景のもととなる絵コンテは、幸いなことに、三話分まではすでに出来上がっていた。

けれどそこから先がない。やめさせた脚本家との間で積み上げたものも物別れに終わって、完全に白紙に戻った状態だった。続きを作ろうにも、監督の許可なくば動けない。タイトルの横の「(仮)」だって、王子が戻ってこない限り取れないのだ。

監督への、完全なる監督不行き届きだった。そしてそれは、香屋子の仕事であり、責任だった。

真っ青な顔をして、最初に状況を説明した時、社長である江藤は怒らなかった。冷静に状況を確認しただけだ。いっそ怒鳴られたい気持ちだったけど、社長は香屋子を責めなかった。

――五日待つ、とだけ厳しい声で言われた。

進行中のアニメを残しての五日が、どれだけ王子に優しい気遣いだったかはわかっているつもりだった。そして、その期間がすぎて、おとといの会議で江藤が切り出した。監督を変更すべきであること。王子千晴を、このタイトルから外すこと。

「だいたい、お前が自分で説明に行くって言ったんだろ。俺や他の人間が行ってもよかったのに」

「はい」

社長に正面から見つめられるたび、この場から消えてしまいたくなる。

王子の管理は自分の仕事だった。説明に歩くなら自分でなければならないと思ったし、もっと言うなら、他の人間に行かせるくらいなら、いっそ自分が王子に引導を渡したいという気持ちだった。

王子がいなくなったのも香屋子の責任なら、最初にこの企画を立ち上げたのも香屋子だ。どんなものでもいいから王子千晴と一緒に仕事がしたい。彼が所属していた会社を辞め、フリーでいる今、動かない理由は何もなかった。周囲にどんなことを言われても、彼と作品を作りたいと熱望してきた。

監督を変更するとなれば、今から他にヒット作を出しているようなスター監督を迎えるのは状況的にも時間的にも無理だ。今いる助監督やアシスタントチーフの中から王子に代わる誰かの名前を表に出して進めるのが一番現実的だろう。「王子九年ぶりの新作」という目玉があったはずの来週の製作発表でのインパクトは薄くなるし、第一、わざわざ場を設けたというのに、記者たちにもとんだ肩透かしを食わせることになる。

二日前、会議で決まってから、何度も何度もブルトを始め各所に電話しようとして、そのたび、直接会って言った方がよい、と自分と周囲に言い訳して、そして、今日、香屋子はようやくブルトに出向いた——、はずだった。

社長がまた、静かに息を吐き出した。嫌みを込めてか、さっきより長い。

「俺は何も、王子さんが憎くて言ってるわけじゃないよ。正直、そんなことはどうでもいい。監督を代えるのは、作品を守るため。わかってるよね」

「……はい」

「あの人たちは簡単に作品を人質に取るからね。もうお前じゃなきゃ進められないだろってとこまで来てるのに、自分の意見が通らないと、平気で降りるって言い出したり。――今回は完全に王子さんの都合で失踪してるわけだから、申し訳ないけど、作品はこちらで取り上げさせてもらう。クオリティーだって落ちるしね」

それを言われたからこそ、香屋子も譲らざるを得なかった。

今はまだいい。けれど、監督の不在は確実に現場の士気を下げる。彼が失踪していることだって、いずれは明らかになってしまうだろう。

「来週までに戻ってくると本気で思ってるのか？」

「思っています」

信じている、戻ってくる、とくり返し言い続けたせいで、もうそれが自分の本心なのかどうかもわからなかった。ただ、私が信じなくてどうするのだ、という一念だ。

江藤が首を振る。

「仮に、だ。戻ってきたとして、これから大変だぞ。だいたい、最後に代えた脚本のチヨダさんは、王子さんたっての希望だったはずだ。前の二人がダメで、この人ならばと無理を言って連れてきて、それでもうまくいかなかった」

「はい」

それを言われると弱い。

「それだけじゃないが」と、社長が続ける。

「タイアップで主題歌をつけるのは嫌だとか、声優を代えたいとか、これまで、王子さんのこだわりとわがままで、現場、相当荒《すさ》んできてただろう？　今回の失踪は極めつきだが、ここまでが限界だよ。お前は熱心にやってきたんだろうけど、王子千晴は、やっぱり噂通りだったってことだ」

「……ブルトについては、私が、もう一度出直して話してきます。だけど、監督については、もう少し待ってください。王子を探します」

失礼します、と頭を下げる。

「待つのも結構だけど、業務はやれ」と、声が飛んでくる。

「監督は変更だ」

その声に応えられなかった。黙ったまま、部屋を出て行く。無意識に唇を噛んでいた。

王子が指名し、脚本に声をかけたチヨダ・コーキは、王子が昔から大ファンだというライトノベルの作家だった。

「尊敬してるし、あの人の言うことだったら文句言わない」と王子が言うのを聞いて、口説き、かけ合った。脚本なんて書いたことがない、と先方が恐縮するのを押して、

「まずは試しに」と三話目を書いてもらった。運がいいことに、チヨダも王子の『ヨスガ』を観ていて、「ファンでした」と言ってくれた。その上、王子がその後参加したアニメもすべて観ていると言う。両思い同士の結婚だと思ったのだが――。

香屋子は、今も、チヨダの版元である代々社の名を聞くと、申し訳ない気持ちでいっぱいになる。交渉の別れ際、チヨダの担当者である黒木《くろき》にたっぷりと嫌みを言われたことを思い出すだけで、冷や汗が出る。

チヨダ・コーキの書いた三話目は、素晴らしかった。正直、王子がオーダーした以上の出来だった。セリフの間合いはテンポよく、文章だけでまだ絵がないのに世界観が伝わる。場の空気が見えてくる。中でも、充莉とそのライバル、清良《きよら》のやり取りが抜群だった。

もらった、と思った。

間違いなく、『リデルライト（仮）』は成功する。作品の出来がいい上に、ただでさえ王子とチヨダの名前が並ぶのだ。話題にならないわけがなかった。

しかし、王子の一言がそんな場の空気を一瞬で凍りつかせたのだ。

「うーん、違うな」と。

「チヨダさんでもダメだね。作家性が強すぎて、僕の手に負えない」

香屋子の中で、何かが壊れた。

死ぬか？　と訊いた。

一度目は静かに。二度目は怒鳴った。死ぬか？　お前、死んだ方がいいんじゃないのか⁉

王子は「うーん」と首を捻《ひね》った後で、「だって無理だよ」と言ってのけた。

「やっぱりチヨダさんはすごい作家だね。これじゃ、絵なんて必要ないどころか、絵があったら邪魔になるくらいだ。――決めた、もう仕方がないよ。チヨダさんでもダメなんだから、これはもう、誰のものでも無理なんだ。僕が自分で書くよ」

チヨダ本人はその場にいなかったが、同席していた黒木の顔をまともに見られなかった。

やがてした「うちの大事なドル箱作家の貴重な時間を使ってこれですか」という声は、とんでもなく冷ややかだった。

「申し訳ありません」と、香屋子を始め、スタッフは皆、平謝りに謝った。その上で、王子を説得した。チヨダの脚本でいいじゃないか、彼の作家性に負けないように、一緒にがんばりましょうよ、と。

王子の反応はにべもなかった。「無理だ」と。

香屋子たちは必死に説得を続けた。だったらせめて、チヨダの三話目は脚本として非常に素晴らしいので、この回だけ、彼のこれを使わせてもらわないかと話す。何しろ、売れっ子作家を捕まえて書いてもらったのだ。

さすがの王子も、これには頷いた。

チヨダサイドに対しては、非常に図々しく、わがままな申し出だったろうと反省している。黒木は、眼鏡の奥の目を少しも和らげることなく「都合がよすぎませんか」と言った。脚本の提供は、その場で断られた。

針のむしろに座らされているような気分だった。

代々社とは、チヨダが参加することで、今後、作品が放映になってからはムックやノベライズの話も進めましょうというところまで交渉が進んでいた。それらの話は、結局、凍結したまま今日に至っている。

その後、宣言通り、チヨダに代わって三話目の脚本に取りかかり始めた王子は、その時点から早くも暗礁に乗り上げ、脚本は遅々として進まなかった。脚本がなければ、絵コンテの作業に入れない。絵コンテは、キャラクターの動きや背景、セリフが書き込まれたいわばアニメの設計図で、これをもとにアニメーターたちは作業に入る。

そのうえ、王子は絵が描けるアニメ監督ではない。王子の絵コンテは、丸にちょんちょんが入ったようなキャラクターと文字の指示が大半を占めるもので、彼があげたものに、絵が描けるスタッフたちが入念に打ち合わせをして肉付けしていくようなスタイルを取る分、時間がかかる。

このままではヤバいとスタッフが思い始めていたところに、黒木から連絡が入ったのだ。

チヨダの三話目の脚本を、まだ希望するなら使っても構わない。ただし、その場合、チヨダの名前は一切出さず、あくまで無関係とすること。

電話の向こうの黒木の声は苦々しげだった。

彼としては断りたかったのだろうが、本人に確認を取ったところ、チヨダから「使ってもらえるなんて嬉《うれ》しい」という、現場にとっては涙が出そうなほどありがたい申し出があったのだという。

「コーキが言うから仕方がないが、こんなことはこれっきりにしてください。だけど、いいですか。彼の経歴であるチヨダブランドに、あなたたちのこのアニメタイトルは並ばない。チヨダの名前は貸しません」

最後には、吐き捨てるように「王子さんによろしく」と電話を切られた。

脚本は、そんな、状況だった。

　　　　 |||||

東京テレモセンターは、四谷にある都内最大の録音スタジオだ。

大小合わせて七つのブースを構え、よほどのことがない限り、どこかの部屋が使える状態で空いている。そのため、急に進めざるを得なくなった仕事の駆け込み寺のように予約を取ることもあるし、切羽詰まった仕事を抱えた他の会社と鉢合わせするようなことも多い。何しろ狭い業界だから、知り合いの顔を見ることもしょっちゅうだった。

入り口にあるホワイトボードに目をやると、えつじの名前の他にもアニメ会社の名前が三つ。えつじが予約したものよりも大きな、スタジオAの横にある「トウケイ動画」の名前を見て、密かに「げ」と思う。どのタイトルの収録なのかわからないが、微かに嫌な予感がした。会いたくない知り合いの顔が二、三思い浮かぶ。

会わないことを祈りながら、顔を伏せてスタジオまで歩いていく。

『リデルライト（仮）』の音声収録は、今日で三回目だった。手土産の小分けバウムクーヘンを手に「おはようございます」と中に入る。

「おはよう」

音響監督の五條《ごじょう》がすでに来てカップのコーヒーを飲んでいた。白髪の交じるパサパサの髪を癖のようになでつけながら、細い目をさらに細くしてこちらを見る。他のスタッフもいるが、中にはまだどの声優の姿もない。確認して、ほっと息をつく。「よろしくお願いします」と頭を下げた。

五條はまだ四十代前半なはずだが、その優しげな雰囲気から、香屋子はまるで実家の祖父と話しているような気持ちになることがある。それぐらい落ち着き、いい意味で老成して見える。五條が微笑んだ。

「監督は今日も休み？」

「はい。ご迷惑おかけしますが、よろしくお願いします」

香屋子がこの業界で働いてみて知ったことの一つに、音響監督の存在がある。声優や音楽、文字通り作品の音響を監督する役職だ。現場や監督の個性にもよるだろうが、香屋子が初めて受け持ったタイトルで声優のアフレコに同行した際、てっきり作品の監督が仕切るのだろうと思っていたのに、演技や声量など、作品に関わる重要な部分の指示やダメ出しが、監督を差し置いて音響監督から直接出されるのに驚いた。監督もスタジオ入りするが、基本的にはその時は座って様子を見守るだけで、ほとんどすべてを音響監督にまかせていた。

音と声は、アニメでは特に大事な要素だ。

五條はベテランの音響監督で、以前は大手のトウケイ動画で録音として働き、その後音響監督として独立した人だ。録音の仕事は主に声や効果音の編集全般で、王子は『ヨスガ』の時に彼と組んでいた。王子にとっては「右も左もわからなかった俺にいろいろ教えてくれた」恩人なのだという。

企画の段階で、香屋子たちが提案した音響監督もいることはいたが、そういうことなら、と五條にお願いすることにした。王子はすべてにおいて我が強い。声優のオーディションの段階からよく口を出したし、収録でも音響監督にまかせっきりにするということはなく、自分で指示を出すタイプだった。

彼が五條を指名したのは、五條が、そんな王子のやり方に理解があるという点が大きかったようだ。キャリアが長くとも傲《おご》ったところが一切なく、柔軟に周りに合わせる。ようするに、王子は音声に関しても人に譲る気持ちがなかったということだ。王子のやり方に口出ししない、自分に馴れた音響監督を選んだ。

今回の『リデル（仮）』は、言うまでもなく王子の監督ありきの企画だ。立ち上げから今日までで、香屋子たちが提案したスタッフは音響監督や脚本を始め、ほとんどが王子色に塗り替えられ、変更になった。

そして、王子が自分でやると意気込んでいたはずの音声収録を、今、現実には五條が監督している。

皮肉な話だが、五條はさすがにベテランだけあって、王子がいた頃は調整役に徹していたものの、実力は確かだった。王子がいなくなって最初の収録を先日無事に終え、声優たちに的確な演技の指導をするのを聞いて、香屋子もほっとしていた。

王子の失踪を、五條ももちろん知っている。二十代前半の頃から彼を知るという五條は、聞くなり「ぶはっ」と噴き出して大笑いし、「ファンキーだなぁ、王子くん」と一言洩らしたが、それだけだった。「それで日程はどう変わりますか？」とすぐに訊いてくれて、その態度に香屋子はどれだけ救われたか知れない。

主人公を始め、主要キャストには人気の声優を押さえてあった。どのみち、いまさら日程を変更できるだけの余裕はどこにもなかった。

ガラス越しに、録音ブース内の様子が見える。

スタジオの前には、丸にちょんちょんが描かれたような構図で描かれたキャラクターたちが、絵コンテそのままの形でモニターに映し出されている。主人公充莉《じゅうり》と、その親友の麻有里《まあり》がいることがかろうじてわかるだけの、未完成の絵だ。

アフレコは、アフター・レコーディングの略で、それは最初に実写にしろアニメにしろ映像が出来ていて、それに後から音声を別録りすることからそう呼ばれる。しかし、アニメの場合は映像の進行が後手に回ることも多く、声優には多くの場合、実際の絵がない中、絵コンテの動きだけを追って声を入れてもらうことが、特にテレビ放映のシリーズ作品の場合ではほとんどだ。

だから珍しいことではないが、丸ちょんのキャラクターが立つモニターを見つめながら、ああ、本当に絵の進行もカツカツなのだと思い知る。

五條の目が、スタジオ内をぐるりと見回す。

「きっと帰ってくるよ」と彼が言った。

「製作発表に間に合うかどうかはわかんないけど、このままってわけにはいかないでしょう。戻ってくるよ」

「そんな悠長なことは言っていられないんですけどね」

「監督の作品をかわいがる気持ちは本当だからね。かわいすぎて、だからこそパンクしちゃったんだろうけど、僕は王子千晴はみんなが言うほど理不尽でもわがままでもないと思うよ」

五條が人のよさそうな苦笑を浮かべる。

「言ってることはわかるもの。間違ったことは言ってない。タイアップだといって持ってこられたあの主題歌は、作品の世界観を度外視したものだったし、声優にしたって、王子くんが選んだ香木原《かぎはら》さんが今どれだけいい演技してるかって考えたら、やっぱりねえ、あそこで流されなくて本当によかった。王子くんを守った有科さんも偉かったよ」

「いや、そんな。私の場合は、王子さんにあれ以上強く言えなかっただけですから」

アニメ制作にはお金が莫大にかかる。

制作費にだいたい一クールで一億二千万から一億五千万。二クールになると二億近く。一話平均一千万から二千万の計算だ。それとは別にテレビ放映の際には、テレビ局に支払う波代と呼ばれるスポンサー料がかかる。よく聞く「ご覧のスポンサーの提供でお送りします」というあれだ。この金額が深夜枠の場合で一クール平均一千万。

近年では、莫大な費用がかかるアニメの制作は、どこか一社のみで作るということはほぼなくなり、製作委員会が編成されることが多くなった。

複雑にいろんな会社の利益が絡み合ったアニメ制作の現場では、時に意図せぬスポンサーの意向がぽっと出てくることもある。今回の主題歌の件もそうだった。売り出し中のアイドルグループの新曲をメインテーマに据え、さらに、彼女たちの中の一人を主人公の声優に起用するよう打診があった。

話を最初に持ってきたのは香屋子だった。アニマーケットのプロデューサーの垣内だったが、現場にそれを直接伝えたのは香屋子だった。言いにくい話を監督に通すのも仕事のうちだ。

提示された歌は、お世辞にもいいとは思えなかった。それでも、最近急激に人気が出てきたという彼女たちの曲を深夜枠のアニメで使えることや、彼女の声優起用がどれだけ話題になるのかということを、垣内に説かれた。

血眼に、何日も睡眠時間を削って作業をしている王子に、それを提案するのは気が重かった。魔法少女ものだからという安易な理由で、ならば十代のアイドルの女の子を中に噛ませようと思われたことにも、舐《な》められたと思う気持ちが強かった。

話を切り出した時の、王子の信じられないものを見るような目が忘れられない。

「それ、本気で言ってるの？　有科さんが、それを俺に言うの？」

彼の瞳の中を覗き込み、その色を見た途端、断ろうと決めた。「ごめん。忘れてください」と王子に言った。

垣内とは、揉めた。甘い、と罵られ、最後には江藤社長にも一緒に話し合いに参加してもらって、それでどうにかことを収めた。主題歌は王子がもともと希望していたインディーズバンドの歌が決まり、主人公の声優も通常通りのオーディションを経て、声優としてのキャリアが長い香木原ユカに決定した。

「まあ、それでも逃げちゃったわけだけど」

五條がふふっと笑う。茶目っ気ある笑顔で穏やかにそう言われると、重かった気持ちが少しだけ楽になった。

「有科さんにこれまで散々尽力してもらったことはよくわかってるはずだし、彼もこのままにはしないと思うよ」

「そうでしょうか」

企画の立ち上げから王子に付き合ってきたこの一年、自分のやっていることに疑問を感じた瞬間が何度もある。自分の陰で誰かが走り、泣いていることなんて、王子は一顧だにしたことがない。そして、それでいいと思ってきたのだから、私も相当だ、と香屋子は思う。

そしてやはり、考えてしまう。私が、もう少しうまくやっていたら、と。

「そうだよ」と答える五條の口調に迷いはなかった。

「声優決める時だってそうじゃない。仲いい知り合いも来てたようだけど、結局は実力で顔ぶれを決めた。リデルにはそれだけ懸けてるんだって思ったよ」

「私も、そう信じます」

「戻ってきたら、説教兼ねて三人で飲もうよ。俺も当初より負担が増えて迷惑だったって恨み言垂れるつもりだから、えっじの金で飲めるように手配しといて」

そろそろかな、と五條が腕時計を見る。まさにそのタイミングで、香木原の「おはようございまーす」という明るい声がスタジオに響いた。香屋子と五條の姿を見つけ、かぶっていた帽子を脱ぎ、「よろしくお願いします」と深くお辞儀をする。

　　　　　　　　　　　　　　||||||

人気のある声優を見ると、実るほど頭《こうべ》を垂れる稲穂かな、という言葉を思い出す。人気がある子ほど腰が低く、周りへの気配りが行き届いている。お願いしているのはこちらなのに「お声かけていただいてありがとうございます」と必ず頭を下げる。

その一方で、最近の女性声優のオーディションには驚かされることが多い。男性の監督やプロデューサーに向けてのアピールなのか、ぎょっとするほど短いスカートに脚線美をさらした子や、制服風の衣装や猫耳のカチューシャをつけた姿で現れる子までいる。アイドル声優、という言葉ができて久しいが、『リデル（仮）』の時もそうだった。ここは何のコスプレイベントなんだっけ、と首を捻りたくなるような恰好の子がたくさんいて、香屋子は内心辟易《へきえき》したが、もっと驚いたのは、男性たちがまんざらでもない様子だったことだ。ああ、そうか、効果があるからこそやるんだな、と納得し、それから少しばかり、男性スタッフたちにがっかりした。

王子は独身で、魔法少女を描きつつも、本人も「星の王子様」と呼ばれるくらいの現実感のなさだから、彼自身の好みとか興味、性癖だとかそういうものの一切が香屋子には見えてこなかった。大っぴらにはしゃぐことすらなかったが、だけど王子も内心では楽しんでいたのだろうか。

五條の言う、王子の〝仲いい知り合い〟であるところの女性声優のことは、香屋子も覚えている。

群野葵《むれのあおい》だ。

昨年『マーメイドナース』という作品で主演を務めた人気声優。

王子とは長いとかで、オーディションの後も、待ち合わせて彼と廊下で話し込んでいた。

人気がある子はやはり違う。一目見て、そうとわかるようなオーラがあり、「あ、群野さんだ」と香屋子も気づいた。挨拶しようとしたけれど、「やだぁ、王子って本当に王子様なんだもん」とじゃれ合うような声が聞こえたら、足が止まった。抜群にかわいい子だった。

しばらくして香屋子に気づき、向こうの方から「あ、どうもー」と挨拶してきたが、こちらをじろじろ値踏みするような目で見ていた。長い足が細くまっすぐで、それを意識したら、香屋子も足先にぐっと力が入った。「プロデューサー、女のヒトなんだ」と彼女が王子に囁《ささや》くのが聞こえた。

それだけで決めつけるのは短絡的かもしれないけど、その時、ふっと思った。この子、王子が好きなんだな、と。

彼女のオーディションでの演技は悪くなかった。主人公ではないかもしれないけど、知り合いのよしみできっと何か役は振るのだろう。そうなったら、再び現場で顔を合わせることも覚悟していたのだが、予想に反して王子は彼女を採らなかった。意外に思いつつも、少しばかりほっとした。あの着飾られ方で、監督を常に意識され続けるのは、それを見る方もキツい。

しばらくして、誰かが、あの子のことを王子に訊いたことがあった。

古いんですか、かわいい子ですよね、と何かを仄めかすように訊く声に、王子は興味なさそうに「ああ、葵のこと?」と尋ね返した。

呼び方だけで、十分に下世話な好奇心に応えるような雰囲気だったが、ややあって彼が「かわいいけど、現実のかわいさなんてどうがんばったって二次元には敵《かな》わないじゃない」と答えた。素っ気ない答え方だった。

「だったら誰だって同じだよ。見た目や、容姿なんて」


アフレコの合間に、飲み物を買いに一人で外に出る。

建物の二階にある自販機まで行ったところで、その奥の喫煙所に嫌な顔を見つけた。向こうも香屋子に気づいた。「おっ」と声に出してこちらを見る。顔を背け、もと来た方向に戻りたかったけど、もう遅い。

「ひさしぶりですね」と話しかけられてしまった。

トウケイ動画のプロデューサー、行城《ゆきしろ》理《おさむ》だ。表のホワイトボードでトウケイ動画の名前を見た時から嫌な予感はしていた。「どうも」と小さく会釈を返す。口元が微かに引き攣《つ》るのがわかったが、愛想笑いを浮かべるような精神的余裕は、もう何日も前から失せている。

プラスチックの仕切りで隔てられた喫煙所で、彼が、吸っていた煙草を灰皿の上でもみ消す。いいよ、消さなくても。いいよ、来ないでも、と念じるが、行城が「どうです、調子」と笑いながらこっちに歩いてきた。

「今日、えっじさんも収録だったんですね。聞いてますよ、来週ニコ動で新作の製作記者発表があるって。知り合いの『アニメゾン』の記者が随分ぼやいてましたよー、会見まで情報がもらえないなんて前代未聞だって。――まあ、往々にしてそういう場合でも、然るべき筋には情報ってどうしても漏れてきてしまうものみたいですけど」

ポロシャツとジーンズという服装は、この業界で働く者には珍しくもない恰好だが、行城の場合は、その全部がブランド品だ。それも、表立って名前のロゴが入るようなあからさまなハイブランドはまず着ずに、どことどこがコラボで作ったダブルネームのコートとか限定仕様のシャツとか、そういうものを好む。今は持っていないが、前会った時に彼が持参していた型押しの黒い鞄は、まるで映画で見る医者の持ち物のようだった。フランスに旅行した時に買い求めたアンティークだと聞いて、「へえ……」と呆気に取られた。

やり過ぎた感のない、清潔感を保った茶髪と、優雅な微笑み。少し垂れ目なのが、優しそうにも、軽薄そうにも、嫌みたらしくも見える。だけど、柔らかな物腰で人の懐にふっと忍び込み、不思議と心を摑《つか》むのがうまい。――ただしそれは、利用価値がある、と彼が判断した場合のみ。

行城は、トウケイ動画の敏腕プロデューサーにして、有名なヒットメーカーだ。アニメ誌に限らず、さまざまな場所で彼の名やインタビュー記事を目にする。そこに並ぶのは、成功の秘訣、とか、時代が求めるものを……、といったワードだ。実際に、彼と組みたがる監督も多い、と聞く。

年は確か、香屋子と同じ。行城の、本音が見えない、茶色い瞳がじっとりと細くなる。

「王子さんはお元気ですか」と彼が訊いた。

香屋子はゆっくり、胸の奥で深呼吸をする。狭い業界だ。うちの次の新作が王子のタイトルだということくらい、バレていて当然だ。言い聞かせる。大丈夫、彼の失踪まではバレていない。

「何のことをお話しされているかわからない、と言わせておいてください。今はまだ」

「大変でしょう、彼の相手は」

飄々《ひょうひょう》とした口調で言って、行城が一人で頷いた。

「もともと、うちの人間ですからね、フリーになってからもあちこちでご迷惑をおかけして、本当に申し訳なく思っています。僕も何回か一緒にやりましたけど、あれはなぁ。軽はずみに近づいて一緒に仕事できる相手じゃないでしょう。有科さんもご苦労が絶えませんね」

「……今日は、行城さんも収録ですか。うちの新作と同じクールで、そちらも新作タイトルが発表になるそうですね。──詳細は、来週に発表だそうですが」

「偶然同じ頃になりましたね」

行城が笑う。「奇遇ですね」と、重ねて言うのを聞いては「ええ」と答えるより他なかった。

──うちが発表するやり方を、まんまパクったくせに。

喉元まで出かかった言葉を呑み込む。

発表の日こそ違うが、トウケイ動画の新作も、同じくニコ動での記者会見を予定していると聞く。ジャンルは確か〝ロボット少年もの〟。監督に関する情報は入ってきていないが、どうせプロデューサーは行城が絡んでいるのだろうと思っていた。案の定だ。

その時だった。

「ちょっと、行城さん、いつまで休憩してるんですか。とっくに再開するんですけど」

奥に並んだスタジオのドアの一つが開いて、一人の女性が顔を出した。不機嫌そうなその顔を見て、あっと息を呑む。

香屋子が気づいたことに、行城が気づいた。けれど特に焦ったふうもなく「では、これで」とあくまで優雅な微笑みを浮かべたままだ。ご丁寧に、そっと教えてくる。

「斎藤《さいとう》瞳《ひとみ》監督です。おととし、『ピンクサーチ』のゲーム内アニメを撮った」

知っている。

トウケイ動画の看板作品『太陽天使ピンクサーチ』のアクションゲームは、ゲーム中に挟み込まれたオープニングなど、作内アニメが恐ろしく疾走感があって出来がよく、ゲーム本編よりそちらのアニメの方が長く話題になっていた。関連グッズのステッキも相当売れた、と聞く。

あのアニメは、香屋子も観た。トウケイ動画所属の斎藤監督は、いつか、香屋子も声をかけたいと思っていた監督の一人だ。

ドアから身を乗り出した斎藤が、香屋子に目を留める。行城に怒鳴ったことを気にしたのか、気まずそうにこちらに向けて小さな頭をぺこっと下げた。

あわてて、香屋子もそれに倣《なら》う。

顔は知っていたが、会うのは初めてだ。小柄な監督は眼鏡姿で、服装もTシャツとだるっとしたパンツ姿、長い髪は無造作に束ねたものから、数本が外にほつれて垂れていた。ボロボロだ、と思う。香屋子にも覚えのある修羅場明けのような恰好で、それを見た途端、胸がぎゅっとなった。

かっこいい、と思う。仕事をしているのだ、と思う。その姿が何とも愛おしく、美しかった。真剣に仕事をする者の姿だ。

おととし、話題作となったゲーム内アニメを撮った彼女は、弱冠二十四歳だった。王子が『ヨスガ』を撮ったのと同じ年だ。

香屋子の目を気にしてか、斎藤監督がそそくさと視線を逸らし「早くしてください、お願いですから」と行城を促す。そっけなくドアを閉じ、スタジオの中に消えた。

「こっわいなあ、うちのボスは」と答える行城の声が楽しげに響いた。

「今度、機会があったら、ご紹介しますね。すごくおもしろい子ですよ、彼女」

「それは、ぜひ。……ありがとうございます」

女性の監督も最近では増えてきた。

監督という職業の人間を見ていて思うのは、総じてみんなS気質にあるということだ。男も女も。王子も、斎藤もそれは例外ではないだろう。そして、女性のS監督の脇には、横に武士としか言いようがない忍耐強い男性プロデューサーがついて、黙々と彼女の要求に応えることが多い。口数の多い行城はその枠から少々はみ出るかもしれないが、それでもやはり、彼女の物言いを喜んで、進んで受け止めているのが伝わる。

——対して、私はどうだろうか。

他人の目に、私と王子はどう見えているだろう。王子をあそこまでボロボロに美しくさせることが、その時傍らにいることが、私はできているのだろうか。

「見つかるといいですね」

ついでのように言われた言葉に、はっと我に返る。見ると、行城が静かに笑っていた。目を見開く暇もなく、彼がさらに言った。

「王子さん。戻ってくるといいですね」

「……なんのことでしょう」

「来週の記者会見、楽しみにしていますよ。生中継は公開でやるんでしょう？　斎藤と観に行かせていただきます。そうだな、その時にゆっくり、彼女のことを紹介しますね。斎藤監督も、確か、王子さんのファンだったたって言ってたから」

じゃあ、さようなら。がんばって。

行城が微笑み、斎藤監督の待つスタジオの方向に消えていく。

一人残され、完全に彼の姿が見えなくなってから、香屋子は自販機を殴った。バン、と音が響き渡り、フロアが震える。そのままの勢いで、壁を蹴る。足がじんじんするだけで、気持ちは収まらなかった。行城のニヤニヤ笑いが瞼《まぶた》の裏にいくらでも浮かんでくる。

――こっの、雰囲気だけイケメンが！

唇の裏で毒づいて、とにかく思う。死ねばいいのに。あいつも、王子も、私も。

||||||

夜までかかったアフレコを終え、五條たち音声チームが食事に誘ってくれるのも断り、疲れた心を引きずったまま、会社に戻った。

スタジオえっじには、昼も夜もない。入り口は二十四時間開いたまま、誰かが常に作業している。一階のスタジオは、夜でもまだどの部屋にも煌々《こうこう》と明かりが点《つ》いている。

二階の部署は皆、帰ったのだろうか。

上に続く暗い階段を見上げると、すぐに机に戻る気がしなかった。食事の誘いを断ったくせに、こういう時に一人でいられるほど、結局香屋子は強くもないのだ。

人の気配がする原画作業室のドアを、そっと開けた。

中には一人の姿しかなかった。どうしてこんな時に、よりにもよって、と思うけど、昨日香屋子を廊下で無視した迫水が、開いたドアをちらっと振り返った。

一度家にきちんと帰ったのか、あのダブダブのTシャツは脱いで、ネルシャツに着替えている。シャツの裾は丁寧にパンツにしまわれて、きちっとベルトで留められていた。

目が合ってしまった。

「あ——、お疲れさまです」

「……ウス」

曲がりなりにも小さな声が返ってきたことで、少しだけ報われた気持ちになる。けれど迫水は、すぐにまた正面を向き、手元の絵を描き始めた。

眼鏡を、レンズの薄いものに戻している。

よかった、昨日はたまたま前のものを出していただけだったのかもしれない。そう思って、安堵《あんど》する。

静かだった。

フロアにはただ、彼が手元のボードに線を引く、シャッシャッという音だけが響いた。部屋を出ようかどうか、迷って、けれど、気まずいことを覚悟で残ることにした。作業に没頭する迫水の後ろに、以前そうしていたように丸椅子を出して座り、彼の手の中で完成していく原画を見つめていた。

迫水はフリーのアニメーターだ。

スタジオえっじには、社員のアニメーターはほとんどいない。その多くがフリーランスで、仕事を受注するとえっじの中に自分の荷物を持ち込み、作業机と席を借りに来る。

ここのスタジオでお願いする他に、自宅で作業するフリーのアニメーターもいて、アニメーターの就労状況はさまざまだ。うまい人は、各社で取り合いのような状況にだってなるし、現実に、他社のものを掛け持ちで引き受け、えっじのスタジオで仕上げる人だっている。そのあたりの管理は比較的ゆるく、香屋子たち社員も、そこまで目くじらを立てたりはしない。

クオリティーを保ちながら量をこなすことが第一である現場は、ストイックな沈黙に満ちているが、香屋子はよく原画があがってくるのを待つ間、アニメーターたちに話しかけた。そうした声かけは、男のプロデューサーよりは女の方が細やかだと言われる。きちんと寝てますか、ちょっと風邪気味なんじゃないですか、無理しないでくださいね——。

時に分刻みの日程を急ぎ、仕事の催促が要求される制作の場で、彼らに感謝したことがたくさんある。私、三日寝てないんですよ、と何気なく口にして、無口な彼らが「へえ」と言いつつも、仕事を急いでくれた時には、心底感動して、言葉が出なかった。

迫水は付き合いが古い、尊敬できるアニメーターの一人だった。香屋子がすぐ後ろでプレッシャーをかけるように待つのにも嫌な顔をせず、淡々と納期に合わせて仕事をこなす。出来上がった原画を見て、叫んだことが何度もある。

それは実際、魅力の塊、としか呼べない絵だった。

こちらの予想を遥かに超えた美しい線と書き込みに震え、「迫水さん、天才」と何度も監督やスタッフとともに彼の仕事を褒めちぎった。今回の『リデル（仮）』にも、迫水には絶対に参加して欲しかった。

親しく口を利くようにもなっていたし、だから眼鏡だって替えることを勧めた。『リデル（仮）』の作業がだんだんと本格的になり始めたある日、迫水に食事に誘われ、それまで二人だけで食事をしたことこそなかったが、他のアニメーターたちと一緒になら何度も飲みに出かけたことがあったし、気軽な気持ちで出かけた。

そこで彼から、付き合って欲しい、と交際を申し込まれた。

生真面目な迫水の緊張が、向かい合って座っているだけで空気を通じて香屋子にまで伝わってきた。差し出されたエメラルドグリーンの包みから出てきたオープンハートのネックレスが、彼の実直さと優しさと不器用さの全部を物語って見えて、胸が苦しくなった。

ごめんなさい、と香屋子は謝った。

迫水のことを、仕事仲間以上の感情で見たことがなかった。

予約してくれたフレンチレストランも、物慣れない様子で彼が着てきたスーツのジャケットも、それなのに、そんな場所にそぐわない適当なパンツで来てしまった自分も、すべてが申し訳なかった。

迫水が呆気に取られたように香屋子を見た。一瞬の後に、彼が「だったら、あんなこと言うなよ」と低く呟《つぶや》いた声が香屋子の肝を冷やした。

「魅力の塊、なんて言葉を俺に使うなよ。天才だなんて軽々しく言うなよ。身体の心配なんかするなよ、私ごはん作りましょうか、じゃねえよ、去年のバレンタインだってチョコレートなんか配んなよ、仕事だったって言うなら、もっと仕事らしくしろよ、チョコレートだって個別にあんな丁寧に渡すんじゃなくて、もっと、配給みたいに堂々と全員に義理だ、義理だっつって配れよ」

彼から一度にこんなにたくさんの言葉を聞いたのは初めてだった。「ふざけんな」と、香屋子を攻撃しているはずの彼の顔が泣きそうなことが、一番胸にこたえた。

「好きになっちゃうだろ、ふざけんな」

ごめんなさい、そんなつもりじゃなかった、と同じ言葉を何度も何度もくり返し、テーブルに頭をこすりつけるようにして謝った。この店にはもう二度と来られないと思った。——彼がいなくなって、ようやく半べそをかいた顔をあげると、席の前に会計の二万円が、香屋子の分まで込みで置かれていた。

翌日、いつも通りスタジオにやってきた迫水は、パソコン画面を見つめたまま、微動だにせず、ひたすら絵を描いていた。納期を破ることもなく、これまでと変わらず淡々と仕事をする。

ただ一点違うのは、話しかけても、後ろを振り向かないことだった。さりげなくフレンチの二万円を返そうとしても頑として受け取らない。

出来上がった原画は、前後のバランスを見ながら、作画監督や監督から修正が入ることもある。ここの顎の位置、目や表情の雰囲気を変えて欲しいという書き込みを手に、修正の内容を彼に説明するのも香屋子の仕事だったが、ある時、その最中で、ひさしぶりに香屋子の目をきちんと見た迫水に「監督の言うことじゃなきゃ聞けない」と言い放たれた。

「上げたものに文句があるなら、王子さんに直接説明してもらえるように言ってください。あなたでも、作監でもなく。僕は、監督の言うことしか聞けません」

そして香屋子は彼から完全に無視されるようになり、そのまま、一ヵ月が過ぎた。

その王子も、いなくなって一週間だ。明日には、ブルトに行ってもう一度逢里に会い、今度こそ監督の変更を伝えなければならない。江藤ももうこれ以上は待ってくれないだろうし、このあたりが引き際なのだということは、理解していた。

こんな時でも、ぼんやりと見つめた迫水が描く絵は素晴らしかった。褒めるなと言われているから、もう褒めはしない。だけど、感動してしまう。抜群にうまい。帰れと言われるかと思ったが、迫水は何も言わなかった。香屋子が後ろにいることさえ意に介さず、黙々と描き続ける。

もう嫌われてしまったろうな、と思う。今回を最後に、もう香屋子との仕事に来てくれることはないかもしれない。けれど、気まずいのは迫水だって同じだろうに、少なくとも今の仕事は投げず、こうやって続けてくれている。王子のタイトルに、最後まで付き合ってくれるつもりなのだ。

「……迫水さん、トウケイ動画の新作の仕事、受けてます？」

そっと、尋ねてみた。迫水と、なんでもいいから話がしたかった。

無視されるだろうと思った。けれど、短い沈黙の後で声が返ってきた。こちらを振り向かないまま、彼が言う。

「斎藤監督の『サバク』、ですか」

「『サバク』って言うんだ。それは知りませんでしたけど、うちと春のクールでぶつかる、行城プロデューサーのアニメです」

「受けてますよ」

迫水があっさり認めた。

トウケイ動画は、自社の専属で囲い込んだアニメーターも多いが、何しろ、迫水はうまい。発注があってもおかしくないと思っていた。

改めて、プロだから当然なのだろうけど、すごいな、と思う。

まだ何の情報もないが、トウケイ動画の『サバク』とうちの『リデル（仮）』は、絵柄も雰囲気もだいぶ違うだろう。それを並行して描くのだ。

——どちらの方が好きですか、という言葉が口を突きそうになって、自分が弱っていることを自覚する。

迫水は、王子の失踪だってまだ知らない。今彼に降りられるわけにはいかない。王子が消えて、迫水にダメ出しができる人間は、今、ここには誰もいない。

「そうですか」と頷き、席を立った。無理をしないで寝てくださいね、と本当は言いたかったけど、怒られそうだから黙っていた。そのまま出て行こうとすると、思いがけず、迫水から呼び止められた。

「有科さん、春クールのハケンを争うんですよね。『サバク』と」

「ハケン？」

「覇権。王者覇者の覇に、権利の権。——頂点取るって意味です」

覇権。

声に出さずに呟いてみる。迫水は相変わらずこちらを見ず、手だけ動かしている。

「今、そういう言葉があるんですよ。深夜アニメ、戦国状態だから」と続け、そして言った。

「他のことはどうか知りませんけど、少なくとも、有科さん、勝てると思いますよ。

行城プロデューサーに」

「……どうしてですか？」

「あの人、人の顔覚えないから。やり手だけど一点、そこが弱点」

静かなフロアに、相変わらず、彼が線を引く音だけが流れていた。高い位置についたスタジオの窓の外に、星の見えない夜空が広がる。

「俺、前に動画の仕事してた時、何枚も何枚も、あの人の下で仕事してたし、あの人もまだそんなに偉い人じゃなくて、俺とも直接何回か話してたんですよね。だけど、たくさんいる現場の人間、いちいち覚える必要もないと思ったんでしょう。――俺の評価がそこそこ上がって、名前で仕事振られるようになった頃にやってきて、急に『初めまして』ってへこへこしてきたんです。やたらと偉くなって、下手に出ながらも、自分と仕事できて嬉しいでしょって態度がアリアリで」

それを不快に思ったというふうもなく、迫水の口調はいたって淡泊だった。

「俺のことは一例ですけど、そうやって一度気になって周りから話聞いてみると、同じ対応取られてる人が結構いるんスよ。アニメーターだけじゃなくて、声優とか、原作の版元の編集者とか。立場立場で態度変えるのって、ああいう仕事するのには致命的じゃないかなって」

迫水の手が止まり、それと同時に線の音も止んだ。

こちらを振り向くのではないかと、一瞬、心臓がぎゅっとする。しかし彼の目はパソコンの画面を見つめたままだ。そのままの姿勢で言った。

「有科さんとは、逆です。有科さん、俺のこと、覚えてたんですよね。大昔、俺と一度会っただけで。俺も忘れてたのに『あの時はお世話になりました』って頭下げた。――んで、それ、何も俺だけを特別に覚えてたわけじゃないと思うんス。有科さんって、誰のことでもそう。褒めるし、立てるし」

「全員を全員、無闇に褒めてるわけじゃないですよ。本当に仕事が素晴らしい人にだけ」

わかってますよ、とうっとうしそうな口調で迫水が言った。

「でも、そういうのって、伝わるんです。こういう仕事だと、特に」

線画の音が、再開される。

「勝てますよ」と、彼が言った。

「行城さん相手にだったら、有科さんとえっじは、覇権、楽勝に取れます」

席に戻ると、一日チェックを怠っていたメールの中に、代々社からのものがあった。

一瞬黒木の顔が浮かび、チヨダとの脚本のやり取りを思い出して、胸がざわっとしかける。——だけど、違った。

相手は代々社のアドレスだが、黒木ではなく、山尾《やまお》、とある。冒頭に「黒木から紹介されました」と書かれていた。「『リデルライト』のムックやノベルに関する打ち合わせがしたい」とあり、署名の欄には、黒木のいる文芸部ではなく、アニメ事業部の名が入っていた。

最後、丁寧に「よろしくお願いします。いい本にしましょう」と書かれているのを見た途端、電話に手を伸ばしていた。

午前二時を過ぎていたが、黒木は会社にいた。電話相手だというのに前のめりになりながら「ありがとうございます」と頭を下げる。

息が切れ、声が掠《かす》れた。もう一度言う。

「ありがとうございます」

『何がですか』

相変わらずのクールぶりだ。汗をかかない声に気圧《けお》されながら「『リデル』の件で」と続ける。どうお礼を言えばよいのか、どう詫びればよいのかわからなかった。

「チヨダ先生に失礼なことをしたのに、アニメ事業部に、ムックの件を繋《つな》いでいただいて――」

『ああ、そのことですか』

　本当に今気づいたという口ぶりで、黒木が言う。拍子抜けするほどさっぱりした態度だった。

『仕事は仕事ですから。コーキの件では、私も立場上、作家を守らなければなりませんから。キツイ物言いに聞こえていたんだとしたらすいません』

「本当に、うちの王子が失礼なことをして」

『構いませんよ、気にしていません。ただ、もう私自身はあなたたちに振り回されるのはこりごりなので、あとはうちの関係部署の人間とやってください。では』

「本当に、すいませ――」

　最後まで言い終えないうちに、電話が一方的に切れた。怒っているわけではなく、これは多分、彼のもともとの性格ゆえだろう。切れた受話器を両手に握ると、肩から全身の力という力が抜けていった。

　感謝する。

　黒木にも、さっき話したばかりの迫水にも。

　覇権を取れる、という言葉にも。

受話器を戻し、それから天井を仰いだ。蛍光灯の白い光が目に沁《し》みる。それとともに、聞いたばかりの黒木の言葉が、胸にじわじわと沈み、だんだんと、一足遅れに効いてきた。

作家を守らなければならない、と黒木は言った。

編集者は、時に作家のマネージャーとなって、彼らを管理し、そして守る。そしてそれは、そっくりそのまま、プロデューサーと監督でも同じことだ。

私は、監督を守りたいのだ。

この仕事をしながら、いつだってそう思ってきた。私の仕事は、監督を――王子を、守ることだ。その覚悟でやってきた。

王子は作品の核だ。

お金も、人も、事情も、いくらもある。それらの雑音があることを知ってなお、青臭いほどに作品のクオリティーのみにこだわり続ける核が、アニメの現場では常に燃えていなければならない。

彼の意に沿わない主題歌も声優も、だからこそ、彼は香屋子にこう言ったのだろう。

――それ、本気で言ってるの？　有科さんが、それを俺に言うの？

不遜な言葉の裏側で、あの時、王子の瞳の中には、確かに弱々しい光が浮かんでいた。彼は、傷ついていた。

守らなければならないと、だから思った。

私だけは、絶対に、最後の最後まで彼の立場につこうと決めた。

チヨダを守れる黒木が、斎藤監督に付き従う行城が、羨ましかった。

守らせてよ、と声が出て、そのか細い響きに、言ってから胸が痛んだ。涙が出そうになる。

どれだけだって、一緒に闘う。ダメになるなら、一緒にダメになる。

だから、守らせて。闘わせて、と心から願う。私が望むのは、それだけだ。

‖‖‖

ブルトのある三十七階は、フロアに続く途中に展望台がある。

今は観光名所扱いされる高いビルが珍しいものではなくなったとはいえ、平日の昼間にも、学生風のカップルや親子連れの姿がちらほらとあった。

足が竦《すく》むねー、たかーい、という声を横に聞きながら、ふとした思いつきで、香屋子もブルトに向けかけた足を、展望スペースに向けた。気負ってきたせいか、逢里との待ち合わせには、まだ二十分ほど早かった。

天気がよかった。

綿を薄くのばして散らしたような雲が、隙間を覗かせながら、青い空一面に広がる。下を見ると、まるで一本の棒のようになった山手線の車両がゆっくりと滑るように動くところだった。すぐ下に見える人を垂直に見下ろしてしまうと足が竦む。

思わず視線を逸らし、窓から距離を取った時だった。

「人がゴミのようだって思ってる？　バーイ、ムスカ」

心臓のど真ん中を、その声に射貫かれた。

あわてて顔を上げ、声の方向を見る。

「そんなふうに地球の重力に魅せられてると、シャアに粛正されちゃうぞ」

王子が立っていた。

晴れた空が映る窓を横に、ゆっくりとこっちに向けて歩いてくる。声が出なかった。黙ったまま、足先が、窓の外を見ていた時よりよほど、現実感遠く、竦む。

消える最後に見た時と、同じ服を着ているのがよくできた演出のようで、そうやって見ると、問題は何も起こっていないようにさえ思える。まるで、幽霊のように、自分が思う願望の幻影のようにさえ、見える。

けれど、違う。本物だ。

王子が微笑んだ。

「ただいま、有科さん」

顔が少し、痩せていた。

＝

王子千晴監督の撮った伝説的なアニメ、『光のヨスガ』は、全二十四話構成。新人監督の仕事としては異例な、二クール作品だった。放映された九年前は今と違って、アニメの時間帯は深夜ではなく、ゴールデン直前の六時台が中心。

クライマックスの十二月を、今もまだ、よく覚えている。息を一つ吸うだけで、肺の中が真っ白く冷えるような、静謐《せいひつ》な冬の道を、『ヨスガ』を観ることだけを楽しみに帰宅した。

子ども層をターゲットにしたアニメは、間に必ず十二月を挟む。クリスマス商戦におもちゃを売るためだ。今、子ども向けアニメは土日の朝と相場が決まっているが、『ヨスガ』は、子どもが夜にテレビの前に座って放送を待った、最後に近い作品だった。そこでの〝魔法少女〟は、まだ子どもと大人、両方のものだった。登場人物は、主に四人の少女とその家族、友人。皆、それぞれに戦う理由を持ち、力を必要とする。

一般に魔法少女ものは、仲間の少女たち全員が変身し、それぞれに違う能力を使ってチームを組んで敵と戦うものが多い。共通の敵を倒すために協力するのだが、『ヨスガ』がそれと大きく違ったのは、四人のうちで最終的に力を手に入れることができる者は一人だけ、という前提がすでにあった点だった。

描かれる過程は、いわば魔法少女のお試し期間。人類に危害を加える存在と、彼女たちは戦う。四人の少女が、毎回一話一人ずつ持ち回りで変身するのだ。その回は、残りの三人は変身する力を持たずに、戦いを静観する。最終的に力を手に入れる唯一無二の一人になりたいと、本来味方であるはずの仲間の失敗や、時には死すら密かに願いながら、ライバルを応援する。

力もチャンスも持たず、普通の女の子のままでいた方がよかったんじゃないか、と観ている方が痛々しく思うような瞬間が何度来ても、彼女たちは「特別になりたい」と戦う道を選び、決して降りない。恋をして彼氏ができても、家族に止められても、飽くことなく「特別」な一人を目指す。それこそ、リアリティーがない、と言われるほどの貪欲さで。

当時のインタビューで、王子監督はこう答えている。

「ありきたりの日常が本当は一番尊いっていう、チープで便利で、うやむやな結論が嫌だから魔法少女ものなんかやってんですよ。リアリティーがない？　本当かなぁ、どうして特別にもなれないでその他大勢でいいなんて思えるの。人生へのモチベーション、低すぎない？」

哲学的な表現や圧倒的な絵の力でどのようにも解釈できるような――受け手に結論を任せる、オープンエンドと呼ばれるエンディングのアニメが多い頃だった。『ヨスガ』もきっと明確な答えを出さずに終わるのだろうと思われたが、王子はきちんと物語を閉じた。

人類を滅ぼす敵との戦いは、最終話を一話残して、すでに終わっていた。

戦う相手がいない今、四人とも魔法少女でなくなるか、それとも新たな敵が現れて全員が全員、これまでの功績が認められて魔法少女になるか。エンディングはそのどちらかだろうと見られていた中で、王子は当初の設定通り、四人のうち一人を永遠の魔法少女に選んだ。

戦う相手がいない世界で、一人を「特別」に位置づけ、残りの三人には、現実の進路を歩ませた。

それぞれがそれぞれの道を行く、素晴らしいエンディングでしたね、とアニメ誌のライターに訊かれ、王子はこう答えたそうだ。

「殺したかったんですよね」

この発言は、アニメ誌には掲載されなかった。

「素晴らしくなんかないですよ。特別になれなかったら負けでいいんです。選ばれなかった三人を三人とも殺しておしまいにしたかったのに、やらせてもらえなかった。そりゃま、そうですよね。OVAや映画と違って、六時台の地上波じゃ倫理的な問題もあるし、何より子どもにトラウマだし。それぞれのキャラにファンがついてるから、彼らに総スカン食らったらグッズだって売れなくなって、制作費が回収できなくなるし」

だから、『ヨスガ』は失敗なのだと、王子はトウケイ動画を去った。

「殺させて、もらえなかった」

そう、言い残して。

「ただいま、有科さん」

その声を聞いた途端、走り出していた。

後先考えず、距離を詰める。抱き合うほどに近づいて、息を切らし――そのまま、王子千晴の顔を殴った。

グーで。

香屋子の拳を頬に受ける直前、王子が驚いたように目を見開いた。「え？」という呟きが声になる前に、拳に、彼の薄い頬の肉と骨があたる感触が伝わる。めきゃっ、という擬音が頭の中で弾けた。

細い身体が吹っ飛ぶように大袈裟《おおげさ》によろめき、王子が後ろ向きに倒れた。手すりに頭がぶつかり、かあーん、と音が反響する。

香屋子は肩で大きく息をしながら、崩れた自分の監督を見下ろしていた。咄嗟《とっさ》にやってしまったことの後で、少し遅れてお腹の底から、震え出しそうになるほどの安堵がこみ上げてきた。そうなって初めて、声が出た。

「ふざけんな」

止まらなかった。

「ふざけんな、ふざけんな、ふざけんな。お前、ほんっとーにふざけんな」

「いってー」

頭を押さえた王子が顔を上げた。

「いったいなー、有科さん。どうすんの、打ち所悪かったら」

王子がため息とともに起き上がり、それから香屋子の前に再び立った。「信じられない、殴るかフツー」とぶつぶつ言いながら、すっと顔をこちらに向ける。

「ね、とりあえずどこに行けばいい？」

王子を見つめる。投げやりな口調だが、顔は真剣だった。

「えっじには、さっき行ってきたよ。社長さんに言われてさ、有科さんが今まさに俺のことでブルトに行ってるっていうから来た。電話でいいんじゃない？って言ったんだけど、みんな早く本人に顔を見せてやってくれって言うからさぁ、だからわざわざこんなとこまで来たのに」

わざわざってなんだよ。思ったけど、呆《あき》れて声が出なかった。と同時に、胸がいっぱいになる。江藤社長は、この人を許してくれるのか。

王子が、「どこに行けばいい?」と香屋子にまた尋ねた。

「あるんでしょ。謝りに行かなきゃならないところ」

「……まず、私に謝るべきだ、とは思わないんですか?」

「何? 謝って欲しいわけ?」

戻ってきたのに? とその目が告げていた。ああ、本当にわがままだ、子どもと一緒だ。そう思うのに、反射的に「いいえ」と答えていた。ああ、私も相当なMプロデューサーだ。末期だ。

「まず、ブルトに」と答える。

「進行の遅れを詫びましょう。正式タイトルをどうするのか、今日は先方も社長が同席されるそうなので説明してください。『リデルライト』はまだ仮称ですか?」

「ううん、正式名称。そのまま行くよ」

王子が答えた。目の光が鋭くなる。

「『運命戦線リデルライト』。タイトルは、それで決定」

「――了解しました」

「それと、これ」

王子の手から、ひょいっと赤いビニール袋が渡される。なんですか、と中を覗き込むと、かぶせるように王子が続けた。

「お土産。みんなで食べて。三箱しか買ってこなかったんだけどさぁ、足りるかな」

「え?」

中を覗き込み、驚愕《きょうがく》する。

入っていたのは、チョコレートの箱だった。『Hawaiian』と書かれている。『Macadamia』とも。——これまで、数々、友達の新婚旅行土産などで香屋子ももらったことがある定番のお菓子だ。

入っていた赤い袋の側面にある文字は、『DUTY FREE』。

信じられない、まさかというぐらいの気持ちで、香屋子はずっと訊きたくてたまらなかった質問を、いまさらのようにした。

「——どこに、行ってたんですか」

「ハワイ。カウアイ島の方」

島の方、って何だよ、とまた声が出かかる。知らねぇよ、私、ハワイなんか行ったことないんだから。

そう声に出して言わなかったのは、自分を抑えたからではなく、本当に絶句して声が出なかったからだ。聞いてもいないのに、王子が続ける。

「仕事全然進まないからさぁ、もうこれ場所変えなきゃダメだなーって思って。ちょうど、バイクレースシーンで峡谷はどうかなって話してたから、じゃ、もう観に行っちゃおうって思って。本当はグランドキャニオンまで行きたかったんだけど、それだと長くかかりそうだったし、ハワイにしといた」

「ハワイに一週間、ですか」

「移動とかもろもろかかるから、滞在は実質五日だよ。全然ゆっくりできなかった」

ゆっくりしてもらってたまるか、と思う。こめかみで血が脈打つ音が聞こえる。気が遠くなりそうだ。

「どうして無断で行くんです？　みんな心配してたし、進行だって止まるのに」

「なんで？　止まってなかったじゃない、進行。聞いたけど、アフレコだって二話まで済んでるし、絵だって脚本あるところまでは順調だって印象だけど」

「だけど、一言連絡くらい」

「それがさぁ、空港のラウンジでずっとアニメ観てたらスマホの充電切れちゃって」

王子が大袈裟に肩を竦めた。

「困ったんだけど、でもま、ちょうどいいかなって、バカンス兼ねつつ、適度に気分転換させてもらいながら、取材してきた」

楽しかったよ、と言われて、頭がくらくらした。ラウンジってことはひょっとしてビジネスかファースト？　貧血を起こした時みたいに、意識が遠くなりかける。再び殴ろうかと拳を固めかけたところで、「で、これ」と王子が、もう一つ紙袋を取り出した。中から分厚い紙の束を引き抜き、香屋子の前に差し出す。

最初の一枚が見えた瞬間に、息が止まった。

『運命戦線リデルライト　第四話』

分厚い束は数十枚単位でダブルクリップで留められ、小さな束に分かれている。顔を上げた香屋子に、王子が頷いた。

「最後まであるよ。絵コンテの状態で、全十二話」

『リデルライト』のシナリオだ。

両手で受け取り、無言でめくる。一枚に六コマ並んだ画の中に、構図も、セリフもキャラの動きも、効果音の指示に至るまでが、全部、きちんと書き込まれている。これがあれば、ここから台本が起こせる。王子の言葉通り、全話ある。

王子はもともと、絵が描ける監督ではない。だいたいこんなふうにしようと思っている、という画面の構成をほぼ輪郭だけで粗雑に書き、それをもとにアニメーターたちが作業していくスタイルを取る。けれど、それだって、王子が最初の一歩となる核を見せてくれなければ、現場は始まらない。この段階までできているなら、あとはこれをもとに進められる。

　王子を、助けられる。

　香屋子たちスタッフはみんな、彼の頭にあるものを再現したくてここにいるのだ。

「読んでいいですか」と尋ねる声が小刻みに揺れた。

　脚本を書く、という作業で詰まっていたはずの王子が、その作業を飛び越えるようにして実際のアニメに近い絵コンテの形でシナリオを仕上げてきたのだ。

　彼の顔を見てから今までで、初めて、涙が出そうになる。「ダメ」と王子がにべもなく答えた。

「今はもうブルトと打ち合わせしなきゃなんでしょ。遅刻はよくないよ」

　あと、と香屋子を上目遣いに見つめる。

「すっげえ苦労して書いたんだから、ゆっくり読んで欲しいし」

「わかりました」

「じゃあ、行こうか」

　何事もなかったように涼しい顔で、香屋子を促す。少し先を歩いてすぐ、絵コンテの束を抱えた香屋子を振り返った。

「いいものにしよう、有科さん」

その瞬間、今日まで沈んだ色をしていた世界が色を取り戻したようだった。足場を失いそうだったつま先がはっきりと地面の感触を取り戻していく。「はい」と答えて、彼の後を追う。

「一つだけ、お願いが」と、申し出た。

「何？」

王子がめんどくさそうに、振り向きもせずに答える。

「お願いですから、そのお土産のチョコレートを人に見せないでくださいね。現場の士気が下がります」

「えー、なんで。せっかく買ってきたし、糖分は脳にいいのに。みんな働きすぎて疲れてるでしょ？」

「……お願いします。ハワイのことも、言わないで」

王子が羽織ったジャケットの裾がよれているのが目に入って、瞬間、胸が詰まった。急いで支度してきたような恰好だ。普段は着ない襟付きのジャケットを着てきたのは、これからお詫びの挨拶回りになると覚悟して、選んで出てきたからだろう。

おかえりなさい、と心の中で呟く。

王子が、戻ってきた。

｜｜｜｜｜

「まだ殺したかったと思っていますか？」

大きい女の人だとはぐらかされた初回の打ち合わせで、香屋子は王子にそう訊いた。

香屋子自身は、『ヨスガ』の終わり方は、彼が納得していないという、三人がそれぞれの進路をいくあのエンディングしかなかったと思っている。

けれど、それでもなお、考えてしまったのだ。彼が望んだエンディングの方も、叶うなら、見てみたかったと。

不意打ちを食らったように黙って顔を上げた王子に、畳みかけるように尋ねた。

「私と殺してみませんか」と。

「ファンをたくさんつけた人気のヒロインを、そんなことに関係なく、皆殺しにしていいですよ。監督の思う通りになさってください」

「そんなトラウマエンディングでいいわけ？　ＤＶＤやフィギュアの売り上げだって、最終回の出来で左右されるご時世だよ。そういう二次利用がなきゃ、採算はまず取れない」

初回が始まってすぐに取られるDVD第一巻の予約申込数は、その期で何が注目されているのかを測る重要なバロメーターで、それ自体が宣伝の役割を果たす。フィギュアにしても、放映時から売り出される場合はほとんどなく、注文は最終回まで一ヵ月を切った時期にまとめて取られる。

だからこそ、ラストの出来がいまいちだということになれば、その落差は激しい。注文のキャンセルが相次いだという悲劇的な話もすぐ噂になって騒がれ、ファンのネガティブキャンペーンに繋がる。問屋や中古市場に廉価品が山と積まれる状況に、簡単に陥る。

「大丈夫ですよ」と香屋子は言った。できるだけあっさりと聞こえたらいいな、と願いながらも、内心は心臓がバクバクしていた。

「もし失敗したところで、それも通常の想定範囲内のことです。それに、監督はトラウマにはしないでしょう？　殺すなら殺すなりの理由を、王子作品なら必ず用意するはずです。万人が納得できる死に方を、あなたなら絶対に考えたはずでした」

やりましょう、と香屋子は言った。

「お金も、場所も、枠も、用意します。これは納得できる形でどうヒロインを殺せるかがかかった、本気のプロジェクトです」

『光のヨスガ』を超える、アニメを作ること。

主人公たちが駆る愛機となるバイクの名前に、「光」を超える意味で、「ライト」という言葉を含めたのは王子だ。

『運命戦線リデルライト』

『ヨスガ』のように、一語だけで意味を持たせるタイトルにすることを、嫌ったのも王子だ。

〝キザシ〟や〝アカシ〟、〝イカリ〟や〝ヒズミ〟。

さまざまな案が出た最初の会議で、王子は「同じことはしたくない」とはっきり言った。

意味がなかったはずの言葉に、それを聞けば誰もがこのことを思い起こすような、絶対的な意味を与えてしまいたいのだと、そう語った。

今は誰も反応しない「リデルライト」という言葉が、やがては王子のこのアニメのことだと誰もが思うようになる。

「やってもいいですよ」と王子が言った。

この時だけ、なぜか、畏《かしこ》まったように敬語になった。

「勘違いしないでくださいね」と彼が続ける。

「大きい女の人だっていうのは、褒め言葉ですから。——よろしくお願いします。有科さん」

＝＝＝

王子が戻ってきたその日のうちから、えっじは『リデル』の作業の遅れを取り戻すべく、怒濤《どとう》の会議と外回り、それを受けての作業が開始された。

香屋子は謝りの挨拶にも歩く。極力雑音を耳に入れたくなくて、王子の同行は断った。

アニマーケットやテレビ局側のプロデューサーの中には、彼が戻ってもいい顔をしない人間ももちろんいた。

また同じことがないとも限らない、放映前からこんなことじゃ先が思いやられる——。

ただし、それらの声に対して、こちらに全十二話分の絵コンテがすでにあることは強みになった。

渋い顔をしていたアニマーケットの垣内も、最後には「これがあるなら、王子さんが二度と戻ってこなくてもとりあえず形にはなりますね」と嫌みを込めて、彼の続投を了承した。

「あの人がやる限り、ここからまたムリな変更点なんかがたくさん出てきそうですけど」

「それが作品のクオリティーを上げるためなら、私たちは喜んで付き合いましょう」

香屋子は微笑んで答えた。


製作発表記者会見には、アニメのオープニングと、第一話のハイライトシーンを三分ほどに編集した短い映像を公開することになっている。

王子が戻ってきたことで、原画の作業にも流れが戻った。作画監督が前もって修正を入れた原画に対して、王子がさらなる追加の書き込みを入れたものを各アニメーターに戻す。会見まで五日に迫った日程での急な修正の要求に不満の声も上がる中、香屋子も会社に泊まり込んで様子を見守る。

ああ、極力会社には泊まらない、と決めたはずだったのに、とため息が落ちる。

えっつじに就職したばかりの頃、会社の近辺にマンションを借りたことで、香屋子はいつでも帰れるという気安さから、結果、会社に泊まり込むことが多かった。仕事と家との境目をグダグダと見失ったまま何日も過ごしてしまうことがよくあり、『リデル』の立ち上げと同時に、数駅先にあえて引っ越した。終電や始発の区切りがなければ、この業界は本当に昼夜の感覚をなくす。

作品の最初のお目見え――勝負作となる第一話の原画は、やはり必然的にうまい人にお願いしたい、ということになる。

迫水のもとに原画を待ちに行くことになったのは成り行きで、特にこれといった事情があったわけではなかった。通常、原画を待つのは各話ごとにつく進行の役目であることが多いが、第一話であれば、香屋子もまだ時間をかけられる。

そういえばどれだけキツい進行の時も、迫水は会社で寝ていたことが一度もない。同じ服を二日続けて着ていることも少ない。おしゃれなわけでは決してないが、無精髭も滅多に生やしていないし、きっと几帳面な性格なのだろう。

「王子さん、戻ってきたんですね」

という迫水の声が聞こえた時、一瞬、聞き間違いかと思った。「へ?」と間抜けな声を返してしまった後で、彼がにこりともせずに振り返り、ため息とともに絵の束を香屋子の手にどさりと渡した。

「修正。その分、終わりました」

「あ、ありがとうございます」

渡された絵を覗き込み、息を呑んだ。

魅力の塊、と彼に対して何度も使った言葉がまた喉元までこみ上げる。キャラの動きのキレと凄みが、静止したこの一枚から伝わる。描き込みの美しさに目を奪われた。

「すごい」と思わず口にして顔を上げると、迫水がうんざりした目をしながら「これが欲しくて待ってたんでしょ」と、ぼそっと言った。

「何日も寝ないで、俺の後ろで」

「――はい」

嫌みかもしれない。だけど、香屋子は答えることに躊躇《ためら》いがなかった。

どう言われようと仕方ない。彼らの才能が欲しいのは紛れもない事実だ。

迫水もそうだが、アニメーターは、表立って感情表現をしない人が多い。しかし、そういう相手に限って驚くようなクオリティーの絵が上がってくることも多く、香屋子たちはそれが欲しくて、何日も寝ないで泊まり込んだり、真後ろに座ってずっと待つのだ。このプレッシャーにどっちが勝つか負けるかの、毎回ギリギリの闘いをしている。

「ありがとうございます。これで会見のオープニングが迫水さんの絵で飾れます」

周囲の耳を気にしながら、訊いてみた。

「──気づいてたんですか、監督のこと」

「気づくでしょ、普通。入ってくる修正の量が王子さんいるといないのとじゃ全然違うし。一度はオッケーだったはずのものまでリテイク入るし」

勘弁してほしいです、と言いながらも、そこまで嫌がっているようには見えなかった。「でも、まあ、確かに」と彼が続けた。

「王子さんの作品にかかわれること、嬉しいですよ」

迫水が口の端を引き上げ、目を和らげて微かに笑う。胸がいっぱいになった。

一般的に、近頃は優秀なアニメーターほど食えない、と言われる。一枚数千円からよくて数万円。上限がいくらと決まった原画の基本額がなかなか引き上げられない中、うまければうまいほど、描き込みや線が多い原画の注文が殺到し、仕事数の方がこなせなくなるからだ。今のアニメは、技術の革新とともに、手が込んだ原画の指定も圧倒的に多い。『リデル』も、そんなアニメの一つだ。

「ありがとうございます」と、香屋子はもう一度深く、頭を下げた。

『運命戦線リデルライト』の最終話までの絵コンテを、香屋子は、えっじの会議室で読んだ。王子の戻ってきた夕方、一人きりで。

階下でアニメーターたちが作業している気配を感じながら、分厚い束を逸《はや》る気持ちを抑えながらめくっていく。なるべくアニメに近い形で、王子の頭の中にある像を引きつけたくて、文字と絵に集中して流れを追う。

最後まで読み終えた時、ブラインドの下りた窓の向こうが夜になっていた。喉が渇いていた。飲みながら読もうと最初に淹《い》れてきたコーヒーは手つかずのまま、置きっぱなしだった。

そういえば電気を点けた覚えがない——と、明かりの点いているのを不思議に思いながら、ふっと顔を上げると、王子がドアに近い隅の席に、机に顔を伏せるような恰好で座っていた。読むのに夢中で、いつ来たのかまったく気づかなかった。眠っているのかと思ったが、香屋子の気配に気づいて、彼が顔を上げ、こちらを見た。

「どうだった？」と彼が訊いた。

胸が詰まった。

泣いていたことは目の赤さと表情でわかってしまっただろう。もっときちんと気持ちを整理してから、涙も拭って話したかった。けれど、そう広くはない会議室いっぱいに、王子の緊張が満ちて、香屋子に伝わる。

自分が描いたものを誰かに最初に読ませるのは、それがたとえ天才であっても怖いのだ。それだけの自信があるものを彼は上げてきた。最初に見せる相手に、香屋子を選んでくれた。

王子が言った。

「他の誰にも何も言わせないけど、有科さんにだけは文句つける資格があるよ」

「――本当にこれで、いいんですね？」

「うん」

王子の口調に迷いはなかった。

「細かい部分は変えるかもしれないけど、基本はこれで行くつもり」

「素晴らしいです」

王子が香屋子からようやく目を逸らし、横顔で、小さく息を吸い込んだ。香屋子も大きく息を吸い込み、言い直す。鼻の奥が痛み、また涙が出そうになる。

「お疲れさまでした。素晴らしかったです」

「よかった」

彼が短く一言洩《も》らし、そのまま机の上にまた顔を伏せた。そのせいで、どんな顔をしていのか、表情が見えなくなる。

だけど、ちょうどよかった。香屋子も新しく出てきた涙を見られたくなくて、その隙にそっと目の下に指をあてて拭う。今から、この紙の上のものが絵を得て、像として立ち現れ、動くところを観られるのだと思うと、信じられないほど嬉しく、そして楽しみになる。王子とともに、これを動かすことができるのだ。

もらったばかりの絵コンテを一枚一枚重ね、両手を置いて、一礼するように頭を傾けた。

|||||

記者会見を翌日に控え、製作委員会全体でリハーサルを兼ねた会議を行うことになった。

どのタイトルもそうだが、ひとたびプロジェクトがスタートすると、香屋子は毎度、断頭台に上げられた気持ちで放映日を一回一回待つ。ただでさえ、ゆるやかな緊張がずっと続いているような日々の中、王子から「遅刻する」と電話があった時、嫌な予感がした。

「一時間くらい。ごめん。自転車がパンクした」

「タクシーで来ればいいじゃないですか」

「やだよ。自転車放置して盗まれたら困る。家に置いてから行く」

「迎えに行きます」

「いいよ。大丈夫。一人で行けるよ」

電話を切って、頭を抱える。大丈夫じゃないだろう。

だいたいどうして移動に自転車なんか使っているんだ。運動不足を解消するためだとかどうとか言って時折打ち合わせに乗ってくる自転車は、外国の自動車メーカーの出した限定品だとかで王子のお気に入りの品だが、事故でも起こされたら、と香屋子は内心ひやひやしていた。

前にも一度、道路の溝にタイヤのゴムがはまって転倒し、呼び出され、抜けたピンを一緒になって探していて会議に遅刻したことがある。アスファルトに這いつくばいながら、なんで私がこんなことまで、と思ったが、その時も仕方ないと諦めた。

洗濯の最中だとか、自転車のパンクだとか、監督のジャッジを待つ人たちに、待たせる説明をするのも香屋子の役割だ。結局、監督と一緒に過ごし、生活を把握することが、説得への一番の近道になる。

「監督、遅刻されるそうなので迎えに行きます。なるべく早く戻りますが、王子さんがいなくても進められそうな件は、先に始めていてください」

会議のメンバーに一礼して、返事を待たずに部屋を出る。案の定、香屋子の背中を、何人かの「また消えたんじゃない」という冗談めかした声が追いかけてきた。振り切るように外に出て、社用車で王子のマンションに向かう。

入り口まで行き、チャイムを押すが返事がなかった。ひょっとして行き違いになっていないかどうか、電気とガスのメーターボックスを開く。自宅で作業するアニメーターから返事がない場合によく使う確認方法だ。居留守を使っていてもメーターが回っていればわかるし、中には、このボックスや外付けの洗濯機の中を原画の受け渡し場所に指定している人までいる。

電気のメーターはぐるぐる回っている。王子はどうやら中だ。

チャイムを再び鳴らし、ドアを叩く。一度失踪された身には、多少強引なことをするのにも躊躇いがなかった。ドアノブに手をかけると、意外なことに鍵はかかっておらず、軽い力ですっと扉が動いた。

「王子さん?」

顔を中に入れ、そっと呼びかける。数週間前、絶望的な気持ちで彼の不在を確認した部屋の中に、今日は誰かがいる気配がちゃんとあった。シャワーのような水音が聞こえ、あわてて身体を引く。この忙しい時にシャワーまで浴びてるんじゃない！　という苛立ちもあるが、風呂上がりの監督と鉢合わせするほど気まずいこともない。ドアを閉め、外に出ようとしたその時――、ふと、下駄箱の上に置かれた封書に目が留まった。

男の一人暮らしにしては律儀に整頓された、モノクロのデザインクロスが敷かれた上に、ダイレクトメールに混ざって「請求書在中」と書かれた封筒がある。会社名に入った〝トラベル〟という言葉から察するに旅行会社だ。

失踪中に出かけたというハワイからの請求書だろうか、と思い目を向けると、中はすでに開封され、外に出されたとおぼしき紙がその時、目に入ってしまった。

「らくらくお土産パック　ハワイ・マカダミアチョコ３×１２００円」

お土産パック？　と心の中で呟いてみる。

このサービスは知っている。海外旅行の際、現地でお土産を買う手間を省くため、旅行会社が現地の製品を直接自宅に配送するサービスだ。けれど、しっくりこなかった。王子がハワイに行ったのは突発的だったはずだ。お土産を用意するような計画性のあるものではなかった。

それに――。

あの日見つめた憎々しい『DUTY FREE』の赤い袋。あれは、空港や向こうの免税店で買った証拠じゃないのか。そう思って、もう一度明細書に視線を落とす。そして目を見開いた。

注文の日付。王子が失踪していたはずの日付が印字されている。彼がハワイに行っていたと告げた、まさにその期間だ。

旅行会社の封筒と明細書を手に、背中にシャワーの音を聞きながら、香屋子はそっと廊下に出た。自分が見てはいけないものを見てしまったんじゃないかと、胸がドキドキし始める。

――王子は、ハワイになんて行っていなかったのではないか。

旅行会社からの封筒には、お土産の請求書の他には何も入っていなかった。大きく息を吸い込む。

では、どこへ？　と新たな疑問が頭を掠める。王子は消えて、どこへ行っていた？

やがて、シャワーを終え、支度を調えて現れた王子に、この質問をぶつけないのはムリだった。

外に香屋子がいるとは思わなかったのだろう。ドアを開き、驚いたように表情を止めた王子に、香屋子は「どこに行っていたんです？」と単刀直入に訊いた。

香屋子の手の中にある旅行会社の封筒を見て、王子の顔色が変わった。「本当はどこに」と香屋子が再び尋ねようとした瞬間、「わあああ」と、悲鳴のような声が上がった。

誰がどこから出した声か、一瞬、わからなかった。次の瞬間、王子が凄まじい勢いで香屋子の手から請求書をひったくる。そのまま「わああ」とか「信じらんない」とか、大声でわめきながら、両手で請求書を破り始めた。

あまりのことに、香屋子はしばらく呆然《ぼうぜん》と取り残されたように立ち尽くした。「信じらんない」ともう一度言って、ようやくこちらを向いた王子の顔が真っ赤になって怒っていた。

「ほんっと、信じらんない。迎えに来なくていいって言ったのに、なんで来んの？ばっかじゃないの。それにひどい。こんなのプライバシーの侵害だろーが。死ね、マジで。もうやだ、生きてけない。えっじと仕事できない」

「――本当に、行ってなかったんですか」

まるでお母さんに日記帳を見られた思春期の息子――いや、娘だ、と気圧《けお》されながらも、どうにか問いかける。まさかここまでの反応があると思わなかったし、半信半疑だったのに、これでは墓穴を掘って認めたようなものなのだと、気づかないのだろうか。

「うるっさいな！　そうだよ」と答える王子の声は、間髪入れず投げやりに響いた。

「行ってないよ。認めたら満足？　人の心を蹂躙《じゅうりん》してさ、ほんっとひどいよね。そうだよ、グランドキャニオンは、これぞアリゾナ土産っていうのが見つけられなかったから却下で、だから、ハワイ。いいじゃん、あのバイクシーン、実際に渓谷観てきたぐらい迫力出せたらそれでいいんでしょ」

「あの、ＤＵＴＹ ＦＲＥＥの袋は……」

「わあ！」

王子が大袈裟に耳を塞ぐ。ぎゃあぎゃあ言いながら、「ひどいひどい」とくり返す。驚いたことに、涙目にまでなり出した。

「人からもらったお土産の袋を使い回ししたって、かっこわるいって思ってるんでしょ。なんでそれをさ、察してるくせに俺の口から直接言わせるの？　これ、辱《はずかし》めってやつだよね。人の弱いところ見て、強引に認めさせてそれで満足なの？　有科さんって、本当に鬼みたいな人だね。鬼、もう、ほんと鬼」

「本当は、どこに行っていたんですか」

香屋子は根気強く、問いかけた。オニオニ、と告げられる言葉に辟易しながら、本当にこの人は……と呆《あき》れる。だけど、知りたかった。あの絵コンテが生まれた場所を。彼がどこであれを描いたのか。

「家にいたよ」

と、彼が答えた。

ふてくされた顔つきのまま、ふっとそっぽを向く。香屋子は息を呑んだ。

「どこにも行ってない。ここにいた」

「でも、だって――」

誰もいない、無人の状態の部屋に立ち尽くしたあの日のことを思い出す。『リデル』の資料もそのままに、彼は忽然と姿を消したのではなかったのか。

「最初の二日間くらいは戻らなかったけど、それ以降は戻って絵コンテ描いてた」

「どうして」

「あのさぁ、まだ存在しないゼロのものを、たとえそれが頭の中にあるにしろ一から立ち上げて形にしなきゃならないプレッシャーってわかる？　俺がやらないと何も進まないっていうこの状況。簡単にやれてるように見えるかもしれないけど、簡単にやってるように見えてんだろーなってことまでがストレスになるわけ。できるかどうかなんていつもわかんないよ。昔できたからって、今回で躓《つまず》かない保証なんて誰もしてくれないんだから」

王子が眉根に皺を寄せながら一気に捲《まく》し立てた。理不尽なことで逆ギレしているに近い状況なのに、彼がきれいな顔を歪《ゆが》めるだけでとんでもなく絵になる。自分の言葉に勢いづいたように、さらに饒舌《じょうぜつ》になる。

「取材旅行なんて行く余裕あるわけねーだろ。ハワイの片手間にできるような仕事かよ。よく気分転換の方法とか、リフレッシュ法とか、散歩してる最中にアイデアが、とか言う監督や作家いるけど、そんなの絶対嘘っぱちだね。じゃなきゃ天才だね」

香屋子に口を挟む隙を与えないまま、吐き捨てるように言い、それからふいに真顔になった。不機嫌そうな表情だけは崩さずに、香屋子を正面から見つめる。

「脚本とか絵コンテは、地道に机に向かうことでしか進まないよ。どんだけ嫌でも、飽きても、派手さがなくても、そこに座り続けてずっと紙やパソコンと向き合うしかない。席を立ったらそこで取り逃すものだってあるし、齧《かじ》り付くように、ひったすら、やるしかないんだ。気分転換なんて、死んでもできない」

ふいに、王子が机の前に座る背中が、実際に見たことのように思い浮かんだ。今、もとになるものがあるから、香屋子やアニメーターたちは王子を助けられるが、最初のこの作業中は誰も彼を救えない。誰にも頼らず、一人でやるしかないのだ。

ああ、と身体の真ん中に、火が点《とも》るような感覚があった。

そうだった。この人は、戻ってきた時、顔がやつれ、ボロボロだった。

「……一言、言ってくれれば、一人で集中できる、缶詰になれる環境を用意しましたよ」

「だからー、今でこそ脚本もコンテも上がったけど、最初は上がるかどうかわからなかったんだってば。このままできなかったら本気で逃げるって選択肢もある中じゃないととてもできなかった。缶詰なんて余裕あること抜かすなよ」

「でも、心配するでしょう?」

「嘘だ。心配してなかった」

王子が頬を膨らませる。

「本当はもっと、俺の身に何かあったんじゃないかって、騒いだり、心配してくれるかなって思ったのに、みんな俺が逃げた前提でしか考えてなかった。あれ、傷ついたよ。誘拐とか事故とか事件とか、みんなもっと俺のこと心配して大事にすべきなんじゃない? 俺、監督だよ?」

「実際に逃げたじゃないですか。都合のいいことばっかり言わないでください」

「マンションに戻って作業してるっていうのに、誰もここに探しに来ないしさ」

それは——、後悔している。アニメーターたちが居留守を使うのを、メーターボックスをチェックするほどに過敏に察知して管理していたというのに、王子に関してはその可能性をまったく考えなかった。頭の中は、周囲にどう言うか、どう立ち回るかということでいっぱいだった。

「だけど、待たせてる人たちの気持ちも少しは考えたらどうなんですか。少なくとも、王子さんがいない間、私は生きた心地がしませんでした」

「考えてるよ。誰よりも考えてる。作品のことだけじゃなくて、スタッフのことも。もちろん、有科さんのことも」

名を呼ばれ、黙ってしまう。

王子が揺るぎない、まっすぐな眼差しで首を振る。

「一つのタイトルが始まれば、その人の時間を俺は三年近くもらうんだよ。俺がやりたいものを形にするっていうそれだけのために、その人の人生を預かるんだ。そのことを考えない日はないよ。監督は、基本、誰かに何かをお願いしないと進めない仕事なんだから。俺だけじゃ何もできないんだ」

香屋子は瞬きもせずに、王子を見た。怒鳴るように言葉をぶつけられているのに、場違いに気持ちが揺れる。

テレビアニメは、一話三十分の裏側にたくさんのスタッフがいる。シリーズ通じてだと、それこそ、何百人規模だ。

ハワイだとか持ち出して、余裕を見せることが大人だと信じる子どもっぽいこの人を前に、彼と知り合ってから、初めて、香屋子は思った。

かっこいい。

長い時間をかけるアニメーションの現場で、王子の時間と人生をお預かりしている気持ちになっているのは、香屋子とえっじのスタッフも一緒だ。彼の〝人生分の大事な三年〟に併走できることを光栄に思ってきた。

そして、彼が苦労してゼロから作り上げた〝一〟を、香屋子たちはこれから一緒に百にも千にもしていける。あれを動かし、観ることができる。

「もうやだもうやだ。なんで勝手に来るわけ、見るわけ？　信じられない、マジで」

元通り口調を戻した王子が、「一番踏み込まれたくないとこに踏み込まれたわけだから、俺、もうムリだからね。仕事できないから」と、さっきの発言と実に矛盾したことをしゃあしゃあと口にする。今しも部屋の中に戻ってしまいそうなのを捕まえて、

「もういいです、行きますよ」と声をかける。

「みんな、あなたのことを待ってます。記者会見は明日です」

「じゃ、ちょっと待ってよ。一つ条件」

「なんですか」

「みんなに、ハワイのことは言わないで」

はあー、と全身からため息が洩れた。これとまったく同じセリフをそういえば数日前に違う立場で彼に告げた気がする。「わかりました」と呟いて、王子を引っ張っていく。

気を抜くと、口元がにやついてしまいそうで困った。

意識して真面目な、怒った顔を作りながら、彼を歩かせていく。この仕事ができることが、とても嬉しい。

監督を現場に恙《つつが》なく入れるのが、香屋子の役目だ。

香屋子が告げ口したわけでは断じてないのだが、後に、プロデューサーと社長までを入れた打ち合わせの席で、ふいに江藤社長が「そういえば、王子さんって本当はどこにいたんだ?」と訊いてきて、驚いた。

言葉が出ず、露骨なほど唇を引き結んで社長を振り返った香屋子に、江藤が「え？有科、まさか本当に王子さんがハワイに行ってたと思ってるわけじゃないよね」と続ける。

「んなわけないじゃないですか」と同席していた垣内までが言って、ますます口が利けなくなる。

「最初に部屋に踏み込んだ時にパスポートと通帳が残ってたのはうちの野島《のじま》が確認済みです」

「だよね」

社長がぼんやりした口調で言う。

「まぁ、どこにいたにしろ、かわいい話じゃない。バカンスの傍らに書きましたって、かっこつけたかったんでしょ。自分に惚れ込んでる有科相手に、見栄張っちゃってまぁ」

「片手間じゃ、まずあの分量はムリですけどね。そんな生ぬるいこと、されても困るし」

普段から厳しい垣内がしれっと言う。黙ったままの香屋子に「まあ、いいじゃないですか」と声をかけてきた。

「経緯はどうあれ、仕上げたわけだから。有科さんも騙されたふり、続けてあげてくださいよ。余計な詮索はしないで」

「あ……、はい」

ところで数字の話だけど、と、もう違う話題に移る男たちを見つめながら、香屋子はほとほと自分は子どもだったのだなぁと思い知る。香屋子も、そして、王子も。好きなことで遊んでいる間、大怪我しないように見ている大人が後ろにいることに気づかない。

アニメーション制作は集団作業なのだと、いまさらのように、それをとても心強く感じる。

||||||

記者会見の当日は、抜けるような晴天だった。

会見の段取りは、主に、イベントごとに馴れているテレビ局とアニマーケットサイドのスタッフに任せ、香屋子と王子は時間通りに現地入りすればそれでよいと言われていた。

前日に行われた打ち合わせの席での不安要素も、まだあることはある。

生放送である、ということがまず一つだし、記者会見に先んじて行われるトークショー形式の発表会見で王子の相手役を務めるのが、テレビ局の女子アナだということもそうだ。

「誰か声優とか、もう少し業界に近い子の方が安心なんじゃないでしょうか」

その局の若手の中でも人気を誇るという彼女の名を、香屋子は知らなかった。女子アナに詳しい人たちの間では知られた存在なのかもしれないが、アニメファンの需要に応えられた人選には見えない。逆に、反感の対象になりかねないのではないか。

「これ、誰得なんでしょうか」

流行りのゆるくふわっと巻いた髪で小さな顔回りを覆った彼女の宣材写真を眺めながら口にすると、局側のプロデューサーである田沼《たぬま》がとんでもない、というように肩を竦《すく》めた。

「この子がアニメが好きだってよく発言してるの、見たことない？　大丈夫だよ。最近じゃ、朝のニュースで旬な女優とかイケメンにインタビュー行ったりもしてるし、向こうもプロなんだから」

女優の次に出される例がイケメンというのはどうなんだろう。だから王子ともうまく話せる、というアピールだろうか。田沼は数年前まで、同じテレビ局でもアニメとはまったく関係のない部署にいた人間で、今もアニメジャンルに疎《うと》い。業界の、特にファンの持つ意識や感覚のようなものをわかっているとは言い難かった。

不安は拭えないものの、当の王子は「どっちでもいいよ」と平然と答えるだけだ。アニメ界だけで狭く話題を封じ込めるのはもったいないと、アニメ誌以外の記者にもたくさん声をかけたと聞き、そのことも引っ掛かる。気にしすぎなのかもしれないが、王子作品やアニメのことに詳しくないスポーツ紙や週刊誌の記者からどんな質問が来るのかは、香屋子にも予想できなかった。

会場として指定されたのは、銀座にある高級ホテルの宴会フロアだった。

旧正月を意識しているのだろうか。恭しくドアマンが会釈する重たい扉を開けた向こうに、赤と金をベースにした大きな花瓶が用意され、たくさんの花々が花瓶をはみ出すようにして活けられている。

ロビーの入り口で、深呼吸をする。奥に向かって延びた赤に金の刺繍が入ったカーペットを前に軽く足が竦む。会場設定も田沼にお任せだったが、まさかこんなに豪華なところになるなんて。

けれど、その場に来ても王子の足取りに迷いはなかった。軽くジャケットを羽織っただけで、このホテルにも彼の容姿は負けていない。むしろ調和して見える。

「じゃあ、行こうか」

気合いを入れるように香屋子に向けて言う。「はい」と答えて、二階に上がると、指定された部屋の前は、すでに記者の姿で溢《あふ》れていた。『アニメゾン』や、『シネマージュ』、業界誌の知り合いの姿もあるが、初めて見る顔も多い。今日の席数は、記者以外の関係者席まで含めて全部で五十ほどだと聞いている。

ちょっとしたパーティーのようになった部屋の前で、何人かが王子と香屋子に気づいた。一人二人が「お」と声を洩らしたことを契機に、たくさんの目が一斉に自分たちを見る。香屋子は視線のやり場に困るが、王子は堂々としたものだ。無視するというほどの不自然さもなく、前だけを見て会場の横にある控え室に入っていく。

生放送前の打ち合わせは、簡単なものだった。

田沼プロデューサーに連れられた女子アナが、「今日はよろしくお願いします」と挨拶する。宣材写真そのままの笑顔で「楽しみにしてました。私、王子さん、『ヨスガ』の時からファンなんです」と言った。

それに王子が、「ああ、ありがとうございます」と気のない様子で話すのは相変わらずだ。香屋子が最初に話した時と同じく、王子はファンに自分を褒めさせない。

事前に渡された質問は、ごくあたりさわりのないものだった。十年ぶりの新作となりますがどうですか。今回の見どころや、『リデル』に関する意気込みについて、などなど。

まず最初に彼女が舞台に上がり、続いてタイトルの発表、五分弱のオープニング映像と初回の予告編を流す。最後に監督の名前が発表され、そこで初めて王子が皆の前に姿を現すという段取りだ。

『ヨスガ』の時にイケメン監督として名を馳せ、望むと望まざるとにかかわらずあれだけ雑誌に露出していたのだから、本番への勝負強さはあるだろう。今は褒める隙をまったく与えない王子も、カメラが回ればきっと外向けに気持ちのスイッチを切り替えるはずだ。

打ち合わせを終えて、香屋子だけで会場をそっと覗く。並んだ椅子の列、出口に近い後部に目を留めて、思わず「あ」と声を上げた。

トウケイ動画の行城と、斎藤監督の姿が見える。そして、そのタイミングで、行城がこちらを振り向いた。

香屋子と、目が合う。優雅としか言いようがない微笑みで、彼が静かに会釈した。どうも、と口が動いたように見える。

そういえば、アフレコ現場で会った時、会見に来ると言っていた。あれ、本気だったのか。どんな面の皮だよ、と思い、ついでに王子の失踪を知っていることを仄めかされたことを思い出して、ざわっと肌が粟立《あわだ》つような怒りが甦《よみがえ》る。静かに、息を吸い込んだ。

行城の横に座る斎藤監督は、そんな香屋子たちの様子には気がついていないようだった。今日はこの間のようなパンツスタイルではなく、小花柄の清楚なワンピースを着ている。ライトに照らされ、固定カメラが向けられた壇上を眩《まぶ》しそうに見ている。

——行城の言ったことが本当なら、彼女もまた、王子のファンだということだった。楽しみにしてきてくれたのかもしれない。

落ち着け、怒るな。

自分に言い聞かせて、香屋子もまた、行城に向けて口の動きだけで「どうも」と挨拶する。部屋を出て、前を向く。密かな欲望が、胸の底から湧き起こるのを感じた。見るがいい、と唇の裏で呟く。日常生活でこんな言葉を使うのは初めてだ。見るがいい、行城も、みんなも。『リデル』を観て、打ちひしがれて、帰ればいい。

私たちは負けない。

たった数分の映像が、その人のその後を変えてしまうことがある。

香屋子がそうだったように。

映像にかかわる仕事をしている人たちの多くに、それぞれの『ヨスガ』があるように。

||||

編集した『リデルライト』がスクリーンに映し出された五分間が、この場にいる誰かにとってのその時間でありますように。

祈るような気持ちで、香屋子は息を止め、正面を見続けた。会場の一番後ろから、自分自身を差し出すような気持ちで映像を見守る。

暗闇を、充莉の乗るバイクがひた走る二分間。キャラクターの顔は一度も出てこない。映るのは、闇を裂くライトと前輪のタイヤのみ。疾走感のあるオープニングの歌の盛り上がりに合わせて、彼女の走らせるコースが険しいものに変わっていく。ところどころで、影のような誰かの後ろ姿や情景が浮かび上がり、けれど、それも見えそうで見えない遠いものだ。もどかしさが頂点に達したその時、闇が途切れる。

タイトルと、バイクをひらりと降りた彼女の顔が映るのは、最後のほんの一瞬だ。

『運命戦線リデルライト』

その文字が出た瞬間に、会場で誰かが「おおー」と声を洩らした。

洩らして、くれた。

声は、一つではなかった。サクラではないだろう。そんな仕込みがあるという話は聞いてない。純粋なアニメファンの誰かだ。今、ネットで生中継されているパソコンの向こう側で、どうか多くの人がこれと同じ声を上げてくれていますように。私と同じものを、観てくれていますように。

続いて始まった予告編を観て、微かにざわめきが起こる。香木原ユカだ、と誰かが小声で声優名を口にする。このバイクデザインＨＩＴＡＮＯじゃない？　と呟く声が微かに聞こえる。

王子が用意した、充莉の決めゼリフが響き渡る。

――生きろ。君を絶望させられるのは、世界で君ひとりだけ。

その言葉が放たれた瞬間に、会場が明らかに空気を変えた。それまでのざわめきが嘘のように、耳が痛いほどの静寂が訪れる。真っ黒になったスクリーンに、再び『運命戦線リデルライト』のタイトルが流星のようにすっと現れて一瞬で消える。

映像が終わった。

パン、という音が聞こえ、続いてさざなみのような拍手が起こる。だんだんと、拍手が大きく、増えていく。

その音を聞きながら、香屋子はゆっくりと鼻から息を抜く。自分が呼吸を止めていたことに、初めて、気づいた。


会場が明るくなり、スクリーンが閉じる。

現れた女子アナが「では、この作品の監督をご紹介しましょう」とよく通る声で、王子を紹介する。

「王子千晴さんです」

眩《まばゆ》いライトを浴び、現れた王子の顔は美しかった。アニメの製作発表としては異例な数のフラッシュが焚《た》かれ、カメラが王子の姿を捉える。ふわふわの髪も、にきび一つない真っ白い頬も、とても三十を過ぎているようには見えない。――人前に出るのはひさしぶりなはずだ。

がんばって、と香屋子は声にならない声援を送る。

あなたなら、大丈夫。

女子アナの向かいに用意されたクッションの柔らかそうな椅子に座る王子は、まるで君臨する王だ。イケメン監督、と言われることへの覚悟はできているのだろう。不遜にすら見える物憂げな眼差しで、「どうも」と一言挨拶した。

にこやかな紹介の声は続く。

「すでにご存じの方もいるかと思いますが、王子千晴さんは十年前にあの伝説的なアニメ『光のヨスガ』を撮られた監督さんです。私自身、『ヨスガ』からずっと王子さんの大ファンです。――今日はよろしくお願いします」

ちょっと扇動《アジ》りすぎなんじゃないかな、と少しだけ気になった。

彼女がアニメ好きだというのは本当だろうけど、業界の外で今日初めて彼を知った人は『ヨスガ』の名前を聞いてもピンと来ないだろう。それにあれは、十年前じゃなくて九年前だし、「『ヨスガ』からずっと」も何も、王子はあれ以来、監督を務めた作品がない。さっきの打ち合わせできちんと訂正しておけばよかった。

コアなアニメファンは、その愛ゆえに、付け焼き刃のファンを嫌う。アニメが好き、オタクであることを売りにするのは、程度が半端なら諸刃の剣だ。

「よろしくお願いします」と微かに頭を下げた王子に、表向き気分を害した様子はなかった。アナウンサーが微笑んだ。

「今回十年ぶりに王子監督がメガホンを取られるということで、業界内は騒然となるのではないでしょうか。さきほど流れたオープニングと、第一話、ダイジェスト、皆さんご覧になっていかがだったでしょうか。私、感動して言葉がありませんでした。とてもかっこよかったです」

「ありがとうございます。――メガホン、は取りませんけどね。アニメ監督の場合」

王子が呟くように答える。多分、香屋子の心配通り、少しだけ怒っている。厳密なニュアンスを汲《く》み取ってくれない人たちを、クリエイターは何よりも嫌う。大雑把《おおざっぱ》な言葉で褒め上げられても、嬉しくないのだろう。

途中に何回かひやひやとする瞬間を挟みながらも、トークショーは順調に続く。

「何より、監督がイケメンだということでも『ヨスガ』は当時話題になりましたが、いかがですか。あの時期に、王子さんのお顔はいろんな雑誌で表紙になっていたことを覚えています。これまでアニメに持っていた印象を払拭された方も多いのではないでしょうか」

そんなふうに答えを定まった方向に誘導しようとする質問にも、「そうですね」と相づちを打つだけでばっさりと流れを断ち切り、王子は「今回の『リデル』では」と、新作の話題に根気強く戻っていく。

見守るしかない。

九年というブランクと、『ヨスガ』の大きすぎる評価、持て余すような自分のイメージと闘えるのは、彼自身だけだ。

やっぱり相手役はこの子じゃ失敗だったんじゃないか。質問内容こそ事前にもらったものだけど、その内容を口にするまでにくっついてくる情報が余計だ。業界に疎いなら、疎いなりに通り一遍に訊いてくれるだけの方が、王子が話しやすいのに。

香屋子がそう思った、まさにその時だった。彼女の口から、その言葉が出た。

「ところで、今、アニメ業界は戦国時代で、ハケンアニメという言葉があるくらいですよね。どうですか。今回の『リデルライト』、めちゃくちゃハケンの匂いがしますが、自信の程は」

打ち合わせにはない質問だった。「ハケン?」と眉間に皺を寄せた王子が、初めて彼女にきちんと顔を向けた。「ええ」と彼女が頷く。

「ご存じなかったですか。今、アニメファンの間でよく使われる言葉なんですよ。もともとは、あるパッケージ会社の社員の方の言葉だったと聞いています。『今期の覇権はうちで決まりですね』と発言したことがきっかけになったとか。そのクールで作られたたくさんのアニメの中で、一番成功したものに贈られる言葉です」

「ええと、ハケンって、つまりは覇者の権利ってこと？」

王子が首を傾げ、それから「なんだ、びっくりした」と吐息を洩らす。

「バカにされてんのかと思った。フリーランスが多い業界だから、派遣社員で作ってるって。やな言葉だね、それ」

「え？」

「嫌な言葉ですね」

心臓がぎゅっとなった。

覇権アニメ。覇権が取れる、という言葉に、香屋子はつらい時期を励まされた。けれど、王子が壇上であっさり首を振る。

「誰が決めんの？　それ。成功って、それ結局、どのアニメが一番儲けたかってことなわけでしょ。パッケージ会社の人間から出た言葉なら、間違いなくそうだよね。そんなこと意味ある？　アニメってさ、勝たなきゃいけないの？　頂点取った一つ以外は負けなの？」

気圧《けお》されたように黙り込んだアナウンサーに向けて、王子が続ける。

「そりゃ儲かるに越したことないし、利益は出さなきゃいけないよ。わかってる。でもさ、その期間に作られた他のアニメ全部を制圧して一位を取りたいなんて、俺は思わない」

王子がきっぱりと言い切った。香屋子の胸が熱くなる。ライトの下で、王子の顔が、ますます輝いていく。

ああ、本当にもう、この人は。

言葉とは裏腹に、彼こそが今期の覇権アニメを作るのだと、香屋子は確信する。そんな言葉を使うなと、嫌な言葉だと言われても、そう思うことはやめられないだろう。ワンクール五十本近く作られるシリーズアニメの中で、問題なく利益を上げ採算が取れるものは、十年前にアニメが深夜に行く前だった頃と違って、今は評判になった上から三つくらいのものだ。王子は、その裏で覇権を取れなかったアニメを作るというのがどういうことか、そちらの苦労の方も経験上知っているのだろう。一度頂点を取ったところで、その次の作品がまた成功するかどうかもわからない。

だけど、違う。

覇権アニメは、単純な利益を指す言葉ではもうない。意味の最初のスタートはそこだったかもしれないけど、今やもう、〝覇権〟アニメは制作サイドが高みから放った言葉の枠を越えて、アニメファン全体のものだ。

このクールで、どのアニメが一番人の心を打つか。記憶と、時代に名前を残せるか。そういう言葉に、今は変わっている。そこでは、売り上げは二の次だ。

アナウンサーがぎこちない笑顔を浮かべた。

「けれど、アニメはすごいですよね。一時期のオタクや一部のファンのものという印象はすでになく、今や、一億総オタク化なんてことまで言われている。世界に誇る日本の産業の一つですし、最近では老舗のオシャレ女性誌でも特集が組まれたり、普通の人の、一般的なものへと変わりつつあります。そのあたりについて、『リデルライト』はいかがですか。監督は、自分がそんな今のアニメ界の中でどんな役割を果たすことができると考えていますか」

強引に話題を切り替えようとして出された次の質問は、論点がずれて、何を訊きたいのか要領を得ないものだった。王子は怒るかもしれない、と思ったが、次の瞬間、彼が毅然と正面から答えた。

「あのさ、世の中に普通の人なんかいないよ」

のんびりとした口調で「老舗の女性誌ねぇ、『ａｎａｎ』とかのことかな」と呟く。

「そりゃ、特集されるでしょう、アニメだって。だけど、それは単純にそれを必要とする人がいて、間に届けたいと思ってくれる人がいるからで、それがどうして一億総オタク化って話に繋がるのかはわからない。必要としてくれるなら、俺は、自分のアニメはオタクのものだって、一部の限定的なファンだけのものだって、別にいいと思う。放送した時点で、それはもう俺のものじゃない。観た、その人だけのものでいいよ」

王子がアナウンサーから顔を背け、会場全体を見た。一番奥の壁際に立つ香屋子を、彼が見たのがわかった。

静かな決意のようなものがその瞳に宿るのを、その瞬間、香屋子は見た。

王子が再び、カメラを見つめる。

「自分がアニメ界においてどんな役割を果たすことができるか、ねぇ……。ね、イケメンイケメンって呼ばれることが嫌みや悪口になることがあるってわかる？　アニメや漫画や、一人でできる楽しみが周囲に理解されずに、青春を送ることが暗いとかオタクだって思われる日々のこと、想像できる？」

最初に仕事の依頼を持ちかけた時、灰色に沈んだ目をしていたあの彼は、もういない。話がどこに着地するのか、わからなくて、香屋子は固唾《かたず》を呑んで王子の姿を見つめる。

「俺、古いタイプの人間だから」と、彼が言った。

「オタクって言葉をファッション的に使えるほど大人じゃないよ。俺世代にとって、『オタク』は後ろ指さされるように呼ばれる言葉だった」

「え。王子さんって、『オタク』だって呼ばれて、いじめに遭われてたってことですか？　とてもそうは見えませんが」

アナウンサーがびっくりしたように目を見開く。

「ほら、すぐそういうことにする」

王子がふーっと、ため息を吐いた。

「どうして、いじめなんて言葉で括らなきゃわかんないかなぁ。わかりやすくしたいなら、そういう理解でいいけど、ちょっと繊細さに欠けすぎなんじゃない？　そんなとこまで行かないような浮き方や疎外感っていうのが、この世には確実にあるんだよ。で、そういう現実に溺れそうになった時、アニメは確かに人の日常を救えるんだと思う」

「現実逃避に、アニメを観るということでしょうか」

「違うよ」

王子が首を振る。

「暗くも、不幸せでもなく、まして現実逃避するでもなく。——現実を生き抜く力の一部として俺のアニメを観ることを選んでくれる人たちがいるなら、俺はその子たちのことが自分の兄弟みたいに愛しい。総オタク化した一億の普通の人々じゃなくて、その人たちのために仕事できるなら幸せだよ」

愛しい、という言葉が、場違いなほど柔らかく、優しく、その場に落ちた。

一息で喋った王子が、息継ぎして続ける。

「『リデルライト』の中にある、〝生きろ〟という命令形の言葉は、泥臭いけど、本気です。現実を生き延びるには、結局、自分の心を強く保つしかないんだよ。リア充って、現実や恋愛が充実してる人間を揶揄して指す言葉があるけど、リアルが充実してなくたって、多くの人は、そう不幸じゃないはずでしょ？　恋人がいなくても、現実がつらくても、心の中に大事に思ってるものがあれば、それがアニメでも、アイドルでも、溺れそうな時にしがみつけるものを持つ人は幸せなはずだ。覇権を取ることだけが、成功じゃない」

「では、王子さんは、今回の『リデルライト』を、やはりアニメファン以外の人というよりは、現実がうまくいっていないオタクの人たちに向けて作ったと。そういうことでいいですか」

王子の言葉を遮って、困惑した様子にアナウンサーが入れた合いの手に気が遠くなりかける。セッティングした田沼に本気で殺意を覚えた。

「王子さん、オタクに関して、独自の考えをお持ちのようなので」

彼女の顔に、言ってることわかんないなー、という表情が浮かぶ。それを表情に出すことがまたサイアクだ。

王子の顔が、一瞬、完全な無表情になる。そして、――次の瞬間、彼が「ええ」とにっこり微笑みを浮かべ、香屋子は息を呑んだ。

「リア充どもが、現実に彼氏彼女とのデートとセックスに励んでる横で、俺は一生自分が童貞だったらどうしようって不安で夜も眠れない中、数々のアニメキャラでオナニーして青春過ごしてきたんだよ。だけど、ベルダンディーや草薙素子を知ってる俺の人生を不幸だなんて誰にも呼ばせない」

ひ、と喉の奥から悲鳴のような声が出て、身体が前に出かかる。そろそろ止めなければ。誰もそこまで言ってないじゃないか。目の前の女子アナの顔が凍りつき、彼女がみるみる引いていく。

「女子アナと対談してる今の自分も悪くないしね。――俺が観てきたものの延長に今があるなら、俺が好きだったもののことは、誰にももうバカにさせない。アニメが文化や、世界に誇れる産業だっていうなら、その通りなんでしょう」

　だけど、と彼が言う。

「アニメは、それを観た各自のものだよ。そこじゃもう、作り手のことなんか関係ない。俺が作った『リデル』を、俺以上に愛してくれる人はいるし、俺の作品に一番詳しいのは俺じゃなくていい。それは、そこに一番愛情を注いだ人のものなんだよ。設定だって、キャラのその後だって、全部それは観てくれた人が自由に決めていい」

「どうしてそんなふうに思われるんでしょう」

アナウンサーが苦し紛れに言葉を挟む。本当に興味があるわけではなく、場を繋ぐために発言しただけのように見えた。けれど、王子はそれをきちんと受ける。

「俺自身がたくさんのアニメや漫画をそうやって自分のものだと思って観てきたからですよ。その自由を許してくれた業界の先輩たちに、感謝しています」

　王子が再び正面を向き、ライトに目を細める。はっきりと香屋子の顔を見た。

「一人でできる楽しみをバカにするやつは、きっといつの時代にも一定数いる。それはどれだけアニメが産業を大きくしても変わらないでしょう。だけど、もし、監督って立場で発言する権利が得られるなら、『リデル』をこれから愛してくれる人にこう言いたい。誰にどんなにバカにされても、俺はバカにしない。言ってみれば作者だし、業界の内部の人間から言われても説得力ないかもしれないけど、君のその楽しみは尊いものだと、それがわからない人たちを軽蔑していいんだと、そう、言わせてもらえたら、こんな場所に座らされてる甲斐も少しはあったかなって思う」

香屋子の顔を見つめたまま言い切って、そして彼はふっと、緊張を解いたように微笑んだ。

「もう、終わりにしていいですか」

＝

嵐のようなトークショーと、その後の記者会見が終わり、壇上から王子が退場する。記者たちが席を立って外に出て行くのに合わせ、香屋子もまた、王子の待つ控え室に向かおうとすると、「さすがですね」と声をかけられた。

足を止め、振り返ると行城だった。――斎藤監督が、その横から香屋子に話しかけてくる。

「えっじの有科さんですよね。先日はテレモセンターで失礼しました」

「こんにちは」

あわてて挨拶し、名刺を取り出す。斎藤が受け取りながら、恐縮した様子で「ごめんなさい。私、名刺なくて」と謝ってくる。咄嗟に行城を見た。トウケイ動画で囲うため、外部の人間に連絡先を渡さないように言われているのかもしれない。

だけど、意外だった。監督を紹介する、と言われてはいたが、行城は絶対に香屋子には声もかけさせてくれないと思っていた。

「すいません、急に」と、斎藤が頭を下げる。作業中ではない彼女は、ほっそりと可憐で、育ちのいいお嬢さんのようにしか見えなかった。とても監督のような我の強い大役を務めるようには見えない。

横についた行城がおもしろくなさそうに「有科さんと話したいそうです」と言う。斎藤が彼に向け、「ええ」と頷いた。行城相手にはさすがにある種の貫禄が見える。彼女が香屋子に向き直った。

「すごくよかったです。『リデル』の映像も、王子さんの会見も。見に来られてよかった」

「そうですか」

少々複雑な気分で頷く。

映像については、もっと、と期待してしまう。〝すごくよかった〟なんて言葉だけじゃなくて、もっと、言葉にできないくらいの衝撃を受けてほしかったから悔しいし、王子の会見にしても、微妙な発言はなかったろうか。単純なイケメンを通り越して、あれじゃ、これまで王子に王子様イメージを持っていた女性ファンたちだってどう思ったか。

けれど、「覚悟、決めたんですね」と斎藤が言って、香屋子は「え？」と彼女の顔を見つめる。彼女が背の高い香屋子を見上げる形で続けた。

「主催された側に言うのは失礼かもしれないですけど、記者会見って本当だったら嫌ですよ。煽《あお》られて、人前に引きずり出されるわけだから」

行城が微かに口元を苦々しく歪めた。彼女たちの新作も、来週には発表記者会見を控えている。同じ場所でこそないが、六本木のホテルで、今日と同程度の催しになると聞いている。だけど、そうか。行城のゴリ押しに、監督が完全に乗り気というわけでもないのだ。

「王子さんは、最大限、自分が作品の宣伝になることを厭《いと》わないんだと、表に出て見世物になる覚悟を決めたんだと思いました。さすがです」

笑わない顔で斎藤が言う。「悔しいです」と。

「『リデル』の、あのオープニング演出は斬新です。観て、本当に悔しい。王子さんはああ言ったけど、私は、春クールの覇権を目指したい。負けたく、ありません」

目を、見張る。

小柄な彼女の両肩から、青い炎が上がる揺らめきと熱を感じるほどだった。

「私も、王子さんの『ヨスガ』を追いかけて、憧れてきた一人だからわかります。王子監督があんなに作品について語るのも、言葉は悪いですが、自分を売り物にするのも初めて見ます。それだけ今回にかけてるんだと思う」

静かで穏やかだった彼女の目が、いつの間にか、興奮のためか少し赤くなっていた。

行城がため息を吐いた。

「さっき見たら、ネットは王子さんと『リデル』の話題で持ちきりですよ」

よかったですね、と彼が続ける。

「まあ、うちが発表するタイトルでも、きっと同じようなことは起こるんでしょうけど。だけど、王子さんは会見でも暴走気味だなぁ。あれ、どこまで予定通りなんですか。王子様の相手も楽じゃありませんね」

王子様っていうより、どっちかっていうと王女様ですけどね、と、ハワイの一件がバレた際の彼の涙目を思い出し、肩を竦める。「馴れました」とだけ答えた。

「行城さん。まさかそちらの春クールのタイトル、放映の時間帯までは『リデル』とかぶりませんよね？」

完全な裏番組対決になるんだとしたら、と心配して口にすると、行城がすんなりと首を振った。そして、このタイミングを待っていたかのように微笑んだ。

「うちは深夜じゃありませんよ。土曜の夕方、古き良きアニメ枠です」

頭をしたたか、見えない力で打ちつけられたような気分になる。

今、ほとんどのアニメが深夜に放映される中、子どもと大人に向けて発信できるほとんど唯一の時間帯——ＨＢＴの土曜夕方は、ブランドと呼ばれる枠だ。数年先までさまざまな会社のタイトルで押さえられていると聞くが、そういえば春からのクールの噂は不思議とまだ聞いていなかった。

驚きが顔に出た香屋子に勝ち誇ったように微笑む行城を、この野郎、と静かに睨む。けれど、少しして、じわじわと胸がすくような、愉快な気持ちがこみ上げてきた。本当だったら正式発表まで隠しておきたい情報だったろうに、それを今、彼がひけらかしたのはどうしてか。

『リデル』の出来が、それだけのものだったということだ。

「有科さん、何してんの」という声とともに、王子がやってきたのはその時だった。

「王子さん」

香屋子は居住まいを正す。

「お疲れさまでした。あの、女子アナの子は……」

「帰った。あの子のフォローは田沼さんに任せて大丈夫そう。有科さんがなかなか来ないから呼びに来たよ。俺たちも帰ろう」

そして初めて、王子が行城と斎藤を見つめた。斎藤は紹介しても構わないが、行城には会わせたくなかったのに。あわてて間に入ろうとした香屋子をよそに、行城が「おひさしぶりですね」と笑った。

「楽しませてもらいましたよ。『リデル』も、会見も。うちにいた頃と、まったく少しもお変わりなさそうで何よりです」

暗に昔の仕事で苦労したことを滲《にじ》ませるのは卑怯《ひきょう》だ。もう関係ないでしょう、と割って入ろうとしたまさにその時——、王子が首を傾げ、「え、と」と呟いた。

「あの……、誰?」

行城が目を見開いた。今度は彼が「え?」と呟く。

王子が、演技しているのかどうかはわからなかった。顔に、微かに申し訳なさそうな表情を浮かべる。

「すいません、どっかでお会いしたことありましたっけ?」

「どっかで、って」

行城が顔を引き攣らせる。わあ、と邪《よこしま》な気持ちが胸を衝く。彼の顔がこんなに余裕をなくすところを初めて見た。

「トウケイ動画の行城ですよ。王子さん、『アンダー』の時に構成投げ出して降りたでしょう？　『秋百合』の時だって――」

「ああ、そうでしたっけ。ごめんなさい。そっか、あの二つやられた方ならヒットメーカーですね」

屈託なく微笑み、初対面のように挨拶する王子に、行城が憤慨した様子で名刺入れを取り出す。こんな場面でも自分の名を売ろうとするのだから、行城もなかなかどうして逞《たくま》しい。

名刺交換をする二人を見つめながら、ふいに、迫水が行城を、「あの人は人の顔を覚えない」と言っていたことを思い出す。笑いがこみ上げてくるのを必死に抑えた。うちの監督が、どうやら仇をとってくれたみたいだ。

会見場ではあと一つ、嬉しい出来事があった。

王子が残っていた記者の数人につかまり、ついでに、居合わせた斎藤監督の姿にも人が気づき始めたのを契機に、香屋子たちは彼らと別れた。

控え室に荷物を取りに戻ろうとしたところで「あの」と控えめな声に呼ばれた。

また記者だろうか、と王子を先に行かせる形でかばい、振り向いた香屋子の目に、意外な人物の姿が飛び込んできた。

姿勢の悪い猫背の体躯に、顔半分を覆う大きなマスク。ボサボサの髪に、冬なのに、ジャケットも持たずにオレンジ色のキャラTを着た、チヨダ・コーキが立っていた。横に、相変わらず表情の読めない黒木の姿もある。

「チヨダさん！」

声を出してしまったら、王子が振り向いた。彼もまた「あ」と驚いた顔になる。

横に黒木がいたからすぐに気づけたけど、もし彼が一人きりだったら、このマスク姿を不審人物のように思ってしまったかもしれない。

「あ、すいません。これ風邪じゃないですから。うつりません。大丈夫、安心してください」

早口に言って、チヨダがマスクをあわてて外す。

「ご迷惑がかかるといけないと思って、変装してたんです」

今取ってしまったら変装の意味がないんじゃ、と言いかけた香屋子の周りで、案の定、記者が彼に注目する気配がする。けれど、意に介する様子もなく、チヨダがいい顔で微笑んだ。

「今日会見だって、黒木さんから聞いたんで。見たくて、来ちゃいました」

「まさかいらしてたなんて……。お忙しいのに」

「いいえ。〆切間近ですけど、気分転換に」

かけられる声を、とても聞いていられなくなる。改めて、頭を下げた。

「――脚本のこと、本当に申し訳ありませんでした」

あの一件以来、申し訳なくて、本当はもっときちんと謝りに行きたかったのに、連絡することすら躊躇っていたことが恥ずかしかった。けれどチヨダは「あ。大丈夫です」と、いたって朗らかに応じてくれる。

「いいんです、本当に。僕、脚本家の友達がいるんですけど、彼女が負けず嫌いで、だから僕が脚本にまで手を出してうまくいっちゃったら、怒って口を利いてもらえなくなるところでした。よく考えたら、危なかったです」

うまくいっちゃったら、ってどんな自信だ。思ったけど、口には出さなかった。香屋子の横に並んだ王子が緊張に身を硬くするのがわかった。

「チヨダさん」と、王子が口にした声が、彼にしては珍しく掠れていた。

「ありがとうございます。いかがでしたか」

「――ものすごく、バイクものや魔法少女ものが書きたくなったけど」

チヨダが顔をしかめ、首を振る。

「僕、この先しばらくバイクのシーンを書くことはないんだろうなと思います。敵わないことが、悔しいから。――最終話まで、だから、このジャンルではもうこれ以上できないっていう、ぺんぺん草一本生えないところまで、やってください。楽しみにしてます」

王子が息を呑む音が聞こえた。

「帰るぞ、コーキ」

黒木が言った。王子が二人に頭を下げた。

「ありがとうございます。がんばります」

「充莉より、その妹の方が私は好きです」

今度は黒木が言った。耳を疑う。顔つきを変えないまま、彼がさらに言った。

「彼女の出番を、どうか多めに。楽しみにしてます」

驚きに顔を固めた香屋子と王子をその場に残し「じゃあ、また」と彼がチヨダを引っ張っていく。

「さよなら。〆切があるんで、また今度！」

チヨダの声が、ホテルの天井に向けて響き渡る。

彼ら二人が消えた廊下の向こうを見つめたまま、王子はしばらく動かなかった。やがて王子が、思い詰めたように、香屋子に向け、顔を上げた。

「行きますよ」と声をかけると、「うん」と、上の空のような生返事が聞こえた。

「チヨダさん。俺のこと、許してくれるかな」

独り言のような呟きだった。「尊敬してるんだ」と彼が言った。

「嫌われたくないな」

「だったら、おもしろいものを作るしかないですよ。私たちには、その方法しかありません」

この人は、仲良くしたい相手に対しても女子中学生以下のコミュニケーション能力しかないのか。

「チヨダさん、〆切前の気分転換に来たって言ってましたね」

王子が、気分転換で何か思いつく作家は嘘っぱちだと言っていたことを思い出して、ちらりと意地悪く突いてみる。思い出したのか、王子がつまらなそうに「だからー、きっと天才なんでしょ」と香屋子を睨んだ。

「だけど、バイクについてはしばらく書かないって言ったけど、魔法少女ものの方については書かないとは言わなかったね、チヨダさん」

王子が改めて言って、香屋子はそうだっけ、と首を捻る。けれど、王子ははっきり覚えているらしく「癪《しゃく》にさわるなあ」と呟いた。

「バイク抜きの『リデル』くらいなら、書けると思ってるんだろうな」

「……読んでみたいじゃないですか、『リデル』に触発された、チヨダさんの話も」

「うん」

意外にも、王子があっさりと認めた。

「すごく、楽しみ」

⁂

ホテルを出て、タクシーに乗り込む。今日はこれから、アフレコ後の音声や音楽を絵に重ね、編集をかけるダビング作業に直行だ。

後部座席の奥に王子を座らせ、運転手に東京テレモセンターの住所を告げる。車が発進すると、夕方の街にはもう明かりが灯り始めていた。窓の外を見つめる香屋子に、何気ないふうを装って、王子が「あのさ」と話しかけてきた。

「なんですか」

「……ありがとう」

彼の顔を見ていなかった香屋子は、度肝を抜かれた。完全なる不意打ちだ。彼からお礼を言われるなんて初めてだ。

視線を向け、まじまじと顔を見つめると、王子が「何」とすぐにふてくされた顔つきになる。けれど、その後ですぐ、深く息を吐き出す。

そして切り出した。

「知ってたんでしょ。『ヨスガ』以降の、俺の評判」

返事に詰まった。答えられない香屋子の前で、王子の顔に諦めたような苦笑が広がる。

知っていた。

もちろん、聞いていた。

伝説のアニメ『光のヨスガ』を撮った天才監督は、今はもう抜け殻だと。——彼にかかわろうとする者は、もはや誰もいないと。

一作目の成功のプレッシャーを本人は否定していたが、王子は、その後、どれ一つとしてまともに仕事ができなかった。王子を監督に迎え、始動したタイトルの最中でことごとく彼が降りたためだ。全編通じての監督がムリになったから、演出、シナリオ構成と名前を変えて彼がかかわった作品は、どれもそれなりの評判にはなった。表向きは、王子が参加したようにも見える。

けれど、そのどれもが、シリーズ後半で王子が投げ出したものだった。

一度や二度ならわかるが、『ヨスガ』から三年経った頃には、誰もが王子と組むことをリスクだと考えるようになった。

「初めて認めるけどさ」

王子が言った。

「ダメだったんだよね。『ヨスガ』であんな祭りみたいなことになって以降、自分が何をしたいのかわからなくて。今は天才だなんて言われてても、二作目を出した途端に凡庸だってバレるんじゃないかってずっと怖かった」

「あなたは天才ですよ」

香屋子は言った。

「間違いなく、何十年かに一人の、天才です」

これだけは、たとえ本人であろうと否定させない。

王子は微かに笑って、茶色い瞳を細めた。「ありがとう」とまた言って、正面を見つめる。

「二度と、監督はできないと思ってた。俺と組みたいなんていう物好きはもう二度と現れないだろうと思ったし、いたとしても、十分に形になるかわからない博打《ばくち》みたいな話しか来なくて、まともな会社と組めることなんて、二度とないと思ってた」

香屋子が王子を迎えたいと言った当初、えっじは社長も含め、いい顔はしなかった。たくさんの相手に止められたし、それを一つ一つ説得し、準備を慎重に進めた。

だからこそ、話が実現した後で彼が失踪した時の、現場の落胆ぶりときたらなかった。ほら、やっぱり、という針のむしろに座らされたような気持ちの裏側で、だけど、香屋子が信じたのは、王子の最後の情熱だ。

ここが正念場だ。最後のチャンスなんですよ、と祈るように、彼を待った。

「有科さんは、大きな女の人だよ。俺と組めるなんて相当だ。ここまで外堀を埋められたら、さすがに逃げられないと思った」

「――ここは悪い人がいない業界なんです」

人の言葉の受け売りだけど、香屋子は言った。

「いい加減な仕事をした人のことはあっという間に広まって、仕事がしにくくなる。

だからきっと戻ってきてくれるって信じてました」

「うん。おかげで命拾いした」

王子が笑う。それから急に「ねえ」と口調を切り替える。「有科さんて彼氏いる?」

と訊かれて、面食らう。ぐ、と声が出て、反射的に空気の塊を呑み込んでしまい、むせるように咳をして「どうしてですか」と訊く。

王子の表情は涼やかなものだった。

「真面目な話、人生の三年分を預かるわけだけど、結構いいお年なんじゃないかと思って。彼氏がいる気配ないから、大丈夫なのかなって気になって」

「余計なお世話です」

「本当? なんなら、俺、結婚してあげてもいいけど」

驚くべきことを言われて、「ふぇっ」と声が出た。ふざけているのかどうか、わからなかった。反射的に「結構です」と答えてしまったのは、なけなしのプライドが言わせたせいだ。

「どういう意味ですか」

「どうって言葉通り。前に言ったことなかったっけ? 俺、三次元のかわいさなんて所詮二次元のかわいさには絶対的に敵わないと思ってるから、だったら誰と付き合っても一緒でしょ。有科さんがどうしても困ったら、相談に乗るよ」

「……大丈夫です。私、明日、デートですから」

「え」

今度は王子が目を見開いた。「うっそ。誰と」と尋ねる声が楽しそうに弾むのを聞いて、チクショウ、と思う。言われた通り、〝いいお年〟だってことはこっちだって百も承知だ。からかうのもいい加減にして欲しい。

前のお詫びに、ともう二度と行けないと思っていたあのフレンチレストランに誘われたのだ。「今度は、そういうんじゃなくて」と生真面目に謝る迫水が明け透けに「もう好きじゃありませんから」と香屋子を突き放す。その言葉に、いまさらのように惜しいことをしたような気持ちになるのだから、女はあまのじゃくだ。

ふっと思い出す。

アニメ業界内同士の恋愛は、昔から、憧れか尊敬か、そのどちらかだと言われている。

本人と先に出会う前に、その人がかかわった作品を目にしている経験の方が多いこの業界で、好きだった作品の作り手に憧れから恋をしてしまう場合は多い。

そして、尊敬は、憧れとも微妙に違って、その人の作品そのものというよりは、仕事に取り組む姿勢の方に恋をすることを指す。一般的に、憧れによって始まった恋は冷めやすいが、尊敬なら長続きする、と言われる。

けれど、と、一つ、息をする。

憧れと尊敬が随所に絡まり合って散らばるこの世界にある感情は、恋だけじゃない。生まれたたくさんの愛に支えられ、――それは、放映する画面の向こうの視聴者からの愛さえ巻き込みながら、香屋子たちを、今日も走らせる原動力になる。

「何笑ってんの、キモいよ」

王子が鼻の頭に皺を寄せ、子どものようなしかめ面を作る。「すいません」と答えながらも、気持ちが抑えられなかった。

ここで働けて幸せだと、心底思う。

何しろ、この業界で働く人間は、皆、等しく〝愛〟に弱いのだ。

「この辺ですか」

タクシーの運転手の声で、我に返る。着いてからのダビングの段取りを、頭の中で確認しながら、支払いを終え、車を降りる。少し、遅刻だ。

「いくよ、有科さん」

王子の声を受け、「はい」と返事をする。

ジャケットに手を突っ込んだまま歩く華奢な背中にくっついて、彼の後ろを小走りにかけていく。

澄み切った冬の暗い空を眺めながら、放映時の春に、自分たちはどうなっているだろうと考える。怒られそうだから、本人に言うつもりはない。だけど、監督の背中に向けて、こっそりと呼びかけた。

——あなたに、きっと覇権を取らせてみせる。

だってあなたは、私にとってのアニメそのもの。憧れと尊敬のすべてだから。

第二章

女王様と風見鶏

どうしてアニメ業界に入ったんですか。

という質問をされる時がある。

何もアニメじゃなくてもよかったんじゃないですか、ともう少し突っ込んだ言い方で訊かれる時もある。

X大の法学部を出てまで、どうしてアニメなんですか、と。

アニメは、一部の、特別なファンが観るものだと、確かに、瞳《ひとみ》は思ってきた。それか、日本が誇る世界的な産業の一つだと、やたら規模の大きな話をされるか。

瞳の中で、アニメはそんなふうにものすごくマイナーか、でなければものすごくメジャーな存在で、その間をつなぐ具体的なイメージが無きに等しい状態だった。

瞳の父親はひどくお人好しで、友達の始めた事業の保証人を平気でほいほい引き受けてしまうような人だった。「え？　それ？　本当の話？　マンガかドラマじゃなくて？」と娘の自分でも思うような借金の肩代わりの道を辿《たど》り、そのせいで、瞳の育った斎藤《さいとう》家はひどく貧乏だった。

「電気代がもったいない」と、テレビをつける自由は家族の誰にもなく、斎藤家の真ん中で、中古のテレビはただの箱に他ならなかった。アニメを観るのは友達の家に行った時か、親戚の家に泊まった時だけ。クラスの女子たちが魔法少女のステッキを持っているのも、瞳にはまるで無縁な出来事だった。

あこぎなアニメ業界は、一年に一度、魔法少女を取り替える。

新しく始まったアニメのステッキを買ってもらったというクラスメートが、「瞳ちゃん、これいる?」と前のクールの魔法ステッキをくれた時も、瞳はそれをぼんやり眺めて、それから首を振った。

「いらない」

世の中に、魔法がないことは知っていた。

変身願望もない。魔法少女に選ばれるのは、きれいな家に住み、毎日違うおしゃれな服を着ている子。少々ドジでおっちょこちょいでも、最初からかわいい顔をした、選ばれた一部の女の子なのだと、瞳は知っていた。

お父さんを訪ねてくるヤクザ風の借金取りに、家に一人でいる時に会ってしまって「大人はいません」となけなしの勇気を振り絞ってこたえる生活も、それにより「瞳、お母さん、ごめんな」と、離婚届を残してふらっと姿を消してしまったお父さんも、彼が出て行ったからといって楽になるどころかますます苦しくなる生活も、どこにも、瞳を魔法少女にしてくれる余地はなかった。

両親とともに暮らしていた一軒家を出て、瞳と母は町外れにある団地に移り住んだ。

通っていた学校からは遠くなったが、帰り道に河原の土手に広がる夕日を見るのは好きだった。

できるだけ、立派な人になろう。

立派で、お金が稼げる仕事をしよう。お母さんが、恥ずかしい思いをしなくて済むように。お人好しのお父さんが、うちに戻って来られるように。

塾にも通わず、教科書の内容を丸暗記するように勉強して、勉強して、勉強して。

公務員になるのが一番いいだろうと法学部を目指し、自分に入れる一番偏差値の高い大学を受けたら、それが都内の有名私立と呼ばれるX大だった。学費は、奨学金をもらった。

瞳は、そんな公務員まっしぐらな道を突き進む、予定だった。

大学二年生のあの日、友達が、一本のアニメ映画を貸してくれるまでは。

野々《のの》崎《ざき》努《つとむ》監督の『ミスター・ストーン・バタフライ』劇場版。

〝バタフライ〟と呼ばれるロボットを操縦し、宇宙からの侵略者から地球を守る少年たちの闘いを描くアニメーション作品。

瞳は知らなかったが、テレビ放映で人気を博し、子どもたちがその年一番熱狂した作品だったらしい。グッズやフィギュア、ロボットのおもちゃなどの関連商品もよく売れていたそうだ。

主人公たちが住む街は、瞳の生まれ育った街とよく似ていた。建物がまったく同じ表情で向かい合わせに立つ団地、ちっとも珍しくない、その合間にある狭い児童公園、何にも特別でない少年たちが、「楽しいからやろうぜ」とロボットを駆って、誰に褒められるわけでもないのに、敵に立ち向かっていく。

団地が廃墟化したり、都市デザインの観点からも悪く言われていることを、大人になり始めた瞳は知っていた。瞳が暮らしていたあの団地も、その頃もう住人の多くが一人住まいの高齢者になっていた。けれど、『バタフライ』を観て驚いたのは、そこに出てくる少年たちにも、その親にも、誰一人悲壮感がないことだった。実写の映像より、よほど本物らしく体温が通った絵の中で、たくさんの人たちが生活している。

作り手である大人たちは、当然、団地の現実や、狭い場所を住み分けるように暮らすコミュニティーのいい部分も悪い部分も知っているはずなのに。

そんなこととは関係なく、主人公の少年が自分の街を好きだと信頼しきっている空気が、画面から伝わる。映画の最初から最後まで、主人公たちは、成長も、進歩もしない。ただそういうものだからという日常の中で、彼ら一人一人に沿った個性で正しいと思うことをやり、失敗し、喧嘩したり、仲直りしながら、ピンチを切り抜け、冒険を終えて、何事もなかったかのように日常に戻って行く。

ラスト、朝日を背景に「あー、もう今からじゃ眠れないし、遅刻だよ」と大あくびする主人公の横顔を見て、瞳は、自分が泣いていることに気づいた。

世界規模の危機と、自分のどうっていうことのない日常が、どちらも矛盾なく傍らにあるということ。その表現の力に圧倒され、何の準備もなかった瞳の心は『バタフライ』とそれを撮った野々崎監督に鷲《わし》摑《づか》みにされていた。

生まれて初めて、自分の住んでいた街と、団地を肯定していいのだと思えた。誰に何を言われたって、自分がそこを好きだったことを、認めていいのではないか。

お金がない、不幸だ、かわいそうだと言われ、否定の連続で目指してきた自分の進路に、瞳は初めて疑問を持った。そして思った。

アニメーションって、なんてすごいんだろう。

おもしろいんだろう。

こんなすごい作品が「子ども向け」として、大人の自分のところまで今まで存在を知られずにいたことが衝撃だった。

もしも子どもの頃にこれを観ていたら、瞳の人生は何センチか——いや、何ミリだけか、かもしれないけれど、確実にもっと早く、豊かに変わっていたのではないか。

その劇場版が撮られてからすでに二年が経過していたが、瞳は都内のショップをあちこち回って、当時の映画のパンフレットを手に入れた。この時ばかりは東京の大学に来ていて本当によかったと思った。

野々崎努監督の名前を覚え、インタビューを読んだ。

そして、アニメは一人で作るものではないことを知った。プロデューサー、演出、助監督、絵コンテ、声優、原画、背景、ＣＧ。たくさんの人の名前が連なっている。載っているインタビューでは、誰もが同じ一つのアニメのことを真剣に語っている。いいものにしようと、力を込めて、働いている。

この人たちの仲間入りがしたい、と思う気持ちが、抑えようがないものとして、胸の奥底からぐんぐん、ぐんぐん湧き出て、瞳の全身をあっという間に呑み込んだ。

抗《あらが》えなかった。

お母さんのために、お父さんのために、お金のために、暮らしのために。

これまで瞳の目指す道の動機はすべて、誰かの、何かのためだった。生まれて初めて自分の中に芽生えた願望と欲望に、抗えなかった。

母に謝り、大学をきちんと卒業することを条件に、トウケイ動画に行くことを許してもらった。バイトと講義の合間を縫って、アニメの専門学校の特別コースを受け、さらにそこで空いた時間を、睡眠時間を削ってアニメを観ることに費やす。

「どうして、アニメ業界なの？」

という質問は、トウケイ動画の面接の時にも訊かれた。

「X大の法学部を出てまで、どうしてうちなの？」

「野々崎努監督を超える、アニメが作りたいんです」

無事に入社し、トウケイ動画の演出として名前が出るようになった今は、あの頃の自分はなんと不遜なことを言ったものだろうと――、それを思い出して、顔から火が出そうになる。お前、バカなんじゃないかと思うけど、あの頃の瞳は真剣にそう思っていた。本気で、憧れの人を超えるつもりだった。

トウケイ動画は、『バタフライ』を作った会社だ。業界超大手と言われることも老舗と呼ばれていることも、その時は知らなかった。それどころか、瞳は他のアニメスタジオのことはほとんど調べず、その年も、トウケイ動画一社だけしか受けなかった。

よく採用になったものだと、我ながら思う。

そして、瞳が入社した年の、同じ春。

野々崎監督は、トウケイ動画を去った。

瞳とは、一度も会わないまま、一緒に仕事もしないままだった。大手には大手なりの複雑な会社の仕組みや、現場の苦労があるのだということを、その時に聞いた。あれだけの作品を作った監督と会社は、最後には勤務環境と給与の問題で、喧嘩別れに終わったそうだ。

憧れの人は目の前から去ったが、ならば、離れた場所でも声が届いたらいいと願って、瞳は仕事を始めた。

さまざまなシリーズアニメを手がけるトウケイ動画は、瞳が昔、自分とは無縁のものだと判断したステッキのおもちゃを売る魔法少女の物語を、いくつも世に送り出してきた会社でもある。

三十分で構成される各話の担当演出の仕事を経て、めまぐるしく働く日々の中で、少しして、ゲーム内アニメの依頼が来た。絶賛放映中の魔法少女シリーズの世界観をそのままアクションゲームにしたもので、そのオープニングとゲーム内アニメーションの監督に、瞳が指名されたのだ。

「ステッキを買ってもらいます」

初回の打ち合わせで、自分よりずっと年上の相手たちを見据えながら、瞳は言った。

放映中のアニメのものとは違う、オリジナルアイテムのステッキがこのゲームの特色であり、売り物なのだと企画の段階で聞いていた。ゲームの発売に合わせ、そちらの方も一緒に売り出されることになる。

「主人公のミカとステッキを最大限、魅力的に表現しましょう。かといって、子どもが観ることを疎《おろそ》かにしません。魔法少女は子どものものです」

このオリジナルステッキを買った人の数が、現実に、このゲームのアニメを評価したファンの数になる。

無名の瞳の、そのまま実績になる。

勝負の相手は、幼い日、ステッキを「いらない」と手の中から捨てた自分だ。あの子がそれでも欲しいと思う絵とストーリーを、私は届ける。

きちんと、お金にする。

「いい作品にしましょう」

王子《おうじ》千晴《ちはる》監督が魔法少女を大人のものとして逆手に取った『光のヨスガ』と違い、倫理委員会もＰＴＡも相手にしなければならない〝正統派〟魔法少女ものは困難続きだ。大きな冒険はできないジャンルだと言われるが、その中でも出来る限り、大人にとっても子どもにとっても両方おもしろいものになるようにしようと決意した。

そして、『太陽天使ピンクサーチ　Ｉｎ　Ｇａｍｅ』は、今、瞳の代表作と呼ばれるようになった。ゲーム内にしか登場しないステッキの売り上げが、本編の本家ステッキを抜いたのだ。シリーズ自体はもう終了したタイトルだが、最後には、本編の放送にもゲームの方のステッキが登場するようになった。

アニメ本編を担当する総合監督には嫌みを言われたし、今も無視が続いているけど、気にしない。社内のことだし、つらくないと言ったら嘘になるが、気にしないと決めた。

それから半年後に、やりたくてたまらなかったロボット少年もののシリーズ企画が通ったからだ。

『サウンドバック　奏《かなで》の石』、略して、『サバク』。

瞳がずっとあたため、やりたいと願ってきた、ロボット少年もの。それも深夜アニメが大半を占める今のアニメ業界の中にあって、プロデューサーが持ってきたのは、今、ほとんど唯一と呼ばれる夕方枠。土曜の五時。

瞳の願いが叶う。

子どもが観る。

＝

「できません」と、か細い声で言われた瞬間から、予感はあった。

アフレコ用のブース内に立つ美末杏樹《みまつあんじゅ》が、何度目かの演技指導《ディレクション》の後で、わっと顔を覆って俯《うつむ》いた。モニターの前に座る音響助手とミキサーが顔を見合わせる。スタッフがざわつき、瞳も天井を仰いだ。

――やっぱり泣いた。

すいません、できません、と泣き続ける杏樹の肩がブース内で震えるのが見える。マイクがまだ音を拾うせいで、彼女のその声がスタジオ全体に響き渡る。

ブースの中には、彼女ともう一人、それよりもキャリアの長い女性声優である群野《むれの》葵《あおい》の二人だけがいた。葵の方が、泣き出した杏樹に駆け寄り、「大丈夫？」と肩に手を掛ける。それにより勢いがついたように、杏樹の泣き声は、ますます高く、大きくなった。

杏樹の事務所のマネージャーが、おろおろと椅子から腰を浮かし、中に入っていいかどうか躊躇う気配を感じる。正面の席に座る瞳の様子を窺っている。

瞳はそれを見て見ぬふり、気づかないふりをして、ブース内に通じるマイクを摑んだ。若い女性声優が泣く現場は、これまでも何度か経験がある。珍しいことではなかった。

『――どうして泣くんですか』

マイクを通した声が、ブース内にまで届く。「え」と杏樹が顔を上げる。こっちを振り向き、瞳と目が合う。彼女が何か言うより早く瞳はさらに訊いた。

『どうして泣いたのか、気持ちを聞かせてください』

さっきまでの演技指導は、追い詰めたというほど厳しいものではなかったはずだ。ただ、こちらの意図する感情が声に乗っていないと感じ、言葉を探しながらリテイクをくり返した。声の質は悪くなかったが、彼女が自分で決めた役のイメージが出すぎていて、もっと抑えた演技をして欲しいというオーダーだった。

問いかけながら、瞳は、今日もまた100%同じ答えが返ってくるに決まっているのに、と思う。どうか、同じ答えじゃありませんようにとすら願った。

しゃくりあげ、頰を赤くした杏樹が、考え込むように黙る。葵の手を肩に置いたまま、やがて、涙に濡れた目を伏せて言った。

『……できないことが、悔しくて』

聞いた途端、ため息が出そうになる。瞳の経験上、女性声優が答える泣いた理由は、示し合わせたようにこれ一択だ。

とりあえず自分のせいにする。健気に泣いて、励ましてもらって、ご機嫌を直して、はい仕切り直しスタート。

これまでの現場でそうだったのだろうし、時間があればそれもいいだろう。けれど、あいにく『サバク』には時間がない。マイクのスイッチを入れ、瞳は言った。

『自分ができない人間だっていうことには、今、初めて気づいたんですか？　今日、今、ここで？』

この問いかけにも、たいてい同じ答えが返ってくる。予想した通り、杏樹がしおしおと「はい」と頷いた。

『今、初めて気づきました』

『あなたは今、泣いてすっきりしたかもしれませんが、泣かれたこちらは不愉快です。そのことをどう思いますか？』

ブース内からこちらを見ていた杏樹の目が、大きく見開かれた。

マイクのスイッチを入れたまま、瞳は、今度は彼女のマネージャーを振り返る。

「あなたも」と言う。

「自分にできることとできないことがわからないような人間を、うちの現場に連れてこないでください」

瞳が言い終わった瞬間、一際高い泣き声が上がった。言葉にならない声を響かせ、わああっと顔を覆った杏樹が、短いスカートを翻して、ブースを飛び出ていく。「杏樹！」とマネージャーが呼びかけ、彼女を追って出ていく。

瞳のすぐ横で、舌打ちが上がった。憎々しげに。顔を向けると、行城《ゆきしろ》プロデューサーと目が合った。立ち上がった彼が出ていく時、すれ違い様に、吐き捨てるように言われた。

「……あなたは今、相手に言いたいことを言ってすっきりしたかもしれませんが、フォローしなければならないこちらは大変、不愉快です」

瞳の返事を待たず、「美末さん！」と杏樹の名字を呼んで、彼が出ていく。

シリーズアニメの場合、起用が決まった声優たちは、毎週何曜日の何時から何時までというスケジュールを、半年間、そのアニメのために押さえられる。やむを得ず入れない相手のみ、前後の日程で〝抜き録り〟することになるが、トウケイ動画の場合は、放映される話数のだいたい四話先までが収録済みになるよう調整して、どのタイトルも動いている。

今日は『サバク』の、第三話のアフレコだった。

大筋は別日に収録済みで、それは声優十二人がずらりと集まる活気のあるものだったが、その日にどうしても来られなかった二人の抜き録り作業を、今日、することになったのだ。

最近は、アフレコやBGMの曲等を乗せるダビング作業を担当する専門の音響監督を置く会社も多いが、トウケイ動画は、基本的に音響監督のシステムを取らない。各話演出として仕事を振られた時から、アフレコもダビングも自分の仕事になる。そのせいで、いずれは監督を目指す演出たちは、よくも悪くも鍛えられるのだ。

瞳も演出になった最初の頃は、とにかく「何がしたいの？」と周りから急かすように次々聞かれ、戸惑いの連続だった。録音や選曲、効果など、音響スタッフの先輩に叱られながら、その胸を借り、実践でやり方を身につけていくような日々だった。

王子千晴も野々崎努も、うちの会社を出ていった監督たちは、だから一通りのことがなんでも自分一人でできる。我の強い、ワンマンと揶揄されるほどの天才が、そういう場所から生まれてくる。

「おつかれさま」

スタジオの部屋を出て休憩スペースに行くと、さっきまで杏樹とともにブースに入っていた群野葵が、一人でソファにかけ、煙草を吸っていた。

「いる?」と箱を向けられるのを「吸わないんで」と首を振って断ると、葵がふーっと大きく煙を吐いた。

「ごめんね。収録の合間に普段だったら吸わないんだけど、なんか吸いたくなっちゃった。これ、先輩たちにはナイショにしてね」

「怒られるんですか、やっぱり」

「声の仕事だから、喉には人一倍気を遣うでしょ。煙草吸うってだけで怒る人もいるし、新人の時には、風邪引いたってだけでたるんでるって先輩から怒られたよ。……事務所の人より、同業の上の方が厳しいかな。職人気質《かたぎ》っていうの?」

声優は、言うまでもなく声の仕事だ。喉を大事にして、現場に水筒を持参してくる人も多いし、ベテラン声優たちのそういう気遣いを、瞳はプロの頼もしい姿勢だと思ってきた。

しかし、だからといって若い声優の喫煙に目くじらを立てるつもりはない。喫煙者であろうとなかろうと、葵の演技はうまい。声の調子も一つではなく、萌え系も少年のような役も、幅広くできる。

何より助かるのは、自分の仕事が裏方があってこそだとわかってくれているところだった。声優の仕事が、百人のスタッフが何ヵ月も作ってきたものに、自分が三時間で息を吹き込む仕事なのだということを、きちんとわかっている。

「すいませんでした」

瞳が謝る。

「杏樹さん、出ていかせちゃって」

「あー、いいです、いいです。それは気にしないで。斎藤さんがキレたくなる気持ち、わかりますから」

敬語とタメ口が入り交じった口調の葵は、瞳より一つ年上の二十七歳だ。緩くまいた柔らかそうな髪も、細い手足もきれいで、ああ、芸能人なのだな、と思う。新しい子が入っては出ていくこの業界で、長く人気を保つ子には、やっぱり光るものがある。

どの作品を手がけた時も、瞳は特定の声優と仲良くなったという記憶はない。一定の距離感がないとやりづらい仕事だ。よほど切り替えられる人でない限り、プライベートと作品がごっちゃになるのはまずい。

女性声優の多い現場に行く時に、瞳はスカートを穿《は》いていったことが一度もなかった。スタッフという顔も性別もない存在だと思って、意識しないでください、と全力でバリアーを張るような気持ちだった。

　これ以上話すと、女子同士の陰口のような雰囲気になってしまうのが嫌だった。葵もまた、話題を長引かせようとはしない。

「役者じゃなくて、アイドルっていう意識なんだろうな」とだけ、ぽつりと言った。自嘲気味に笑う。

「私に言われたくないだろうけど」

　美末杏樹だけではなく、今回起用することになった声優の中には、瞳が反対した子が何人かいる。本当だったら、自分が希望した通りに全部キャスティングできたらどれだけよかったろうと思うが、プロデューサーである行城に押し切られたのだ。

「今、アイドル声優がどれだけ人気あるか知ってます？」と彼からは言われた。

「主要なところは、斎藤監督の言う通りにお願いに出向いたじゃないですか。誰がやっても同じだなっていう役には、名前と人気はあるけど、安価で頼める子が最善ですよ。『マーメイドナース』で人気になったあの子たちを、五人まとめて使えるんですよ？」

　そう言われ、〝誰がやっても同じ役〟なんてないですけどね、と言い返したい気持ちをぐっと抑えた。

瞳は観たことがなかったが、そのアニメに出ていた子たちが、その後、アイドル声優と呼ばれてファンイベントなどでライブをしており、チケットの売れ行きがいいこと、各自にファンがついていることは知っていた。

けれど、その中で、『マーメイドナース』（大学病院で働くナースたちが、勤務時間外にアイドル活動を行うというストーリー）終了後も声優の仕事が順調に来ているのは葵一人だけ。

『サバク』の製作発表記者会見の模様を思い出すと、瞳は今でも胸に一抹、すっきりしないものが残る。

行城の発案で、「とにかく派手に」と用意された記者会見には、瞳や行城の他に、若い声優たち数人が同席した。どこからか話を聞きつけてきた彼女たちのファンが「葵ちゃーん」「杏樹ー！」と声援を送るのを聞いて、なるほど行城の言う通り人気があるのだと実感したが、肝心の『サバク』の内容がどの程度来ていた人たちに伝わったのか、胸に届いたのかはわからないまま、会見は消化不良な形で終わった。

「すいません、迷惑かけて」

葵がぽつりと言った。煙草をもみ消すその手を見ながら、瞳も言う。

「声優をアイドル部隊のように見るのは、ファンがそう求めてるからでしょう。葵さんたちのせいじゃないです」

「わかんないですよ。声優の仕事をすることでちやほやされたい子も実際にいます。——杏樹をそうだって、言ってるわけじゃないですけど」

「ええ」

杏樹は、記者会見の席上で自分に向けられたライトの回数が他の子より一回少なかった、と、終わった後でスタッフとだいぶ揉めていた。その時は困った子だと思ったものだったが、その後、彼女がいなくなってしまってから、残っていた別の子が、他の子と目配せをして、「ライトが一回多かったのは私たちの実力だよネ」と囁き合っているのを見て、本格的に嫌気が差した。スタッフのただの凡ミスですよ、と声に出して指摘できなかったのは、瞳が臆病なせいだ。

その時だった。

「戻りました」

わざとらしいほど大きな声を上げて、行城がスタジオのドアを開け、中に入ってくる。自分を睨む、その視線を受け止めながら、瞳は鈍感を装って、彼の背後を見た。

「おかえりなさい。一人ですか？」

「一人です。美末さんはお帰りになりました」

「連れ戻してください」

「監督が謝ってくださるのが条件だそうです」

行城が言った。不機嫌そうに瞳を見下ろし、「どうしますか」と尋ねる。葵が小声で「あーあ」と洩らすのが聞こえた。瞳が訊いた。

「どうするのが最善ですか」

「行きましょう。今ならまだ今日中に収録できます」

わかりました、と瞳が答えて、財布をズボンの後ろポケットにしまい、一緒にスタジオを出る。急かすように前に立つ行城は、もう前の道で「タクシー！」と手を挙げていた。

＝＝

アニメ業界の文化の特徴の一つとして、シナリオ打ち合わせが異様に長い、というのがある。

昼から夜、または夕方から深夜に及ぶ長いシナリオ打ちはザラで、絵や音楽、編集も絡む他の進行の最中にそれが続くと、さすがに気が滅入ってくる。

打ち合わせを終え、会議室を出た瞳は廊下で飲み物を買う。

午後十一時を過ぎ、窓から見える夜空には、半月がくっきりと浮かんでいた。トウケイ動画のある下町は、夜は周囲の灯りが消える静かな場所だ。星の姿もぽつぽつ確認できる。

『サバク』後半のシナリオ打ちは、みんなが前半話し合いを重ねてきたせいもあって、それぞれがストーリーへの思い入れも強くなり、白熱していた。すでに初回の放送が始まるというこの時期に、まだ後半のシナリオ打ちをしているというこの進行状態を、業界の外の人には驚かれることもあるが、シリーズアニメではごく普通のことだ。

最初にこう、と決まっていたものが、どんどん姿を変えていく。よくも、悪くも。

ゼロカロリーではないコーラのペットボトルを一気に流し込み、瞳はため息をつく。

窓の外では、小さな池を囲むように等間隔に置かれた三つの灰皿の右端で、行城が煙草を吸っているのが見えた。スマホの画面を片手で操作し、しばらくして誰かとあわただしく電話し始める。

彼が抱えているタイトルは、『サバク』だけではない。今期はシリーズアニメの掛け持ちはないようだけど、来月に担当映画の公開があるそうだし、次期以降の準備作品となるともっとだろう。アニメの仕事は、他にも映画やゲームなど、単発の仕事もたくさんある。そのどれかのスタッフと話しているのだろうか。それとも、元ＣＡだという彼の奥さんか。

会ったことはないし、話に聞いただけだが、かなりの美人らしく、彼と付き合いの長いスタッフの間では「本当、行城さんっていかにもって感じですよね」と噂になっている。「若い頃から人脈活かしまくって、いい相手とばっかり合コンしてきたんだろうなあ」と。

月明かりの下で電話する行城が、大きく腕を上げて、軽く首を振る。聞き分けのない相手を諭すように「だからー」と言っている様子が、声を聞かなくてもわかった。

シナリオ打ちの最中、彼から「顔に出さないでくださいよ」と言われたことを、反射的に思い出した。

「何がですか」

今日の打ち合わせも、シリーズ構成を担当する結城《ゆうき》が、次の予定がある、と席を立たなければ、そのまま夜通しかかってしまいそうな勢いだった。シリーズ構成は事実上の脚本家だ。彼や他のスタッフが帰り、二人だけになる時を待っていたように、行城から言われた。

「顔に出てますよ。打ち合わせを無駄だと思ってること」

「無駄だなんて思っていませんよ」

答えながらも、内心は、どうして、という思いで少なからず驚いた。

シナリオを軽んじているわけでは断じてない。ただ、結論がすぐに出ない打ち合わせに時間を取られることに、瞳は各話演出を務めた『ピンクサーチ』の頃からどうにも馴れることができなかった。

監督の下にいる、各話演出、作画監督、シリーズ構成、他にもろもろ。彼らの中のどれがナンバーツーなのかと訊かれると、咄嗟に答えられないほど、アニメ現場はナンバーツーが濫立する場所だ。彼らすべてから出る意見を反映させたいのはわかるし、一人一人にいいものを作りたいという情熱があることもわかる。

しかし、それにしても、アニメは脚本のことばかりやっていすぎる。そして、にもかかわらず皮肉なことに、アニメの脚本は全体的に〝弱い〟と言われる傾向にある。瞳はそれを、いつまでもああだこうだと話し合って本質を見失う結果だと思っていた。シナリオに時間を取られるせいで、肝心の絵コンテのチェックに使える時間が減る。

絵コンテは、キャラクターや背景の動き、セリフや音楽の流れが書き込まれた、いわばアニメの設計図だ。それを作るのが監督の大きな仕事の一つでもある。本来だったら、そこに一番時間をかけたい。

アニメは、言葉や台詞だけではなく、絵を読む文化でもあるのだ。

「みんなで絵コンテを描いてみて、そこで出てくるアイデアをまとめていった方が早いですよ」と瞳が発言した『ピンクサーチ』の打ち合わせに、確かに、行城もプロデューサーとして同席していた。あの時は瞳の一言に、総監督をはじめ、現場の雰囲気が一気に冷え込み、以降、瞳は打ち合わせに呼ばれなくなったのだ。担当する回の脚本を後日いきなり渡され、これを絵コンテに起こせ、と言われて、内容の酷《ひど》さに総監督と喧嘩《けんか》になったこともある。

今回の『サバク』でも、最初の段階で瞳は絵コンテ形式のシナリオ打ちを提案した。しかし、〝それはそれとして通常通りの方法も取りながら〟というよくわからない理論で、連日この長い長いシナリオ打ちに参加している。「結城さんも馴れないやり方は疲れるでしょうし」と押し切られた。

伝統のようなものなのかもしれない。

互いが思っていることを一度は口にした、参加した、という事実こそが必要なのかもしれない。長い打ち合わせは過酷だが、それを悪い意味で楽しむ向きも必ず現場の人間にはある。

その上、『サバク』は今回、作品のモデルとなる場所を明確に描写する、という変更を余儀なくされた。そのせいで、シナリオも絵の現場も揺れている。アニメの舞台となった場所を背景などから特定して〝聖地巡礼〟し、自治体と相互に盛り上がることはもはやアニメ界のトレンドだ。

トレンドはいつか廃れてしまうものだし、安易に流れに乗りたくなかったのに、行城と宣伝プロデューサーたちは、（頼んでもないのに）勝手に自治体から協力を取りつけ、打ち合わせをしましょう、ともちかけてきた。

アニメは、実写ではないとはいえ、背景を描く際のロケハンをする。

瞳がロケハンを行った新潟県選永《えなが》市は、昔、両親と旅行に行ったことのある水田の広がる豊かな土地で、景色は大事にしたいが、本当だったらあまり地元に媚びるような真似はしたくなかった。秋にあるこのお祭りのことは作品に盛り込まないんですか、と役場の担当者から資料をもらい、内心、辟易していた。

いい意見はもちろん参考にするが、基本的には、瞳は絵コンテに描きたいものしか採用しない。

「天才肌の斎藤さんには無駄に見えることでも、現場には必要なことっていうのがあるんですよ」

「そうですか。――自分を天才肌だなんて思ったことはないし、シナリオ打ちも無駄だとは思っていませんが、心得ました」

揉めたくないが、口調がぶっきらぼうになってしまうのはどうしようもなかった。行城はまだ何か言いたげだったが、「頼みます」と席を立った。

トウケイ動画のある駅から、乗り換え一回。三十分弱で辿り着いた東西線の駅で、改札をくぐる。

終電に近い、零時をまわった時間では、駅構内にいくつかある売店も全部シャッターが下りている。この中に入っているミスタードーナツで軽食を買って帰りたい、という瞳のここ数ヵ月の望みは、今日も達成されなかった。ああ、ポン・デ・リングとフレンチクルーラーが食べたい。

駅のエスカレーターを上がり、外に出ると、巨大に立ち並ぶ団地の姿が目の前に、迫るように広がる。団地の間と間を埋めるように桜が咲いている。毎年、春が来るたびに、「ああ、こんなところにも桜が」と気づく。この季節が、この町は一番きれいだ。瞳の大好きな光景だ。

街灯がぽつぽつと並ぶ以外に灯りの乏しいコンクリートの道に、人影は少ない。背後を振り返ると、駅の反対側にも同じような団地の光景が広がる。建物に空いた四角い穴のような小さな窓が、まばらに黄色く光っている。

この町は、野々崎監督の『バタフライ』のロケハンをした土地だ。

会社からは距離があり、乗り換えも不便だが、就職してすぐ、瞳はここに越してきた。仕事で疲れて帰宅する時も、この風景を眺めて『バタフライ』の主題歌を思い出すと、力が湧いてくる。よし、やろう、と思える。

今日、「顔に出すな」と言われたばかりだが、それでもここに住み始めた頃に比べて、瞳はだいぶ鍛えられ、強くなったと我ながら思う。この間、泣き出した声優のことを責めたが、瞳だって本当は人のことが言えない。初めて監督をつとめた時、「なんでみんなわかってくれないんだよー」と、作業の最中に泣き出した瞳を、当時のプロデューサーや作画監督が「はい、監督泣きましたー。休憩です」と手を打ち鳴らして仕切り直してくれた。瞳を「大丈夫？」と宥《なだ》める演出補、「あー、またか」という雰囲気を漂わせながらも黙って作業に戻ってくれるアニメーター。いろんな人に助けられながら、あの頃は一回一回の仕事に今以上に魂を全部削り取られてしまうような気持ちでやっていた。

今はもう、滅多なことでは泣かない。

桜が道にはみ出すように広がるこの季節を、惜しむように、だけど、早足に歩く。

シナリオ打ちが長引いて間に合わないかもしれないから、一応録画も設定しておいたが、きちんと間に合った。帰宅し、靴を脱ぐのももどかしく部屋に上がり、テレビをつける。

木曜深夜、0時55分。

今週から、王子千晴の『運命戦線リデルライト』が始まる。

「ただいま、ザクロ」

赤と黒の中間のような、濃い茶色の毛並みをした飼い猫がふくふくとソファに座っているのに挨拶し、餌と水と、トイレの確認をする。

みょーん、と鳴いたザクロが静かに瞳に寄ってくる。二年前、同じ団地内の小学生が「誰か飼えませんか?」と無謀にも一軒一軒戸を叩いているのを見て、つい、引き受けてしまった。

手を洗ったついでに新聞受けを覗くと、中に彼らからの手紙が入っていた。ルーズリーフの切れっ端に「ザクロにまた会いたいんだけど、いつならいますか。」と、猫の絵が描かれている。

瞳は少し考えて、「太陽《たいよう》くんへ　日曜の昼ならいます。」とメモを書き、外側の新聞受けにはみ出すように入れた。

そうこうしているうちに、部屋に響き渡るＣＭの音声が途切れ、二秒後、バイクのエンジン音が響き渡った。

テレビの前に座る。

斬新だ、と思った、あの日の記者会見の印象に変わりはなかった。『運命戦線リデルライト』とタイトルが現れた瞬間に、鳥肌が立った。

王子監督の本領発揮の『リデルライト』は、映像の斬新さだけではなく、シナリオの前評判も高い。大きな注目点は、主人公が〝成長するヒロイン〟であるということだ。

初回は六歳。対決のバイクレースは一年に一度。一話ごと、主人公も仲間も、敵対する魔法少女も年を取っていく。全十二話を経て、主人公は最終回で十八歳を迎える。

一年一回のレースを十二回。新たな仲間が増える演出も、立ちはだかる敵も、ファンは、その一年の間に何があったのかを、一回一回ごとの行間を埋めるような形で観る。玄人《くろうと》ファン仕様のシナリオだと評判だった。

挑んでいる、と思う。

主人公の成長とともに、キャラクターデザインは年齢別のものが必要になるだろうし、声優も六歳から十八歳までの演じ分けをするスキルがほぼ全員に求められる。

しかし、この設定を聞いたとき、瞳はたまらなく悔しく、そして、燃えた。私だったら、五回目くらいに完全に遊びのような、皆が楽しめる勝負の回を作る。いやいや、王子だったら、瞳以上に緩急を大事にするだろうからもう三回目くらいでそうするかな——とクリエイター魂を刺激され、想像が止まらなかった。

オープニングが終わる。CMを経て、本編が始まる。

ツインテールの柔らかそうな髪が、画面で揺れる。『おねえちゃーん』と、呼ぶ声が画面で聞こえる。小さな長靴と傘、三輪車の生活感。平和な少女時代の、あたたかな季節感までもが画面から伝わる。おそらく、この三輪車から、番組後半のバイクへとイメージを繋げるつもりだ。この辿々《たどたど》しい足が、バイクをどう駆るのだろう。

巧い、と思う。

悔しい。

羨ましく、そして、どうしようもないくらい興奮する。

今、リアルタイムにこれを観ている王子のファンは熱狂しているだろう。これを観ることができて、幸せだろう。悔しいと同時に、言葉にならないほど、嬉しく、誇らしくなる。

　この仕事をする人と同じ業界に、今いる。

　テレビの前で悔しがっているだけではなくて、私は彼と闘える。丸腰で立ち尽くすだけではなく、武器をもって、ここに切り込んでいくことができる。

　この初回の放映を、王子たちは今、どこで観ているだろう。王子監督も有科プロデューサーも、えっじはスタジオの規模がそこまで大きくない分、スタッフも皆、仲がよさそうだ。彼らにも、どこかでこの瞬間の放映を一緒に見ていてほしい。

　画面に、主人公　充莉《じゅうり》が登場する。

　彼女が出てきた瞬間に、画面の向こうから風が吹いたように思った。六歳の彼女が自転車に乗っている。この後、見せ場で、この小さな少女がバイクに乗り替えるのだ。

予感に、胸がざわざわする。

　負けられない、と強く思った。

　瞳の『サバク』の初回は、あさって、土曜夕方だ。

||||||

『サウンドバック　奏の石』初回特別上映会
日時・4月6日（土）15時半開場
16時スタート
場所・トウケイシネマ　Aホール

スタジオの入り口に貼られたチラシを横目に眺め、釈然としない気持ちで階段を上がる。

会議室に入ってすぐ、「あれ、なんですか」と声をかけると、すでに来ていた行城が「おはようございます」とこちらに顔を向けた。

品のよいグレイストライプのポロシャツ。胸にちょこんと入った狐のマークは、瞳の知らないものだが、ブランドものであることは間違いない。相変わらず、ムカツクくらいにセンスがいい。

一呼吸ついて、「上映会のチラシです。もっと静かにやるんだと思ってました」と告げる。

行城はにこやかに笑ったまま、「お金はかけてませんよ」と飄々《ひょうひょう》と答えた。

「社内のカラーコピーで簡易的に作っただけです。当日貼り出すくらいいいでしょう？　盛り上げないと」

自分たちが手がけてきた初回をどうやって観るか、は現場によってそれぞれ違う。リアルタイムで毎回放映を観たい人もいるだろうし、中には録画すらしない人もいるだろう。シリーズアニメはどうしても進行がつらい場合が多いから、それどころではない現場も多いだろう。それよりは次回以降の準備を、というのが優先だ。

しかし、やはり何といっても初回は、いわば顔見せの放映だ。特別な感慨がある。

そこで、行城が『サバク』に提案したのが、初回の公開上映会だった。アニメ誌やネットを通じて、一般から参加を募集し、トウケイ動画系列の劇場でファンとともに初回を観る。声優と監督にも挨拶してもらう、と聞いて、気乗りしないながらも、瞳も了承したところだった。

しかし、ポスターを作ったり、ここまで大々的にやるとは聞いていない。憤慨する瞳をかわすように、行城が話題を変えた。

「そういえば、昨日はえっじの『リデル』も初回放映でしたね。有科《ありしな》さんの番組公式ツイッター見てたら、スタッフみんなで簡単な打ち入りをしたって書いてありました揚げたとかで。有科さんや女性スタッフみんなで深夜、スタジオでおにぎりを握って、唐揚げをよ。かわいい集まりですよね。羨ましい」

行城が、ちっとも羨ましくなさそうに薄く笑う。

打ち入りとは、所謂《いわゆる》打ち入りのことではなく、「打ち上げ」に対しての、これからいよいよ本番です、がんばりましょう！　と騒ぐ決起集会のようなものだ。

スタジオでテレビを囲み、彼らがささやかに祝杯を挙げるところを想像したら、つい、いいなぁ、という掛け値なしの本音が洩れそうになる。とても、とても楽しそうだ。

私だって、できることなら、そんなふうにアットホームに見守りたい。

「行城さん、やっぱり気になるんですね。王子さんたちのこと」

気持ちを悟られまいと表情を引き締めると、つい、意地の悪い声が出た。行城はヒット作の多い、所謂「覇権」を取った経験のあるプロデューサーだ。彼が決めたことに文句を言うつもりはないが、それにしても見えてるものが全然違うのだなぁと思ってしまうのはどうしようもない。

行城が、気分を害する様子もなく、穏やかに答える。

「意識しないわけじゃないですけど、気にしてるってほどでもないですよ」

「有科さんって、あれですよね。彼女が行くと、100％確実に原画が上がるっていう伝説の進行さんだった人」

彼女自身が知っているかどうかわからないが、いくつかの動画スタジオで噂に聞いたことがある。

スタジオえっじの女性プロデューサーと話がしたいためだけに、その子を現場に寄越すよう頼んだり、入ってくるだけで「あれが噂の」という雰囲気になる。容姿だけではなく、アニメーターの仕事を褒め、気遣う言葉のセンスがいいのだそうだ。——そして、自分がそうやってモテていることへの実感がゼロだという、天然の恋愛下手。そして、そんなところも男性アニメーターたちにはたまらないのだと、どこまで尾ひれがついた形でかはわからないが、瞳はそんなふうに聞いていた。

話で聞いた時には、むしろ反発を覚えるくらいだったのに、何度か顔を合わせた有科香屋子《かやこ》は雰囲気が優しい、瞳の作品も含め、アニメを愛する気持ちと情熱が感じられる女性だった。確かにきれいだが、それだけじゃない。なるほどこの人か、と納得した。

「女性の方がそりゃ有利ですよ」

瞳の言葉に、行城が苦笑する。

「男が何日も寝てないって言ったところで『お前が寝てなかろうが知らねーよ』って感じでしょうけど、女性だと、『じゃあ、俺が仕上げてやらなきゃ』って思う相手もいるってことでしょう。羨ましい話ですが。斎藤さんも、『サバク』の進行が押してきたらぜひ頼みます」

「私じゃ無理ですよ」

「謙遜はいいです」

行城が笑いながら言うのが、バカにされているようで、反応できなくなる。

髪型も服装も、何日も前から同じようにボロボロで、時にはシャワーを浴びる時間も洗濯をする時間だってないような生活がもうずっと続いている。かけた眼鏡に浮いた汚れを拭うくらいが精一杯で、服だってクローゼットで一番手近にあるものを毎日、繋ぐように適当に着るだけだ。

頭を切り換えて、『サバク』に集中しようと思った次の瞬間、「そういえば、あさってはスタイリストをつけますか？」と訊かれて、耳を疑う。ふざけているのかと思ったが、行城はごく自然な口調で続ける。

「妻の友人で一人、いるんですよ。スタイリスト。女性誌でもよく仕事してる子で、その子に紹介してもらえば、ヘアメイクも頼めるんじゃないかな」

「……結構です」

どうせ自腹なんでしょう、ともう一押し言いたいのをこらえて、代わりにこっそり、だけど深く、ため息を吐いた。

それが聞こえた、というわけではないのだろうが、その日の帰りがけ、各話演出の一人である大内《おおうち》から「大変ですね」と声をかけられた。

「行城さん相手だと、やりにくくないですか？　あの人、人の名前ろくに覚えなかったり、わかりやすく派手なことが好きで、ちょっと態度が露骨なところあるから」

「そんなことないですよ」

言いたいことを呑み込んで、瞳は答える。

「大丈夫。よくやってもらっています」

同じようなことは、『サバク』の作業がスタートしてからもう何回か、あちこちで言われた。不満があるのは、瞳ではなく、彼に実際名前をうろ覚えにされたことがある大内自身なのかもしれない。前にそんなことを言っていたし、瞳も、『ピンクサーチ』の時に同じようなことがあったから、気持ちはわかる。

まだ何か言いたげな彼に向け、瞳は笑顔を作り、「お先に」とスタジオを後にした。

|||||

初回特別上映会当日。

会場に溢れた人の多さに圧倒され、瞳は行城に、王子のあの記者会見を聞いてなかったのか？　と問いかけたい気持ちでいっぱいだった。

アニメは、ファンのものだ。

ただ大規模にやればいいというものじゃない。えっじのように細々と誠実に盛り上がることはできないものなのだろうか。

行城から聞いて、後から見た『リデルライト』の公式ツイッターには、スタッフみんなで初回を観ながら、番組の実況掲示板やツイッターを眺めて過ごした様子が楽しそうに書かれていた。

王子や香屋子が、そんな掲示板に「観てくれてありがとうございます」とオフィシャルコメントをつけて、それがファンたちの間で「すげえ！　このコメント本物？」「生の声見ながら仕事できるってどんだけ心臓が強靱《きょうじん》なの？」と話題になっていた。

対して、瞳の『サバク』初回上映会に集められた人数は、登壇する声優のファンを中心に三百人。実際にはこちらが用意したサクラのお客も含まれるのだろうが、会場の収容人数が埋まる数がきっちり用意された。

ごく控えめな言い方で「もう少し静かにやる方法もあったんじゃないですか？」とまだ問いかける瞳に、行城が「アニメはファンのものですから」と涼しい顔をして答える。

「大丈夫。大きいイベントをしたところで、この作品を広く浅くするつもりはありませんよ。最大限、一人のファンから深く長く投資をしてもらうのが理想です」

ようするに、声優人気を当て込んで、ファンからお金を吸い上げるようなものじゃないか。思ったが、口には出さなかった。

また、頭が痛い理由は他にもある。

この間のアフレコで泣かせてしまい、一度は謝って事なきを得た杏樹が、瞳の姿を見た途端、「あ、オハヨウゴザイ……マス」と硬い声で小さく挨拶して、ぱっと逃げるように席を外した。わざとかどうかわからないが、もう少し自然にしてもらえないだろうか。杏樹から聞いたのか、声優たちの中には、あの一件を知っていそうな子も何人かいる。

「聞きましたけど、大変でしたね」とか、「杏樹もしっかりやりたいと思ってるっぽいですけど、困りましたね」と声をかけてくる子の言葉一つ一つに答えるのが億劫《おっくう》だった。事情を間近で見ていてなお、特別なそぶりを見せない葵の方が、いっそ清々《すがすが》しく好意的だ。

登壇の順番は、主演を務める男性声優二人、続いて、『マーメイドナース』卒業組の女性声優五人。作品の初回上映を観た後で、最後に監督である瞳が挨拶をする。メインはあくまで声優たちだが、形だけとはいえ、それでもトリを務めるのは気が重い。

作品の内容には、もちろん、自信がある。

本当だったら、映像だけ観てもらえばそれでいい。昨夜からずっと、瞳の心臓はバクバクいっている。

『サバク』は実際、大がかりなプロジェクトだった。

瞳の考えた『サウンドバック』は、「奏《かなで》」と呼ばれる石に、現実の音を何か吹き入れることで変形するロボットを扱う。この変形するロボットの名前が「サウンドバック」。主人公たちが乗り、操る。

全十二話、入れる音によって、すべて違う形のロボットに変形させたい、と語った瞳を、スタッフはみんな企画の段階で正気なのかと呆れたが、それをどうにかここまで形にしてきた。実際わがままなオーダーだということはよくわかっていた。だけどどうしても、これを撮りたかった。みんなに見せたかった。

老舗のトウケイ動画で数々のロボットものの実績を積んだ業界屈指のメカデザインが、一人三話ずつ、計四名参加することが決まり、そのことは、アニメ誌も「メカデザ対決！」と大きく記事にしてくれた。記事に煽られるようにして、デザイナー四人も互いに負けられない、と刺激を受けてくれている。

無名の瞳だけでは、とてもできなかったことだ。

一般的に、大手アニメ誌の表紙には、どの作品も載りたい。盛り上がっている、という匂いを、そこで勝ち取ることができる。しかし、一クール三ヵ月の放映しかないアニメ業界で、その期に月刊誌の表紙を飾れるタイトルはわずか三つだ。記者たちが「この作品こそは」と事前に目をつけてくれなければ、そもそも実現が難しい。

登壇前の控え室で、一張羅のワンピースの裾を握りしめながら、瞳は大きく深呼吸をする。変におしゃれしたように見られるのに抵抗があって、襟つきのジャケットを羽織ることだけは忘れなかった。

途中、「斎藤さん」と行城に呼ばれ、大手月刊誌『アニメゾン』の編集者に挨拶する。彼と行城はだいぶ懇意な様子だった。最終回が放映となる六月の発売号では『サバク』が表紙を飾ることになっている。

「よろしくお願いします。表紙のことも、ありがとうございます」

挨拶した瞳に、編集者の男性が照れ笑いのような表情を浮かべる。

「自分が担当する表紙の号が売りに出される月は、僕らも緊張するんですよ。売り上げに対しても、なんだか責任重大で」

そして、瞳の目を見て言う。

「だからその分、応援する方にも力が入ります。楽しみにしています」

『サバク』のメカデザインに、ビッグネームを四人用意したことを、行城は『アニメゾン』にだけ流した。六月発売号の表紙は、スクープを受け取った『アニメゾン』からのお礼の気持ちなのだろう。その分、他誌からの心証が悪くなる心配もあったが、行城はそのあたりのさじ加減がさすがに上手だ。

「行城さん、ちょっといいですか」

話している最中から、行城が別の人間に呼ばれ、それにまた瞳が「監督もちょっと」と声をかけられる。別の雑誌の編集者にも数人、「次はぜひうちに登場してください」と名刺をもらった。

土曜夕方の時間枠をもらうということは、こういうことなのだと思う場面が、何度もあった。

その枠にかけたもののヒット作が多い、という実績からブランド枠となった時間帯。視聴率を度外視して、あとはBlu-rayなどパッケージで儲けましょう、というのが深夜アニメの形態だとすれば、『サバク』はそれに当てはまらず、視聴率を取ることの方も諦めるわけにはいかない。行城が盛り上げようと躍起になるのもわかる。

数々のアニメが早朝や深夜に時間帯を移す中、この砦《とりで》だけは渡すわけにはいかない、という思いが局側のプロデューサーにあることも伝わってくる。視聴率が悪ければ、ブランド枠のブランド性は崩壊し、アニメ放映の枠を手放すことになるからだ。打ち切りもやむなし、という判断が下されるリスクすらある。

一体何人の相手に挨拶したかわからなくなった頃、イベントの開会が宣言された。瞳たち、主要スタッフだけが残り、客のほとんどがスクリーンの前に席を移す中、行城から「気が早いですが」と声をかけられた。

「最終回の時には、もっと大きな場所を借りて、また上映会をしましょう。今度は完全な一般公募で。その時には『サバク』はそれだけの盛り上がりを見せているはずですから」

「……今日の集まりの中に、仕込みのサクラがいるってことを認めるんですね」

動揺するかと思ったが、行城は悪びれる様子もなく「ああ」と、ただ頷いた。「言葉に気が遣えなくてすいません」と謝ってくる。

会場で、拍手が起きた。

声優たちが登壇する様子が、控え室のモニターに映し出される。主演の二人に向け、女性を中心とした歓声が上がる中、「行きましょうか」と行城に呼ばれて、瞳も立ち上がる。何度となくくり返し観た初回だが、せっかくの機会なのだから、できることなら、劇場のスクリーンでしっかり、みんなと一緒に観たい。

『皆さん！　こんにちは』

おおおー、と男性ファンの声が上がり、廊下にいても、葵たちが登壇したのがわかった。盛り上がる歓声の中には、『マーメイドナース』での彼女たちの役名を呼ぶ声も混ざっている。

『えーっと、今日は、マーメイドの私たち――、ではなくてですね、新作です。またこの五人でお仕事ができて、本当に幸せです』

『ねー。マーメイド？　ナース？　どっちの略し方をするかは、皆さんの間でも諸説あるところだってお聞きしましたけど、どっちですか？』

マーメイド、ナース、マーナー、と野太い声がさまざまに上がる中、別の子が『ともかく！』と合いの手を入れる。

『あの作品は特別で、この五人の出会いは一生の宝物です』

『って、今はナースじゃなくて、「サバク」の話でしょうがー』

葵がさらっと割り込んで、正面を向く。気持ちよく通る彼女の声が、『「サウンドバック」略して、「サバク」です。こちらはどうか統一を！　共通認識でお願いします』と説明してくれる。

会場が、笑い声と拍手で包まれた。


声優たちが舞台から下りてしばらくすると、会場の照明がふっと暗くなった。テレビ画面が、スクリーンにそのまま、映し出される。

普段よく見る自動車メーカーや飲料メーカーのＣＭが映るたび、一回一回、「あ、まだか」と心臓に悪い。

５：00、と画面右上に白い数字が一瞬出てから、『サウンドバック』のオープニングが始まった。

主題歌は、瞳も好きなロックバンドの新曲。彼らのことを好きだと何気なく口にしたところ、行城が「僕、友達ですよ」と連れてきてくれた。おかげで、彼らの歌声で自分のアニメが飾れる。何度でも、この瞬間が観ていたい。

瞳は、アニメ番組のオープニングを観るのが好きだった。

これから何が始まるんだろうという、そのアニメの要素がぎゅっと凝縮された二分弱。どうか、これまで私が観てきた上質なお手本がくれた気持ちが、要素が、少しでもここに反映されていますように。

タイトルが映し出される。

主人公の乗る「サウンドバック」が空を駆け、その重ささえ感じさせる激しさで大地を踏みしめる。主人公の仲間たちの顔が、その瞬間、太陽を見上げる。

オープニングが流れてすぐ、まず拍手が起きた。一呼吸ついて、だけど、肝心なのはここからだ。

本編が、始まる。

初回に、「奏の石」が吸い込む音は、〝ノック〟だ。

地球に突如攻め込んできた正体不明の真っ黒いロボットを撃退すべく、主人公たちは「奏の石」が封印された小箱を懸命に叩く。

くり返し、くり返し。

手の骨が砕けるほどのノックを、石に向けて打つ。

彼らの音に応えるように、扉が、開いていく。

静まりかえった劇場に、音のない画面が数秒――。放送事故だと思われない、ギリギリの長い秒数をプロデューサーに局側とかけ合ってもらって確保した。嵐の前の、静寂。

扉が開く、木が軋《きし》むような音とともに、変形が始まる。契約の声が、響いていく。

『お前の音と、声と、歌を、すべて私に捧げられるか――?』

主人公が叫ぶ。

躊躇うことなく。

『なんでも、あげる!』


そこで、一話は終わる。

変形した「サウンドバック」が、画面いっぱいに姿を現したところで、スクリーンがまたお菓子メーカーの新作CMに変わった。

まだ、次回予告も、エンディングテーマもあるのに、いっぱいにたまったコップの水が溢れるようにして、拍手が、こぼれた。

潮騒《しおさい》のような拍手が、さーっと長く、劇場に広がる。

「続きが楽しみ」という声が聞こえた。息を止め、会場を見ると、一番後ろだった瞳の席から、満杯なはずの客席にぽつぽつと誰の頭も見えない席があることに気づいた。空席か、途中退場されたのか、と気になって身を乗り出すと、それは――子どもが座る席だった。横に座る母親らしき人に向け、何か話している。かっこいい、と聞こえた気がして、胸が熱くなる。

鼻の奥が痛んでふっと顔を背けた瞳の横で、行城が「よかったですね」と言った。

「きっとこうなると思ってました」

拍手が収まる。エンディングが始まり、皆が再びスクリーンに集中する。『監督斎藤瞳』の名前が、画面に映し出される。

「舞台に行きましょう」

行城に促され、瞳は無言で頷いた。

三

この盛り上がりのままできることなら帰ってもらいたいが――と思っていた瞳の舞台挨拶では、意外なことが起きた。

これまでほとんど人前に立ったことがないし、インタビューの類もろくに受けたことがなかったのに、壇上に現れた瞳に「瞳監督ー！」という声援が飛んだ。

名字ならともかく、名前で呼ばれることなんて初めてで、戸惑う瞳の前で「かわいー」という声まで聞こえて、びっくりを通り越して立ち竦んでしまう。声は男性のものも女性のものも、どちらもあった。

『ありがとうございます。「サウンドバック」の監督を務めます、斎藤瞳です』

どうにか調子を戻して、一言挨拶するのが精一杯だ。わあああっという歓声が、これまでで一番大きく沸き起こる。


控え室に戻る途中の廊下で、始まる前に挨拶した『アニメゾン』の編集者から再び挨拶を受けた。

「今度改めて特集記事の検討をさせてください」と言ってくれた。

「すごかったですね。監督への声援、声優の女の子たちより大きかったんじゃないですか」

「いえ、そんなことは」

それに、もしそうだったとしても、それは作品を観た後だったから、というだけの話だ。初回を観終えた高揚感のまま、みんなが盛り上がってくれたのだろう。すぐ近くの控え室にいるはずの、女性声優たちの耳が気になって、早く話題を終わらせてしまいたくなる。

今日はこのまま、四話目以降の放映分の作画チェックにまたスタジオに戻る予定だった。

「車を用意しました」と、戻ってきた行城を救世主のように感じたのも束の間、彼が困ったようにも嬉しそうにも見える表情で、こう続けた。

「しばらくは送り迎えをつけた方がいいかもしれないですね。斎藤さんのファンが外で出待ちしてます」

「え」

声が喉に引っ掛かって、絶句する。

すると――、その時だった。

「ふうん。送り迎えなんてつくんだ。すごーい」

聞こえた瞬間、背筋が凍る思いがした。振り返りたくない気持ちと、だけどどうしても気になってしまう気持ちがごく短く交錯して、気になる方が勝つ。振り返ると、この間、スタジオで瞳を慰めてくれた葵が、高価そうな革ジャンを引っかけて出口の方に歩いていくところだった。

「羨ましいな。まるでアイドルみたい」

咄嗟に声が出ない瞳に向け、葵が「じゃあ、また」とそっけなく挨拶する。

「監督、来週からまたアフレコよろしくお願いします」

「あ……、はい」

いつも通り、ただサバサバとした物言いをしているだけだ。そう思いたかったけど、葵に笑顔はなかった。瞳からすっと視線を逸らした途端、その目がさらに冷たい無表情になる。

ミニスカートから伸びたきれいな白い脚が、スタスタと角まで歩き、消えて、見えなくなる。一人きりのその背中に、呼び止めることすら拒絶された気がした。

立ち尽くす瞳の横を、どこからかかってきた電話を耳にあてた行城が「あ、だから、それはですね」と言いながら通り過ぎる。人目を避けるように通路の端まで歩いていく彼を見て、彼の先輩プロデューサーである根岸《ねぎし》が瞳に近づいてきた。苦笑しながら、「行城、下手だな」と呟く。

「あの電話、多分、道野《みちの》監督だよ」と瞳に囁いてくる。

道野は、瞳と同じくトウケイ動画に所属するベテラン監督だ。――『ピンクサーチ』で総監督を務め、各話演出だった瞳と殺し合いのような喧嘩を何度もした相手でもある。

「行城と、秋のアニメを一緒にやるんだけど、今、すごいんだよ。プロデューサーが常に一本だけ走らせてるわけにいかないことなんて当たり前なのに、ヤキモチがすごくて」

「ヤキモチ、ですか？」

「斎藤さん、もう恨まれてるレベルかもな」

根岸がにやにや笑う。

「この間なんか、行城が二股三股かけて不純だと思わないのか！　って怒鳴られてたからね」

「道野さんから？」

男同士、それもいいおじさん同士で何をやっているんだ、と呆れるが、気持ちはわからないでもない。監督の作業はつらく、孤独な作業の積み重ねだ。せめて、一緒に組むプロデューサーくらいは常に自分の方を向いていてほしいと思っても無理はない。

それにしても、行城も大変だ。

「今も多分、この初回上映会のことをどっかで知ってかけてきたんだろ。昨日も深夜まで道野さんのアイデア出しに付き合ってたみたいだし、その上で二股だとかって言われたらキツイよな、しかも男に。しかし、もう少しうまく立ち回れないもんかな。俺が道野さんと組んでた頃は、こんなことなかったけどね」

根岸が呆れたように言う声にどう応えていいかわからなかった。

「行城さん、モテるから」

何気なく口にすると、根岸がさらに笑う。

「きっと、全部にいい顔するから相手に誤解させるんだ。斎藤さんは疲れてない？」

瞳を気遣うように訊いてくる。

「今日の舞台挨拶もだけど、こんなふうにあちこち派手にひっぱり回されるやり方じゃ斎藤さんがつぶれちゃうんじゃないかって、心配してるヤツは社内にも多いよ。本当だったら、制作プロデューサーは監督に一番信頼されなきゃいけないのに、今のままじゃ不協和音だよな」

瞳は黙っていた。その沈黙をどう受け取ったものか、根岸が付け加える。

「何かあったら、いつでも言っていいよ。同じ社内だし、俺たちもついてるからね」

「ありがとうございます」

頷きながらも、心に薄く靄《もや》がかかったような、割り切れない気持ちだった。初回放映の、本当だったら喜ばしいこの日に、こんな気持ちになること自体が後ろめたい。

問題は、まだまだ山積みだ。

||||||

『サバク』の初回放映の翌日、日曜日は、ひさしぶりに休みをとれた。

描かなければならない絵コンテもあるし、持ち帰ってきた仕事もあったが、会社に行かずに宿題の形で仕事ができること自体が最近では珍しい。

ずっと帰って寝るだけだった部屋の掃除をし、簡単にパスタを茹《ゆ》でて昼食にする。お弁当でも差し入れのお菓子でもない、あたたかい食事を口にすると、それがアンチョビとソーセージだけで作ったパスタでもおいしくてたまらない。瞳は本来料理が好きだが、いつ家に戻れるかわからない生活では、日持ちのする食材以外は、肉も野菜も買い置きできないのが現状だ。

ザクロを最初に拾って瞳に託した、同じ団地の太陽くんとその仲間たちが現れる前に、彼女をお風呂場で洗う。普段あまり動かない穏やかなザクロにこの時ばかりは精一杯抵抗されながらどうにかシャワーで身体を洗い、タオルごしに捕まえて頭とおなかをごしごしこする。先週瞳が彼に書いた返事は新聞受けからなくなっていたから、きっと届いているだろう。

お茶を淹《い》れ、お菓子を用意して、しばらく自分のアニメのサントラを流しつつ、仕事をする。

夕方まで待ったが、太陽くんも彼の友達も、一向に訪ねてくる気配がなかった。忙しいのかもしれない。今は、子どもだって習い事や塾で予定が山積みだ。

「来ないね、ザクロ」

洗われたせいで不機嫌だったザクロは、時間が経ったことでそれも忘れたのか、仕事をする瞳の脇にあるソファで、うつらうつらとまどろんでいた。夕ご飯をどうしようか、と迷っていると、家の電話が鳴った。受話器を取ろうと腰を浮かした直後、電話のベルがFAXの受信音に切り替わる。

メールとデータでやり取りすることが圧倒的なアニメ業界だが、古くからのやり方を好むスタッフの間では、FAXによる連絡方法も多い。紙が印字を最後まで終えたタイミングを見計らって席を立つ。てっきり『サバク』関係の用件だろうと思っていたのに、吐き出された書類を見たところで短く息を吸い込んだ。

発信元は、オフィス・ラグーン。瞳に提出してほしいという書類のフォーマットが二枚、添付されている。

送信票には、「会社のメールに連絡するのに支障がある場合には、個人アドレスをご教示いただければ幸いです。」と、先方から手書きのメッセージがついていた。

その用紙を手にして、しばらく、ぼんやりと眺める。すぐに書き込む気がせずに手近なクリアファイルの奥に挟み込むと、そのタイミングで携帯電話が鳴った。知らない固定電話の番号だったが、出る。

「――はい、斎藤です」

しばらく『サバク』の関係で現場を離れることができない。先方もそれは承知しているらしく、来月の日付で会うことを約束して、電話を切る。

にょーん、と声がして、ふと横を見ると、ザクロがベランダに面した窓に前足を立て、カリカリとガラスをひっかいていた。ひょっとして、太陽くんが見えるのかも、と瞳もそばに行って窓を覗いたが、日差しが翳《かげ》りを見せ始めた夕方の路地が下に見えるだけで、そこには誰の姿もなかった。

放送された『サバク』の第二回が話題になっている、という話を、瞳は放送の翌日、トウケイ動画のスタジオ内で行城から聞いた。

「神原画《かみげんが》？」

「ええ。話題になってます」

行城が頷く。

作画監督をまじえての、原画と動画のチェック作業の途中だった。

アニメの映像は、原画と動画の二つから成る。監督や演出が描き起こした絵コンテをもとに、そのカットの絵を描くのが原画であるとすれば、一つの原画からその次の原画までの間をつなぐのが動画だ。手を振り上げて走るシーンがあるとして、手を下ろしている一つの原画から、上げている原画までの動きを埋める。

アニメーターは、動画の仕事からこの業界に入ることが多い。動画マンを経て、原画マンに。そこから経験を積み、さらに、うまいとされる人が作画監督へと進む。作画監督は、各カットが滑らかにつながるかどうか、一つの世界観が自然な形でつながっているかどうかのチェックを、監督や演出とともに行っていく。

「神」というのは、ネット用語から発した、賛辞の意味での最上級の表現だ。アニメでも、覇権アニメという言葉とともに、すばらしいアニメは神アニメや、神回という言い方がされてきた。

「二話で、『奏の石』が吸い込む音があるでしょう？　雪解けで、氷が割れる音」

「ええ」

ロケハンに行った時に聞いた話がヒントになった。雪深いこの土地では、春の訪れが何よりも待たれる。凍った川や池に張った氷がいよいよひび割れる時の音が、春を知らせるのだ、と。

「あの音の布石になる、冒頭の通学路のシーンがあるでしょう？　田んぼをバックに、マユとトワコの二人が手をつなぐカット。その横で、最初に池に亀裂が入る」

「はい」

演出としては、特に凝ったことをしていないと思っていた。確かに出来上がりの感触はよかったが、『サバク』はロボットの変形シーンが売りなアニメだ。視聴率と、おもちゃの売り上げを一身に背負った変形シーンは、通常ならば、毎回同じ映像を使い回せるはずの場面でもあるが、『サバク』の場合は、何しろ毎回変形するロボットの形が違う。使い回せる絵が一枚もない分お金もかかるし、上からも渋い顔をされる。

だけど——。

くり返し、何度も見た通学路のシーンを頭の中で再現する。マユとトワコが、氷が崩れる横を、日差しの中で手をつなぐ。あの手のやわらかさは、瞳の印象にも残っていた。想像以上の出来上がりだ、と確かに感じた。

作画監督の後藤《ごとう》が「あー。いい仕事するんですよ、ファインガーデン」と名前を挙げる。あのシーンを発注した原画スタジオだ。

アニメの原画は枚数が膨大だ。トウケイ動画からも、たくさんの下請けスタジオに絵の発注をかけている。

「それに、あの会社、確か新潟にあるんじゃなかった？　しかも、『サバク』の舞台と同じ選永市」

「選永市にあるんですか？」

瞳が目線を上げると、行城が頷いた。

「ええ。もとは東京にあったアニメ制作会社から原画チームが独立して作った新しい会社です」

地方にあるアニメスタジオも今はとても増えた。制作会社本体の経営がままならなくなり、そこに所属していたアニメーターだけで原画やＣＧなど専門分野に絞った小さな会社を立ち上げるというのも、よく聞く話だ。

会社名を聞いて、遅ればせながら思い出す。確か、今週放映予定の三話にも、何気ないカットだが、美しいと思った絵があった。

「誰の仕事かわからないけど、一話にも確か、給食のシーンですごく丁寧な描写がありませんでした？　ストローを牛乳に差し入れて、双子がおいしそうに飲む……」

「あー、わかります。あそこも、確か、ファインガーデンに発注した分ですよ。ひょっとしたら同じ人の仕事かもしれない」

後藤が大きく頷いた。行城に向けて、「誰が描いたか、探してみましょうよ」と持ちかける。

「ネットで『神原画だ』と盛り上がってる中で、目敏い書き込みをいくつか目にしましたよ。先週の『リデル』や『夏サビ』のクレジットにも名前があったあの人じゃないかって。指の描き方が特徴的なんですよね、きっと」

「あ、そうか。指ですね！」

思わず、瞳の声が大きくなった。

盛り上がる後藤と瞳に向け、その時、行城が「マニアックだなあ」と口を挟んだ。顔に苦笑が浮かんでいる。

「神原画、とまで言われるんだから、僕はまた、変形シーンについて褒められたもんだとばかり思ってました。メインに見てほしいものが別にある身としては、がっかりもしませんか」

「でも、誰がどんな見方をしたって自由だというのがアニメの良さでもありますよ」

「それはそうですけど」

ロボットの造形の方にこそお金や時間をかけているし、行城が言いたいこともわからないわけではない。しかし、メイン以外の場所に思わぬまばゆい場面を発見してファンが盛り上がってくれるというのなら、瞳はとても嬉しい。

行城が長く息を吐いた。

「絵がめちゃめちゃうまい原画マンがいる、ということはわかります。けれど、僕の経験上、神原画だなんだと騒がれるのはあまりいいアニメではないことの証拠ですよ。他に見るべきものがないからこそ、そういうマニアックな場所に目が向くということでもありますから。絵のクオリティーを一定に均《なら》した安定感のある作品こそがいいアニメだと、僕は思います」

「……取り立てて、そんなマニアックな内容を話してるとは思いませんけど」

見るべきものがない、とまで言われては、それが言葉の綾《あや》なのだとわかってはいても、瞳もおもしろくない。口調が尖《とが》ったのを感じ取ったのか、行城が大仰に首を竦めた。

「ともあれ、神原画は、どこかに突出して用意するよりも毎回少しずつ入る方がいいのかもしれないですね。了解しましたよ。ファインガーデンの神原画マン。探してみます」

仕方ないなあというように瞳を一瞥《いちべつ》して、行城が目線をふっと逸らす。瞳も黙って、作業に戻った。出来上がってきたばかりの原画に、修正の指示を加えたトレーシングペーパーを重ねていく。監督が指示したものは黄色、作画監督からの指示は水色、修正が多い絵はその紙が増えていく。

行城の言うとおり、別々のアニメーターの描いたタッチをバランスよく調整するのはアニメでは基本中の基本だ。

――この、四話目以降の「中盤」も勝負どころだ。

最初と最後に力を入れて、真ん中がおろそかになりやすいと言われるのはシリーズアニメの宿命のようなものだが、瞳は、観てくれているお客さんを手放したくない。最近では、割り切ったように中盤のクオリティーを諦めたまま放映し、Ｂｌｕ－ｒａｙなどのパッケージにする際に大幅に修正をかける作品も多いが、『サバク』はそれが許されない作品だ。

土曜の夕方を守る視聴率を、最後までキープしなければならない。初回と二回目の視聴率は、歴代この枠でかかった作品に見劣りしない程度のものを確保できた。けれど、初回より二回目の方が、わずかではあるが、落ちている。

この数字を、最終回までに引き上げてみせるのが、瞳の仕事だ。

＝＝

シリーズアニメは、ひとたび放映が始まってしまうと、あとは途中下車できない電車に乗り込んだようなものだ。現場がどれだけ揺れても、もう、降りることはできない。

始まった、第六話のアフレコ現場の空気はお世辞にもいいとは言えなかった。

今回は一人の抜けもなく、集まった二十人以上の声優を前にして、瞳は「よろしくお願いします」と頭を下げる。

「おかげさまで、初回の放送に数々反響をいただきました。――今回は第六話。タカヤが『サバク』のパイロットが自分であることをいよいよ両親に打ち明ける回です」

そうなんだ、とか、とうとう、という相づちの声が、タカヤ役の春山雄高《はるやまゆたか》はじめ、何人かから上がる。現場を盛り上げるように、声優たちが作品に対するそういう生の声を聞かせてくれるのはありがたい。大人数の声優が入れ替わり立ち替わり、正面に用意されたマイクの前に立っては去る現場で大事なのは、言うまでもなくチームワークだ。流れを整え、現場をあたためるまでにシリーズ前半を費やすと言っても過言ではない。

しかし今、初回のアフレコではしゃぐように声を上げてくれていた葵と杏樹から、仕事以外の声はほとんど聞かれなかった。葵のように、本来なら声が大きい相手が沈黙していると、現場の士気はそれだけで下がる。不必要なほどの緊迫感を感じて、瞳も朝から気が重かった。

「弱りましたね」

瞳を責める、という意図もないのだろうが、行城がため息をついた。

収録は表向き順調にいってはいる。葵も杏樹も、これまでの五回を経て役を自分のものにしてきた感はあるが、問題は彼女たちが積極性を欠いていることだった。

「あ、今のところ、僕、驚くリアクションを入れ忘れてしまいました。録ってもらっていいですか。台本の十二ページ。リュウイチが倒れる部分です」

「了解しました」

春山の声に、瞳も台本を見返す。彼の声に合わせてマイク正面の映像がその部分の絵を映すと、リュウイチが台詞を言うシーンに重なって、画面の隅に確かにタカヤとマユ、二人の姿があった。

声優たちはそれぞれの経験と勘で、絵から自分の役の呼吸を読む。それが原画になる前の、未完成の絵コンテやラフ原と呼ばれる状態であっても、脚本に書かれていないアドリブの台詞をそこに見るのだ。他のキャラが喋《しゃべ》る場面であっても、同じ絵の中にいるのだから、ここは自分のキャラの声が入っているだろう、呼吸が入っていなければおかしいだろう、と判断する。

監督や演出さえ見落としてしまいそうな場所に、彼らは手を挙げて「ここは入れた方がいいですか」と確認して、息を吹き込んでくれる。

新人の、特に若い声優の場合はどうしてもやる気が先走ったり、目立とうという気持ちが出過ぎる場合も多く、それが空回りに終わる場合も多い。——杏樹も、そんな子の一人だった。初回では、行城に言われて、「同じ場面に存在してるからといって、そう何でもかんでも声を入れるとは限らないんだということをわからせた方がいいかもしれないですね」と、あえて瞳からも「そこでは声はいりません」という指示を出したこともあるくらいだった。

しかし、今は違う。

「すいません、タカヤのリアクションに合わせて、一緒にマユさんも声を入れてもらっていいですか」

「あ、――わかりました。気づかなくて、すいません」

マユ役の杏樹に声をかけると、彼女がこちらを振り返り、頭を下げながら立ち上がる。

ため息が出る思いだった。本当だったら、彼女だって気づいていて、言い出せなかっただけかもしれない。泣かせてしまってからというもの、杏樹は自分から現場で発言することが極端に減った。

「監督、絵にはいませんが、トワコも同じ場所にいます。でも、私は喋らなくてもよろしいということですか？」

葵が手を挙げる。こちらもこちらで頭が痛い。杏樹と違い、萎縮することなく喋ってくれるのはいいものの、初回上映会の一件以来、彼女は不機嫌を露《あら》わにしたように、他人行儀に喋るようになった。

「――いえ、指示が足りなくて申し訳ないですが、できたら声を入れてください。息を呑むような雰囲気だけいただければ助かります」

「わかりました。では、次からもそうします」

葵は男子二人に交じって主人公格を務める女の子の一人、トワコを担当するため出番が多い。手を挙げるかわりに黙って立ち上がり、勝手に声を入れるような、コミュニケーション不全の状態がずっと続いてきた。今日は発言してくれるだけいい方だ。仕事は確かで問題がないとはいえ、雰囲気は悪い。

三時間近い収録を終え、十二秒間の次回予告と、携帯サイトからダウンロードできる着信音声の収録、売り出される玩具のロボット用音声を録って、一日がかりだったアフレコがようやく終了する。出番を終えた声優たちが次々と抜け、最後は主役級の男性声優二人だけが残っている状態だった。

彼ら二人に礼を言って廊下に出ると、まだロビーにいたベテラン声優とその付き人が、今回の各話演出である大内と話す声が聞こえた。

「え、じゃ、斎藤さんてX大なんですか？」という声が届いて、胃の腑がきゅっと縮まる。

その後に続く声を、これまでもあちこちで聞いてきたから、この後の会話はだいたい予想ができる。X大まで出ていて、何故、アニメなのか。ああ、だから、ああやって融通が利かないんですね、とかなんとか。——言われる内容はさまざまでも、褒めているのか貶《けな》しているのかわからない、謂《いわ》れのない評価をこれまでもたくさん受け取ってきた。行城によく言われる天才肌、という言葉もその一つだろう。

聞きたくなくて、防音の整ったスタジオの中に顔を引っ込めると、追いかけるように、まだ声が聞こえた。

「行城さん、学歴がないことがきっとコンプレックスでしょ。奥さんの方が四大出て、高学歴だし。斎藤さんの相手するのは、きっと複雑だろうね」

スタジオ内に戻ると、行城は打ち合わせ中だった。

商品として売り出す『サバク』のロボットが映る場面を確認するため、現場は、ロボット部分だけは先に作業を進めていた。今日のアフレコでも、そこだけが完全な形ではめ込まれている。

その状態を確認にきた玩具メーカーと行城が、スタジオの中で事務的な確認作業を行っている。作品の内容については瞳も責任を持つが、契約や、玩具の都合による作品への修正については、監督が直接交渉しない方がいい場合も多い。行城に完全に任せている状態だった。

行城は、瞳が戻ってきたのに気づいた様子がなかった。彼らの様子をぼんやりと眺めながら、ここでもまた、身の置き所がないと感じる。

そろそろいいだろうか。外の会話は、もう終わっただろうか。

そっと席を立ち、おそるおそる、再び廊下に出た。話し声はもうしていない。フロアは誰もいないように、静かになっていた。

ため息をつき、飲み物を買おうとロビーに顔を出した瞳は、しかしそこで――凍りついた。

誰もいないと思ったのは間違いだった。自販機の前に人が立っている。相手が気づいて、顔を上げた。瞳に向け、「やあ、ひさしぶりです」と声をかけてくる。

咄嗟に口が利けない瞳の前で、彼が小首を傾げる仕草をする。「あれ、覚えてもらってない？」と問いかけるのを、ぎくしゃくと首を振って否定する。

覚えてない、なんてはずがない。一目見て、すぐに気づいた。

『運命戦線リデルライト』の、王子千晴監督。

相変わらず少年のような現実感薄い佇《たたず》まいで、ふらっと立った彼は一人きりだった。

覚えてもらってない、はこっちのセリフだ。瞳は彼に自分が覚えられているなんて、考えたこともなかった。この間、形ばかりの挨拶をさせてもらったけど、彼の視界に自分が入っているとは思えなかった。

どうしてここに、という言葉が喉元まで出かかる。

東京テレモセンターは、さまざまな会社の人間が入り交じる場所だ。実際、彼のところのプロデューサーである有科香屋子とも、瞳はここで初めて顔を合わせた。しかし、今日はトウケイ動画の作品以外、ダビングもアフレコも入っていた様子がなかった。入り口のホワイトボードにも、えっじや『リデル』の名前はなかったはずだ。

「斎藤さんに会えないかと思ってきたんだけど、よかった。会えた」

王子がさらに驚くべきことを口にする。瞳が目を見開くと、王子が口元を歪めて
「行城サンは？　来られると面倒なんだけど」と、通路の向こうを見た。瞳は魂が抜けたようになったまま、ただ「大丈夫です」と頷いてしまう。

「しばらく、打ち合わせなはずだから」

「ホント？　ラッキー」

「……うちの行城と何かあるんですか」

「うん。昔、すっごいたくさん迷惑かけたから、二度と会いたくないんだよね。謝るの、大嫌いだから」

王子が平然と口にする。それから瞳を見た。ズバリと言う。

「第一話、観たよ。『サウンドバック』」

緊張と、興奮に背筋が伸びる。

感想を聞きたい気持ちと、聞きたくない気持ちがない交ぜに交差する。瞳が身構え

る間もなく、王子が言った。

「おもしろかった」と。

息が詰まって、呼吸できなくなる。誇張でなく、そうなった。鳥肌が立った。

――おもしろかった。

彼の声が、身体の内側で反響する。足先があたたまって、震える。

「観てくれたんですか」

「ちょっと人に頼まれてね。応援してやってくれって。――こういうの、本当はオレのキャラじゃないんだけど」

応援？　と瞳が不思議に思うと、王子がそのまま続けた。

「いいもの見せてもらったから、お返しに伝えに来た。斎藤さん、人魚の扱い、大変でしょ」

「え？」

「人魚」

王子がくり返した。

「『マーメイドナース』のアイドルたち」

「あ」

思わぬ名前を聞いて返事が遅れる。

「オレ、仲いいんだよね」と王子が言った。

「大変そうだから、自分では絶対使わないけど」

「どうして――」

揉めたことを知っているのか、と問いかけようとして、声が途切れる。狭い業界だから、どこかから何か聞いたのかもしれない。あるいは、仲がいいというなら、本人たちから直接聞いたのか。考えると、途端にまた落ち着かない気持ちになる。

不穏な方へ、不安な方へ、流れそうになる瞳の気持ちを押しとどめるように、王子がきっぱり首を振る。

「特に問題ないんなら、それでいいんだけど。ま、大変だよね。人気がある分、ハマる現場では効果は大きいんだろうけど」

オレも、仲良くなりすぎたから、葵のことはもう絶対使いたくないし。

ついでのように王子が放った言葉に、仲良くってどの程度の意味ですか、と尋ねたくなる。が、王子は煙に巻くように話題を切り替え、「あの子たちのブログとかツイッター見てる?」とおもむろに尋ねた。

「いえ」と圧倒され気味に瞳が答えると、「見なよ」と王子が言った。

「声の演技も大事だけど、オレは、ブログやラジオ番組の方をよくチェックしてる。あの子たち、そう悪い子じゃないよ。よかったら見てみれば」

　そして急に真顔になる。

「仕事に、女子のお友達ごっこみたいな感覚を持ち込みたくないのはよくわかるよ。失礼だけど、斎藤さん、そのあたりの女子社会に辟易して避けて通ってきたタイプじゃない？　違ってたら申し訳ないけど、あんな群れるヤツらと一緒にされたくないから、きっちり勉強や仕事してきたように見える」

「……失礼じゃないですか」

　さすがにむっとして、ようやく声が出た。瞳にも、葵たちにも失礼だ。王子は意外にも、「ごめん」と潔く謝った。

「葵を使うなら、きちんと使いなよ」と続ける。

「あの子を味方にした方がいいよ。伝えたいのはそれだけ」

「……王子さんは、何なんですか」

　思わず言ってしまう。仲がいいというなら、葵から何か吹き込まれたのかもしれない。おそらくは、瞳の悪口を。今日ここで収録があることや瞳がここにいることだって、おそらくは彼女に聞いたのだろう。

──大人になり、仕事をちゃんとしたいと願っているだけなのに、何故、そんないつまでも女子中学生同士のような真似をしなくてはならないのか。

「ん?」と王子が顔を向ける。

きれいに整ったその顔を見て、ああ、自分よりこの人の方がよっぽどメンタルが女子向きだ、と絶望的に思い知る。

「女子でもないのに、女子のことに詳しい。王子さんは何なんですか」

「こう見えて、魔法少女のエキスパートを十年やってるんだよ、オレ」

王子が涼しい顔をして、笑う。

瞳の耳元を風が吹き抜けた。「なんてね」と王子が呟いた。冗談めかして見せているが、本当なのだ、と、全身から、震えが来るような勢いで腑に落ちる。

この人はプロだ。

メインの仕事こそ務めなくても、長く、この業界でやってきた監督業の先輩なのだ。

「さて、そろそろ戻らないと怒られる」

王子がそう言った瞬間、入り口の扉が開いて、スマホを片手にした有科香屋子が顔を出した。瞳が王子と一緒にいるのを見て、「あー! お疲れさまです」と会釈する。

驚いているようだった。

「本気だったんですか」と、香屋子が王子に問いかけた。

「斎藤さんに陣中見舞いとか言って、ふらっと出てくから……。すいません、斎藤さん、ご迷惑おかけして。うちの王子が失礼な真似はしませんでしたか」

「あ、いえ」

「ひっどいなー。一体、どういうイメージなの、オレ」

王子を無視して、香屋子が瞳ににっこり笑いかける。

「ここの裏にあるラジオ局で、王子がゲストに呼ばれてるんです。今は出番待ちで」

「あ、そうなんですか」

香屋子からは、『サバク』の初回放映の後、恐縮してしまうような丁寧な感想メールを、会社の広報経由でもらった。囲い込みというと大袈裟だけど、瞳あてのメールはすべて会社の管理部で止まり、ふるいにかけられる。大手にはありがちなことだが、個人的な仕事を引き受けることができないよう、そうやって管理されている。そんな理由から、瞳からも憚《はばか》られて、彼女にろくに返事も書けなかった。

けれど、気づく。王子に『サバク』を観せ、こうやって自分と彼を繋いでくれたのははきっと香屋子だ。

「あの、感想のメール、ありがとうございました」

従来、人見知りの気《け》があるせいで、うまく話せているかどうかわからない。続けて、畳みかけるように話す。

「お返事、書けていなくてすいません」

――本当は、話したかった。

『リデル』を毎週観て、どう思っているか。すごいと思う、感動する演出や驚くような展開がいくつもあり、その一方で、私ならこうする、と思う箇所も、もちろんある。そんなことのすべてを彼らに話したくて、だけど、王子を実際目の前にしてしまうと、途端に言葉を失ってしまう。何から話していいかわからなくて、結局、何も話せなかった。

「いいんです。お忙しいでしょうから」

香屋子が、とんでもない、というように首を振る。

「作品、楽しみにしています」と、目を輝かせて言ってくれるのが、確かな本心だと思えた。

香屋子が手にしていたスマホをポケットにしまうのを、王子が「ねえ」と呼び止めた。

「オレにGPSとかつけてないよね？　さっき、そのスマホに地図っぽいのが表示されてたけど」

「さ、行きますよ」

自分の監督の言葉を無視して腕を引く香屋子と王子の背中に、「あの」と瞳は呼びかけた。二人が振り返る。

「――観ててください。『サバク』を、最後まで」

声が掠れた。

「私も、最終回まで楽しみに観ます、『リデルライト』。だから」

王子が薄く微笑んだ。横の香屋子が、目を大きく見開く。嬉しそうに。

「もちろんです！」

という香屋子の声が、フロアに響き渡った。

＝

雑誌の表紙もそろそろだという週、作画現場は混乱していた。

何日も眠れない、修羅場がざらなアニメ業界の中にあっても、二日徹夜すると毎回体がボロボロになる。頭の真ん中が白く鈍り、視界にまでそれがはみ出したように、目の前が実際に薄く膜を張って見える。

このところ、現場の作業と別に、これまで行城だけが出ていた打ち合わせや調整会議に瞳も駆り出されることが多くなっていた。出なくてもいいんじゃないかと訴えたものもあったが、行城が頑として譲らなかったのだ。

「一度だけでもいいから、顔を出してどういうものか知っておいてください。玩具メーカーやスポンサーと話ができるようになっておいた方がいいですよ」

同席したところで現場は行城が仕切るのだし、瞳は座って流れを見るだけだが、そのせいで大きく時間を取られる。何日も家に帰れず、眠れず、不規則な時間に食事を取るせいで、胃が痛み、食が細くなる。

コンビニで一番好きなカップラーメンを買ってきて、一人、作業机の前ですすっていると、ふっと視線を感じた。「なんですか」と顔を上げる。呆れたような顔の行城が、「いや」と答える。彼の目がすっと細くなった。

「斎藤さん、仕事以外で食事するような友達って、きちんといます？　なんなら、知り合いで誰か紹介しましょうか」

「……余計なお世話です」

そんなスタイリストやヘアメイクを紹介するような口調で言われても、と苦々しい。

アイドル声優たちとうまく付き合えないアフレコ現場のミスを指摘されたようで、ため息が出た。

まだ何か言いかける行城に背を向け、残りのヌードルをすることに専念する。


放送開始から二ヵ月目。物語の佳境に向け、いよいよ最終回の作業が見えてくる。『サバク』のように大御所のメカデザイナーを巻き込んだり、お金が大きく絡んだタイトルは、その分妥協なくクオリティーにこだわるせいで、作業がどんどんカツカツになる。

第七話は、本放送二日前にようやく編集が終わり、最後の一日で絵に音を入れて、できあがったのは、放送当日の朝七時だった。

「行ってきます！」

できあがったばかりのデータを受け取り、行城が鞄を片手に立ち上がる。屍のように作業モニターの前で崩れる瞳たちの前で、それでも襟つきのジャケットを着込む行城の行き先はテレビ局だ。

放送倫理上問題のあるシーンがないか、今からＨＢＴの担当者にデータを見せる。問題があったところで今からではもう修正する時間もない。相手に有無を言わせないようにするのが、彼のこの回、最後の務めだ。羽織ったジャケットに皺ひとつ寄っていないのがスタジオ内では激しく浮いて見えたが、ここは、彼のその気配りをさすがと思うべきなのだろう。

「大丈夫ですか。私も一緒に行きます」

瞳が呼び止めた。泊まり込みの作業が続いていたのは行城も一緒だ。ずっと寝ていない彼一人に行かせるのが忍びなくて言うと、行城が振り向きもせずに「大丈夫です」と答えた。鞄に自分の私物を入れ、車の鍵をポケットに確認している。

「でも」

「あなたの今一番の仕事は寝ることです。お疲れさまでした。夕方まではフリーになるはずですから、ゆっくり休んでください」

言うだけ言って、部屋を出ていく。

確かに、目が、ずっと開けていたせいで痛くて、体が鉛のように重たかった。「すいません」と呟いた瞳の声は、彼に届かなかっただろう。目をいったん閉じると、もう二度と開けられないと思うくらい、瞼の裏の暗さが心地よかった。

知らないうちに眠ってしまい、次に起きたのは行城と、彼の下で宣伝を担当するプロデューサーの越谷《こしがや》が言い争う声だった。

「どうして言わなかった！」という行城の声が、珍しく怒っていた。

「だって、現場に迷惑はかけられないでしょう？」

まだ若い越谷の、細く甲高い声が答える。

「本放送の作業が最優先。それが原則だって、行城さん、いつも言ってるじゃないですか。『アニメゾン』が希望してるのは、作画監督クラスです。第一希望を言えば、キャラデザ担当した後藤さん。あの人にそんな余裕なかったでしょ？」

――表紙の話だ、とすぐにピンと来た。

そろそろだと、聞いていたはずだった。一気に目が覚める。『アニメゾン』の表紙もそろそろ、と催促のように言われる声を傍らに聞きながら、だけど、ずっと第七話の作業を優先してきた。

「間に合わないんですか」

誰かがかけてくれたらしい毛羽立ったタオルケットごしに身を起こすと、話していた二人がはっとしたようにこちらを見た。二人の間に、『サバク』の原画らしきもののコピーが一枚。

瞳と目が合った越谷が、肩をすぼめるようにして、小声で答える。瞳より若いスタッフで、子鹿のようなひょろっとした外見をしている。

「先方にはもう、渡しました。昨日が〆切だったので」

「僕や監督のチェックなしに、です」

行城がいつになく険しい声で補足する。

「見せてください」

飛び起きて、二人が見ていた原画を手に取る。そして息を呑んだ。

朝日の前に立つ『サバク』を背にして、主人公三人が正面を向く。しかし、その顔がやけにキラキラ輝いて見えすぎる。――普段のアニメから受ける印象より、気張ったように目が大きく、キャラクターを我が子のように思う瞳の目から見ても「これは誰ですか」と声が出そうになる。

クオリティーが低い。

萌えっぽく、媚びた印象の絵柄は、ひとつひとつの描写の差が些細なことであっても、全体で見るとすさまじい違和感だった。

「どう、」

どうして、と出かかった声をかろうじて呑み込む。そんなことはわかりきっている。本放送分の作業で進行がギリギリで、他の仕事のことで声をかけられるような状況ではなかったからだ。

アニメ誌の表紙やピンナップ、記事の一つに至るまで、用意されたページに載る素材の絵は、アニメですでに使ったものや使うものではなく、「そのためだけの」描き下ろしが原則だ。レイアウトまで指定された状態で出版社の編集者からオーダーされ、その上で、誰に描いてほしいという希望も来る。キャラクター原案を担当したアニメーターや作画監督が指名される場合が多く、とにかく、できるだけ巧い主要スタッフが希望される。

「『アニメゾン』の編集者から、僕がさっき連絡を受けたんです」

行城が眉間に皺を寄せ、瞳に向き直る。

「『後藤さんには描いていただけなかったんですね』という控えめな言い方でしたが、要は『クオリティーがあまりに低すぎるのではないか』という確認なのだと思います。描いたのはうちのアニメーターの一人で、越谷と後藤さんで話して決めたようです」

行城が謝る。

「すいません、僕の管理が甘かったせいです。誰に仕事をふったのかを聞いていなかった」

「後藤さんに確認はとったんですよ。あの人が、これでいいって。だからきっと、行城さんや斎藤さんからもＯＫが出たんだとばっかり思ってました」

越谷が言い訳するように声をあげる。宣伝プロデューサーは、本編制作の傍らで、アニメ誌用の原画やグッズなど、本編にかけるもの以外の版権原画と呼ばれる描き下ろし原画の依頼を取り仕切る。進行がカツカツの現場に、「あのー、Ｋ出版用のカレンダーを……」と六枚分の描き下ろし発注を持ち込まなければならないような仕事だ。

そんな中、会社に入って今年で五年目の越谷は、瞳にも普段から「オレ、自分の持ってるタイトルの中で『サバク』が一番好きです」と言ってきていた。仕事に馴れ、楽しくなったことで自信も出てきた頃なのだろう。「調子がいいけど、わからないことやフォローしきれない仕事について、周囲に報告しなくて困る」と、別のスタッフたちが嘆くのを、一度、聞いたことがあった。

だけど、まさかこんなことが。

瞳の顔から、血の気が引いていく。倒れそうだ。

行城や越谷ばかりを責められない。現場の作業にせめてもう少し余裕があれば、事態はまったく違っただろう。こうまで作業が押してしまったのは瞳の責任だ。先方が希望した後藤の他にも作画監督はいるが、彼らも作画の仕事でもう何日も寝ていない。紙を持つ指先に、現実感がない。気づくと、声が出ていた。

「私が、描きます」

え、と行城と越谷、二人が息を呑む気配がした。

「私が、自分で」

唇が震える。

「もう、後藤さんにも次の作業が詰まっているし、やり直しをお願いできる時間はないでしょう？　だったらせめて、私が描いた方が、今あるものよりはいい気がします。描かせてください」

昨日が〆切だったというなら、あとどれくらい猶予がもらえるだろうか。瞳は絵を詳細に描き込むタイプの監督で、これまでも絵コンテでずっと彼らを描いてきた。原画を描いた経験はないが、オリジナルに近いものは描ける。

「ああ、それなら」

うなだれていた越谷の顔がぱっと輝いた。

「斎藤さんが描いてくれるなら、『アニメゾン』はきっと大喜びですよ。話題にもなる」

「はい」

できるかどうかわからない。今から馴れない作業が増えるのは相当キツい。しかし、アニメ誌の表紙はよくも悪くも影響が大きい。ただ載ればいいというものじゃない。

そう思った時、しかし、思わぬ、きっぱりとした声が聞こえた。

「駄目です」と。

驚いて顔を上げる。行城が真剣な目をしていた。

「それなら、断った方がマシです。斎藤さんでは絵は描けない」

「でも」

行城がにべもなく、首を振る。

「原画の作業を舐めないでください。あなたは監督で、作品の創造主かもしれないが、だからといって、『サバク』の絵はあなたのものじゃない。あなたの仕事は監督で、原画ではありません」

厳しい言い方に身が竦む。咄嗟に口が利けない瞳の前で、越谷が「じゃあどうするんですか」と泣き声のような叫びを上げる。

「どうにかする」と行城が言った。

「とりあえず、『アニメゾン』にかけ合って明日の昼までもらった。やり直す」

それから瞳を見て言う。「大丈夫です」と。

「僕に任せてください」

「どうするんですか」

いくらか冷静になった頭で尋ねる。行城が答えた。

「ファインガーデンのナミサワさんに連絡を取ります。彼女なら、文句ないでしょう」

瞳も越谷も、一瞬、誰のことだかわからなかった。聞いた後から、思い当たって、はっとする。ファインガーデンの名前に聞き覚えがあった。

――神原画の、アニメーター。

彼女、という行城の言葉を反芻《はんすう》する。

「女性、なんですか」

「名前は、並澤和奈《なみさわかずな》さんと仰います。――約束通り、調べておきました」

瞳の目を見て、行城が頷いた。

新潟県選永市にある原画スタジオ『ファインガーデン』に連絡を取り、表紙を発注し、直接取りに行きたい旨を伝えると、神原画マンの並澤和奈氏は休暇を取って東京にある実家に帰っている、ということだった。

行城が電話する様子を、固唾を呑んで見守る瞳の横で、彼が平然と「ちょうどいいです」と答えている。

「なんか、友達と会うんだって嬉しそうにしてましたけど」と先方が言うのに、「携帯電話の番号を教えてください」と半ば無理矢理、彼女の連絡先を訊き出す。

そうやって連絡を取った彼女は、東京の、スカイツリー観光の真っ最中だった。

「私、今、す、好きな、人と一緒なんですが……」と、気弱そうな声が、それでも精一杯抵抗するのが瞳にまで聞こえる。

けれど行城は淡々と、口だけは「申し訳ない」と何度もくり返し伝えながら「迎えに行きます」と強引に彼女を捕まえた。

生きた心地のしない思いで待っていた、その一時間半後。行城に連れられた並澤和奈が、トウケイ動画のスタジオに現れた。

眼鏡をかけた、小柄な女の子だった。

瞳に言われたくないだろうけど、垢抜けた様子のない子で、デートだったという服装にも取り立てて気を遣った雰囲気がない。ジーパンとパーカというラフなスタイルで、シュシュでまとめた長い髪の毛もボサボサな印象だった。

好感を持った。

声優の女の子たちにしろ、有科香屋子にしろ、瞳は少なからず圧倒される面があるが、親しみやすそうな子だ。

けれど、そんな瞳の気持ちをよそに、和奈が泣きそうな目で「恨みます」と呟いた。

「なんなんですか。私、休み、きちんともらってるのに。東京に来てまで、ほんともう、なんなんですか」

「誠に申し訳ありません」

ここに来る途中の車中でも散々口にしたであろう言葉で、行城が謝る。

「あなたの力が必要なんです」

「迷惑です、そんなこと言われても」

そう言いながらも、空いているアニメーターの席を示された和奈が渋々と机に座る。

『アニメゾン』から指定されたレイアウトを示し、こちらからの「こんな感じで」という要望を聞く顔が、それまでの泣き顔から、徐々に真面目なものに変わっていく。

「それで、ご紹介遅れましたが、こちらが『サバク』の斎藤監督」

行城に言われて、彼女が振り返って瞳を見た。あわてて頭を下げた瞳に、和奈が「ああ」と頷いた。ひょっとして、この間の初回上映会や記事などで瞳を知っていたのかもしれない。咄嗟に「アイドルみたい。すごーい」と葵に言われたことを思い出し、身を硬くしかけたところで、和奈がふっと笑った。

「あなただったんですね。あの子たちのおかあさん」

「え？」

「お世話になってます。タカヤくんや、トワちゃんに。私は、リュウくん派だけど」

和奈がぺこりと頭を下げる。それから作業台に向き直った。道具の位置を確認しながら、「じゃ、やります」と宣言する。

それは多分、たわいない、見る人が見ればなんてことはない、短いやり取りだっただろう。けれど、瞳は、口が利けなかった。胸に広がるこの気持ちをどう表現したらいいか、わからなくなる。一拍遅れて、和奈に深く頭を下げた。

「ありがとうございます……！」

自分の作ったキャラクターを、友達のように呼ぶ人がいる。瞳を、おかあさん、と呼んでくれる人がいる。

「あ、そうだ」

と、和奈が再度顔をこちらに向け、全員を——とりわけ、行城の方を見た。人と目を合わせることに馴れていないのか、微かに焦点がブレる。

「受けてもいいんですけど、一つだけ、条件が」

「なんでしょう」

「時間もないし、急なお話だし……、机も、道具も、全部自分の馴れたものじゃないから、原画のクレジット、名前出すなら、私の本名じゃなくしてください。そういう時のペンネームがあるので、そちらの方で」

おどおどと、和奈が目を伏せる。

「仕事、納得のいくものができない時には、そういうふうに、お願いしてるんです。あと、同じクールであまりにも仕事が重なった時とか、会社通さずにきた仕事の場合なんかは名前を使い分けてて」

アニメ業界では珍しくない話だ。

アニメーターたちは職人だ。賃金が安く、勤務環境も劣悪と呼ばれるこの業界で、最後に残るのは仕事にかけるプライドだ。儲からないと言われる現場で、さらに時間に制限までかけられ、まだ手がかけられると思っている状態の原画を強引にむしり取られるように提出しなければならないジレンマはよくわかる。納得できないものを提出するのは、誰だってつらい。

ならば、と瞳が頷きかけたその時だった。行城が言った。

「それはできません」と。

断られると思っていなかったのかもしれない。和奈が目を見開いた。

「どうしてですか。絵はきちんと上げますよ。それぐらい、聞いてくれたっていいでしょう。ただでさえ、無理矢理連れてこられてるのに」

「あなたにお願いしたのは、あなたが並澤和奈だからです。神原画が描けるアニメーターだと今、話題になっている。ご存じですか？」

「え？」

和奈の顔にぽかんとした表情が浮かんだ。

「名前をください」と行城が言った。

今度は瞳も呆気に取られた。

「休暇をつぶしてしまったのは、本当に申し訳なく思っています。だけど、我々が欲しいのは、並澤さんの描く絵はもちろん、あなたの名前もです。『サバク』の表紙に、〝並澤和奈が描いた〟という看板をください。名実ともに。中味も名前も、取らせてください」

土下座――とまではいかなくとも、それに近い、腰を九十度に曲げた、まるで謝罪会見のようなお辞儀で、行城が頭を下げる。

「お願いします」

「ええぇー、やめてよー」と当惑する和奈に向け、「お願いします」とさらにくり返す。和奈が承諾するまで、その姿勢から戻るつもりがなさそうだ。

驚き、瞳もそのまま、彼らを見つめる。

やがて、「ああー、もう、わかった！　わかりましたから」と和奈がうんざりとした声を上げる。その途端、行城がすっと居住まいを正し、今度はごく浅く「ありがとうございます」と彼女に頭を下げた。

「もうやだ。嫌みだ、絶対。恨むから」

和奈がまだ不満げに、涙目になって行城を睨んだ。


数時間後、瞳は瞳で他の作業を進めながら待ち、——完成した、並澤和奈の原画は、充分に「神原画」の名にふさわしいものだった。

普段、〝仕事〟として原画を扱い、目が馴れたはずの瞳でも息を呑む。タカヤの表情が凛々しく、リュウイチの目に明るさが浮かび、トワコの表情が優しい。萌え系の要素が薄いのに、女の子の柔らかさとかわいさがきちんと伝わってくる。

やっぱりお願いしてよかった。顔を上げる瞳の前で、けれど当の本人は相変わらず所在なげに「もう帰りたいです」とうな垂れている。

「いまさらスカイツリーには戻れないですけど、東京に来てもこんなことになるなら、せめてもう新潟に帰してください。恋とか夢とか考えないで、細々引きこもってた方が全然ましです。名前も使われるし」

「何言ってるんですか。すばらしいのに」

「お世辞はいいです」

こちらこそ謙遜はいい——と思うのに、和奈は本気でそう思っているようで、瞳の声にも耳を貸さなかった。

「着色に持っていきます」と原画を手にする越谷の背中に向けて、行城が「謝れよ」と声をかける。

描かれた原画をもとに、これから色を載せ、仕上げに回す作業を経て、絵が完成する。

「『アニメゾン』さんに、くれぐれもよろしく。特に安原《やすはら》さんには死ぬ気で謝れ。オレからも後で電話する」

「了解しました」

越谷が、不満もあるだろうけど、頷いて出て行く。そうなって初めて、朝から始まった喧噪《けんそう》が落ち着いた気がした。作業していた机に突っ伏し、和奈が「疲れたー」と心からのため息を吐いてつぶれる。

彼らのおかげで、瞳は一日、上がってきたばかりの台本をチェックする作業と絵コンテに集中することができた。その感謝をどう伝えたらいいものか、行城と和奈、二人を交互に見る。行城と、目が合った。

「お疲れさまでした」と、彼が瞳にまで言った。彼の目が資料用に持ってきた先月の『アニメゾン』の表紙に注がれる。おもむろに、瞳に言った。

「神原画に批判的だったくせに——、と思ってます？」

「いえ、そんなことは」

近いことは確かに思わないでもなかった。和奈に「名前をください」と頭を下げたことで、やはり、この人は技術より名前と宣伝のプロデューサーなのだと思い知りもした。けれど、今はもう、それが悪いことだとばかりは思えない。

クオリティーの高い表紙が彼女の名前で飾れることの意味は、実際大きいのだ。

行城が疲れた顔にふっと微笑みを浮かべた。

「担当制なんですよ、『アニメゾン』」

「え？」

「各作品ごと、自分が担当したいものに手を挙げて、編集者が受け持ちを決めるんです。そして、この間会ってもらった安原さんは、ずっと斎藤さんの作品を追いかけてきた人。自分が推した作品が表紙を飾って売れないと、責任はその編集者にいきます。応援してくれる人の顔を、つぶすわけにはいかないでしょう？」

行城が言って、安堵するように息を吐き出す。

瞳が答えようとした、まさにその時、彼の携帯が鳴って、行城が断りもなくそれに出た。

「はい。──ああ、連絡しなくてすいませんでした。今夜またそちらに行きますから」

声を響かせながら去っていく彼の電話の相手は、おそらく『サバク』とは無関係の誰かだ。二股、三股をかけて不純だと思わないのかと叱責され、ヤキモチを焼かれているという彼の後ろ姿を見送りながら、瞳は唇を噛みしめた。瞳は今日、少しは休めたけれど、彼はおそらく今夜も誰かのもとへ行く。

行城の言う通りだった。

『サバク』が自分のものであると考えるのは、思い上がりだ。

作品世界の最初を作ったのは確かに瞳かもしれない。けれど、その瞳もまた、スタッフの一人に過ぎない。監督、という仕事を務める、全体の一人でしかないのだ。

怒濤の現場作業を終えて、翌日の夜には帰宅ができた。

今日こそは間に合うか、と思っていた駅構内のミスタードーナツは今日もすでに灯りを消し、店員が今まさにシャッターを下ろそうとしているところだった。ちらりと見えるショーウィンドーのフレンチクルーラーに、「ああー、どうにか売ってもらえませんか」と縋《すが》りつきたくなる衝動をこらえ、唾を飲み込んで、階段を上がる。

ベッドタウンと呼ばれる住宅街は見渡す限り、団地やマンションが連なっている。住宅と商業地がはっきりと区画整理されているせいで、自動販売機の灯りすらまばらな静かな道を歩いて家に向かう。

自宅の前まで辿り着き、そして、すうっと深く、息を吸い込んだ。

ランドセル姿の男の子が一人。瞳の部屋のドアを背に、自分の脚に顔を埋めるようにして、体育座りをしていた。

「太陽くん――？」

声が出た。

おしゃれな水色のランドセルの表面が汚れて、つぶれたように皺が寄っている。瞳の時代は赤か黒の二択だったランドセルは、今や色とりどりのパステルカラーが主流だ。太陽くんは確か、小学五年生。入学当時は似合っていたであろうその色に違和感が出始めている。

瞳の声に、彼がのろのろと顔を上げる。表情が見えた途端、息を呑んだ。

ついうっかり上げてしまったような顔の、その目の色が、泣きだしそうに暗かった。青ざめた額に、汗で前髪がはりついていた。薄い唇がひび割れ、少し血が滲んでいる。

瞳と目が合い、彼の目がはっとしたように瞬きを二回する。目の中の暗さを追い払い、表情を意図的に仕切り直したように、瞳には思えた。

「……お姉さん」

「どうしたの？　家、二号棟だよね」

三棟あるこの団地で、瞳の家と彼の家は棟が違う。ザクロを引き取ったのも、わざわざ違う棟まで飼い主を探しに来たのか、と心が揺れたからだ。

太陽くんは答えなかった。黙ったまま、俯《うつむ》いてしまう。

もう一押し、どうしたの、と声にしようとしたところで、彼の両手が爪を立てるように、ぎゅっと膝頭を掴んだ。その指のぎこちない震えが、見えてしまった。

こういう時に大人らしく事情に踏み込めるような器用さが、瞳にはない。

「――ザクロに、会いに来たの？」

訊いた声に、今度は反応があった。

ぱっと顔を上げた太陽くんが、乾いた唇を少し動かして「いいの？」と尋ねる。その声も、前に瞳の家に来た時より随分たどたどしく、自信なげに聞こえた。

週に三回通う塾がある日なのだと、ドアを開ける途中で、太陽くんがぼそりと呟いた。振り返ると、俯いたままの彼が、さらに小声で、だけどはっきりと言う。「行きたく、なかったんです」と。

生真面目な口調が彼らしかった。

「塾が終わる時間まで、中にいても、いいですか。今帰ると、サボったこと、お母さんにバレるから」

「――いいよ」

優しさからというよりは、断り方がわからなくて言うと、太陽くんの肩からほっと力が抜けたのがわかった。

コンビニすら徒歩圏内にないこの町で、他にどこに行けと言うのだ。治安はそう悪くないとはいえ、彼はまだ小学生だ。

「友達と喧嘩でもした？」と訊けたのは、瞳にしてはがんばった方だった。

けれど、太陽くんはそれに「ん」と短く答えただけで、目を伏せた。

ろくに帰っていなかった部屋は、相当な荒れようで、小学生とはいえ、客を上げるのが忍びなかった。入ってすぐ、彼が、ソファに寝そべるザクロに一目散に直行する。

「ザクロ！」

会うのはひさしぶりだし、どうかな、と心配していたが、ザクロは泰然自若の構えで、抱きついてくる太陽くんに対しても「ああ、来たの？」という程度に首を動かすだけだった。されるがまま、おとなしく抱きしめられている。

太陽くんは、何も言わなかった。

約束した日曜日、どうして来なかったのかも、どうして塾に行きたくないのかも。

何も言わずに、ザクロとずっと遊んでいる。

「おなか空いてる？」という瞳の問いかけに頷いたので、なけなしの材料を探して食事を作る。牛乳の代わりに水をつかった卵なしのホットケーキはつぶれてぺたんこだったが、上にジャムを載せ、ソーセージとケチャップを添えたらどうにか見栄えがよくなった。

ホットケーキとミロじゃ、まるで朝ご飯風景だよなあ、と思いながらも「できたよ」と運ぶ。太陽くんとテーブルを挟んで向き合うと、こんな簡素な食事でも、彼は「ありがとうございます」と頭を下げて、ちょこんと前で手を合わせた。

「いただきます」

礼儀正しい子だ。

育ち盛りの小五男子には物足りないであろうメニューを、言葉数は少ないが、おいしそうに食べてくれる。

「ちょっと、仕事しててていいかな。話しかけてくれたら、いつでも中断するから」

明日の朝までに作曲家に戻さなければならないアニメ内のサントラ発注表を開きながら、片手でホットケーキを食べる。ザクロと、瞳と、太陽くん、それぞれの距離感で座るのは、交わることがない三角形の点同士のようで、瞳には心地よかった。

しばらくして、彼がふと、笑うのがわかった。「何?」と顔を上げると、「お姉さん、大人なのに変」と、ようやく目の色が少し柔らかくなった彼が言った。

てっきり、食事中なのに書類を見ている行儀の悪さを指摘されたものかと思ったが、彼が即座に、ミロを飲んでいた自分のマグカップを掲げる。

「なんで『タイマジ』のコップ使ってるの?」

『タイムマジック』（略して『タイマジ』）はトウケイ動画の看板アニメだ。大人気少年漫画として『週刊キック』で連載されていたものが瞳が高校生の頃にアニメ化され、以来、ずっと漫画業界、アニメ業界ともにトップの業績をキープし続けている。日曜の朝という放映時間を確保し、子どもからの支持も厚い、いわば国民的アニメ。

自分がトウケイ動画にいることも、アニメを仕事にしていることも太陽くんには話していなかった。ただ「好きなんだ」と答えて、薄く笑う。実際には、会社からもらった商品の見本を使っているだけだった。

太陽くんの年代の子は、確かにみんな『タイマジ』が好きだろう。なんならそのカップはあげてもいいと思いながら、「太陽くんも好き？」と尋ねると、意外なことに彼の顔が曇った。表情を強張らせたまま、彼が静かに「別に」とカップをテーブルに下ろす。

「あんまり好きじゃないの？」

「うん」

まあそういうこともあるだろうと、深く気に留めず、「そっか」と呟いて作業に戻ろうとすると、瞳が怒ったと思ったのか、太陽くんがあわてて「爽平《そうへい》や順太《じゅんた》は好きで、超くわしいよ」と付け加えた。

猫を一緒に拾ってきた同級生たちの名前だ。この団地の住民ではなく、小学校も違うけど、塾で仲がいいのだとそういえば言っていた。

「だけど、オレの家、漫画買ってもらえないから」

あっ、と思った瞬間、瞳の頭の中で強い光が瞬いた。

恥じるように目を伏せた太陽くんが「全然わかんないし、好きじゃない。話、入れないし」と続ける。

彼が言わんとすることが、わかった。と同時に、声が出なくなる。もどかしくてたまらない気持ちで、気づく。

瞳たち大人の社会ではマイノリティーの楽しみであるアニメは、小学生の世界ではドメジャー級のメインカルチャーなのだ。

それは、少人数の丁寧なファンを救うメディアではなく、クラスの目立つ中心人物のための楽しみに他ならない。アニメを録画し、原作コミックを買ってもらえる者こそが我がもの顔で語れるものなのだ。

急に思い出す。

瞳自身、幼い日、魔法少女のステッキも、漫画の本も買ってもらえなかったことや、電気代がもったいないとテレビをつける自由もなかったことを。それを語る華やかな女の子たちは、キラキラして、自分とは別世界にいるように見えた。

あの頃は、クラスのみんなが話題にする知らないアニメに乗れない自分が恥ずかしくて、遅れて、浮いている気がした。

あの頃のアニメカルチャーは、瞳を救うものでは決してなく、むしろ、傷つけるものだった。

「太陽くんの家、漫画買うの、ダメなんだ?」

「うん。遊びの本は全部ダメ」

「小説も?」

「禁止。図書館で借りるのも、図鑑とかじゃなきゃ怒られる。通信ゼミの本に入ってる漫画だけ読むけど、それも親は、なんで勉強の本に漫画が入ってるんだって怒ってる」

それはまた随分極端な話だと思うけど、他人事とは思えなかった。瞳の場合と違って、彼の家は貧しいというわけではないのだ。ただ、この調子だと、テレビでアニメを観ることも間違いなく禁止なのだろう。

悔しさが、胸の奥底からふつふつ湧き上がってくる。太陽くんの親にも事情や、教育方針がもちろんあるだろう。サブカルの助けをまったく必要としない人生を、彼らは歩んできたのかもしれない。でも。

瞳には、わからない。

大学時代の遅咲きだったけど、野々崎監督の作った世界を入り口に、それらに憧れ、救われてきた人生しか、瞳は知らない。

「テレビだけなら、どうにか親に隠れて観られる？　録画でもいい。漫画買うのと違って、お金はかからないよ」

太陽くんがきょとんとした顔で瞳を見上げる。

観てほしい、と思ってしまう。

この子に、『サバク』を観てほしい。これから最終回まで、こんな子に楽しみにしてもらえる作品を作らなければ嘘だ。

原作なしの、少年アニメにできること。

どんな子でも観られるからこその公共電波だ。彼らの楽しみの中心にいたい。

「土曜日五時から、ＨＢＴでやってる『サウンドバック』っていうロボットもののアニメが、すごくおもしろいから観て。どうにかして、観て。途中から観ても、まだ充分入れるはずだから」

「あー、順太がそれのカードゲーム持ってたけど」

太陽くんが不審そうな目を向ける。

「おもしろいの、あれ」

「おもしろいよ」

きっぱりと、瞳は言った。普段、こうまではっきりとは、現場でも口にしたことがない。それからふと我に返って苦笑する。

ついでだから、彼に届かなくてもいいから、言ってしまおう。太陽くんの顔色は、ミロを飲んで少しよくなったように見えても、部屋の照明の下でまだまだ青白かった。

「太陽くん、この世の中は繊細さのない場所だよ」

きちんとわかるかな、と思いながら使った「繊細さ」の言葉に、彼が引いた様子はなかった。

勉強に必要がないものを「無駄」だと切り捨てたり、現実の役に立たないと断じたり。わかりやすくお金を使った人が偉かったり、メインカルチャーに乗れない人が疎外されたり。

この世は、君の繊細さのひとつひとつを、丁寧に拾ってくれる場所ではない。

「だけど、それでもごくたまに、君を助けてくれたり、わかってくれる人はいる。わかってくれてる気がするものを、観ることもある」

何故か、『アニメゾン』の表紙がきちんと間に合ったことへの安堵がふっとこみ上げて、咄嗟に唇を薄く噛んだ。

アニメや漫画が、自分のよりどころになることがあるなんて、まだ想像すらできない様子の太陽くんが「ふうん」と頷いている。

どこまで瞳の声が届いたか、わからない。だけど、次に顔を向けた太陽くんは「観てみる」と答えてくれた。

「土曜なら、母さん、夕方まで出かけること多いから、たぶん、観られる」

「うん」

ありがとう、と言いかけた声をしまって、瞳は静かに息を吐いた。

|||||

『アニメゾン』から特集記事用に、最終回の作業を目前にして、監督インタビューを受ける。

行城は別件の打ち合わせがあり、どうしても同席できないとかで、代わりに彼の上司である根岸が立ち会った。

「斎藤さんをあちこちに社交で引っ張り回すだけ引っ張り出しておいて、無責任だなあ」と冗談とも本気ともつかない声で言う彼を、瞳は「まあまあ」と宥めた。

「私は気にしてませんから」と声をかけると、「斎藤さんはいい子だなあ」としみじみ言われた。実際彼の方がかなり年上なのだけど、子どもに対するような言い方が少し気になった。

時間より早くやってきた、編集者の安原とライターを社内の小さな会議室で出迎える。

「表紙、とても評判がよかったですよ。ロボットもさることながら、三人の姿が凜としてすごくよくて。あれは、後藤さんの仕事じゃないんですよね？　雰囲気、とてもよく出てましたけど」

「ファインガーデンの並澤さんという女性アニメーターです。これからきっと人気が出てくる方だと思います」

作品担当の安原とのインタビューはテンポよく進んだ。行城の言うとおり、瞳のこれまでの作品を観てきてくれたというのは本当だったようだ。とても話がしやすい。

「ロボットに乗りたい少年の気持ち、というのを女性がどう表現するのか。実は最初は心配でもあったんですよ。けれど、斎藤さんといい、並澤さんといい、女性の感性という観点だけでは語れないな、というのが、ここまで観てきた実感です。ロボットに乗りたいのは、何も男子だけではないんですね」

「そう言っていただけるとほっとします」

安易に「女性」というくくり方で作品を語ろうとするインタビューを過去にいくつも受けてきた瞳には嬉しい言葉だった。一時間程度の取材は、根岸に同席してもらう必要もないほど順調に終わった。

記事の原稿校正の日程を確認し合って、安原と別れる時、彼が苦笑しながら「お写真は、ダメですよね？」と訊いてきた。

「監督個人のファンのために、本当は撮り下ろしの写真も掲載したいのですが、ダメですか」

「すいません。顔出しNGというわけではないですけど、なるべくなら。作品の顔は、あくまで、キャラクターとメカでお願いします」

控えめな言い方で訊いてくれたことに感謝しながらも、きちんと断る。安原も心得たように「ええ、ええ。わかってます。すいません」と照れくさそうに言って、引いてくれた。

彼らが帰ってしまってから、背中で舌打ちが聞こえた。根岸の声が「まったく」とため息まじりに聞こえる。

誰かが怒るのを見るのは、あまり気分がいいものではない。振り返ると、根岸がもう一度「ひどいな、本当に」と今度ははっきり、瞳に聞かせる声で言った。

「行城が斎藤さんをあんな形で表に出すから、ああいうおかしなことを言うヤツが出てくるんだ。かわいそうに」

胸の底で、砂がじゃりっと動くような気配があった。瞳が答えないでいると、その時、各話演出の大内が「お疲れさまです」と会議室に顔を見せた。この後、この部屋でシナリオ打ちをすることになっている。

声が聞こえたのか、彼が、あ、と気づいたように表情を止め、瞳と根岸を順に見た。

「ひょっとして行城さんですか?」と尋ねる声が、少しはしゃいで聞こえた。

「何かあったんですか」

長い髪をかき上げながら、大内がなおも尋ねる。目の色が輝いて見えるのは、瞳の気のせいではなさそうだ。

大内の他にも、シリーズ構成の結城をはじめ、スタッフが次々、会議室にやってくる。ざわつきながらも、彼らが瞳たちの方を気にする様子があった。けれど、彼らの視線を意に介する様子もなく、根岸が答える。

「さっきの記者が、斎藤さんの写真を欲しがったの。ったく、アイドルじゃないんだから」

「強い言い方ではなかったですよ。ごく常識的な申し出です。断ったら、すぐに理解してくれたし」

瞳があわてて補足するが、彼らは聞いていない様子だった。「やっぱ、大変だよなぁ、あの人」と大内が言う。行城のことを「困った人だ」と冗談のように仄めかすことが、スタッフの中ではもう当たり前のように常態化している。

「考えなしに、とりあえず話題になることにミーハーっていうか。で、人の名前もろくに覚えないし」

「もともと、宣伝畑出身のプロデューサーだからさ。結局、外からの見栄えにこだわるんだよな。結果出してるかもしれないけど、肝心のアニメの内容スカスカなことも多いし」

「あ、あれですよね。一昨年の」

「あれ、なんで人気出たか、オレはわかんないけどね。結局、あいつは宣伝の人。現場や制作に理解がないんだよ」

根岸が大袈裟に首を振り動かす。行城と違って、しゃれっ気のまるでない彼のシャツのボタンが一つ取れているのが、瞳の場所から見えた。

「今日の打ち合わせだってあれだろ。雑誌のタイアップ取りに行ったんだよな。そんなことして意味あるのかって思うけど、人脈があることが行城のご自慢だから」

「――話題になるなら、それでもいいんじゃないですか」

瞳が言う。作品のためにできることをしてもらえるなら、人脈を活かすことの何が悪いのか。けれど、それに対し、大内が首を振った。

「斎藤さん、それは優しすぎますよ。嫌じゃないの？　今だって利用されて」

「利用されてる、とは思っていませんけど」

「だとしたら、斎藤さん、危機管理がちょっと甘いんじゃない。行城、斎藤さんや『サバク』を食い物にすることしか考えてないよ。気をつけてくださいよ、カントク」

根岸が笑う。カントク、と呼びかける時に、気安く瞳の肩を叩いた。微かな力で押されたと感じた、その瞬間だった。

ブツン、と、頭の奥で紐《ひも》が切れる音が聞こえた。

誇張でなく、はっきりと。

愛想笑いの形を作った、口の端が強張った。そのままの顔で、言ってしまう。

「あの」

「はい？」

「――食い物にするって言うなら、きちんと食える物作れよ、あんたたちも」

え、という声にならない声が、二人から洩れた――、気がした。

実際には、口を開けたままの根岸と大内が呆気に取られたように自分を見るのを感じただけだ。耳の奥で、水が沸騰するような感覚がして、音がよく聞こえない。目の前の光景が、遠い。

他のスタッフたちが、話すのをぴたりとやめて、こちらを見た。

けれど、言ってしまう。止まらなかった。

「行城さんは」

自分が怒っているのだ、と気づいた。猛烈に、許せない気持ちになっている。爆発、してしまう。

「あの人は、私をきちんと食い物にしてるでしょう？　それできちんと作品や私の存在が食べられるものになるなら、私はそれを不満に思ったことなんて、一度もないですよ。嫌だなんて、いつ、私が言いました？」

「いや……」

「うん、でも」

二人が口を開きかける。だけど、もう何も言わせたくなかった。

行城理《おさむ》は、瞳のプロデューサーだ。

「あの人の悪口を言っていいのは、私だけです。一番振り回されてるのも私だし、その逆に一番迷惑をかけてるのも私です。だけど、その私が信頼してるんだから、もうどうしようもないじゃないですか」

ああ、そうなのだ。

口にして、初めて認められる。

――瞳は、行城を信頼している。誰よりも。

「名前を覚えてもらえない？　そりゃそうでしょう。覚える価値がないと判断されたんだから。私も演出だった頃や、助監督の頃はそうでした。〝あの女の演出〟とか、〝五話をやった子〟とか、そんなもんです。顔だって、きっと忘れられてた」

行城はミーハーではない。『名前』というものの価値を熟知している彼だからこそ、アニメ誌の表紙を単純な話題作りで瞳に担当させることだって止める。

名前を覚えてもらえない、という大内の顔を、しっかりと見る。誰も何も、言わなかった。

「その人に、今、自分の名前を覚えてもらっているというのが、私にとってどれだけ誇らしいことか。想像できますか？」

大内が返す言葉を失って、目を見開いていた。

「斎藤監督、と呼ばれて、今、一緒に仕事をしてる。私は彼と仕事できて幸せですよ。なんにもかわいそうじゃない」

肩で息をして、そのまま「失礼します」と外に出る。この後打ち合わせだけど、残れるほど、心臓も強くない。

一気に言いたいだけ言って、会議室のドアを開ける。出て行こうとしたそこで――、心臓が、止まりそうになる。

打ち合わせを終えたのか。書類鞄を片手にした行城が、立っていた。彼もまた、驚いたように目を見開いている。

聞こえていたかもしれない。その一瞬ではっとして、同時にかーっと、耳が熱くなった。

瞳以上に気まずそうな声が、中から聞こえた。大内と根岸が、彼を見たまま、「あ」と固まっている。スタッフたちも、どう言っていいかわからないように、視線が彷徨《さまよ》う。

行城に、表向き動じた様子はなかった。緊張した空気をほぐすように朗らかな声が

「ああ、おそろいで」とごく自然に彼の口から洩れる。

根岸が目を伏せた。その彼に向け、行城が「ありがとうございました」と軽く、頭を下げた。

「『アニメゾン』さんの取材、斎藤さんについていただいて助かりました。今後また、お世話になると思いますがよろしくお願いします」

「ああ」

調子の弱い声で答える根岸を見て、それから、「斎藤さん」と瞳を見る。

「お礼、言いました？」

「え」

「お礼です。根岸さんに」

行城の声は、落ち着いていたが、有無を言わさぬ響きを持っていた。彼が改めて瞳の顔を覗き込む。

「これからも、ずっと現場でお世話になる。それも含めて、お礼を。できたら、大内さんにも」

大内の名前まではっきり口にされてしまうと、それ以上抵抗できなくなる。謝れ、と言われていたらとても素直に聞けなかったろうけど、瞳は「はい」と答えていた。

キレてしまったところで、現場は今日も、明日も続く。ここで彼らにそっぽを向かれたら、瞳だって困る。

「……ありがとうございました。根岸さん、大内さん」

頭を下げる。彼らの反応が返ってくる前に、先回りするような明るい声で、行城が「じゃ、始めましょうか」と椅子に座った。鞄から資料を取り出し、何事もなかったかのように、順に並べていく。

「最終回に向け、いいものにしましょう」と、彼が、全員の目を見て言った。

その日の打ち合わせの後で、こっそり、シリーズ構成の結城から「痺れました」と声をかけられた。

おとなげなくキレた事実をごまかしたくて、「そうですか」とだけ答えると、彼が心底楽しそうに、かかっと笑う。「オレも好きですよ、行城さん」と続けた。

「いろいろ言われることが多い人だけど、オレも、斎藤さんと行城さんを信頼しちゃってるんだから、もうどうしようもないですよね」

行城と一緒くたに言われるということは、瞳もまた、人からいろいろ言われているのか。暗澹《あんたん》たる気持ちになりかけたが、それもまた平静を装って「ありがとうございます」と受け止める。

太陽くんに押しつけた言葉が、我が身に跳ね返るようだった。

この世の中は、繊細さがない場所だけど。

だからこそ、それを理解する人に会えた時の喜びは、とても大きい。

Ⅲ

お茶をしませんか、という瞳の誘いは、断られて当然のものだと思っていた。もともと多忙な人たちだろうし、プライベートでまで仕事相手の顔など見たくないだろうと、そう覚悟していたのに、待ち合わせた駅前に、二人は話もせず、置かれたベンチの端と端に、間に一人分はゆうに座れそうな隙間を空けて座っていた。

葵は、サングラスに帽子姿で煙草を吸い、杏樹は俯いて、手元で本を開いていた。

「お待たせしてすいません」

作業に追われ、待ち合わせ時間を五分過ぎて到着すると、二人がそろって顔を上げた。葵がつんと冷たい目でこちらを見て、煙草を携帯灰皿にもみ消して立ち上がる。

杏樹はおどおどと、だけど、声だけははっきりとした声優ボイスで「こんにちは～」

と頭を下げた。

小高い山の上に、大きな病院を構えることで知られる郊外の駅は、都心から四十分の距離にある。知る人ぞ知る、この〝聖地〟は、葵たちの出世作『マーメイドナース』の舞台になった土地だ。

お茶に誘い、この街の駅名を出した瞬間に、葵と杏樹、両方から「なぜ、ここなんですか」と尋ねられた。瞳は答えた。

「『マーメイドナース』の聖地巡礼コースを、案内してくれませんか」

茶化す気持ちでも、ましてバカにしたり、彼女たちに媚びる気持ちでもなく、頼んだ。

王子に言われ、しばらく経って、瞳は葵と杏樹のブログとツイッターを、遡ってかなりの量読んだ。もっと早く読めばよかった。

アイドル声優、と呼ばれ、一括《くく》りにされても、もちろん、各自の出自も、嗜好も、仕事へのスタンスも違う。王子が演技と並行して、彼女たちのそういう生の声をチェックすると言っていた理由が、初めてわかった。

葵も杏樹も、自分のかかわった作品をとても大事にする子たちだった。

『マーメイドナース』の仕事で抜擢されてから、どんなものを読んで、スタッフやファンからの助言をどう聞いたか。聖地巡礼と称して盛り上がる自治体と、どんなふうに関係を結んでいったか。

ブログは、その歴史の積み重ねだった。『マーメイドナース』最終回の収録が終わっても、杏樹は、その後のイベントでまた同じメンバーと会えることを喜ぶ書き込みを何度もしていた。

この五人で大事に『マーメイドナース』と付き合ってこられたことは私たちの宝物です、と。『サバク』で、再び同じメンバーで仕事ができることが誇らしい、と。

「この喫茶店がよくアニメ内で五人で集まってたところなんですけど。だから、入るとマスター、よくしてくれますけど、どうします？」

歩く途中で、葵が言った。

「突然行って、驚かせてしまうかもしれないですけど。お店の人たちも、私たちの顔ご存じだし」

「今日はプライベートだし、葵さんたちの気が進まなければよしましょう。せっかくのオフなんだし、二人ともお疲れでしょうから」

ただでさえ、人気声優を瞳のわがままで郊外まで付き合わせてしまったのだ。すると、杏樹がその時初めて、くすっと笑った。

「私たち――、葵さんは確かに人気だけど、他はみんな、実はそんなに忙しくないですよ。『マーメイドナース』のお仕事を誇りに思ってるのは本当ですけど、他に目立った仕事がないから、過去の仕事に固執してるだけだっていろんな人に言われてるのも、きちんと知ってます」

ズバッと言われて、驚いてしまう。杏樹が控えめに「あの……。すいませんでした、本当に」と謝る。

「五人でいつも、イベントとかも一緒だった分、他の子よりやり直しが多かったりすると、私だけダメなのかなって、いつも、気になってて。現場でも、『サバク』に限らず、あの頃、泣くこと、多くて」

「ちょっとー、ぶっちゃけすぎなんじゃない。杏樹。暗い話題やめてよ。斎藤さんだって困るでしょ」

葵が呆れたようにふーっと息を吐く。

「いえ」と、瞳は反省しながら呟く。思っていたより、ずっと考えている子たちだ。新しいスターが生まれては消えて、入れ替わりが激しいシビアな状況をよくわかっている。

密閉されたスタジオの中と、爽やかな郊外の坂道では話している声まで違って聞こえる。「中はさすがに入れないでしょうけど」と、外観を見るために、病院に続く山道を登っていく。商店街を抜けてすぐにもう山道の入り口が迫る光景は、確かにアニメの世界観そのままだった。

「『マーメイドナース』、観てないかもしれないですけど、この道は――」

「観ましたよ」

瞳が答える。

ブログを読んで、ツイッターを見て、それから、全話、ようやく観た。彼女たちが大事にしているものを、受け止めるように。単純なお仕事として、声の仕事をした雰囲気を感じる声優も脇にはいたけれど、主役の五人の熱意は本物だろう。うまい時も、下手な時も、ムラがあっても。それでも、この仕事を大切に、自分の業績にしていこうという気合いが、むき出しのまま滲んでくる熱演だった。

瞳の声に、葵が満足そうに頷いた。

「この道、最終回放映当時は記念撮影の人でそれなりに賑《にぎ》わったんですよ。だけど、イベントも落ち着いたし、時期が過ぎれば、ここの聖地巡礼は失敗例だったってことになっちゃったみたいですけど」

「なんでですか」

「あざとすぎたんだって。萌え系の作風で最初からグッズも展開して街がやる気を見せすぎたから、今はもう、完全な過去みたいになっちゃった。私たちの力不足も、もちろんあるけど」

葵の目が、スタジオブース内では見たことがないほど穏やかだった。頭上で揺れる新緑の間から、光が注ぐ。病院が見えてきて、大病院の風格に圧倒されていると、杏樹が横から、「お弁当食べません?」と瞳たちを誘った。

えへへー、と笑う。手に持っている大仰なバスケットと水筒を見て、葵が「げ。よくやるよね」と呟いた。

「杏樹、ファンイベントの時にも、全員に手作りクッキーとか配るんですよ。しかも、市販のを適当に配ってるかと思いきや、本当に手作り」

「だって、暇だから」

「だったら、演技の勉強したり、ボイトレ行ったりしなよ。あとはアニメ観たりとか」

「観てるよー。でも、今日は、ここに来るってことは、この辺、入れるレストランとかあんまりないだろうなって思ったから」

病院の裏にあるという小さな公園に案内されると、平日の昼間ではほとんど人がいなかった。ブランコの裏に広がるなだらかな芝生の坂に、杏樹が持ってきたピクニックシートを敷き、バスケットを開く。一つ一つ丁寧にラップでくるまれたおにぎりをもらうと、表面にきちんと塩が振ってあって感動する。中味のしゃけも、きちんと家で焼いた適度な焦げの味がした。

「おいしい」と褒めると、杏樹の頬が溶けるように「よかったー」と緩んだ。

山の下に、『マーメイドナース』たちが活躍した街が一望できた。それを見つめながら、どうしようかとちょっと迷い、結局器用に駆け引きして言葉を選べない、と判断する。食べていたおにぎりを、そっとおろす。

「私、二人に謝らなきゃって思ってて」

切り出すと、意外にも、二人がきょとんとした表情を浮かべた。顔を互いに見つめ合わせ、それからゆっくり瞳を覗き込む。

「杏樹さんには、演技指導《ディレクション》つけるにしても言い方があったろうし、葵さんにも、初回上映会の時に不愉快な思いをさせてしまったし」

「やだあ、あんなの気にしてたんですか？」

そう言ったのは葵の方だった。本当に驚いたような顔をして、ざっくばらんな言い方で続ける。

「あんなのただの僻《ひが》みじゃないですか。気にしないでくださいよ。送り迎えつくなんて、単にうらやましかっただけ」

「私、そういう〝ただの僻み〟に全然馴れてないんですよ。女友達も少ないし」

「あー、それはわかるかも」

葵があっさり口にしてくれるのが、いっそ気持ちがいいほどだった。「ちょっと、葵さん」と小声で注意する杏樹に「いいです、いいです」と苦笑する。

「確かに、誰かが不機嫌になってる時の斎藤監督、ちょっとイライラする。ほっといてくれたら自分できちんと立て直すのに、どうにかしなきゃって思ってるのが伝わってきて」

「あ、それは、ちょっと、確かに」

杏樹までが、遠慮がちに賛同する。少し、申し訳なさそうに。

「謝ろうとしてくれてるの、わかってました。だけど、悪いのは私の方だから、どう謝っていいか、わからなくて」

「忙しかったでしょー？　ここ数日。それなのに、今日、うちらを呼び出してくれたんですね」

葵が言った。まっすぐな目に気圧《けお》されそうになりながら、「ブログをね、読んだんです」と答えた。

「ブログ？」

「葵さん、ものすごく、アニメが好きなんですね」

昔のものも、最近のものも、自分の仕事にかかわらず、瞳などよりよほどたくさんの作品を観ていた。中に、瞳が憧れた野々崎努監督の『バタフライ』もあった。

好きな監督の作品は、観たいけれど、自分がそのオーディションに落ちていたり、キャスティングで声がかからないと、なかなか観るのに覚悟がいるというジレンマについても、丁寧に書かれていた。王子の『リデルライト』がおもしろいことが悔しいと、誠実な姿勢で綴《つづ》ってあった。

この子たちの人気が高いことが、よく、わかったのだ。

そして一緒に仕事がしたいと思った。仕切り直して、ここから、一から。

「アニメ、好きですよ」

これもまた軽やかに、葵が答えた。

「監督と、たぶん一緒。大好きです」

降り注ぐ光を前に、葵が目を細める。照れ隠しのように帽子の先に手を添え、「日焼けが心配」と呟いた。

「昔のだと何がおもしろいのー？」と訊く、伸びやかな杏樹の声が芝生の青をすべるように場に落ちた。詳しくないことを恥じるように「勉強します」と舌を出して呟く。アイドル然とした仕草に瞳は面食らって目を瞬きながらも、自分の肩から力が抜けていくのがわかった。

よかった、と思う。

この子たちに任せて、大丈夫だ。

||||||

最終回の作業が本格化する前に、初回ＤＶＤの予約数が、そろそろ発表になる。その空気を肌でひしひし感じながら、スタジオに泊まり込む日々が、また増えていく。パイプ椅子を三つ繋げて横になり、仮眠を取って、作業に戻ろうと目を開けると、手首が異様に冷えていた。

あれ？　と、立ち上がろうとして、床に伸ばしたはずの足がぐにゃりと揺れた。踏んだ感触がまるでなく、床が抜けたような、そこから真っ暗な穴にでも落ちそうな感覚に陥って身が竦む。体にまったく力が入らない。

ヤバイ――と思うと同時に視界が盛大にぶれて、止まらなきゃ、と思ううちに体が見えない力に引っ張られるようにして後ろに倒れた。簡易ベッドにしていた椅子が崩れ、金属音が頭の芯に、沁みるように響いた。

「どうしました⁉」と誰かが来る声が聞こえて、それに咄嗟に「なんでもないです」と答えようとした声が出なかった。吐き気がして、ああ、貧血だ、と客観的に思う。きちんとご飯を食べていなかっただけ。だから問題ない、答えようとして、だけど、声がうまく出てこない。何時間もずっと開けていた目の表面が、短い仮眠を経ても、まだひりひり痛くて開けていられない。

行城が入ってきたのは、その時だった。

瞳の姿を見て、息を呑み、「病院に行きます。顔色が悪い」と告げる。腕を取って、肩を貸してくれた。

「でも」という声が出た。行城が鋭い目で瞳を見る。

「明日まで、休みましょう」

スタジオ近くの内科で貧血と診断され、点滴のように太い鉄色の注射を打たれて、帰される。てっきりそのまま家までタクシーで送るかどうかされると思ったのに、スタジオの駐車場にある行城のＢＭＷに乗せられて驚いた。

「僕の家は、監督のご自宅より近いですから」

「でも」

「僕はスタジオに戻りますけど、さっき電話したら妻がいるそうなので、そのまま寝てください」

有無を言わさぬ口調で言われ、後部座席で揺れに任せて目を閉じる。他に言うことがたくさんあったはずなのに、「自宅まで会社に近いなんて、根っから仕事人間ですね」という声が出た。

行城が、運転しながら苦笑する気配があった。

「終電の区切りがないと仕事ぶりが堕落する、と主張する人間もいますけど、僕はギリギリまで仕事したその上で、それでもきちんと家で寝たいですから」

連れて行かれたタワーマンションの地下駐車場に、行城の奥さんが迎えに来ていた。元CAと噂の美人妻。会うのは初めてだ。

軽くウェーブのかかった肩までの短い髪は、すっきりと黒く艶やかで、さりげなく着たVネックのカーディガンにも、瞳が思っていたようなわかりやすい女らしさは見えない。そのことに、とりあえずほっとする。

「大丈夫?」と車に駆け寄ってきて、肩を貸してくれる。化粧もせず、お風呂どころかここ二日、シャワーも満足に浴びていないことを思い出して、彼女に顔を見られるのがやるせなくなる。

「顔色が悪いわ。行城がムリをさせたんでしょう」と夫を軽く睨《にら》んだ。

自分の夫を、〝主人〟でも〝夫〟でもなく、名前ですらない名字で呼ぶところに好感を持った。行城が彼女に瞳を預ける時、訊いたわけでもないのに「言っときますけど、別に合コンで知り合ったわけじゃないですよ」と教えてきた。

「噂になってるみたいですけど、彼女は学生時代からの知り合いで、CAになったのはその後です。別に僕が代理店の人脈使って合コンしまくってたわけじゃないです」

「――そこまで詳細な噂は知りませんでした」

近いことは聞かないでもなかったけれど。

瞳たちの会話を、行城の奥さんが「何言ってるのよ、こんな時に」と呆れたように受ける。「とりあえず寝て、それから食べたいものを聞かせて」と言った。

肩を借りると、彼女の体からふわっといい匂いがした。香水ではなく、柔軟剤のような、お日様のような香りで、それにほっとしたと同時に、瞳の意識がゆるゆるとほぐれていく。気絶するような、眠りに落ちた。

次に目が覚めた時、奥さんが「雑炊を作ったけど、食べる？」と訊いてくれた。改めて見ると、本当に細くてきれいな人だった。キレ長の目が古風な印象だ。宝塚の男役みたい、と思ったことで、一気によりかっこよく見えてくる。瞳が出会ってきた声優アイドルたちともタイプが違う。

のろのろと起きて、お風呂を借りて、「着替え、ここに置くね」と言われる声に気後れしながら、奥さんの服を借りる。

黒と白を基調とした隙のないモデルルームのような部屋に、少しずつ覗く行城と彼女の生活感を見て、不思議な気持ちになる。あの人、ここで生活しているのか。

借りたシャツとジーンズの丈が、少しは余るものの、そう大きく違わないことにとりあえずほっとして、ブラシを借り、髪を梳《と》かす。洗面台の鏡を覗くと、さっきよりだいぶ顔に赤みが戻った自分の顔があった。

むっとする湿気を抜けて、廊下を通り、リビングに戻ると、いい匂いがした。奥さんが料理を並べ、瞳をダイニングに座らせる。

「行城も、夕ご飯、戻ってくるみたいだから一緒にどうぞ。食べられるものだけ、食べてね」

「ありがとうございます。――本当に、ご迷惑おかけして」

「ううん。よくあることだから、大丈夫。もっとも、女の子は初めてだけど」

おどけるように微笑む顔に、嘘がなさそうだった。スタジオ近くに家を構えるのは、そうやって自分のスタッフを介抱する意味もあるのかもしれない。思ったことで、急にまた、その厚意に流れるように甘えてしまったことが申し訳なくなってくる。

行城が戻ってきたのは、そのすぐ後だった。

「体調はどうですか」と尋ねられて、「もう戻れます」と答えると、「そんなすぐ戻るかどうかを教えてくれなくてもいいです」と、ため息を吐かれた。

行城の前にも同じ雑炊が置かれる。一口食べて、瞳用の病人仕様なことに気づいたのか、しょうゆと塩を振りかけるように追加して、向かい合って食べる。

テーブルクロスも醤油瓶も、一つ一つ選び抜かれたように揃った皿もスプーンも、目眩《めまい》がするほどセンスがよくて、家でも相変わらずなんだなあと思う。気を利かせたのか、ダイニングに面した台所で料理をしていたはずの彼の奥さんの姿が、いつの間にかさりげなく消えていた。

黙々と手を動かし、雑炊と、豆腐のサラダを向かい合って食べていると、ふいに、行城が口を利いた。

「――『サバク』を終えて、どれくらいで、トウケイ動画を辞めるつもりですか」

全身が、総毛立った。

弾かれたように顔を上げ、彼を見る。行城が、静かにスプーンを置いた。瞳を見るその目には、怒りも、悲しみもなかった。

「知ってたんですか」

声が掠れた。

「知ってますよ。僕の人脈と情報の早さを舐めないでください」

行城がようやく笑った。怒っていない——、実感して、震えだしそうなほど、ひとまず、安堵する。

トウケイ動画出身の多くの監督が、この会社を去っている。

瞳の憧れた、野々崎努も、王子千晴も。よくも悪くも大きな会社であるトウケイ動画は、社員の囲い込みが激しい。給与面での扱いも杓子定規《しゃくしじょうぎ》で、多くの監督が喧嘩別れ状態でこの会社を出ている。

瞳もまた、監督を務めるシリーズアニメを持たなかった一昨年は、一年間で貯金を百万近く減らした。親に仕送りもしたかったし、何しろ、大学の奨学金も返さなければならなかった。

原画や動画のアニメーターが食えない、という話はよく聞くが、トウケイ動画では逆だ。老舗だけあってか、絵を描く者の収入は一定の保証がされている。しかし、その分、「見えない」仕事をする演出の立場が軽んじられ、給与も低い。メインのタイトルを担当することで発生する作品手当がない状態では、作品準備の長いシナリオ打ちをどれだけやったところで監督たちの貯金は減らざるを得ない。

「野々崎監督のオフィス・ラグーンに行くんですね」

「――はい」

頷いた。

憧れていた野々崎監督が、『バタフライ』の流れに連なる新作映画を撮る。そのスタッフとして、演出を手伝わないか、という申し出が来たのが『サバク』の企画が始まる少し前だった。

フリーで仕事を受けることを許さない会社の性質上、野々崎監督との仕事を受けることは、そのままトウケイ動画の退社を意味する。

迷わなかったと言ったら嘘になる。けれど、最終的に、瞳は決めた。

「野々崎監督の下で、ということになると、扱いは助監督という形ですか」

「いいえ。まだそこまで話を詰めていないので、肩書きなしの演出の一人なのかもしれないです」

「もったいないですよ」

行城がよく通る声で言った。真剣な眼差しだった。その目を見たら、もう決断したはずなのに、心がひさしぶりに揺れる。そのぶれの強さに瞳自身も戸惑うほどだった。

「もう、あなたの名前だけで作品を作ることだってできる。『サバク』でさらに評価が上がった今なら、いくらだって『バタフライ』規模の映画を、あなたが監督で撮れますよ」

「名前が表に出なくても、いいんです。野々崎さんのところで勉強させてもらう覚悟で、とりあえず、フリーになって飛び込もうと思っています」

「止めても無駄ですか」

「すいません、もう決めたので」

しっかりと、首を振る。それから目を逸らさずに言った。

「私の名前に価値をつけていただいたこと、行城さんには本当に感謝しています。このご恩は、ずっとずっと、忘れません」

「わかりました」

行城が頷いた。「仕方ないですね」と言って、それから表情をふっと和らげた。

「止めませんが、一つ、条件があります。それだけは、どうか守ってください」

「なんですか」

「どうか円満に、トウケイ動画を辞めてください」

顔を上げた瞳に、諭すような口調で続ける。

「野々崎監督にしろ、王子監督にしろ、会社と大げんかして辞められるので、その後、トウケイ動画社員の僕としては手出しが一切できなくなります。——これからも一緒に仕事をするためにも、どうか、上と揉めたりせずに、円満に、穏便に辞めてください」

「——これからも、私と仕事してくれる気があるんですか」

本気で驚いて尋ねると、不機嫌そうに唇を結んだ行城が、心外だとばかりに口を尖らせた。「いけませんか？」と。

「どこに行ってもいいです。でも、これからのことを一緒に話しましょう。——僕が前に訊いた、友達いますか、というのはこういう意味です。どうせ、誰にもろくに相談せずに、一人でさっさと、辞めることも、ラグーンに行くことも決めたんでしょう。倒れるまで仕事して、一緒に息抜きをする友達もいない」

「友達ならいますよ。最近、出来ました」

『バタフライ』を好きだという葵にせがまれて、瞳の住む団地の一角を案内する約束をしている。杏樹も、それに参加したいがために、その時までにＤＶＤを全巻葵に借りるという。

「それならそれで、まあ、いいですけど」

行城が呆れたように、だけど長く息を吐き出して笑う。

「あなたには才能があります」と、彼が言った。

「視聴率のことも、お金のことも、売り上げも。数字を気にする者は頂点を取れます。覇権を取りたいと、堂々と声に出すあなたの姿勢が、僕は大好きです」

面と向かって言われたら、つま先から頭のてっぺんまでを電流が走り抜けたような感覚が走った。思わず黙ってしまうと、彼が「その上、きちんと責任感が強い」と続けた。

「――如何に天才だと持ち上げられようと、イケメンだろうと、現場を逃げ出すような人間を、僕は心底軽蔑していますから。そんな相手の作るもの、たとえどれだけ評価されていようと僕は認めない、絶対に」

そこだけムキになったように憎々しげに口を尖らせるのを聞いて、天才はともかくイケメンはあまり関係ないんじゃ……とフォローしたくなる。だけど、おもしろいので黙っておいた。

褒められるのは、気分がよかった。

「なるべく多くを吸収してください」と、行城が再び真顔になって言った。

「『サバク』が終わって退社するまでの間、スポンサーとの渡り合い方も、面倒な数字の話も、できるだけ多くのことを、面倒でしょうが教えます。トウケイ動画を、これからもよろしくお願いします」

「こちらこそ」

短い声を返す時に、息が詰まった。胸が、苦しく、つぶれそうになる。

思ってても、みなかった。

出て行くのに、こんなふうに言ってもらえるなんて、思ってもみなかった。

「ありがとうございます」とできるだけ、心をこめて言った。声が少し、泣きそうに歪んで聞こえるのが、行城相手なのに、と悔しかった。

「きちんと、勝ちましょう」と言った瞳の声に、行城がしっかり、顎を引いて頷いた。

「もちろんです」と。

|||||

アマゾンのみですが、第一巻のネット予約数の集計結果が出たのでお持ちします、

という行城からの連絡があったのは、翌週だった。

そう伝える彼の声が、硬いようにも、興奮しているようにも、達観しているようにも、どうとも聞こえた。電話で一言告げれば済むことを、わざわざ瞳の自宅近くまで来るというのも意味深で、仄かに寝起きの頭が緊張し始める。

DVD一巻のパッケージは、気合い入れすぎだろうと現場スタッフたちからさえ言われながら、それでも登場人物を全員、入れた。作画監督・後藤に、妥協しない出来のものをとお願いして描いてもらった力作だ。

待ち合わせた団地の前の公園に、行城がすでに待っていた。「本当にこの辺、何もないですねー」とぶつぶつ言いながら。

彼のタワーマンションとは趣がだいぶ違うであろうのどかな団地を、しげしげと見上げている。公園の前の通りを、自転車に乗った子どもたちが「待ってよー」と声を上げながら、横切っていく。

『サバク』の強みは、大人だけのものではない、ということだ。

深夜アニメと違い、大人たちだけのものではない。子どもを味方につけることができれば勝てる。そのための土曜五時だと、行城と話してきた。その分、そっぽを向かれた時のネガキャンのダメージは想像を絶するほどに強いが、幸いにしてロボットとグッズの売り上げは、業界的に言えば、〝勝っている〟数字が出ている。

最終回まで、残り三回となった『サバク』は、とうとう、主人公たちの核心的な秘密が明かされたところだった。

封じ込める、音。

奏の石に、何か一つ音を封じ込めることで、ロボットは変形する。初回、契約に応じた時、石に、主人公たちはこう尋ねられていた。

『お前の音と、声と、歌を、すべて私に捧げられるか――？』

主人公が叫ぶ。

躊躇うことなく。

『なんでも、あげる！』

その言葉が、本当にその通りだったことが、前回の放映で明かされた。

一つ音を封じ、ロボットが変形するごとに、世界から、その音が消える。聞こえなくなる。ただしそれは、ロボットに乗り込むタカヤとリュウイチではなく、ヒロイン・トワコの世界から、一つ一つ、人知れず消えていた。

闘いが終わるたび、トワコの世界では、その音が消えていたのだ。トワコはそのことに気づいても、ずっとそれを黙っていた。皆が、闘えなくなる、と。

「どうして言わなかった」と尋ねられる声に、その回、タカヤの声を封じ込めた石での闘いを終えたトワコは、困ったように、聞こえない声に首を振るだけだった。

彼女の耳には、もう、聞こえない。

誰かの必死のノックも、春を告げる雪解けの音も、大好きなタカヤの声も。

残る敵の数と、変形するロボットの数。メカデザインを四人各三体ずつ構えた、という広報を盛大に打ったせいで、ネットで大人のファンたちも「あと、二回、確実にトワコから消える音があるってことだろ？　どうなるんだ、これ」と、話題になっている。

彼女から音を奪うことになっても、なお、闘うのか。タカヤたちは、今、選択の時を迎えている。

『この先一生、何も聞こえなくても。この世界から音が消えても。この一年のことを、私は後悔しない』

先日あった最終回のアフレコで、トワコ役の葵が、涙を流しながら、それでも気丈に前を向いて、必死にセリフを口にしていた。「トワコは強いのに、役者の私が泣いてたらダメだよね」と、泣き声を押し殺して。

杏樹も、他の子たちも、その葵をしっかり支えてくれた。

作品と現実の空気が合致した時に、神アニメが生まれる、と聞いたことがある。

それが本当かどうかは知らない。けれど、トワコのセリフは、今の瞳の気持ちそのものだった。この先、何を失っても、私は『サバク』を撮れたことを、この日々を、絶対に後悔しない。今ここで、燃え尽きてもいい。

「あ、そういえば、これどうぞ」

行城が鞄から何かを取り出す。その袋が見えた瞬間、瞳は息を呑んだ。

きゃあああ、と悲鳴が出そうになる。

「本当は何か都心の方で買ってくればよかったかもしれないんですけど、駅前で急にお土産が何もないことに気がついて」

ここ数ヵ月、ずっと恋い焦がれていたミスドの袋だった。受け取り、中を開いて、

「あー」と長い声が出た。

教えていないのに、フレンチクルーラーとポン・デ・リングが入っている。ずっと、ずっと、これが食べたかった。

「ありがとうございます……！」

感動しすぎて、シンプルな言葉しか出てこない。開いた袋を前に、じっと感慨にふ

けっている瞳を「どうかしました？　嫌いでした？　ミスド」と覗き込む行城に、ぶんぶんと首を振って答える。甘い、砂糖コーティングの匂いがふっと顔にかかる。

「では、これです」と、行城に、結果の紙を差し出された。

ミスドの袋を膝に置き、折り畳まれたその紙を受け取る時、さすがに緊張した。行城の表情からでは、まだ何もわからない。

「まだ、アマゾンだけの結果ですが。――良かったですね」

彼の言葉の意味を考えるのと、紙を開くのとが、同時だった。

中の数字とタイトルを確認しようとした時、公園の前の道を、知った顔が通った。

太陽くんと、塾の仲間たち。

あ、と思ったその時に、彼らが『サバク』のロボットを手にしているのが見えた。全員、それぞれ色と形が違う。瞳が理想としていた光景通りに、違うデザインのおもちゃを手にして、三人でいる。

その瞬間、震えるような、他に何も要らないと思えるような喜びが、くるぶしから背中を一気に駆け抜けた。

神様。

と思う。

誰に感謝していいのか、わからない。とりあえず、誰でもいいから、ああ、神様。
結果の表に、目を落とす。そして、顔を覆い、行城のシャツの裾をぎゅっと摑んだ。
うー、と小さな、引き絞るような声が出た後で、大きな泣き声が惜しげもなく洩れた。
心の中で、力いっぱいに叫ぶ。
神様。
私に、アニメをありがとう。

第三章　軍隊アリと公務員

どうして、アニメ業界に入ったんですか。

という質問をされる時がある。

不躾《ぶしつけ》に、さらに一押し、こう付け加えられる時もある。だって、儲からないんでしょう。キツいんでしょう、ブラックなんでしょう。

和奈《かずな》は、そうですね、とにっこり笑って、「そこからですか？」と尋ねたくなる。

（いや、実際は絶対口に出さないけど）

儲からないとか、キツいとか。そんなことを一から説明しなきゃいけない相手に、話したいことなんて何もない。

——私は、絵を描くのが好きだ。

うまくなりたい。もっともっと、うまくなりたい。

きつくても、苦しくても、儲からなくても。リア充とほど遠い、オタク女子でも。

誰にも、バカになんかさせない。

|||||

机に伏して、ぐったりと眠っていると、頭上から「選んで」と声が落ちてきた。ずり落ちた眼鏡の位置を直し、「ほえ?」と顔を上げる。「選んでいいよ、並澤《なみさわ》さんから。眠るのはそれから」と、目の前に紙が差し出される。

新潟県選永《えなが》市。

選永は、読み方は「えなが」が正式だが、地元の人たちが呼ぶ時には「えるなが」と聞こえる。少し間延びしたような響きが、この土地にしっくりはまって聞こえる。

アニメ原画スタジオ『ファインガーデン』は、その選永市にある。

パーティションで仕切った机の列が並ぶ、オフィス。先輩アニメーターが差し出した用紙が、並澤和奈の額を撫《な》でる。

とろんとした視界が、まだうっすら白い。「ほいー」と、アニメに出てくるような返事をすることが自然と流してもらえるスタジオ内は、楽だけど、気怠《けだる》い雰囲気に満ちている。紙を受け取り、体を机にくっつけたまま、行儀悪い姿勢で眺めた。

それは、注文を受けた原画の配分表だった。

現在放送中のアニメ、『サマーラウンジ・セピアガール』(略して『夏サビ』)の第九話分。誰が何枚、という割り当てが書かれている。

和奈は、まだ半分眠った頭で、「私、藤谷《ふじたに》さんの後でよいッス」と答える。自分を起こしたアニメーターのチーフ、関《せき》に配分表を返しながら。

「私、『夏サビ』のキャラにはそこまで愛着ありませんから。藤谷さんとか関さんの方が描きたいキャラやシーンあるでしょ。私、後でよいッス」

原画には、当然ながら、同じアニメであっても、手間がかかるものと簡単なものがある。ファインガーデンでは、アニメーター一人が月にこなす枚数はノルマ制だ。一人に作業の手間が偏らないように配慮され、描き込みが多い複雑な原画と、描き込みの少ない簡単な原画とが、バランスを考えられながら、セット販売のように組み合わされた状態で割り当てられる。

全部で十二人いるアニメーターで相談し、デパートの福袋でも選ぶようにして、自分の仕事を選び取る。描き込みの多い・少ない、難しい・難しくない、の基準の他に、スタジオ内で人気が高いアニメの場合には、キャラクターごと〝セット販売〟される場合もある。人気のあるキャラの原画と、人気の薄いキャラの原画を組み合わせるのだ。そのくらい「この子が描きたい」とアニメーターに思わせるアニメは、幸せな作品と言える。

「本当に？　ありがと。並澤さん」

「いいえー。璃子《りこ》も、明奈《あきな》も、愛情ある人が描いた方が、表情が生きるでしょうから」

『夏サビ』は、俗にいう萌え系美少女アニメだ。近未来の海辺の町の高校生たちが、夏から秋にかけて、ヨット部を舞台に活躍する。ここ何回かのパターンとしては、キャラを複数描く原画を受け持つアニメーターが、ヨットの帆のみがアップになった原画を受け持つ、というようなことが多かった。帆に刻印されたイルカのマークだけ描くのは、時間も当然短くて済む。和奈ももう何度、あのイルカを描いたか知れない。

「じゃ、お言葉に甘えて璃子リンはオレがもらうけど、でも正直、並澤さんが描いた方が璃子もファンも嬉しいかもしんない。すごいよね、神原画の評判」

関が無精髭に手をやりつつ、言う。彼が羽織った派手な柄のアロハが、寝起きの目に眩しい。

神原画という言葉を聞き、喉がぐっと押さえられたような、息苦しい気持ちになる。

「とんでもない」とどうにか言った。

「だからー、前から言ってるじゃないですか。みんな話題に飢えてて、誰かを勝手に祭りあげたいって感じなんですよ、きっと。私の絵じゃなくてもいいんです」

「でも、ご指名でやって欲しいって声も今かなりあるじゃない。すごいな、このままだと、次あたりのクール、どこかから作監にって話が来るんじゃない？」

「いやー、どうでしょうね」

昔は、作監——作画監督になれるのは、アニメーターの中でも一部の相当に巧い人たちだけだった。しかし、人海戦術で知られるアニメ業界は、相次いで作られるシリーズアニメに、もはや人材が追いつかない。原画マンとしての技術がそこまで育たないうちに、作画監督に引き上げられるケースも珍しくない昨今の事情にあっては、作監の話があったとしても、無邪気に喜べないこともある。最近のシリーズアニメのクレジットは、作画監督の欄に、十人近い名前がずらっと並ぶものだってあるからだ。すごい、と声に出しながらも、関だってそのあたりの事情はわかっているはずだ。作品によっては、作画監督になれることはもちろん名誉だけど、揶揄《やゆ》に聞こえないこともなかった。

和奈が所属する『ファインガーデン』は、もとは『スタジオみるきーきゃんでぃ』というアニメ会社の一部署だった。自社制作アニメの業績が振るわず、経営が危うくなった際に、現『ファインガーデン』社長である古泉《こいずみ》が原画部署のアニメーターを引き抜いて独立したものだ。新潟県選永市は彼の生まれ故郷で、「温泉もあるし、一応観光地だよ」と、和奈も誘われた。

選永市の名前を、それまで和奈は知らなかったし、「一応観光地」は、なるほど、本当に「一応」の観光地だった。昔は県内でも人気のある温泉地だったらしいが、新幹線が開通して、他県との行き来が盛んになると、途端に客足が途絶えた。過疎化と高齢化が進んだ町は、統合されて廃校になった小学校や元病院など、使われていない建物が多々あった。

社長の古泉は、『ファインガーデン』とともにこの地に移る際、自治体と掛け合って、そういった建物の多くを安く借りることに成功した。和奈たちが作業する本社は元中学校だし、社員寮も、今はもう閉めてしまったという酒蔵が持っていた寮をそのまま使っている。そのせいか、和奈の部屋は、今でも微かに、酒か醬油を連想させる甘い麹《こうじ》の匂いがする。

賃金の安いアニメーターはよく「食べていけない」と言われるが、『ファインガーデン』の社員寮は、会社から純粋な管理費のみしか請求されないので、家賃は実質タダに近い。光熱費もかなり浮くため、社長のもとには、「地域密着型のアニメ会社」として、業界誌をはじめ、堅いニュース番組からも取材の依頼がある。地方に進出した実業家である社長は、まだ三十代という若さと物腰の柔らかな雰囲気が好感を持たれるのか、メディアからの注目も高いようだった。

和奈から見ると、古泉は物腰が柔らかいのを通り越して少しオネエが入っているようにさえ見えるが、ともあれキャラが立っているので、マスコミ受けがいい。

「給与の額自体が変わらなくても、東京の会社に勤めるより社員の手元に豊かにお金が残るんです」と話す彼のことは信頼しているが、一度、テレビの取材が来た際に、寮の内部にまでカメラが入って、その時はさすがになんともいえない気持ちになった。

――地方に拠点を置き、人を囲って人件費を安く済ませる方法を、「東南アジアに工場を置くのと一緒じゃないか」と意見する人が、テレビの放映の後にいたと聞いて、さらに、複雑な思いがした。

今は原画を描かせてもらっているが、最初にこの世界に入った頃、描いていた動画は、単価百八十円から、千円。千円は劇場クラスの大作でもない限り望めない数字なので、平均値はだいたい上限二百五十円くらいのものだった。そうなると、月収は十万円以下の月もザラで、原画を描けるアニメーターになりたい一心で、懸命にノルマをこなした。

つまるところ、人海戦術のアニメ業界において、和奈は自分を軍隊アリだと思っている。

監督や、プロデューサーや、評価の高いアニメを作り上げ、その芸術性や価値、作品に込めた哲学を語る、表舞台のクリエイターたちを女王アリとするなら、自分は彼らにむけて、せっせと巣穴に食べ物を運ぶ働きアリだ。好きで始めた仕事だけど、そういうものだと一度呑み込まなければ、やっていけない。

不満はない。

絵を描くのが好きだし、きっと、これしかできないから。

会話が決して多いわけではない現場で、各自が絵を描く、淡々とした時間が過ぎていく。

一緒に独立した仲間なのだから、仲が悪いわけでは断じてないし、知らない土地に来た者同士、親交をあたためるために飲んだりもするけれど、職場でも寮でも顔を合わせるせいで、気を遣って話す、ということが、ここに来て五年、だんだんとなくなった。

配分表を回し終えた関が、和奈の隣に座る。

「で、どうだったの。東京は。――せっかくの休みなのに、『サバク』のプロデューサーに追っかけられたらしいって、社長から聞いたけど。すごいよね、『サバク』ってことは、それひょっとして、行城《ゆきしろ》さんってこと？」

「それを私に訊きますか」

パソコン画面と手元だけを見つめ、相手を見ずに和奈は答えた。正直、思い出したくない。今だって泣きそうになる。

声が思ったより冷たかったらしい。関があわてたように肩を竦め、「あ、話したくないならいいんだ」と答える。お互いの嫌な場所に踏み込まない、デリケートな空気の読み方がありがたい。

「『夏サビ』の仕事は、じゃ、オレたちが多く受けるようにするよ。『サバク』の時は、優先的に並澤さんにお願いするからよろしく。さすがだよね。並澤さん、意外にジモト愛の人で驚いた」

ジモト愛？

どういうことかと目を細めて関を見上げると、どうやら睨んでいると勘違いされたらしい。彼が勝手に目を逸らし、すぐに、逆方向に座るアニメーター女子の後輩に、「駅前のポスター見た？　これから構内にも貼られるんだって。すごいよね」と、こちらにわからない話を始める。

和奈はイヤフォンを嵌《は》め、彼らの声を遮断する。好きな映画のサントラを、音漏れしないギリギリのボリュームで、今日も聴き始める。

＝

東京の休暇は、――デートだった。

長らくずっと好きで、付き合えたらいいなと思っていた相手と、二人だけで会った。デートという言葉を使うことに抵抗があるくらいには、きっと自分の一方通行なんだろうということはわかっていたし、もっと言うなら、相手を「好き」と自分の中で明確に認めたのも、和奈にしては随分勇気を出した方だった。

私に好かれるなんて、きっと迷惑だろう、と思い、それまで、ときめいても、いいと思っても、それはきっと「萌え」で、現実のリア充たちが思うような、異性への「好き」じゃないと、たいていの場合には思い込んできた。

男子の話も、ファッションの話も、苦手だ苦手だと逃げ続けて、二十六歳。今も、彼氏はいない。

アニメを観たり、漫画を読んだり、ゲームしたり。そういうことが楽しすぎたし、現実の彼氏を作ったりとか、そういう楽しみができる人たちには気後れも感じる。

和奈は東京の下町の生まれだが、町内会の昔ながらのお祭りに出かけるような同級生たちとは話も合わなかった。就職して、今、新潟に住んでいるということもあるけど、昔からの知り合いで連絡を取っているような子も一人もいない。実家の母の話だと、みんなもう結婚したり、子どもを産んで母親になっているらしい。

「うっひょー、マジすか」と声を上げる和奈に、母は「何を驚いてるのよ、このくらいの年になったら当たり前でしょう」と、本気で呆れた様子だった。

スタジオで一枚一枚、絵を描くことで過ぎていく日々と、それが作品になる喜びにかまける和奈の目に、そういう話は眩しすぎる。無縁すぎる。

そういうことができる人たちが羨ましい反面、疎ましい。

その生活感、リアル充実感。迷いなく、先に進める人生。羨ましく、疎ましく、そして、本音を言えば、昔から、ちょっと怖い。自分が、そういう世界から弾かれてることの自覚は充分だ。

あの日のデート相手。――逢里哲哉《おうさとてつや》は、大きく括れば、アニメ業界の人だった。

大手のフィギュア玩具製作会社、ブルー・オープン・トイ、略してブルトの弱冠二十九歳の企画部長。見た目が麗しく、おしゃれで、そして、和奈のツボの眼鏡男子。

てっきり、リア充どもの仲間入りって感じのタイプなんだろうと思っていたのに、初めて会った時、「あなたが並澤さんですか?」と目を輝かせて和奈を見た。たまたま新潟で別の仕事があったという彼が、社長に連絡したらしく、ファインガーデンに視察に訪れたのだ。

企画の立ち上げからやっている大きなアニメ会社と違って、ファインガーデンは動画と原画のみを引き受ける小さなスタジオだ。そんなところにわざわざ視察に来ること自体が変わり者の証拠だが、逢里は大のアニメファンで、和奈の仕事も相当チェックしていた。アニメ制作ど真ん中というよりは、その周辺であるフィギュア会社勤務ということで、作品を純粋に楽しむ気持ちが、制作サイドより残っているのかもしれない。

「大ファンです」と言われ、顔を覗き込まれたら、悪い気はしなかった。――むしろ、嬉しくて、その日は眠れなかった。

仕事をしてきて、よかったと思った。

和奈の実家が東京だと知ると、「本当ですか?」と喜び、「もし東京に帰っていらして、時間があったら飲みましょう」と言って、携帯番号をその場で書き入れた名刺を渡してくれた。手書きの数字が、デジタルで打ち出したようなきれいな筆跡で並んでいるのを見て、胸がきゅっとなった。

逢里が帰ってから、少しでも、彼のことが知りたくて名前をネットで検索した。すると、驚いたことに、逢里は企画部長の仕事以外にも、自分でもフィギュアの原型をいくつか手がけていた。画面にヒットした、かわいい女の子キャラの少しエロティックなポーズや、人気のある格闘漫画の主人公の、決めポーズのフィギュア。見ていて、胸がドキドキした。中には、和奈が原画で参加したアニメのキャラもいた。同じキャラクターを通じて、彼と自分の仕事が繋がっていることを思ったら、生まれて初めて「悶《もだ》える」という感情を覚えた。

逢里の外見が、生々しさがなくて、どこかキャラっぽかったからかもしれない。これまでキャラにしか感じたことのない「萌え」と「好き」を、初めて現実の相手に思う。逢里の仕事を見て、もっと絵が描きたくなる。フィギュアの子たちの生き生きとした表情を見て、私ももっとうまくなりたい、と感じた。

社交辞令だったに違いない、とメールも電話もできずにいると、彼の方から、視察後すぐにメールが来た。文章に、目が釘付けになる。

『正直、最近、「神原画マン」として並澤さんの名前が騒がれるようになってから、心穏やかでない日が続いていました。

何をいまさら、という気持ちが半分と、「ああ、僕だけの並澤さんだったのに」と、ずっと追いかけてきたアイドルが、とうとうメジャーデビューしてしまうのを見送るような寂しさを勝手に感じていました（気持ち悪くてすいません）。

だから、昨日は、お会いできて、とても嬉しかったです』

連絡をしてみよう、と思った。

月三十カットほどのノルマを課せられている身で作業現場を一日休むのは相当な負担になるが、むしろ、里帰りしたら連絡するんじゃなくて、彼のために東京に帰ろうと思った。彼の和奈に対する気持ちが、恋愛とは違うのだろうということはわかっていたつもりだった。――本当に、わかっていたつもりだったのだ。

けれど、和奈らしくないことに、一度、夢見てしまった。

アニメの話が通じる、自分の仕事にも引かない彼氏。そのうえかっこよくて、フィギュアを愛し、創る人。こんなに趣味の話も、仕事の話も弾む人は他にいない。出会えない。

こんな人と付き合える日が来たら、死んでもいい。妄想と想像はとめどなかった。

リア充になんてなれないと自覚した頃から、似合わない者が努力することほどみっともないことはないと、化粧も流行のファッションも遠ざけた。そうなるとますます、女を捨ててるな、と思うような格好しか、気恥ずかしいからできなくなった。

シャツとジーンズ。買ったボーダーシャツにピンクが入っているだけで、ちょっと抵抗がある、というくらいの女子力の低さを誇る和奈は、自分にもし、魅力があるとするなら、きっと仕事だけなんだ、と縋《すが》るように信じていた。

こんな風変わりな、私の仕事をマニアックに愛してくれる人に愛してもらうしか、私には生きる道がきっとない。

だから――。

あの日の絶望は、とても、深かった。

スカイツリーのあるあたりが、まさに、和奈の地元だった。けれど、完成したスカイツリーに一度も行ったことがない。建設に着工した頃は、ちょうど和奈が新潟に移った頃で、実家に帰れば窓から姿は見えるけど、間近で見たことがない。

とてつもなく大きいんでしょう？　と何気なくメールに書いたら、逢里が「行ってみますか、スカイツリー」と申し出てくれた。

ツリーの横にある商業施設ソラマチ内に、ブルトのフィギュアを卸すショップがあるから、よく営業回りに行くのだと教えてくれた。

当日、気張ってきたように思われるのが嫌で、和奈はスタジオ内で作業している時とさほど変わらない、シャツとジーンズにパーカを羽織った格好で駅前に立った。あの時の自分を、戻れるなら、引っぱたいてやりたい。ソラマチのショップで、一式着替えてこい！　と怒鳴りたい。——いや、そんなことをしても、結局は何も変わらなかったどころか、より惨めになっていたかもしれないけど。似合わない流行の服を着た自分を想像すると、滑稽すぎて、架空の話なのに、涙が出そうになる。

一度着たらしわしわになってしまいそうなプリーツスカートを、どうしたら、街行く子たちみたいに毎度キレイに穿《は》きこなせるのか。腕にブレスレットを何本、どう重ねたらよいということを、みんな、いつ、誰に教えてもらってできるのか。和奈には、本当にわからないのだ。

現れた逢里は、和奈の服装に気を悪くした様子もなく——そもそも、自分の格好なんて、初めから眼中になかったのかもしれない——、爽やかに笑って、「貴重なお時間をいただいて申し訳ないです」と微笑んだ。

襟の折り返し部分にチェックの布地があしらわれたポロシャツと、くるぶしが覗く短い丈の、ジーンズではないズボン。腰にちらりと見える茶色とピンクのボーダーのベルトは、和奈よりむしろ女子力が高く、かわいく見えた。

彼は先に来て、和奈の分までチケットを買ってくれていた。恐縮する和奈に「いいんです。並澤さん相手だったら、会社も経費にみとめてくれますから」と歯を見せて笑った。

展望台に向かおうと、エレベーターの方向に歩く時、彼の、まるで自分がこれまで描いてきたイケメンキャラのように華奢な腕を見て、ああ、こんな幸せがあっていいのだろうかと震えた。現実の男子になど、これまでほとんど心動かされてきたことがないのに、このキレイな腕になら触ってみたいと心から思った。

しかし、その時。

夢心地だった和奈の前で、逢里が「あ」と呟いて、足を止めた。彼が前方に向け、「マリノさん」と声を上げた。

その声に、和奈も顔を上げた。そして、――息を呑んだ。

目の前に、ものすごい美人が立っていた。

「ああ、逢里くん」

足を固めた和奈の前で、美人が目線を逢里に向ける。

――かぐや姫だ、とまず思った。

つややかに長い黒髪が、耳のあたりで段差がついて、絵本で見るかぐや姫のように見える。キレ長の目の瞼の上が、どうなっているかわからないくらい深い線を刻んでいる。こんなくっきりした二重、見たことない。

黒地に銀色で文字の入ったロックテイストのTシャツに、ピンク色のスカル模様のスカーフ。赤い、猫の模様が入った高いヒールの靴。――ダークかぐや姫、と印象を改める。

雰囲気に気圧されて、和奈はあわてて横を向いた。胸がぎゅっと痛んだ。急に、自分がひどく場違いに思えてくる。

けれど、逢里が彼女に近づいていく。仕方なく、和奈もおずおずと後ろをついていった。

「どうしたんですか。今日、お休みでしたっけ」

「夕方から出社します。近くで知り合いの服の展示会があって」

心臓の動悸が速くなっていく。スマホの画面でも見るふりをしたいけど、今のタイミングじゃそれも不自然だ。和奈を置いて話す二人は、ともにおしゃれで、絵になって見えた。

その時、耳が、逢里の声を思い出した。「マリノさん」。今、彼はこの美人を「マリノ」と呼ばなかったか。

嫌な予感に突き動かされて、戸惑いながら二人の間で視線をうろうろさせていると、逢里が「あ、すいません。並澤さん。ご紹介しますね」と、美人を指さした。

「こちら、うちの造形師で、鞠野カエデと言います」

頭が、真っ白になった。

紹介された鞠野が、和奈を誰だろうと不思議そうに眺めながらも、「こんにちは」と挨拶する。

和奈の衝撃は、ものすごかった。

鞠野カエデは、ブルトのナンバーワン造形師だ。

いや、ブルトだけじゃない。フィギュア業界全体で見ても、今、一番人気の造形師で、アニメもゲームも、鞠野に造形をやって欲しい、という作品が何年も予約待ちの列を成している。和奈も名前を知っている。それに、和奈の会社の机にあるフィギュアは、去年の覇権アニメの主人公で、その造形を手がけたのも鞠野だ。

これまでずっと、「彼」の仕事なのだと思っていた。まさか、女性だなんて。

しかも――。

あまりの驚きに、不躾であることを忘れて、顔を、見てしまう。スタイルのいいその全身を、圧倒されながら見てしまう。

こんな、美人だなんて。おしゃれだなんて。今聞いたばかりのことが、頭の中をぐるぐる回る。一気に、すぐ横にいたはずの逢里へのハードルまで上がる。

「知っています」

と答えるのが精一杯だった。

「知ってます。鞠野さんの作品も、持ってます」

唇が痺《しび》れたようになって、自分が話しているという感覚が薄い。鞠野がにこりともせずに「本当ですか、どうも」と微かに頭を下げた。ダークかぐや姫は、クール・ビューティでもある。不用意に微笑みを見せてくれないことに、和奈の胸はますます、落ち着きなく騒いだ。

唐突に思い出したのは、何年か前に観た、大学の理系研究室を舞台にしたアニメ作品だった。

明らかにかわいくない様子に描写された女子が、主人公たちを上目遣いに眺め、「お願い」と雑用を頼む。その後ろで、ナレーションが入るのだ。

「――理系には女の子が少ないから、微妙な子でも間違いなくモテるぞ！」と。

観た時、これは差別とか、セクハラに分類されかねない、失礼な描写だということを、客観的には思った。けれど、その時、一抹、和奈の胸に希望も湧いたのだ。女性の少ない専門職の職場だったら、自分もやっていけるんだ、と。

しかし——、今。

「デートですか。邪魔してごめんなさい」と鞠野が美しい顔の表情を少しも動かさず、たわいない口調で言う。それに逢里が「まさかまさか」と、同じ言葉を二度くり返して、首を振った。

女性の少ない現場でも、美しい人は、技術にかかわらず存在する。

胸の中で膨らんでいたものが、急に足場を失ったように傾き、崩れだしていく。

和奈はショックを受けたことを悟られまいと、不格好に微笑んだ。逢里が、さらに言葉を続ける。

「デートだなんてとんでもない。並澤さんに失礼ですよ。——鞠野さん、こちら、並澤和奈さん。新潟にある、『ファインガーデン』っていうアニメスタジオ知ってます？『ライア』とか劇場版の『ひき森』なんかの作画をほぼ全部手がけたスタジオで、今勢いのある——。並澤さんは、中でも、今すごいんですよね。『神原画マン』って騒がれてて」

鞠野が「へえ」と小さく相づちを打つ。それにより、彼女が『ファインガーデン』のことも、まして和奈の仕事のことも、何も知らないのだということがわかった。堅実な仕事をすることだけが取り柄の小さな会社の、しかもそこに所属する一アニメーターのことなど、確かにわからなくて当然だ。

アニメ原画は、それがどれだけ手が込んでいようと美しかろうと、それでもやはり、単体の作品ではない。一つの作品を作るうちの全体の一部でしかなく、アニメは監督のものだ。いかに話題になろうと、「神原画」と呼ばれようと、そこを見失わないようにしよう、調子に乗らないようにしようと思ってきたのに、鞠野が自分を知らなかったことで、ああ、私は浮かれていたんだと思い知ってしまう。

自覚したことで、両肩が熱くなる。

「邪魔してごめん」と、さっきより砕けた口調で鞠野が逢里に言う。こちらの方が本来の彼との話し方なのだろう。その親密さに、胸が引きちぎれそうになる。

彼女が和奈にも浅く頭を下げ、こちらに背を向けたまさにその時に、あの電話がかかってきたのだ。

トウケイ動画の敏腕プロデューサー、行城から。

普段、時折メールを受信するだけで、ほとんど鳴らない携帯の着信音が、長く、高く鳴り響いた時、和奈は衝動的に助かった、と思った。思って、しまった。

「私、今、す、好きな、人と一緒なんですが……」

スマホの口元を隠し、壁際に寄って、囁くような声で口にする。

知らない番号に躊躇《ためら》いなく出てしまったことだとか、デートの時は普通電源って切っておくべきだったんだろうか、ということに気づいたのは、ずっと後になってからだった。

「あなたに、『アニメゾン』での『サバク』の描き下ろし原画をお願いしたいんです」

という依頼は、何故私に？　とか、ようやく取った休みなのに？　とか、理不尽さも感じたし、憤りもあった。けれど、それ以上に、和奈はもうその日、心が折れていた。電話口で適当に断って、そこで話を止めてしまえばよかったのに、逢里にその話をしてしまった。

「――なんか、『サバク』の原画の件みたいなんです。『アニメゾン』の表紙描かないかって。急いでるみたい」

スマホを離し、口元のマイクを押さえて言うと、逢里が息を呑んだ。

明かしてしまったのは、軽い気持ちだった。

軽はずみな、自己顕示欲だ。

私、新潟のスタジオからこんなところまで追いかけられるくらい、売れっ子なんですよ、誰かに評価された人間なんですよ、ということを、彼に見せつけたくて、明け透けにそんなふうに話してしまった。

逢里は、きっとまた、表情を輝かしてくれると思ったのだ。アニメファンの彼が、「トウケイ動画から直々に声がかかるなんて」とか、「『アニメゾン』ですか⁉」と無邪気に喜ぶと思ったのに、その顔が急に険しいものになったので、和奈は戸惑った。

急いで、早口に続ける。

「あ、大丈夫です。断りますから、今日は休みだし――」

「――まさか、行かないんですか？」

「え？」

声に、微かに非難する響きがあった。目がまともに合う。

「当然、行きますよね。すいません、僕が今日お誘いしたばっかりに申し訳ない。トウケイ動画まで行かれるカンジですか？　ここからだとタクシーよりは地下鉄の方が近いかな。乗り換えわかりますか？　何なら、ご一緒します」

「あ、いいえ」

あわてて、首を振る。咄嗟《とっさ》に言ってしまう。

「――プロデューサーの方が迎えに来ると言ってるんですが……。でも……」

「ひょっとして行城さんが来ます？」

「え、と」

受けたばかりの電話で名乗った相手を、和奈は記憶していなかった。だけど、有名な人なのかもしれない。答えない和奈の前で、逢里が一人、頷いた。

「電話の相手に、錦糸町の駅前までは出る、と伝えてください。そこまでは僕が送っていきます。時間のロスは少ない方がいいから」

「あ、あ、わかりました」

いつの間にかどうやらもうデートが中断されることになっていると絶望的に思い知りながら、逢里とともに、タクシーでＪＲの駅に向かう。

車窓に見えるスカイツリーが、まだ展望台にのぼってもいないのに、どんどん、遠ざかっていく。

駅に着いて、逢里から「これから現場だったら、何かおなかに入れた方がいいですね」と言われ、チェーン店のファミレスに入る。そこで少しだけ、デートらしく、向き合って食事をした。

会話はあまり、弾まなかった。

やってきた行城に向けて、彼が「ああ、やっぱり行城さんだ」と顔を上げる。行城も「ああ、ブルトさんとご一緒でしたか」と微笑んだ。

長身で、まあ、イケメンと呼べないこともないであろう優男がこちらに向けて手を振るのを見て、和奈は「ああ」と嘆息した。——こんな雰囲気イケメンじゃなくて、逢里の眼鏡男子ぶりを、もっとよく、見ていたいのに。

行城が車を取りに行く間に、逢里から「今日は残念でしたけど、また改めて」と握手のための手を出された。おずおずと、今朝からずっと触ってみたいと思っていたその細い手に触れながら、和奈はもう、顔が上げられなかった。

逢里の声が、真面目になる。

「行城さんから指名されるなんて、本当にすごいことだと思います。尊敬します、並澤さん」

はあ、そうですか、と吐息のような声を出して、やってきた行城の車に乗り込む。車が走り出すと、もう、後ろを振り返って逢里の姿を確認する気力もなかった。——彼がまだ見送ってくれているのならいいけど、さっさと帰ろうとしているところや、スマホをいじって、鞠野とメールしてるのかな、とか、余計な詮索を自分がしてしまうであろうことが、とても、とても嫌だった。

「ブルトさんとは、お仕事だったんですか？」と、行城が話しかけてくる。電話で「好きな人と一緒」だと伝えたはずなのに、きっともう忘れている。ああ、いるよなぁ、こういう不誠実な、自分に興味のないことを適当に流す人、と呆れた気持ちになりながら、でも、今はそこを忘れてくれていることを、救いに感じた。

「ええ、まあ」と和奈もまた適当に答えながら、本当に、あながち間違いでもなく、逢里にとっては、仕事の一環だったのだろう、と思う。「当然、行きますよね」と疑うことなく声に出した逢里は、やっぱりオタクの仕事バカだ。原画の仕事と切り離せば、和奈のことなんか見てもいなかった。

尊敬されても、それは、恋ではなかった。

――失恋したんだ、と認めたら、涙が出そうになったのに、行城が横にいるから、それもできない。人がいたら泣けないぐらいの、所詮はそんな程度の恋だった。

トウケイ動画に到着した時、気持ちはまだ自棄を起こしていた。どうにでもなれ、このまま描いても、いい絵ができるかどうかはわかりませんけど――というくらいの気持ちでいたところに、その日、斎藤監督と初めて会った。

彼女を紹介された途端、不思議なくらい、気持ちが静かになった。ああ、この人なんだ、と腑《ふ》に落ち、そして、自分が作るものがはっきり〝見えた〟。提供する絵が、誰のための、何に捧げられているのか、その質量を、ほとんど初めて実感できた。

「あなただったんですね。あの子たちのおかあさん」

「え？」

「お世話になってます。タカヤくんや、トワちゃんに。私は、リュウくん派だけど」

斎藤監督は、和奈と変わらないくらい小柄な、ボロボロの女の子だった。何日も満足に寝られていないであろう、その証の隈が目の下に薄く広がり、それを隠そうともしていない。洋服だって、皺が寄っている。スウェット素材のパンツは、似合っているけど野暮ったい。

新潟の自分の机から生まれる絵と、この人とが繋がっていたのだと、はっきりわかった。私が軍隊アリとしてせっせと運んだものを、この人だってただ食べているわけじゃない。この人が、私の女王アリ。

会えて、よかった。

皺が寄っていたような心の表面が、凪《な》いだ海のようになっていく。描ける、と思う。この人の生み出した、あの子たちを。

「じゃ、やります」

落ち込んだ時に、与えられたものがあることは幸せだ。やることが定まっていること、やりたいことがあるというのは、救いだ。この縁から、その後、『サバク』は、ポスターなど大事な原画も多く依頼してもらえるようになった。

何より、あの日の行城の言葉がなければ、自分は、とても最後まで持ちこたえられなかった。顔には出さなかったけど、それでも、やはりとても、嬉しかった。

――『サバク』の表紙に、〝並澤和奈が描いた〟、という看板をください。

私の絵には価値があると、そう言われたのだ。

逢里からは、後日、パソコンに何事もなかったかのようにまた、爽やかなメールが入った。いや、もともと、本当に彼にとったら〝何事もなかった〟のだ。和奈一人が、空回りしていただけで。

「『アニメゾン』の表紙、見ました。鳥肌が立ちました。あの日、この原画が出来上がる直前の時間をご一緒していたんだなあと思ったら、ファンとしては光栄でした。またぜひ、スカイツリーもリベンジをさせてください！」

鞠野が作ったというフィギュアは、大好きな作品だったのに、今、和奈は仕事場に飾っていたそれを、ロッカーにしまってしまった。

健やかな、曇りのない言葉の並ぶメール画面を、和奈は横向きに頬杖《ほおづえ》をついて眺めた。返事を書かずに、そっと、ウィンドウを閉じる。

そして、背筋を正して、原画に向き直った。

||||

和奈の選永市での行動範囲は、寮とスタジオ、あとはせいぜい寮の近くの大型ショッピングセンターと、国道沿いのTSUTAYAだ。

最寄りの駅は、市の南端にあるJR選永駅。

新潟駅から鈍行を乗り継いで一時間近くかかるこの駅とスタジオは、さらに車で三十分は離れているため、和奈が普段、駅の方まで行くことは少ない。寂れた土産物屋や温泉宿が並ぶ駅前の一帯には、地元の若者たちがたむろするこぢんまりとした商店街もあるが、同じ選永市でも、和奈には縁のない場所だ。

都会に疲れた――なんて言えるほど都会に馴染んで暮らしていたわけではないけれど、和奈は和奈なりに、移ってきて五年、選永市での過ごし方を獲得していた。

寮とスタジオの往復だけとはいえ、近所の大型ショッピングセンターにはタリーズも入っているし、人気のハリウッド超大作か、親子向けアニメしかかけないとはいえ、映画館もある。仕事で行き詰まった時、水田が長く続くだだっ広い道を自転車で一人こぐのも好きだった。治安も悪くないから、夜のサイクリングにも向いている。

普段は街灯がまばらな暗い道だが、晩夏の夜、遠くの空に上がるお祭りの花火を眺めながら、「きれいだなあ」と声が出た時には我ながら驚いた。感動すると、人間は誰に聞かせるわけでもないのに、本当に声が出るんだ、と初めて知った。

下町とはいえ、東京育ちだった和奈にとって、不便に感じるだろうと思っていた田舎暮らしは、自分でも意外に感じるほど違和感がなかった。考えてみれば当然かもしれない。東京でも選永市でも、結局は映画館と、息抜きできるカフェやファミレス、書店が一軒ずつもあれば暮らしていける。

会社の同僚以外に知り合いがまったくいないというのも、とても楽だった。

社長の古泉はもともと選永市の出身だし、地域経営の観点からこっちに来てだいぶ知り合いを増やしているようだけど、和奈はこの五年間、この地で顔見知りの相手すらできていなくて、そんなところも煩《わずら》わしさがなくてよかった。

寮からバス停まで歩く途中、薄い雲が平べったくかかった空が眩しかった。

その日、バスで駅までやってきたのは、次に帰省する際の新幹線の切符を取るためだった。和奈のひとつ上の従姉が結婚する、その披露宴に招かれたためだ。

そろそろ夏を迎える温泉地は、寂れているとはいえ、そこそこ観光客の姿もある。今年はなんだか若い人が多いな、と、何人かのグループで来ている彼らと視線が合わないよう、目を逸らし、顔を俯けて歩いて、窓口に並ぶ。

前を向く時、ふと、視界に鮮やかな色がよぎった気がした。と同時に声が聞こえた。

「ありがとうございます！　こんないい場所に貼らせていただいて」

「おー。なんなら、オレの実家のとこの蕎麦庵にも貼ってけ。ばあさんに話しとくから」

「いいんですか？」

威勢のよい男性の声が響き渡る。明るい声が「ありがとうございます！」と言うのを聞きながら、なんとなく声の方向を見た和奈の顔が――引き攣《つ》った。

駅改札の正面。一番目立つ場所に、ポスターが貼られていた。

和奈の描いた、『サバク』の原画。

目を見開く。息を呑んだら、「ひょうはっ！」というわけのわからない声が、思わず出た。混乱し、動揺し、え？　え？　と何度も瞬きしながらポスターを見る。窓口の列を外れて、一歩、ポスターに近づいた。間違いない。和奈の絵だ。

ポスターのコピーは、「ようこそ、『サウンドバック』の街・選永市へ」「奏でよう、石の音を探せ！」。

ポスターの隅には、トウケイ動画のクレジットと並んで「新潟県選永市観光課」の名前。来月から、市内各地で、「奏の石スタンプラリー」なるものが開催されるとある。

目の前が、まだ昼なのに、暗くなる。

自分の描いた、まごうかたなき、私のタカヤが、トワコが、リュウイチが、自分の町の寂れた駅にいる。凛々しく、サバクのロボットを背に立っている。そして、そのサバクの背景に、自分が普段歩く水田の道が広がっていた。見覚えのある小学校が、右奥に見える。

――これは選永市の町並みだ。

どうして？　と、心臓がバクバクする。

知らなかった。

和奈が描く原画は、基本的に登場人物と、せいぜいロボットまで。ロボットは背景さんが描く場合もあるが――ともあれ、和奈は、自分が描いた絵の後ろに、どんな景色が実際に入るのかを漠然としか知らない。打ち合わせでは、単に田舎の景色が入るとしか聞いていなかった。描いた絵は、社内の色彩設計と着色を経て、さらに外注の仕上げの手を通り、トウケイ動画に納品される。背景が入るのは、その後。

その時になって初めて、ああ、これは聖地を狙っているのだ、ということに気がついた。

スタジオで関が言っていたことを、ようやく思い出した。『サバク』の原画を多く受けることを、「並澤さん、意外にジモト愛の人で驚いた」と確かに言われた。地元愛って、つまり、こういうことか。

『サバク』の本放送を、和奈は観たり観なかったりだ。アニメーターとして、いかに自分が絵を手がけていようと、かかわるアニメ全部を追うのは不可能に近い。これまで背景を見て、確かに山間のこの町に似ていると思ったことはあった。だけど、田舎なんて、どこもみんなこんなものかと思ってた。まさか、ここでロケハンしてたなんて。

まず思ったのは、「やめてほしい」という強烈な拒絶だった。

今日はこの後、切符を取ったらタリーズに寄って、飲み物を買って、それからアマゾンから届いてた好きな漫画の最新刊をちょっとだけ読んで、後はスタジオに戻って深夜まで仕事をする予定だった。わずかながらに、大事な休息時間を経て、私は――。

アニメや仕事と関係なく過ごしてる、今は平和な時間のはずだったのに、こんなの羞恥プレイだ、と顔と頬がふわあーっと熱くなる。

――これは、こんなのどかな場所に飾っていいようなものじゃないのに。

居たたまれず、顔を覆いたくなる和奈の前で、歩いていたおばあちゃんの一人が「あれ、これどうしたの。マンガかい？　宗森《むねもり》さん」と訊いている。

ポスターを掲示していた男性が、その声に答えた。手に、まだ丸めた数本のポスター。これから、まだどこかに貼りに行くつもりなのかもしれない。

「漫画じゃなくてアニメだよ、ばあちゃん」

宗森さん、と呼ばれていた以上、実の孫ではないのだろうけど、自分の身内のように、彼が答える。

肩幅の広い、大きな男性だった。年は――和奈よりだいぶ上のように見えるけど、意外に若いかもしれない。スポーツ刈りの髪が、短すぎてちょっと立っている。日焼けした腕のシャツを、なぜそこまでと思うくらいねじってまくり上げているのを見て、いや、そんなの今時小学校低学年でもしないから、と突っ込みたくなる。Tシャツに、下は作業着のズボン。

彼がこっちを振り返ろうとする気配を感じて、和奈はあわてて顔を逸らした。そそくさと駅を後にする。

駅を出て、そしてまた、目眩《めまい》がした。

来る時には気づかなかったけど、正面の土産物屋の前にも同じポスターが貼られている。本格的にいたたまれない気持ちで俯き、バス停に急ぐ。

切符を買い損ねたことに気づいたのは、バスがもう、発進してしまったはるか後だった。

||||

和奈が駅で見た、ポスターを貼っていた男——宗森周平《しゅうへい》と再会したのは、その三日後だった。

しかも、今度は、選永市の中でも、さらに自分のホーム空間、ファインガーデンでのことだった。社長に「並澤ちゃん、ちょっといいかな?」と呼ばれ、「ふぁーい」と寝ぼけた返事をしつつ応接室に行くと、そこに、彼が座っていた。

入ってきた和奈を、彼が立ち上がって迎える。

「初めまして。よろしくお願いします！」

すぐに、あの時の人だ、と気づいた。

やたらはきはきと話す声が、頭にわぁん、と響いた。

「貴重なお仕事の時間をいただいて、申し訳ありません！」

「あ……、いえ」

「宗森さん、そんないちいち立ち上がらないでくださいね。これ、さっき話したうちの並澤です。並澤ちゃん、そこ、座ってくれる？」

「はあ……」

話が見えない。面食らう和奈に、古泉が続けた。

「あ、この人、選永市観光課の宗森さん」

「どうぞよろしくお願いします！」

立ち上がらなくていい、と言われたにもかかわらず、彼がまたすっくと腰をまっすぐ伸ばして立ち上がり、和奈に頭を下げた。その姿勢の正しさ、軍隊かよ、と心の中で突っ込む。草食気味の男子が多いスタジオ内で、こんな大声は滅多に聞かない。この明るさ、はっきりいって、うっとうしい。

「ファインガーデンの並澤です」

やっとのことで挨拶する。

市役所の職員、だったのか。今日も上はTシャツ、下はネズミ色の作業着姿だ。短髪、日焼け、腕まくり、ついでに言うとNOT眼鏡男子。どこにも和奈が親しみを覚える要素がない。

反射的に、苦手な人だと感じた。健康的で真っ当すぎて、住んでる世界が違う。おしゃれ眼鏡をかけ、後ろ髪を伸ばした古泉の格好と比べても、この場ではあまりにも浮いている。

「並澤ちゃんさ、『サバク』が選永市を舞台にしてるの、知ってる?」

「はい」

正確には、制作側は、選永市をあくまで〝『サバク』の舞台のモデルとなった土地〟と言っている。あの後で調べた。ここでまさに物語が展開しているわけではないのだ、というその厳密な線の引き方が、いかにも、斎藤監督らしい潔癖さだと、好感を持った。

自分の原画が勝手に使われているように思ったけれど、それは、和奈の認識不足だった。『アニメゾン』の表紙以来、『サバク』からは、版権原画と呼ばれる、本編以外の原画を依頼されることも増えていた。その仕事の中に、確かに、ポスター用と指定されたものもあったのだ。まさかそれが自分の町に貼られるとは思っていなかったけど、光栄な仕事だと、自分から受けていた。

和奈の答えに古泉が満足そうに頷いた。

「今、アニメによる聖地巡礼って、流行ってるでしょう。『サバク』も最初は、舞台をここって公表する気なかったみたいなんだけど、最終回を前に、もう少し地元と絡めて盛り上げていこうって方針になったそうなの。すずらん電鉄と、選永市の観光課も巻き込んで」

「そうなんですか」

すずらん電鉄は、ここからさらに奥まった、選永市の中でもまさに隠れ里のような山間の集落に繋がる私鉄だ。本数も少ないし、ほぼ全部が一両車両。ここに来たばかりの頃、スタジオのみんなと話のタネに乗ったものの、風が強い日だったせいか、全員で一ヵ所に固まったら、車両がバランスを崩して傾くんじゃないかと、本気で心配した。それくらい、ボロい。

「うん。で、観光課としてスタンプラリーをやりたいらしいんだけど、設置場所に悩んでるんだって。並澤ちゃん、手伝ってあげてくれない？」

「は？」

なぜ、私に？　と思ったのがそのまま顔に出たらしい。「トウケイ動画からのご指名なのよ〜」と古泉の声がシナを作る。

「さっきも言ったけど、最初自治体と絡めるのに監督が反対だったそうで、やる気になったのが今からだから、仕掛けるにはタイミングがちょっと遅いそうなの。出遅れたっていうか。本来なら、聖地を狙うアニメは、放映前から駅前に告知のポスターが貼られたりするものらしいんだけど、選永は最終回が間近なこんな時期からのスタートになっちゃって」

「はあ」

最終回が見えてきて作業が落ち着き、ヒットの数字が見えたことで斎藤監督の心に変化があった、ということなのだろうか。まだＤＶＤの第一巻の予約が始まったばかりだが、『サバク』は充分今期の覇権アニメになり得る数字を出している。

先月会ったばかりの彼女を思い出すと、確かにあの人なら聖地には反対したんだろうな、と思う。作品の外側で自治体が商業的な活性化を考えるのは、彼女にしてみたら大事な作品が利用されるようなものだろう。

「ほら、何しろ選永は遠いから」と古泉が続けた。

「制作サイドもロケハンとかで制作前には何回かこっちに来てたらしいんだけど、放映の進行が詰まってる今の時期にちょくちょく来るのは大変でしょう？　人が割けないんですって」

「だからって、どうしてうちに？」

名前は一度も出ないが、スカイツリーから和奈を強引に連れ出した行城プロデューサーの顔が浮かぶ。古泉が素知らぬ顔で「ね、本当に困っちゃうよね」と口調だけは困惑気味に言う。

「『サバク』の内容を理解してるアニメーターが——つまりは並澤ちゃんがいるから、できれば今回だけ協力してもらえないかって。うちの並澤は売れっ子なんだから困りますって、僕も言ったんだけど」

「スタンプラリーは、来月にはもう始めたいんです。夏休みが始まりますから」

古泉の横から、宗森が言う。

「『サウンドバック　奏の石』は、今月末に最終回だと聞きました。そこが一番盛り上がるはずだから、その後すぐに仕掛けるのがいいだろうと思って、準備を進めています」

居住まいを正し、和奈に正面から向き直る。

「並澤さんは、今回のポスターを描かれた方だと伺って、感動しました。お恥ずかしい話ですが、僕、アニメというのはみんな機械で描くものかと思っていました。あのキレイな絵を人間が描いているっていうのが、もう信じられない気持ちで。その上、選永のスタジオの人だなんて」

「……はあ」

心の表面が、冷たい刃で撫でられたようにざらっとする。

彼は褒めているんだから、ここは喜ぶところだと頭ではわかる。実際そうして流してしまったらいいんじゃないか、とも思う。

けれど、できない。今の言葉には、和奈の中で地雷を踏まれたところが何ヵ所もある。

〝機械で描いたようにキレイ〟なんて言葉は、アニメーターだったら一番言われたくない言葉だから。機材を使ってるっていう意味なら確かに機械なんだろうけど、絵を描くイロハもわかってない人に褒められたところで嬉しくない。

和奈の反応が鈍いことに気づいたのか、宗森が「尊敬します」と、ダメ押しの言葉を続けた。

――聞いた途端、忘れたと思っていたのに、耳の奥で声が弾けた。

逢里に言われた言葉。「並澤さん、尊敬します」。たくさんのアニメを愛する彼から、特別な一人の仕事としてその言葉をもらえた時のことを思い出すと、その高揚感がまだ鮮明なだけに、ひどくむなしくなる。

この人を恨むのは筋違いだとわかっているけど、今は嬉しくない。

素人から見れば、アニメにも原画にも、個々の違いなどないのだろう。絵を描ける多くの人の、和奈も単なる一人で、それが誰のものだって──和奈の絵じゃなくたって、宗森は同じように褒めるのだろう。

「僕は、アニメも漫画も昔から読まないし、そのせいか、絵心もまったくないんですけど、尊敬します」

「──スタンプラリーは、トウケイ動画からのアイデアなんですか？」

やっとの思いで当たり障りのないことを尋ねると、宗森が「いえ」と首を振った。

「僕らから提案しました。スタンプのデザインは今、先方にお願いしている最中です。どうしてですか？」

「いや、あまりにフツーだから」

なんで、世の中の人はこんなにスタンプラリーが好きなんだろう。どこかの自治体が聖地巡礼やイベントごとを考える時、まず真っ先に持ち出すのがスタンプラリーだ。アイデアとしてはもう二番煎じ三番煎じもいいところ。はっきり言ってイケてない。

あのやり手の行城らしくないアイデアだと思っていたら、案の定だ。トウケイ動画は、ここの聖地巡礼にそこまで熱心ではないということなのだろう。

和奈の頭の中で、どういうことか、図式が見えた。

きっとこれは、自治体がやたら前のめりになっているだけで、トウケイ動画としては勝手にやってもらって、万が一盛り上がったらラッキーくらいに思っている事業なのだ。だからこそ、こちらに人を割くこともせず、ファインガーデンに押しつけた。

和奈の嫌みに気づかなかったらしい。宗森がきょとんとした表情を浮かべた後で、改めて背筋を伸ばし「よろしくお願いします」と頭を下げた。「お願い、並澤ちゃん」と古泉も言う。

「並澤ちゃんは人気絵師だし、こんなことで煩わせるのは本当だったら申し訳ないと思うのよ？　だけど、トウケイ動画さんとの関係もあるし、特別手当出すから。原画のノルマもその分は軽減してもいいし」

あまりによすぎる条件を聞いて、チクショウ、お金が動いてる、と気づく。すでに古泉とトウケイ動画の間ではうちの会社にメリットのある何らかの取り決めがかわされているんだろう。完全にもう、外堀を埋められてる。

「わかりました」と、和奈は渋々、頷いた。

「私でお役に立てるかどうかは、わからないですけど」

「ありがとうございます！」

和奈が最後まで言い終えないうちに、宗森がまた立ち上がり、やけに姿勢よく頭を下げた。

||||

聖地巡礼。

〝巡礼〟はもともと、日本語では神社や寺院を訪ね巡り、参拝すること。また、自分の信じる宗教にゆかりのある場所を〝聖地〟と呼んで赴くことを〝聖地巡礼〟と言う。

そこから作り出された、俗語としての〝聖地巡礼〟は、アニメや漫画、ライトノベルなどの作品舞台になった土地をファンが訪れることを指す。作品に出てきた場所や建物を前に、登場キャラクターと同じポーズで写真を撮ったり、「ここに彼らがいたんだ」という感慨に浸る――というつまりはそういう行為だ。これまで実写の映画やドラマで〝ロケ地巡り〟と呼ばれていたものと性質が近いかもしれない。

もともとはファンが自発的、同時多発的に行っていたアニメの聖地巡礼は、ここ五年ほどでテレビやメディアが大きく取り上げた影響もあって広く一般化し、今や自治体にとっても観光資源の一つとして知られた存在になった。

自治体も、ファンを歓迎するために、制作会社と協力して関連グッズを土産物屋に置いたり、地元銘菓のパッケージをアニメのキャラクター仕様にしたりと、一緒に盛り上がる。他にも、駅にファン同士の交流ノートを置いたり、声優や監督を呼んでイベントをしたり。長く盛り上がり、成功すれば、その経済効果には億という数字が見えてくる。

しかし、でも。

和奈に割り当てられたスタンプラリーの手伝いは、宗森から話を聞けば聞くほど、トウケイ動画が楽をしようとしている結果だという気がしてきた。

選永市観光課が素案を出し、トウケイ動画はそれを後から確認するだけ。

無理もない、とため息が落ちる。

聖地巡礼を狙うには、選永市は東京と遠すぎるのだ。新幹線の停車駅からも乗り継ぎが二回というアクセスも不便だ。都内から簡単に日帰りできない、というのはファンがやってくるにはあまりにハードルが高い。実際、これまでアニメの聖地として成功したケースのほとんどは、関東近郊だ。どうして『サバク』は選永を選んだのかと疑問にすら思う。

宗森と一緒に日陰のないだだっ広い田んぼの道を歩きながら、やっかいなものに巻き込まれた、という気持ちで肩を落とす。手伝いの一日目は、宗森が挨拶に来たそのもう翌日だった。

宗森は、今日も作業着とTシャツ姿だ。日に焼けることなんて欠片《かけら》も考えてなさそうに、腕まくり健在。

うんざりしながら、和奈が言う。

「この辺の田んぼの脇に、一ヵ所くらいスタンプ設置したらどうですか？　あの子たちよく歩いてますから、ここ」

『サバク』の舞台が選永市なのだと知ってから、和奈はようやく放映された『サバク』を遡って全部観た。

この国道は、『サバク』に登場するお馴染みの通学路になっている。国道とは名ばかりの交通量の少ない道だが、景色はいい。和奈の横を歩く宗森が顔を上げ、「あ、歩いてるって、アニメの中の話ですね」と頷いた。

「『サウンドバック　奏の石』の子たちが――」

「あのぉ」

昨日から言おうかどうか迷っていたが、つい、声が出た。宗森がこちらを見る。

「『サウンドバック』じゃなくて、『サバク』。『奏の石』もサブタイトルなんで基本は作品の話をするときにはつけません。いちいち正式タイトルで話さないでください」

一息に言うと、宗森が目を瞬いた。言い過ぎてしまったろうか、と思ったところで、彼が「わかりました」と頷く。

「失礼しました。よく考えたらまだるっこしいですよね」

和奈は彼からふいっと顔を背け、遠くまで広がる青い田んぼを眺めた。初夏の風が、まだ稲の実らない水田をさわさわと抜けていく。

苛ついたのは、長いタイトルを口にされるのがまだるっこしいからではなかった。彼が物慣れない口調で『サウンドバック』と言うたびに、宗森がアニメに理解がないことを痛感するようでつらいからだ。

この人、こんなことでもなかったらアニメを観ることもかかわることもなかったんだろうなぁ、としみじみと思う。

「宗森さん、これまでアニメって何か観たことありますか?」

「いや、子どもの頃は、『ドラゴンボール』とか『北斗の拳』とか観てましたけど、それ以降は全然。どっちかっていうと、昔から外で遊ぶのが好きなタイプだったんで」

「あー、そうですか」

思った通りの答えに相づちを打ちながら、ああ、バカにされてるんだろうな、と思う。

外で遊ぶのが好きなタイプ、の人が和奈は昔から苦手だ。そういう言葉が出てくる時点で、アニメを観るのはインドアな一部のオタクだと彼が思っているのが伝わる。今は必ずしもそうじゃないのに、その認識すらないということだ。

ああ、リア充め、とこっそり呟く。

「え、何か言いました？」

「いえ、なんでもないです」

「スタンプ台ですけど、ここに設置するのは厳しいと思うんですよ。この田んぼは長崎さんのとこの私有地だし、あのじいちゃん、アニメなんて言ってもわかんねーだろうし」

顔見知りの相手なのだろう。彼の口調が親しげに砕けるのを聞いて、和奈はまたげんなりする。

「でも、ファンの子は絶対にこの道が観たいはずですよ。だったら、案内してあげないと」

「そもそもこの先は小学校がないから、本当は通学路じゃないんだけどな」

和奈は黙って、ため息をつく。それが聞こえたのか、宗森があわてて「アニメだと、駅の向こうにある中学が小学校って設定でモデルになってましたね」と言い添える。

一応は内容を知っているらしい。「フィクションですから」と和奈が答えると、宗森が頷いた。

「ですよね。選永じゃ起こりそうもない話だなぁと思って観てました」

かちん、と和奈の中でまた音がする。

現実に起きるか起きないか、なんて視点は大事だろうか。言っても仕方ないから、特に反論もせず黙っていると、宗森が「暑いなー」と青空を仰いだ。

「しかし、アニメはすごいですよね。うちの観光課、これまで実写の映画やドラマは手伝ったことがあるんですけど、アニメは初めてなんです。実写だったらめちゃめちゃお金がかかりそうな、こりゃあ無理だろっていうことがいくらでもタダで自由にできるから、アニメって得ですよね」

「そうですかー」

相づちを打つ。実際、そうとしか言いようがなかった。

お前なぁ、あのロボットはすごい人たちがデザインしてて、CGだって特殊効果だってものすごい金がかかってんだよ、とかいろいろ思うけど、何をどこから突っ込めばいいのかわからない。

その時彼が「お」と、田んぼの向こうを見て、目の上で横向きに手を添えた。体を屈め、「噂をすれば長崎のじいちゃんです。ほら」と遠くの一点を指さすが、和奈には何も見えない。

戸惑いながら「は?」と首を傾げる間に、宗森はすでに「長崎さーん!」と声を張り上げていた。近眼の和奈が眼鏡の向こうの目を細めると、驚いたことに田んぼのかなり向こうから、「なんだー?」と伸びやかな声が返ってきた。

え? 本当に人いるの? と声を聞いてもなお人影を探し続ける和奈を置いて、宗森が「無理かもしれないけど、訊いてきますね。スタンプ台、置いていいか」と走り出す。

「あ、ちょっと」

和奈が止める間もなく、宗森の姿が田んぼと田んぼの間——そこもまた、道が通っているとは知らなかったような細い農道を、すばやく駆け抜けていく。

宗森の言う長崎のおじいちゃんは、スタンプ台を置かせてくれなかった。

とはいえ、それは彼がアニメに理解がないからとか、偏屈だからとかそんな理由ではなく、「こんな屋根もないだだっ広いとこに置いたら、雨風ですぐにダメになる」という至極真っ当な理由だった。

宗森の後を小走りに追いかけたせいで、和奈はまだ息が上がっていた。走るのなんて、高校の体育以来で、ひさしぶりすぎる。ぜぇぜぇ呼吸を整える和奈の横で、宗森が残念そうに腕組みをする。

「そっか。そりゃまあ、そうだよなぁ」

「そんなのやって、本当に人が来るのか。ここいらに、観光で？」

長崎さんが、痩せて筋張ってはいるが、畑仕事を長年してきた蓄積を感じさせる赤黒い腕を組んで、怪訝《けげん》そうに宗森を見る。すると、宗森が頷いた。

「来るよ、絶対来る。アニメ目当てにやってくるお客さんたちはみんな、スキーの客なんかよりよっぽどマナーがいいんだって」

驚くほど確信に満ちた言い方をするので、横で聞いていた和奈が面食らう。いや、一般的にそう言われてるけど、それだってピンキリだろうし……と突っ込みたくなるが、知らない人の前でそんなことが指摘できるほど、和奈は心臓が強くない。長崎さんもまた、「へえ、そうか」とあっさり頷いた。

「あんたたち、これいる？」

と彼が身を屈めた時、ひょっとして、何か旬の果物でももらえるのだろうか、と和奈は一瞬期待した。そんなのってちょっと田舎の交流っぽくていい――と思ったところで、彼が手にしているものを見て、目を疑う。コンビニでも買える袋菓子だ。仕事の合間のおやつなのだろう。だけど、なんで？　なんで、わざわざ歌舞伎揚？

そんなのもらわなくたって買えるし――と顔を強張らせていると、宗森が横から「いいんですか？　ありがとうございます」と手を伸ばしてせんべいを受け取る。「はい」と、頼んでもないのに、和奈にも、一つどころか二つもくれた。

「がんばってな」と送り出される。

農道の細い道を戻りながら、「残念でしたね」と、とりあえず何か話しかけなくてはと思って言うと、宗森が「仕方ないですね。改めて考えましょう」と頷いた。

その手が、もう歌舞伎揚の袋を破っている。彼が音を立ててそれを食べ始めるのを見ながら、和奈はまた、なんで今食べる？　という気持ちでいっぱいだった。

国道の脇に止めた、車体に「選永市役所」と入った公用車に戻る途中、「客のマナーがいいってどうして知ったんですか」と訊いてみる。

宗森が「あ、視察で」とすぐに答えた。

「『サウンドバッ――』、『サバク』をうちに迎えるにあたって、他の自治体がどういう取り組みをしたのか、視察に行ったんです。そこの担当の人たちから聞きました。アニメの聖地巡礼をするファンは、そこが〝聖地〟だけあって、土地を大事にする。すごくマナーがいいって」

「どこに行ったんですか」

「茨城県のT市とか、神奈川のE町、あとは、埼玉県のC市なんかですね。皆さん、快くいろいろ教えてくれました」

どうやらアニメに関してまったく調べていないというわけではないらしい。彼が名前を挙げた場所は、すぐに作品名が浮かんでくるほどに聖地として有名な場所だ。視察場所として間違ってない。

「いいチョイスですね」と思わず口に出してしまうと、彼が照れくさそうに「そういうのに詳しい人が一人いて」と口にした。

「高校時代の先輩で、今は東京にいるんですけど。アニメなんて、どうしたらいいかまったくわからなくてお手上げだったので、電話して、相談したんです。そしたら、視察に行ってみたらいいって、成功してる自治体をいくつか教えてくれました」

「そうなんですか」

アニメファンの友人がいることはいるんだ、と認識を改める。だけど、先輩とか、地元の繋がりの中でのみ相談ごとも完結させるところがいかにもリア充っぽいけど。その先輩も、こんな畑違いの人から相談受けて趣味の話するの戸惑ったろうな、と軽く同情したところで、案の定、宗森が言った。

「ただ、その人から、あんまり夢は見るなって言われました。アニメの舞台になれば、ただそれだけでアニメファンがいっぱい押し寄せてくるって思ってるならそれは大間違いだって。肝心の作品がおもしろくて、かつ、観られなきゃ話になんないんだって、怒られました」

「――でしょうね」

いいこと言うじゃないか、さすがアニメファン。

それがどこまでこの人の胸に届いたかはわからないけど、確かにその通りだ。宗森が「はい」とやたらバカ正直な様子で頷く。そして言った。

「だからきっと、お客さんは来ますよね」

「え？」

「『サバク』はおもしろいから。絶対にお客さんが来てくれるはずなんです」

歌舞伎揚を一枚、口に放り込んで食べ尽くしてから、彼が二つ目の袋を開ける。なんで？　なんで今二つも食べるの？　と和奈にはわからないことだらけだが、それでも、この時は「へえ」と少しばかり感心した。

アニメへの耐性も何もあったもんじゃない人の評価だから、もちろん、あてにはならない。よく知らないからこそ自分が観たものだけに思い入れを持ち、すぐに「神」とか「名作」とか言うような人のことは嫌いだが、それでもやっぱり、自分がかかわった作品が「おもしろい」と言われるのは、嬉しかった。

||||

その日にもう一ヵ所、宗森にスタンプ台設置場所の候補を見せてもらった。

深い森を抜けた先にある、観光名所にもなっている鍾乳洞は、『サバク』の中にも登場する場所だ。作品のキーアイテムである「奏の石」も、そこで発見された。

同じ市街地であっても、和奈は初めて行く。行ったことがない、と言うと、宗森が驚いていた。

「実際に見たことがなくても絵に描けるもんなんですか？」

「いや、私が描くのは原画で、背景は別の部署の人が描くんですよ」

説明したところでわかんないだろうけど、とおざなりに話す。多分、アニメの絵をそうやって重ねて作っているという認識すらないのだ。ため息まじりに続ける。

「普段の私の行動範囲はほぼ自転車なので、こんな遠くにはまず来ないです」

「あー。社長さんに伺いましたけど、皆さん通勤は自転車らしいですね」

案内された鍾乳洞は、市街地から車で一時間近くかかるところがまず、ふらっとやってくるファンの子たちが訪ねるには難しい。和奈の中では行く前から早々に心が折れ、スタンプ台の設置場所としては却下されたのだが、宗森が「すずらん鉄道を使えば、駅からすぐですよ」と教えてくれた。

「協賛に入ってくれるので、逆にすずらん鉄道に乗らなきゃいけないような場所も何ヵ所か作らないと」と言うのを聞いて、「あ、そういう商業的な理由ですか」と納得する。

夏休み前の鍾乳洞は、中高年の観光客がまばらにいるだけだった。

鍾乳洞の入り口に至るまでの道の両脇に、土産物屋がひしめいている。通ると、店番のおじさんおばさんたちが、宗森の姿めがけて「お、宗森さん！」と挨拶してくる。

宗森がそれに一つ一つ「どうも」と、頭を下げて歩いていく。和奈から見ると、あなた、この市の人全員知り合いなんですか、という感じだ。

鍾乳洞の入り口には、小さな祠《ほこら》があって、そこが券売所になっていた。中に、頬がぷっくり、おかめのお面のように膨れた顔立ちのおばちゃんが座っていた。

「あー、宗森くん。ようこそようこそ」

微笑む気のよさそうなおばちゃんを見て、和奈は目を見開いた。何故か、巫女《みこ》装束を着ている。

「ここ、神社か何かの運営なんですか」と宗森に小声で尋ねると、彼が答えるより早く、おばちゃんが「違うよ」と答えた。初対面の和奈に、昔からの知り合いであるかのように「これ、コスプレ」と笑いかける。

「『サウンドバック』のレナちゃんが神社の巫女さんしてるから。それを意識してるだけ。私はただの観光協会のバイト」

「へ？」

今日、もう何度驚かされたかわからない。戸惑う和奈の前で、宗森も楽しそうに「協力的なんですよ、おばさん」と笑った。

「おばさん、こちら、ファインガーデンっていうアニメスタジオの並澤さん。スタンプラリーの件を手伝ってくれるんだ」

「ああ、そう。それはそれはお世話になっているんでしょうねぇ」

おかめ顔のせいで妙に似合ってしまっている巫女のコスプレ姿で、おばさんがふふふ、と笑う。

「よろしくお願いしますね。宗森くんはね、息子の高校の後輩なんですよ。昔からね、本当にいい子で、うちの世話の焼けるわがままな息子が学校に行きたくないって言った時も毎朝、迎えに来てくれて……。あの子が卒業できたのは宗森くんのおかげだと思ってるの」

「はあ……」

また、ここでも地元繋がりか。

暗く、ぽっかりと開いた鍾乳洞の入り口から、ひんやりとした冷たい風が届いてくる。おばさんに三百円の入場料を払い、年季の入った蝋燭《ろうそく》型のミニライトをもらう。持ち手がさびて、しっとりと湿っている。

鍾乳洞の中に入ると、さすがに、和奈の胸にも感動はこみ上げた。

同じだ、と思う。

アニメに出てきた場所の雰囲気とよく似ている。上からつらら状に伸びたたくさんの白い鍾乳石と、冷たい水の気配。

作品を裏切らない、ものすごく荘厳な空気だ。

「この中にスタンプ台が置けたらいいんですけど。キャラクターの立て看板とかと一緒に」

感慨にふけっていたその時、宗森の声が背後から聞こえて、和奈は反射的に「え、無理じゃないですか？」と答えた。

てっきり、スタンプ台は外に置くのだろうと思っていた。洞窟の中、大きな背中を丸めるようにした宗森が、「え、ダメですか？」と振り返る。

「いや。こんな雰囲気たっぷりなところに景観損ねるようなアニメの立て看があるのはちょっと……、どうでしょう？」

自分のアニメ絵が日常生活で使う駅に飾られていた時の違和感を思い出す。

和奈には、アニメのような楽しみはあくまでも個人的なものだという思いが強い。純粋に鍾乳洞の観光に来た一般の人たちにまで迷惑をかけるのがいたたまれない、というか。

観光課なのにわかんないのかな？　と思っていると、宗森は「確かに安全の面から見るとよくないかもしれないですね」と違う理由で勝手に頷いた。

「実際のアニメでここが使われてるのを見た時に、うわー、ここに人が来ちゃったら大変だな、とは思ったんですよね。暗いし、怪我人でも出たら。奥の方、実は柵がないとこもあるんですよ。客を呼ぶ前に簡易的にでもどうにかしないと」

「……。自治体は安全管理が第一なんですね」

制作側とは、そもそも視点が違うのだ。制作側は、ロケハンをする時も、その場所に実際に人が来ることは考えない。宗森が暗がりで、微かに息を白くして頷いた。

「どの場所を使うかっていうことも、実写と違って事前に相談されたりしてませんからね。もらった絵を見て初めて、市役所の他の職員と『おい、ここどこだ?』って話になったりするし。柵がないことがわかったりすると、こっちは真っ青ですよ」

「――ともかく、もとからある景観を壊してまでアニメの何かを置こうって考えるのは本末転倒ですよ。ファンは、場所さえわかれば、あとは自分の見方で世界観を補いますから。むしろ、変えないことも大事なんじゃないでしょうか」

一息に言うと、宗森が小さく目を瞬いた。ライトの光が彼の頬をぼんやりと黄色く染める。ついでにもう一言、余計なことを言ってしまう。

「実写の時と違って、アニメファンが見てるのは、ここそのものじゃなくて、自分の中にある景色ですから。現実の景色はそれを映す時のスクリーンみたいなものというか……」

息継ぎをすると、つい「わからないかも、しれないですけど」と声に出た。

「私たちみたいな人間にとっては、見える場所のリアルだけがすべてじゃないんです。そこにリアルな立て看みたいな現実の〝もの〟だけあっても逆効果ですよ。作品に敬意がないことが少しでも露呈したら、その瞬間に終わりです」

息を吸い込むと、まだ入ってそんなに時間が経っていないのに鼻の奥が冷たく沁みた。腕に微かに鳥肌が立っている。

「戻りましょう」と和奈は言った。

宗森の運転する市役所の公用車に乗って、ファインガーデンまで送ってもらう。

和奈にしてみたら、鍾乳洞でのあれはかなりキレた部類の言い方だったのに、鈍感そうな宗森にはイマイチ響かなかったのか、特に気にする様子もなく、まだ平然と話しかけてくる。

「『サバク』とは、河永《かなが》祭りでも何か一緒にやりたいんですよね」

「——花火が上がるやつですか?」

水田の間の道を自転車で寮に帰る時、遠くに見たことがある。あの花火や祭りは、まさに観光課の仕事なのだろう。宗森が、微かに驚いたように見えた。

「花火も前夜祭で上がりますけど、メインは舟の川下りですよ。選永川を、一日何艘も舟が下るんです。かなり流れが急だし、岩場なので、壊れずに下流まで行けることは珍しくて。毎年、どの舟がどこまで流れていけるかを皆で見守るのは迫力があります」

「乗ってるのに壊れたら危なくないですか？」

「え？　あ、無人の舟なので大丈夫です。見たことありませんか？　笹舟を大きくしたような木の舟を、商工会とか地方銀行とか、選永にゆかりのある団体がそれぞれ職人と一年近くかけて作るんですけど――」

実際、有名な行事なのだろう。宗森が「知らないんですか？」と戸惑うように尋ねる声に、ずっと住んでたのに？　という声ならぬ声を感じた。和奈はむっとして、「知りません。ごめんなさい」と返す。宗森はすぐに「そうですか」と引いた。

「今年のそのお祭りの時に、観光課で相談して、『サバク』のキャラクターに住民票を渡す贈呈式をしたらどうでしょうって、提案したんですけど」

「いや、無理でしょう。きっと断られますよ」

住民票！　また、心の中で盛大に叫ぶ。

イケてない。イケてない。イケてない。

この人たちは、作品に寿命があるということに考えが及ばないのだろうか。国民的、と呼ばれるような漫画や十年以上続くコンテンツのキャラクターならともかく、シリーズアニメのキャラクターに与えた住民票が、そのブームが去った後で一過性のものになってしまうことが怖くないのか。

結局のところ、お役所の考えることはどこも一緒だ。時代の空気をまったく吸ってないし、何をファンが喜ぶかわかってない。

宗森が、「そうなんです」と気分を害した様子もなく、ため息を吐いた。

「住民票の案は、トウケイ動画さんからオッケーが出ませんでした。だからもし、並澤さんに何かアイデアがあったら教えてください。どうぞよろしくお願いします」

いや、お祭りに絡めること自体無茶でしょう、とまた喉まで出かかった声を呑み込み、「……できることなら」と生返事をする。

スタジオの駐車場に到着し、そそくさと「では」と車を後にしようとすると、宗森が「あの、並澤さん」と運転席から顔を出した。

「なんですか」

もう解放してほしい、という気持ちで嫌々振り返ると、宗森が駐輪場を指さしている。

「あの自転車、ひょっとして並澤さんのですか?」と尋ねてきた。

和奈が「へ?」と彼の視線の方向を見ると、「空気が減ってますね」と彼が呟いた。

「自転車のタイヤです」と彼が言うのを聞いて、「ああ」と和奈も頷いた。

とはいえ、車から自転車まではかなり距離があって、和奈が眼鏡の奥の目を細めても、タイヤの空気なんてここからじゃ確認できない。この人本当に目がいいんだなぁと思う。細かい仕事と趣味に身を浸す眼鏡人口多しのアニメ業界ではまずあり得ない特長だ。

通勤に便利なように、と深いこだわりもなくショッピングセンターで買った和奈のママチャリは、買ったきり、パンクでもしない限りメンテナンスなんて気にしたことなかった。走ればいい、という感じで、限界が来たら適当にまた安いものに買い換えようと思っていた。

「俺のおじさんが自転車屋やってるんで、よければ空気入れて戻しておきますよ。車の荷台に載りますから」

「いや、いいですよ」

トラックならともかく普通車のトランクにはさすがに載らないだろう。しかし、宗森はたいしたことではないように「空気だけ入れたら、元通りここに戻しておきますから」と譲らなかった。

「タイヤ、ぺしゃんこなのと、空気が入ってるのとじゃ快適さがかなり違いますよ」

言うなり、宗森は車を降りると、てきぱきと車の後ろを開け、後部座席を倒して平らにする。和奈の自転車は彼の言葉通り、あっという間に荷台に入ってしまった。

「お仕事が終わるの、何時ですか」

「たぶん、今日は十二時回るかと……」

「あ、じゃあ全然問題ないですね。それまでには確実に戻しておきます」

宗森が姿勢を正し、またびしっと敬礼すらしそうな角度で「今日はどうもありがとうございました」と和奈に深々、頭を下げた。

|||||

ファインガーデンに戻り、机に突っ伏すと、「疲れたー」というため息が盛大に洩れた。

普段外を歩く経験などしていないせいか、初夏の日差しに灼《や》かれた頬が心なしかちりちりする。農道の土の匂いと鍾乳洞の湿気とが体を取り巻いて、なかなか離れていかない。

「お疲れさま、並澤ちゃん」

チーフの関が前の席から立ち上がり、和奈を眺める。声は同情的だが、目に微かにおもしろがる様子が見える。和奈は「どうも」とだけ答えた。

「大変だね。業務外の仕事を押しつけられて」

「ホントですよ。こんなの私の仕事じゃないのに」

「まあまあ、こちらも可能な限りのフォローはするから」

関が笑う。和奈は大きく息を吸い込みながら、それでも、ああ帰ってきた、という安堵感に襲われる。スタジオ内の紙の匂い。愛すべき、私の、室内仕事のオフィス。

机の隅を見ると、朝は見なかったはずの巾着型のお菓子が一つ載っていた。つまみ上げると、「あ、それ、公務員の人が持ってきたお菓子」と説明された。

「昨日社長のところに挨拶で来た時、持ってきたんだって」

「それは礼儀正しいことですね」

さっき別れたばかりの宗森の顔を思い出しながら、「餅しょこらん」と書かれた巾着を指で弾く。関が楽しそうに「で、どうだった？」と訊いてくる。こっちが不機嫌なことをわかりつつ、それでも訊いてしまうこの先輩のことが、和奈はうっとうしくも、どこか憎めない。うんざり、息を吐いて答える。

「今日一日で、だいぶ選永市に詳しくなった気がします。強引に、詳しくならされたって感じですけど」

これまで五年、住んでいても一度も行ったことがない場所へ今日一日でいくつも行った。

帰りの車中で宗森からは、「せっかくなので、夕飯をご一緒しませんか。これからもお世話になるし」と誘われたのだが、それは、丁重に断った。

これまで、和奈の選永市での外食といえば、近所のショッピングセンター内のレストランとタリーズだけだった。誘われた彼行きつけの居酒屋は、和奈が一度も足を踏み入れたことのない駅前の商店街にある焼き鳥屋で、チェーン店ではなく、彼の幼稚園時代の親友の元彼女がやっているそうだ。――その関係性を聞くだに頭がくらくらする。「結構うまいんスよ」と言われても、行く気は起きなかった。

今日、散々、高校の先輩だのそのお母さんだの何だのの話を聞いてきたけど、幼稚園って……、と絶句する。それに元彼女とまで知られている近さ。ああ、この人たちは、きっと恋愛も幼い頃から地続きの人間関係にある人たちと問題なくこなして、順調に結婚したり家庭を築いたりするんだろうな、と思ったら、また、このリア充が、と毒づく声が出た。それに、田舎は結婚も早そうだ。

思い出してうな垂れる和奈に、関が問いかける。

「その公務員の人って、トウケイ動画とのしょっぱなの打ち合わせで斎藤監督と揉めちゃった人でしょ？　そのせいで、聖地巡礼の準備の足並みも揃わなかったって話だけど」

「え？　そうなんですか？」

それは聞いていない。どうやら社長室でなし崩し的に話に巻き込まれた和奈より、スタジオに残った関の方が情報を持っていそうだ。和奈が尋ねる。

「あの、そもそも、どうして『サバク』って選永市を舞台にしたんでしょう。東京からはアクセスも悪いのに、監督の出身地か何かなんですか？」

聖地巡礼は、作品の舞台以外にも、監督や漫画家の出身地でもよく聞く話だ。実際、原作者の母校がモデルになっているような作品もあるし、そのため、生家や母校に迷惑をかけたくないと、聖地巡礼の自粛を呼びかける事態に陥ったものだってある。

地元出身の著名人として自治体に目をつけられたら、きっと講演やイベントごとに駆り出される羽目になる。だとしたら、斎藤監督が大変だなぁ、と心配になって尋ねると、関が首を振った。

「いや、違うよ。斎藤監督は全然別の場所出身なんだけど、選永は、たまたま子どもの頃に両親と旅行したことのある思い出の場所なんだって。その印象が強いから、ロケハン場所に指定してたっぽい」

「へえ……」

アニメは実写と違って、実際の風景を映像として撮影するわけではないが、それでも背景を描く際にロケハンをする。なるほどなぁ、と納得した。なんでこんな不便な土地に、と思っていたけど、そういうことか。

「もともと監督は、たまたま選んだだけだし、舞台の場所を声高にするつもりはなかったみたい。だけど、気を回したプロデューサーが、一応、自治体とも話し合いの場みたいなものを作ろうとしたらしいんだよ。まだ『サバク』も構想段階だったたし、内容についても互いに参考になるならってことだったみたいなんだけど」

「そこで怒らせちゃった、わけですか」

「お祭りのことは入れないと不自然ですよ、って資料を送りつけたみたい。本当かどうかわからないけど」

「ああ――」

それは多分、実際そうだったのだろう。今日だって、河永祭りのことは気にしていた。悪い人じゃないんだろうけど、やっぱり空気が読めないんだなぁ、と宗森を思う。

関が苦笑して続けた。

「まあ、自治体としたら、有名な行事だから扱ってほしかったんだろうなぁ。気持ちはわかるよ。だけど、斎藤監督は、何も選永のPR作品を作りたいわけじゃないんだから」

「あの、それ、そんなに有名な祭りなんですか。河永祭り、でしたっけ」

「え?」

饒舌だった関が、ふっと言葉を止める。その顔に今日宗森と話している時に見たのと同じ、「知らないの?」という表情が浮かぶのを見て「しまった」と思う。けれど、遅かった。

「存在くらいは知ってるでしょ? 川下りの……」と説明される。

どうやら、一般常識レベルで知っていて当然な祭りらしい。自分に興味のないもののことは圧倒的に無知であることを笑われた思いで、「あ、いや。もちろん知ってますけど」と、和奈はごまかした。

「あれですよね、地元の商工会とか銀行とかが、それぞれ舟を出して」

「そうそう。仕事に追われてなかなか見に行けないけど、選永にいる以上、一度くらいは生で見てみたいもんだよね、川下り」

「はあ」

見てみたい、なんて思ったことない。存在を聞いた今も思えない。

どうやら、オタクかどうかに関係なく、自分は外で何かすることに徹底的に興味がない人間なのだなぁと、他人事のように思い知る。でも、だって。仕方ない。

私は、自分が好きな世界に囲まれて、絵を描けていれば、それで幸せなんだから。

それがどれだけ人から見て狭い世界だって、ささいなことだって、そこで安定してしまえる、そういう小さい人間なんだから、仕方ない。

その夜、仕事を終えて駐輪場に行くと、約束通り、和奈の自転車は戻っていた。

見た目に変わった様子はそこまで見られない。けれど、サドルに乗って右足で一蹴り、ペダルをこいですぐ、「わ」と声が出た。

視界が僅かに高く、ペダルが軽い。ひとこぎで、朝よりずっと遠くまで自転車が進む。

空気を入れるだけ、と言っていたが、メンテナンスもしてくれたらしかった。

ブレーキが遊びなくすぐにきびきび利くこと、キイッという、いつものうるさい軋み音がしないことに気づいて、ああ、ブレーキも調子が悪かったんだ、と気づく。

磨いてもらったらしいライトが明るい。暗い道を広く、まっすぐ、照らしてくれる。むっと湿気を含んだ初夏の空気が、その光と自転車で風を切ると、途端に涼しく、耳の後ろを流れていく。

——愛着のない、なんとなく買っただけの安物の自転車は、不便になったら新しいものに買い換えればいいのだと思っていた。

こんなふうに、直して使う方法があるのか、と夜空の月を追いかけながら、和奈は初めて知った。

|||||

熱血公務員（和奈が勝手に命名）、宗森からはその後一週間、意外なことに連絡がなかった。

おかげで和奈は通常通りの仕事に専念することができた。時折、スタンプラリーは来月からなのにいいのかな？　と気になることがあっても、向こうから何も言ってこない以上、和奈の方から連絡する義理はない。

そう思い、努めて、気にしないように、気にしないように、と自分に言い聞かせた。

――けれど、それでも連絡してしまったのは、心配だったから、とか、彼に協力したいとか、そういう気持ちではなく、散々迷って、スタンプラリー開始直前になって急に立て込んだ相談をされるより、今の時期から動く方がマシだと判断したからだ。断じて、気になったからじゃない、と自分の心にありったけ言い訳をして、和奈は宗森にメールを送ることにした。

直してもらった自転車は、実際、毎朝乗ることが楽しみになるほどに調子がよかった。

あんな好みじゃない体育会系男子相手だというのに、和奈は、情けないことにメールの文面を何度も書いては消し、書いては消し、できるだけそっけなく、気にしていない文面を心がけ、半日かけて、ようやく送信した。

『ファインガーデンの並澤です。スタンプラリーの場所、すずらん公園はどうでしょう?』

自転車のお礼は、直接会って言えばいい。メールで残ってしまうのは、なんとなく気恥ずかしい。

時間をかけて送ったのに、次の瞬間、携帯がメールの着信を「チャリーン」（お金の落ちる音を設定している）と知らせてびくっとする。それまで和奈が気を揉んでいたことなんて意に介さない、あっけらかんとした文面が、そこに並んでいた。

『ちょうどよかったです。こちらからもご連絡しようと思っていました。近々お時間頂戴できる時はありますか？　宗森』

宗森が待ち合わせ場所に指定したのは、前回行った長崎さんの水田だった。脇に、この間と同じ選永市の公用車が停まっている。乗ってきた自転車をその前で降りてすぐ、和奈は顔を上げ、小さく息を呑んだ。

青いトタン屋根の小さな小屋が、この間までなかった場所にできている。使い古しの資材で建てたようなそれは、屋台か、農道で見かける野菜の無人直売所のようだった。

ビニール袋に入ったナスやトマトが狭い机の上いっぱいに載っていて、横には、お金を入れるカゴ。人の善意の上に成り立ったシステムが、この辺ではまだ生きている。

「お、来た来た。並澤さぁん！」

宗森と長崎さんが、こちらに気づいて手を上げる。相変わらずものすごく声が大きい。和奈も「どうも」と手を軽く上げ、歩いていく。

「どうしたんですか、これ」

「長崎さんが建ててくれたんです。お友達の畑の直売所がもう少し奥まったところにあったそうなんですけど、かけ合って移動してきてくれました」

「あんたたち、夏でよかったよ。野菜が売れる時期じゃなきゃ、動かすなんて許可されねえ。こっちの道の方が人通りが多いだろうってんで、特別に許してもらった」

長崎さんが、汗を吸い込んでうっすら茶色くなったタオルで額を拭う。眩しそうに太陽を眺める顔に、そうしていても、新しい汗が滴っている。

蝉の声がじんじん響くこの夏の暑さは、まだ六月中旬だというのに、選永市でも異常気象だ。

「ここの横にスタンプを置かせてもらいましょう。これなら、雨の問題もクリアです」

宗森が笑顔で言った。

「この道は、長崎さんの家の私道なんですけど、使っていいそうですから」

「その代わり、お客さんはきちんと呼べよ」

「はい」

長崎さんに背中をどん、と叩かれた宗森が、嬉しそうに請け合う。和奈はそっと、野菜直売所の小屋を見た。

長く外に晒《さら》されてきた様子の小さな小屋は、屋根のペンキも薄くなり、台になる板も太陽に灼けて砂埃の匂いがする。こんな場所にアニメのスタンプを置くのか、と思わないでもなかったが、不思議と、今日はそれもいいような気がした。

長崎さんは、この間のやり取りの後、最大限、自分にできることを探してくれたんだろう。自分のメリットになるからとか、市民として観光を盛り上げたいとか、そんな気持ちですらなく、ただ、知り合いの宗森が困っていそうだったから、というだけの理由で。

その気持ちは、いくら物事を斜めに見るのが得意な和奈にも、否定するのが憚《はばか》られた。

この間、ただ歩くだけで人から次々挨拶される宗森を見て、市の人間すべてと知り合いなんですか、と意地悪く突っ込みたくなったけど、観光課だからって誰もがそうなわけでもないんだろう。和奈には理解の及ばない世界だけど、それでもわかる。

この人は信頼されている。

農道から公用車に戻る途中、「自転車、ありがとうございました」とお礼を言う。和奈にとっては精一杯のお礼の言葉だったが、宗森にしてみたら、あれはごくささいな気遣いにすぎないのだろう。「ああ」とそれまで忘れていたように生返事をして、それから、道の脇に停まった和奈の水色の自転車を見る。

「調子、よさそうですね。よかったです」

スタンプラリーの打ち合わせは、前回誘われて断った、彼行きつけの居酒屋で、ということだった。自転車は野菜直売所の脇に鍵をかけて置いていく。ここにも、盗まれたりしないはず、という人の善意は生きている。

「打ち合わせ前にあと二、三ヵ所、付き合ってもらってもいいですか。今日中に寄らなければならないところがあって」

「あ、いいですけど。どこに——」

宗森が車のトランクを開ける。この間和奈の自転車を載せたそこに、今日は何箱も段ボールが積まれていた。彼が嬉しそうに、その箱に手を載せる。

「ようやくサイダーが届いたんです」

「は？」

「トウケイ動画さんにお願いして作った、『サバク』サイダー。初めてのご当地グッズです」

段ボールの横に、大手ではない飲料品メーカーの名前。——箱に描かれているトワコのイラストは、和奈の描いたものではない。見た瞬間、理不尽なことと知りつつ、胸が微かにちくりとした。

こういう版権原画は、作品との信頼関係が築かれた「うまい」アニメーターが受けることが多い。『サバク』の場合、和奈はDVDのパッケージやポスターの依頼をかなり受けてきた。

アニメーターは何も自分一人ではない。他の人が版権をやる場合だって、もちろんある。けれど、思ってしまうのはどうしようもなかった。

——私の本来の仕事は、スタンプラリーの手伝いじゃない。こっちなのに、と。

和奈の複雑な気持ちに、宗森が気づいた様子はなかった。弾んだ声で説明を続ける。

「納品場所を何ヵ所も分けられないと言うので、僕らが窓口になってるんですよ。市役所に届いた分をお店に配るんですが、それがまだ残ってて。付き合ってもらってもいいですか？」

「——いいですよ」

軽い気持ちで、和奈は頷いた。

——軽い気持ちで頷いたその後で、しかし、宗森がしていたのは重労働だった。

駅同士の間隔がとんでもなく空いているすずらん鉄道の駅に二ヵ所、市内の観光地として有名な神社の境内近くの売店に一ヵ所。そこに、重たいサイダーの箱を届けて回る。

特に神社の方は、細い山道を登った先にあるので、近くまで車が入れない。途中の駐車場で車を停めた宗森が、「ちょっとここで待っててください」と言って、重たい箱を一人で担ごうとするのを見て、さすがに「大丈夫ですか？」と声をかけた。力仕事など死んでも嫌だと思っている和奈ですら、何も言わないのは気が引けた。

「て、手伝いましょうか？」

実際手伝うことになったらどうしようとびくびくしながらそれでも言うと、宗森があっさり首を振った。

「ああ、重たいんで、並澤さんはここにいてください。大丈夫です。あ、だけどじゃあ……」

宗森がいったん箱を下ろし、後部座席に埋もれていた自分の鞄から、クリアファイルを取り出す。「これを」と和奈に手渡した。

「その間に、お手数おかけしてすいませんけど、それ、見ておいてもらえますか？一応、この一週間でいろいろ考えて、『サバク』も何回か観返して作っておいたんですけど」

「え？」

中に挟まれた紙の上に躍る文字を見て、和奈は息を呑んだ。


〝選永の森、『サバク』ＭＡＰ〟


選永駅を起点とした地図と、ポイントを示す無数の黒い点。点の下には、何話で登場したどの場面かということが記され、実際のアニメがスクリーンショットされた絵がはめ込まれている。

「これ……」

驚いて顔を上げると、宗森が「改善点があったら教えてください」と真剣な表情で告げた。

「アニメの画面は、俺がスマホで画面を直接撮ったやつなんで、トウケイ動画さんには無許可なんですけど、もし、並澤さんの目から見ておかしくないなら、画像を先方に提供してもらうつもりです。――見落としがあるかもしんないし、できたら、スタンプラリーのコースも、この中から選びたいんで、意見を聞かせてください」

「これをファンに配るってことですか？」

「はい」

宗森が頷いた。

「スタンプラリーで網羅できない分も、これなら、みんなが気づけますよね。看板を作るより効率的だし、実際に視察に行った聖地の自治体は、どこも同じような地図を作って駅なんかに置いてました」

「これ作るの、大変だったんじゃないですか」

見ていて、感嘆のため息が出る。和奈も気づかなかったような場所に、多くチェックの丸がついているのを見て、あ、ここもそうなんだ、と勉強になるほどだ。

ネットでは、おそらく敏感なファンの子たちがいくつか探して検証サイトを立ち上げたりしているだろうけど、その子たちの情報を参考にしたとしても余りあるほどに詳しい。

「地元ですから」と宗森が言った。

「ガキの頃から見てた景色ばっかりですから。どこがどこなのかは、教えてもらわなくてもだいたいわかりますよ。知ってる場所が出てくるのは、やっぱり嬉しいです」

じゃ、行ってきますね。

宗森が言って、重たい箱を抱えて坂道を登っていく。

車内のクーラーが、悲鳴のような風の音を唸らせ、必死に稼働する音がしている。

そろそろ夕方の時間帯になるとはいえ、車の一歩外は灼熱だな、と、残された地図を手に、和奈は宗森の、汗に沁みを作った作業着の背中を見送る。


二十分ほどして戻ってきた宗森は、汗だくだった。

「お待たせしました」と肩で息をしながら和奈に言い、運転席に座った途端に「あー、クーラー生き返る」と、ハンドルに額をつけた。

「お疲れさまです」と、和奈も声をかけた。

「あの、大丈夫ですか。サイダー、何も今日中に全部届けなくても……」

「いや、次に向かう駅は、両方とも、さすがに近くまで車が入れますから大丈夫です。それに、他の店にはもう納品されてるのに、自分のとこに来てないっていうのはちょっと」

宗森が苦笑する。

「このあたりの地形はちょっと厄介なんですよね。神社や鍾乳洞の方は、道が狭いから、車が近くまで入れなくて」

「ひょっとして、朝からあちこちに配ってるんですか？　あのサイダー」

ひょっとしなくてもそうなのだ、と気づいた。トウケイ動画、そりゃ、手を抜きすぎだろう、とさすがに理不尽さを感じる。

「どうして一ヵ所にしか納品できないんですか？　それぞれのお店に自分たちで送ればいいのに」

「いや、こちらで注文取りまとめてお願いして作ってもらったものですから、無理は言えないです。送料の分の予算が、小分けにすると確保できないとかで」

「こんなの市役所の本来の仕事じゃないですよ。運送屋さんの仕事です」

「いや、業務ですよ」

ハンドルから顔を上げ、ポケットからハンカチを取り出した宗森が、あっさりと言う。言葉を失う和奈に向けて、再度「僕の仕事です」と微笑んだ。

「ただ、次からは希望が言えるならサイダーはビンじゃなくてペットボトルか紙パックにしてもらえたらありがたいですけど」

「――それはダメでしょう。やっぱりコレクションアイテムにするなら、ビンか缶じゃないと。それに、紙パックの炭酸飲料はちょっと……」

そこは譲れずに言ってしまうと、宗森が「ああ、それは」と流れ落ちる汗を拭いて、大袈裟な身振りで肩を落とした。

「手厳しいですね。どっちも重いな」と呟くのを聞いて、和奈も笑った。彼に向けて、「はい」と頷く。

商工会を巻き込まないといけないんです、と、商店街の居酒屋に向かう道すがら、宗森が話し出した。

小さなクーラーが吐き出す冷気の音を聞きながら、助手席の和奈も「商工会ですか?」と彼を見る。ハンドルを握り、フロントガラスを見つめたまま、宗森が頷く。

「今は、市役所が窓口になってトウケイ動画の自腹でサイダーをお願いしてる状態なんですが、それじゃ作れるグッズはせいぜい一つか二つで、効果は薄いです。――一番いいのは、地元の商工会が自分の方からアニメに乗り気になって、そこが自発的にトウケイ動画と交渉してくれるようになること。選永にも、小さい菓子メーカーや飲料メーカーはそれなりにありますから」

ああ、と納得する。確かに、聖地に乗り気でないトウケイ動画は、ご当地グッズにもこれ以上お金を出してはくれないだろう。

「――つまり、地元メーカーが自分たちでグッズを作ってくれれば、トウケイ動画も市も、お金を出さなくて済むわけですね？」

「むしろ、トウケイ動画さんの方も使用料で潤うことになります」

和奈は感心していた。実際、多くのアニメの聖地で作られるグッズは同じような仕組みでできているのだろう。自治体の考えることは現実的な〝もの〟のことでしかないと、この間はそこに辟易したけれど、安全管理にしろ、商業的なことにしろ、思っていた以上にしっかり考えられているのだ。

「そうなれば、後は観光課の手を離れて、商工会が一括で著作権や版権の申請をしてくれるようになるので、僕の仕事も大きい部分が一つ外れます。だから、今のこのサイダー納品は、そのために仕方ないです」

宗森が苦笑する。

「商工会の理事さんたちは六十代や五十代の大旦那さんたちが多くて、アニメで潤うってことの実感が薄いんです。選永は田舎だし、東京でどれだけ今人気があると言われてもピンと来ないというか……。説得するには納品したサイダーが売れて、実際に手応えを感じてもらうしかないので、こちらとしてもこれに賭けてるんですよ」

「──描きたかったです」

「え？」

思わず洩れた声に、宗森が振り向いた。和奈自身、自分がこんなことを思うのに驚いていた。仕事仲間相手にだったら、傲慢にとられるかもしれないから絶対に言えないけれど、宗森には続けてしまう。

「その大事なサイダーのパッケージ。私が描きたかったな、と思って」

たどたどしくつっかえて言うと、聞き終えた宗森の顔が、さっと輝いた。「ありがとうございます」と笑顔になる。

「並澤さんはすごいですよね。絵が描けるって、一体どんな頭の中をしてるんだろうって僕には想像もつかないです」

「まあ、それが仕事ですから。絵が描けることはフツーです。他の仕事と同じ。──それ、あんまり言い過ぎると逆に、人によっては失礼に取られますよ。宗森さんだって、窓口で戸籍が出せるなんてすごいですねって、人から言われたら複雑な気持ちがするでしょう？」

「いえ、戸籍課には異動になったことがないので、僕は戸籍の出し方知らないです」

「いや、そういう意味ではなく」

相変わらず噛み合わない。

和奈は顔をしかめつつ、ため息をつく。けれどもう、そこに最初会った時のような苛立ちは、ほとんど感じなかった。

宗森行きつけの居酒屋は、まだ六時を回ったばかりだというのに、もう何組か客が入っていた。

焼き鳥の煙が店内にすでに充満し、カウンターに座った赤ら顔のおじさんたちが何人か、のれんをくぐった和奈たちをちらりと見る。「いらっしゃーい」という声が奥で聞こえた。

カウンターに出てきた女性が、宗森の顔を確認して「ああ」と表情を緩める。

「周ちゃん、いらっしゃい」

「アサミちゃん、悪いね。奥、空いてる?」

「空けといたよー、ごゆっくり」

一目見て、美人だな、と思う。

目鼻立ちがくっきりとして、細くて、スタイルがいい。ああ、こういう人が自分でお店をできる人だよな、と妙に納得する。カウンターに座るおじさんたちから「アサミちゃん、おかわり」と声が飛ぶと、「はいよ。おじさん、ペース早いなー」と笑いながら、ちゃきちゃきと彼らの手元に飲み物を持っていく。

あまり広い店ではなかった。

カウンターの他は、奥のお座敷に三つテーブルが並ぶだけ。上に置かれた「予約」のプレートは、画用紙のような厚紙を折って立たせた、手作り感全開といった感じのものだ。

「初めて来ました?」

「というか、この商店街自体、来るのは初めてです。遠目に通り過ぎることくらいはありましたけど」

「え、そうなんですか」

宗森が驚いた様子で言うけど、和奈にとったらまさか自分が、人生でこんなにも地元感溢れる場所に入ることがあるとは思っていなかった。

カウンターに座るおじさんの一人が「周ちゃん、その子誰よ」と遠慮のない声で奥を覗き込んできて、その途端、肩に嫌な力が入る。宗森が振り返り、そつない態度で「仕事でお世話になってる方ですよ、ご隠居」と穏やかに答えた。そこに、店主のアサミさんが「邪魔しないの、おじいちゃん!」と呆れたような笑い声をかぶせる。

アウェイだ、と感じる。

和奈の悪い癖だが、来たばかりでもう帰りたくなってくる。しかし宗森が「お米屋さんのご隠居なんです」と和奈にも説明して、続けて「ビールでいいですか？」と尋ねてくる。

カウンターで焼き鳥を焼く男性が、黙々と料理も作る中を、飲み物を用意するアサミさんが、店内を跳ね回るように動いている。和奈たちの座敷にやってきて注文を取る時、彼女が「うるさくて、ごめんね」と、和奈にもタメ口で謝ってくれたのが、ちょっと嬉しかった。

「宗森さん、知り合い多いんですね」

「まあ、昔からずっと選永にいますからね。この辺、田舎だけど割と地元を気に入って出て行かないヤツが多いんですよ。中学高校の同級生もほぼ残ってるし」

「へえ……」

「一時期は、結婚したり、子どもが生まれたりで遊ばなくなったサッカー部の連中とも今また週末にフットサルしてますし、遊ぶ相手には確かに困らないですね」

「宗森さんはご結婚は？」

「僕は独身です。気楽でいいなってよく言われますけど」

どうやら田舎だからってみんなが結婚が早いわけではないんだ、とわかって、ちょっとほっとする。「並澤さんは?」と聞かれて、「ぎ」とおかしな擬音が出た。

「い、いるわけないじゃないですか」と焦って答える。なんて話題を振るんだ、と過剰に反応してしまった後で、けれど宗森は、和奈が何をそんなに戸惑うのかすらわからないように「そうですか?」と首を傾げる。

「はい、おまちどうー」とやってきたお通しとビールを眺めつつ、彼がアサミさんに「ありがと」と礼を言う。

「乾杯しましょうか」

宗森が和奈の顔を覗き込んだ。「あ、はい」と答えてビールジョッキを「お疲れさまでした」と軽く合わせる。

一日中、炎天下で大荷物を運んでいた宗森が「あー、沁みるなー」と、一気に半分程度を飲み干し、ジョッキの前に親父っぽくくずおれた。

お通しの切り干し大根をつまみながら、彼が「並澤さんの目から見て――」と話し出す。

「『サバク』の手応えは、どうですか。僕は、素人目にもきっとファンがたくさんつくだろうと思うんですけど、詳しい人の目から見ると、どうですか」

「好調ですよ。充分、今期の覇権アニメの射程圏内だと思います」

「ハケン？」

あ、わかんないか、とあわてて補足する。詳しく話し過ぎてもますますわからないだろうから、かいつまんで。

「覇王とか、覇者の権利って書く、覇権です。このクールで一番ヒットしたアニメがもらえる称号のようなものというか」

「なんか三国志みたいでかっこいいですね」

宗森が納得した様子で、「僕も最初はまったくわからないことばっかりだったんですけど」と続けた。

「知らなかったんですけど、アニメは放映時に盛り上がるものなんじゃなくて、むしろ聖地巡礼みたいなことは放映後からが勝負なんですね。放映されてる期間にもうグッズやスタンプラリーを用意しておかなければならないんじゃないかって、焦ってトウケイ動画さんに相談したら、それは勇み足だって怒られました」

「今は、そうですね。『サバク』の場合は、子ども向けのおもちゃの売り上げも大きいから、子どもファンと大人ファンの動き方は時期が違うでしょうけど、アニメはもともと放送だけで採算を取るようにはできていないので、ＤＶＤとＢｌｕ-ｒａｙになってからが正念場だと思います」

実際、覇権アニメの称号をもらえるかどうかは、パッケージの売り上げで決まるのだ。そこはシビアに数字が出る。アマゾンの順位、オリコンの順位、予約数の統計。覇権アニメという概念がアニメファンの中で一般化した今は、それらを速報で眺めるための専用サイトさえある。

そのサイトの統計で、今クール、第一巻の予約数は、『サバク』が一位。

それを追いかける二位が、前クールから続く、ライトノベルを原作とする学園もの、『わたしが好きって言ってるのに、死にたいとかナイ』（略して、『わた死に』）。

その二つに少し遅れて団子状態に連なる三位以下の、三位に、王子《おうじ》千晴《ちはる》監督率いるスタジオえっじの『運命戦線リデルライト』。

そのうち、和奈は、『サバク』と『リデル』の原画をそれぞれ引き受けて描いている。

六月に入り、四月始まりの今期のアニメはそろそろどれも最終回を迎え始める。『サバク』も、子どもたちが直面するには重すぎる「ヒロインが音を失う」という展開に注目が集まっている。斎藤監督のことだから、きっと最後には救いがあるはずで、何らかの手段によって音は戻ってくるはずだ、とネットのアニメファンたちの間でも期待が高まっている。

「正直、最終回の結末がよかったかどうかで、ユーザーが全巻コンプリートしたいかどうかは大きく左右されます。本格的に結果が出るのは、そんなわけで、最終回が放映される今月末から来月にかけてですね。——もちろん、一番と言われる存在にならなくても、『サバク』のヒットはもう疑いのないものだと思いますけど」

「そうですか」

「宗森さんとやり取りしているトウケイ動画の方は、行城さんですか？」

「いえ。宣伝プロデューサーの越谷《こしがや》さんという人です」

「あ、そうなんですか」

頷きながら、けれど、内心で意外に思う。その後で、「ちょっとそれはないでしょう」という釈然としない気持ちになった。

この件は、行城の案件じゃないのか。

『サバク』の聖地巡礼に乗り気じゃないとはいえ、一応公式に認めて一緒にやろうとしているなら、敏腕と呼ばれてる以上しっかり責任取れよ、という思いがこみ上げる。

——スカイツリーデートを中断させられた恨みまで込みで、いらっとする。

注文した焼き鳥がやってきて、和奈が「わー、いい匂い」と声を上げる。「うまいッスよ」と宗森が言い、それから彼が急に居住まいを正した。正座して、急に真面目な顔になる。

「お酒が進む前に、一つ、訊いてもいいですか」と彼が尋ねた。

やたらと改まったその言い方に、和奈は焼き鳥に伸ばしかけていた手を止める。わずかに身構えて「何ですか」と尋ね返す。

すると、彼が言った。

「並澤さんがこの間から僕に向けて言う〝リア充〟という言葉は、僕のように、現実のリアルしか充実していない人間を指す言葉ですか?」

言われた瞬間、「え」と開きかけた唇が、そのまま――固まった。

思考が、停止する。

宗森の顔は真剣そのもので、笑っていなかった。その堅い表情を見て、和奈の全身から血の気がすっと引いていく。

まず思ったのは、聞こえていたのか、という思いだった。だけど、少し考えてみれば当たり前だ。二人きりでいるのに、和奈は何度もぶつぶつ呟いた。このリア充が、とか、ああ、リア充め、とか。

――宗森の鈍感さと穏やかな雰囲気に甘えて、あれは、あまりに舐めきった態度しまう。

じゃなかったか。

一足遅れで、混乱がやってきた。どうしよう、どうしよう、どうしよう。わざと察しが悪いふりをして、ごくりと唾を呑む。声が、泣きそうにか細く、震える。震えてしまう。

「リアル――、しか？」

リア充は、リアルが充実している人たちを指す言葉だ。リアルしか、ではない。

「あ、すいません。怒ってるわけじゃないんです。実際、そう言われても仕方ないですし」

宗森の顔がふっとゆるんで、たったそれだけのことに和奈はものすごく安堵する。心臓がばくばく鳴っていることに気づいて、ああ、自分は息どころか心臓まで止まっていたのかもしれない、とさえ思う。

文章を書いたり、陰で相手を分析したりするのは得意だけど、誰かに面と向かって何か言われたりすることに、和奈は絶望的に馴れていない。メンタルが、弱い。

「並澤さんもそうですけど、アニメにかかわる人たちはみんな、僕と違ってとても豊かだから」と、彼が言う。

和奈は驚愕《きょうがく》し、言葉もなく彼を見た。豊か、という言葉が、耳の奥でこだまする。

豊か。

「――どういうことですか」

「ええと、リアルしか充実してない僕と違って、リアル以外の場所も豊かに――どう言ったらいいかな。深く、土壌が耕されてるっていうか」

そんなふうに言われるなんて、思わなかった。呑み込んだ息が吐けなくなる。

「この間、鍾乳洞で言われて、はっとしたんですよね。僕らは現実的な結果や事実にこだわりますけど、アニメを大事にしてる人たちが求めるものは、どうやら違うんだって。だから、あの地図も作ってみたりしたんですけど」

「あの地図は素晴らしいですよ」

あわてて、和奈は言った。本心だ。

「ああいうものなら、方向性は間違ってません。みんなきっと、喜びます」

「だといいんですけど」

宗森が褒められたことで決まり悪そうに笑った。

「結果を残すような、現実的なことがすべてじゃないと、今言ったばかりで矛盾するんですけど」

「はい」

「こんなに形に残ってくれる仕事は初めてなんです」

「え？」

宗森がビールを一口、舌を湿らせるように飲んでから、和奈の目を見つめる。

「監督さんやプロデューサーさんからしてみたら、地元民の自己満足でしかないから、迷惑かもしれないですけど。僕らの、普段の仕事って、形に残らないんですよ。お祭りの準備も、冬のスキー客誘致も、必死になってやりますけど、時期が終わってしまえば、盛り上がった証は何も残りません」

「それは、なんかちょっとわかります」

まさしく、祭りの後の寂しさを想像して言うと、宗森が微かに笑った。

「だけど、アニメは作品の中に選永市が残ってくれる。形になってくれることが、とても嬉しいんです。やり甲斐があります」

和奈は黙って宗森を見た。

「前に話した、アニメに詳しい僕の先輩から、最初に言われたんです。聖地巡礼は、ただ自治体が作品に期待するだけじゃダメだって。放映が終わった後も、その作品が観られる努力を互いにすることが、自治体が協力することの意味だって叱られて、それは僕も、本当にその通りだと思います」

宗森が居住まいを正し、「これまで現実的な話ばかりして、並澤さんの気持ちを不快にさせていたならすいません」と、和奈に頭を下げた。「や、やめてください」と、どうしていいかわからなくて言うが、彼はそのますっと、和奈を上目遣いに見た。僕は『サバク』が観られるために、うちにできることはさせてもらいたいんです。確かにリア充だし、理解がないと思われても当然かもしれないですけど」

「ちょっと、ちょっと待ってください！」

限界を迎えて、和奈は急いで首を振る。いや、自分で自分を〝リア充〟とか言うとか、あり得ないから。おかしいから。

「宗森さん、〝リア充〟の意味知らないんでしょうけど、違います。それ、別に悪い意味でもなければ、謙遜する時に自分から使うような言葉でもないです。むしろ、自分から使ったら、ちょっとイタイ、嫌なヤツっていうか」

「え、そうなんですか？」

宗森がきょとんとした表情を浮かべる。

「てっきり、罵られて、中味のない薄っぺらいヤツだって、バカにされているのかと思っていました」

「そんなこと――」

否定しかけて、でも、――できなかった。

笑えない。気づいてしまった。

「このリア充が」を、和奈は貶《けな》す意味で、確かに何度も口にした。あれは、揶揄の言葉だ。

疑いなく地元の人間関係に浸って、人に慕われて、恋愛して、つるむような人たちは、和奈の敵だったから。

世の中には、アニメを含む、フィクションの物語を必要とする人と、しない人がいる。それを必要としてこなかった人たちは、皆、屈託がなくて、自分とは違う世界の住人たちに見えた。アニメに理解のない、日向《ひなた》の道を歩く人たちは眩しいから、自分みたいな日陰の人間にこんなこと言われたくらいじゃ傷つかないだろう、と、そう思っていた。

――バカにしていた。

頭で考えることだけ得意で、厄介な思考にはまり込んで、すごく好きだった相手とのデートにさえ自意識が邪魔してオシャレもできない身には、リア充の人たちは何も考えない、気楽な人たちに映って見えた。着飾ったり、化粧をしたり、恋愛に必死になる人のことすら、みっともないと思うことで、自分の中でそれをしない理由にしていた。

宗森の言う通りだ。リア充は、褒め言葉じゃない。悪口だ。

理解できない相手のことが怖いから、仰ぎ見るふりをして、この人を突き放して、下に見ていた。自分は非リアで、充実した青春にも恋愛にも恵まれてないんだから、これくらいのことを思う権利があると、勝手に思っていた。人より欠けたところが多い分、自分の方が深く物を見ているんだからと自惚《うぬぼ》れていた。

絵を描くささやかな幸せだけがあればいいと、ずっとそれだけ思ってきたけど、人をバカにして遠ざけて、自分のために絵を描く和奈の行為だって、見る人が見たら、充分に傲慢な幸せなのかもしれない。

宗森には、それが伝わっていたのだ。

「そんなこと、……ありません」

謝りたくて、だけど、どう言っていいかわからなくて、下を向く。宗森が「よかったです」とほっとしたように安堵の吐息を洩らした。

「並澤さんを不快にさせて、嫌われてしまったのでないなら、安心しました」

「いや、嫌うとか、そんな……」

「敬意がないわけじゃないんです」

宗森が言った。

「鍾乳洞で、作品に敬意のないことがバレたらおしまいだと並澤さんに言われましたが、むしろ、『サバク』には敬意しかないです。方向性を間違えていたら申し訳なかったですが、あの作品の中で、風景がとても大事に、印象的に描かれているのを見て、何度も鳥肌が立ったし、感動しました。ここを舞台に作ってもらったこと、本当に感謝しています」

「……はい」

落ち込んでいることを悟られまいと、力なく笑って顔を上げると、宗森はもう気にしていないように、「あたたかいうちにどうぞ」と、和奈に焼き鳥を勧めてくれた。だけどその顔が、鈍感だからそうなっているだけだとは、和奈にはもう思えなかった。

全部気づいた上で、和奈を気遣って、許してくれたのかもしれない。

思い上がりだった、と、思う。恥ずかしさに消え入りたくなる。

自分一人だけが考えていると思うなんて、思い上がりだった。宗森がアニメやオタク文化に詳しくないように、和奈だって、自分の住む場所の有名な祭りのことを名前さえ知らなかった。自転車のタイヤに空気を入れただけで、あんなに快適に走れるという、リアルな生活のことには、まるで興味がなかった。

スタンプラリーのことだってそうだ。この間からの宗森の提案を、考えてみたら、和奈は頭ごなしに否定してばかりいた。「いや、無理でしょう」「いや、無理ですから」。思い出すと、肩が熱くなる。

ごめんなさい、と思う。

口に出せないことを情けなく思うけど、心の中で頭を下げる。宗森に向け、何度も何度も謝る。涙が出そうになる。

ごめんなさい、宗森さん。


「ところで、ご相談なんですけど」

宗森がテーブルに身を乗り出し、鞄からクリアファイルを取り出す。今日渡されたMAPの他に、選永市の観光パンフレットが入っていた。表紙はアニメ色のまるでない、法被《はっぴ》姿の無骨な男性たち。真っ白い飛沫《しぶき》をあげる流れの急な川の間に、龍を象《かたど》った装飾をつけた舟が今にも流れていきそうに浮かんでいる。

河永祭り、と書かれていた。

「あ、これが例のお祭りですか」

「はい。朝の九時を皮切りに、一時間ごと、いろんな団体それぞれが作った舟を流すのを、お客さんが観に来ます。たいていが下流に行くまでに岩場に乗り上げたり、壊れるんですけど、そうやって威勢よく壊れるところを観るのまで含めて、毎年話題になります」

住民票の案は不評でしたけど――、と苦笑してから、宗森が言う。「『サバク』で一艘、舟を出してもらったらどうかな、と思うんです」と。

「キャラクターやロボットの絵で舟を飾って、ファンの人たちに流れるところを見守ってもらう。毎年、十万人のお客さんが見込める祭りで、テレビ局も来るので、大きな話題になります」

あ、と声が出そうになる。

和奈の頭の中で、光景が弾《はじ》けた。『サバク』デザインが全面に入った舟を、大勢の人が囲む。

宗森が説明する。

「舟は壊れてしまいますが、壊れた舟の破片にはそこから一年、無病息災の御利益があると言われていて、参加者たちがお守りとして持ち帰る風習があります。壊れた後も、だから、一応大事にはしてもらえるはずなんですが――」

して思う。

頭の中に、ファンが舟を囲んで写真を撮ったり、舟を指さす光景が続いていた。そ

「とても、いいと思います」

頷いて、もう一度、くり返した。

「いいと思います」

――その船体の絵を、任せてもらえるなら、自分が描きたい、と。

「そうですか？　先方に提案して、おかしくないでしょうか」

「おかしくはないです。きっと盛り上がるし、テレビまで入ってくれるなら、トウケイ動画側としても、作品としても、旨味のある話だと思います」

「問題は費用なんです」

宗森の顔が、そこで初めて曇った。

「職人さんたちに頼むことになるので、安くはないです。それを、トウケイ動画さんに呑んでもらえるかどうかにかかってくると思うのですが」

「ともかく、提案してみましょうよ。ダメだって言われたら、その時にまた考えましょう。私も一緒に――」

続けてしまった言葉に、自分で驚いた。だけど、最後まで、言ってしまう。

「私も一緒に、考えますから」

言ってしまった後から、「ああ」と初めて、自覚する。私、本気でやりたくなってる。協力する気になっている。

この人と社長に言われて、ずっと、巻き込まれてしまったと思ってきた。だけど、それは随分、自分に都合のいい、そして、かっこわるい考え方だった。

サイダーを運ぶ宗森は、畑違いの仕事を気持ちよく「業務です」と言っていた。あの気持ちに比べて、自分はなんと往生際の悪い理屈ばかりこねていたのだろう。

聖地巡礼を手伝うことは、和奈のれっきとした業務だ。

これは、私の仕事だ。

||||||

『サウンドバック　奏の石』の最終話は、六月の下旬、スタンプラリー開始の約二週間前の放映だった。

最終話の中でも、和奈が請け負った原画は多く使われ、それぞれどんな場面で背景はどんなものになるのか、という打ち合わせを、トウケイ動画の作画監督たちと何度もした。直接出向くことこそなかったが、今はスカイプで繋いだ会議でだいたいが事足りる。

しかし、そんな和奈であっても、『サバク』の最後がどうなるのか、というシナリオの核の部分は知らない。監督や作画監督がそれとなく匂わせることがあっても、こうまで愛着を持って観てきてしまった今となっては、本放送で確認したい、という気持ちが強くあって、むしろ現場からの前情報を入れないようにしていた。

「僕も一緒に観ていいですか？」

サバクの最終話放送を、会社のロビーでアニメーター何人かと観ることを伝えると、宗森がそう申し出た。当日、地元名産のお酒や地ビール持参で現れた宗森を歓迎しつつ、放映をみんなで見守る。

仕事としてアニメを愛する気持ちはもちろんどの作品にも平等にあるものの、携わった作品にここまで思い入れを持つのは初めてかもしれない。

放映が始まり、胸の鼓動が速くなる。

仕事の傍ら、〝ながら観〟をしに来るスタッフもいたが、和奈たちが真剣に、微動だにせず画面の前に座る様子を見ると、気を遣うように、途中からは誰も入ってこなくなった。

放映の間、和奈も宗森も、ともに、一言も口を利かなかった。間に入るCMの間でさえ、だ。

ヒロインであるトワコに、音が戻ってくるのか。ネットでも話題になっている。

一時も、気が抜けない。主人公たちの、最後の闘いを見守る。

エンディングテーマの歌が、今日はそれまで放映されることがなかった二番を流す。それに伴って流れる映像もいつもと違って、これまでのサバクの内容を振り返るものだ。

歌が、終わる。

日常が戻ってきたように、次回から始まる来期のアニメの番宣が始まって、甲高いそのアニメの主人公の声が聞こえた瞬間に、肩から緊張が抜けた。苦しいくらい、それまでが長い時間に感じた。

叫び出したくなる。

――斎藤監督、と、あの小柄な彼女の名前を、心の中でため息とともに吐き出す。

斎藤監督。

あなた、すごいことをやりましたね。

賛否両論ある最終話であり、内容だと思った。だけど、伝わってくる。これを撮った彼女に後悔がないこと。妥協せず走り抜けた、これが彼女のやりたかったことなのだということ。きっと、誰に叩かれても、批判されても、彼女は曲げなかったのだ。

ふと顔を上げると、宗森がこちらに背を向けていた。「ちょっと、飲み物買ってきます」とこちらに顔を向けずに言って、そのまま外に出て行ってしまう。自販機はロビーにあるし、アルコール類だって、宗森が持ち込んだものがテーブルの上にはたくさんあるのに。

少しだけ心配になる。和奈はこの最終話をいいと思ったけど、正直、宗森のようなアニメ素人には完全なハッピーエンドと受け取られないかもしれない。気になって、そっと彼を追いかけると、宗森は会社の前の道路で大きく胸を反って、空を見上げていた。

彼が深呼吸をする。目が少し、潤んでいるのが見えた。

それを見て、ああ、そうか、と納得する。

アニメ素人だから支持しないわけじゃない。アニメを観た蓄積が乏しいからこそ、きっと、和奈たちよりよほど感動が深いのだ。

少し迷ってから、宗森を追いかけて外に出る。初夏のこの時間は、西の空から広がる夕焼けの光が、遠くに見える山とその麓の水田の青い稲をうっすら赤く染めていた。

きれいな街だ、と思う。

今まさに、ここを、あの子たちが守ってくれたような気がして、胸が詰まった。

「よかったですね」

横にやってきた和奈に気づき、宗森が照れくさそうに微笑んだ。

「あの子たち、がんばってましたね。僕は、この街であの子たちが闘ったのだと思うと誇らしいです」

「ええ」

和奈もしっかり頷く。あの子たちを今日まで描けたことがとても誇らしく、嬉しかった。


そして、『サウンドバック』最終話の翌週。

番組編成の関係で、最終話の放映が『サバク』より一週遅れた、王子千晴監督の『運命線戦リデルライト』が同じく終了を迎えた。

こちらも和奈は原画を多く引き受けた。『サバク』と同じくらいには事前の情報をもらっていたにもかかわらず、その最終話を観て、和奈は——愕然《がくぜん》とする。

土曜の夕方と違って、アニメーターの仕事はむしろ深夜の方が活動時間帯だ。ファインガーデンのロビーで『サバク』の時より多い人数がテレビを囲む。

「すげえ……」

チーフの関が、途中で、思わずというようにため息を漏らすのが聞こえた。他には誰も、何も言わない。夏の夜のロビーは、静まりかえっていた。

和奈が説明を受けて描いたシーンが、何ヵ所かある。けれど、その和奈でさえ息を呑む。背景と音楽に、キャラクターごと、観ている方まで呑み込まれそうになる。心も魂も持っていかれる。小さなテレビ画面を何倍にも大きく感じる。キャラクターが画面の中で今まさに生きている、動いている、と感じる。

恐ろしいほど、クオリティーが高い。

「魔法少女、これから先何年か、誰も手が出せないジャンルになるかもね」

黙って観ていた社長が呟く。和奈たちが振り返ると、彼が頷いた。

「監督の底力なんでしょう。──この演出、来期からパクるところが増えるわよ。私たちも覚悟しないと」

そして、言った。

「今期の覇権は、王子監督の意地ね。ここからアニメが変わるわよ」

|||||

春のアニメが最終話を続々と迎える中、七月の二週目になって、いよいよ選永市のスタンプラリーが始まった。

今日からスタートです、というメールを朝早くに受け取った和奈は、いても立ってもいられずにそわそわと街に出た。

土曜日だった。

色さえ見えそうな爽やかな朝日が、梅雨が明けたばかりの空に堂々と輝いている。遠くに見える水田に張った水が、その陽光にキラキラと反射していた。

宗森と一緒にあちこち回って設置したスタンプ台は全部で十ヵ所。

そのうち、五ヵ所を回った人には、ゴール地点となる駅前の観光案内所で『サバク』の特製絵はがきが、十ヵ所全部回った場合には、それに加えてオリジナル『サバク』タオルがもらえる。念願叶って和奈がトウケイ動画から発注されたものだ。

どうか、スタンプラリーが盛況でありますように。

みんながグッズを――苦労して納品したサイダーを買ってくれますように、と、自転車で、両脇に水田が続く国道に出る。

そして、わああー、と息を呑んだ。

昨日までほとんど人通りのなかった道に、ちらほらと、人の姿がある。皆、手に宗森と和奈が作ったMAPを持ち、ぽつぽつと、控えめに間隔を空けて歩いている。大学生か高校生くらいの若い子のグループが多いけれど、中にはカップルや親子連れもいた。小学生くらいの子どもが「ママ、あっちじゃない！」と、長崎のおじいちゃんが貸してくれた野菜直売所の小屋を指さすのを見て、ふるふると、心の真ん中が柔らかく揺れる。嬉しくて、奥歯をぎゅっと噛みしめる。

一人の小学生が肩から提げたポーチの中に、『サバク』のロボットのおもちゃが、半分はみ出して入っているのが見える。

やった、と一人、両手でぎゅっと拳を握って小さなガッツポーズを作ったところで、宗森にメールを打つ。この光景を宗森に見せたい。

「今、国道に来ましたが、盛況ですね。宗森さん、今日はどちらにいらっしゃいますか？」

送信した直後、スマホがすぐにメールを受信する。宗森からだった。

「今、国道にいます。大盛況ですよ。並澤さん、今、どちらにいらっしゃいますか？」

どうやら、同じタイミングでメールを出して、それが入れ違ったらしい。

文面を確認してすぐに顔を上げると、長い道の先に宗森らしい人影が見えた。自転車に跨がり、日差しに乾いたアスファルトの道を蹴って、蹴って、彼のもとに向かう。

宗森もちょうど和奈のメールを確認している最中だったらしく、手にした携帯電話から顔をこちらに向けるところだった。

「宗森さん！」

「あー！　並澤さん」

声をかけると、宗森は笑顔だった。「おはようございます」と和奈に頭を下げる。

「やりましたね」と和奈も言った。「はい」と宗森が顔を上げる。

「スタンプラリーは今日からですけど、最終話が放映になってから、ちらほらと『サバク』の聖地巡礼のお客さんは来ていたみたいなんです。これだけの人が見込めるなんて、正直、予想以上です。トウケイ動画さんも、作品のサイトで告知をしてくれて
……」

宗森が感極まった様子に、和奈に向き直る。「並澤さんのおかげです」と。

「これまでいろいろとアドバイスや叱咤激励、ありがとうございました。これからも

どうぞご指導ご鞭撻のほどよろしくお願いします！」

「いやいや、そこはもう、私ではなくて作品の力ですよー」

相変わらず暑苦しい宗森の言葉にも、前ほどは動じなくなってきた。それより、みんなが楽しそうなことが何より嬉しい。

最終話以降、このスタンプラリーに絡んだものもそうでないものも、『サバク』の版権原画の依頼は放映時よりもぐっと増えた。それだけ作品が評判になったということだろう。

「しかし、このご褒美タオルは、タカヤくん、トワコちゃんときて、あと一人はリュウイチくんじゃないんですね」

ご褒美タオル？　と思っていると、宗森が首からかけたタオルを片端上げて示す。

あ、と気づいた。ゴール地点でもらえる『サバク』のオリジナルタオルだ。

宗森がたわいなく示したそれに、道を行く人たちが控えめに注目していく。みんな大袈裟に騒いだりしないけど、静かに興奮した声でざわっとなって、「あれだよ」と指さす気配がする。

「あー、放映中は、タカヤ、トワコ、リュウイチだったんですけどね……」

宗森さん、タオルしまった方がいいですよ、と注意しながら、続ける。今絵柄を見せてしまうと、みんなのゴール地点での楽しみが奪われてしまう。

「なぜか、放映後からは、タカヤ、トワコ、ときて、双子の片割れのノブが依頼されることが多くなりました。中には、タカヤとノブとか、トワコとノブのツーショットの依頼まであるんですよ。私、リュウくん派なのに力及ばず忸怩《じくじ》たる思いです……」

放映を観た視聴者の人気がノブに集中したらしいのだ。そのあたりの事情はシビアに発注に表れる。

「確かに最終話付近のノブくんはかっこよかったですからね。健気だったし」

宗森が同情するように言う。

「でもまぁ、双子なのに、片割れのレナちゃんを差し置いて、一人だけグッズで目立つようになっちゃうというのもかわいそうというか。これまではどの場面でも一緒にいたのに」

「そうそう、そうなんですよ！　描かれないレナの気持ちも考えろ！　って感じですよ」

ともあれ、放映が終わっても原画の発注が途絶えないこと、好きなアニメのキャラクターをまだまだ描けることは喜びだ。

そして、宗森とキャラクターの名前をこんなにも当たり前に呼び合うようになったことの方も、嬉しく思う。

すぐ後ろを通っていく人から「北陸って、雪国のイメージがあるけど、別に夏も涼しいってわけじゃないんだねー」という声が聞こえた。

その声に、宗森も和奈も静かにそっと振り返る。大学生くらいのカップルが「でも、夏に歩くのも気持ちいいー」と話すのを聞いて、ああ、この子たちは東京とか、どこか遠くから来てくれたのかも、と想像する。

「……宿泊のお客さんもいるみたいです」

宗森が、彼らが遠ざかる姿を見守りながら呟いた。

「若いお客さんが来るのは活気があっていいって、旅館組合も喜んでるみたいです。そういう宿には、売店にあのサイダーを卸せることにもなりそうで」

「サイダーも好調だといいですね」

サイダーの売り上げがよければ、聖地巡礼に商工会が絡んでくれるようになる。宗森の仕事も大きい部分が外れて楽になる。

「はい」

宗森が、今度は少し表情を引き締めたように見えた。

「月曜日に、市役所で商工会の人たちと会議を持つことになっているので、今後の展開はそれ次第ですね。九月のお祭りも、商工会が協賛しているので、『サバク』の舟についてもそこで話し合う予定です」

「会議って、何時からですか？」

月曜日は、確か、急ぎの原画納品はない予定だった。正直、会議のような場所——特に市役所がやるようないかにも堅苦しそうなものは苦手だったが、舟の話が出るなら、とスマホを取り出す。自分の予定を確認しようとすると、宗森が驚いたように「えっ」と声を上げた。

「並澤さんには、わざわざいらしていただかなくても大丈夫ですよ。あとはこちらで」

「でも、今後商工会が自分のところでグッズを作るんだとしたら、その版権原画の依頼はこちらにいただけるかもしれないですし、お祭りのことも絡むんだったら、話は聞いておきたいです。行っちゃ駄目ですか？」

——本当は、河永祭りの際に『サバク』で出すという予定の、まさにその船体に入る絵が描きたいのだが、それを今言うのはあまりに図々しい気がして黙っていた。そのためなら、苦手な会議にだって出ておいた方がいいだろう。

それに加えて、宗森とはお祭りの翌日に『サバク』のための何かイベントができるといい、と話している。監督と声優のトークショーとか、主題歌を歌うバンドのライブあたりができれば、翌日も引き続いて参加したいと、宿泊してくれるお客さんが増えるかもしれない。トウケイ動画にかけ合う価値はある、と和奈からもアドバイスしていた。

「会議は、朝の十時からですけど……」

宗森が恐縮しきった様子に、躊躇いがちに教えてくれる。

「でも、本当に大丈夫ですよ。僕一人で」

「会議はどうせ一時間か二時間くらいでしょう？　付き合いますよ」

和奈が笑いかける。

「楽しみですね」

「……だと、いいんですけど」

宗森が笑う。その微笑みが少し力なく、宗森にしては珍しくどこか翳りがあるように見えた気がしたが、和奈はその時、深く気に留めなかった。

|||||

市役所に行くのは、転入届を出しにきて以来、五年ぶりのことだった。ファインガーデンが借り受けている元中学校の社屋も、自分たちが寝泊まりしている社員寮も、充分年季の入った建物だと思っていたが、市役所の建物はそれよりもさらに古い。昔ながらの白いコンクリートの壁は、時々塗り直しているのだろうけど、色むらが目立ち、ところどころに塗料が割れたようなひびが入っていた。

一歩足を踏み入れてまず思ったことは、暗い、ということだ。節電しているのだろう。その上、冷房を切っているせいでうだるような暑さだ。一階に入ってすぐにずらっと並んだ窓口の向こうに座る職員たちが、腕まくりして思い思いの扇子や団扇で顔まわりを扇いでいる。

確認できる範囲に、駅や商店街で見かける『サバク』のポスターはなかった。急に場違いなところに来てしまった気持ちになって、観光課の場所を探す。館内の案内板を見ると、二階への階段を上がってすぐの場所だ。

開けっ放しの窓の向こうから、じわじわと蝉の声が聞こえてくる。それを聞くと、階段を上りながら首筋を落ちる汗が、さらに勢いを増す気がする。

「すいませーん」

観光課、とプレートの下がった場所を覗き込むが、宗森の姿はなかった。あてが外れた気持ちで、カウンター越しに呼びかけると、和奈よりも若いと思《おぼ》しき、きれいに化粧した女の子が「はい」と立ち上がって、こっちに来てくれた。

「宗森さんはいますか？　私、ファインガーデンというアニメスタジオの並澤といいます。今日、商工会との会議に出席させてもらうことになってるんですけど」

「ああ——、あんた」

と声を上げたのは、奥に座っていた中年の男性だった。公務員、と聞いて和奈が思い浮かべるイメージと寸分違わない、眼鏡にシャツのおじさんは、他の職員がポロシャツ姿なのにもかかわらず、このクールビズのご時世にしっかりネクタイまでしていた。

若い女の子が、遠慮がちに「あ、課長——」と身体を引き、自分の前をあけた。課長がこっちにのそのそとやってくる。

「あんたか、宗森がやってるマンガの会社の人は」

「はぁ」

あんた？　という呼び方に、頬がぴくっと引き攣る。それに、マンガじゃなくてアニメだ。

一階と違って、さすがに観光課には和奈の描いた『サバク』スタンプラリーのポスターも一枚、貼られていた。だけど目立つ場所ではない。

「宗森なら、奥の会議室だよ。今、商工会のご隠居さんたちからたっぷり絞られてるとこ」

「え」

あわてて時計を見た。まだ、会議が始まるまではだいぶあるはずだ。

「会議は十時からじゃ……？」

「確かに十時からだけど、ご隠居たちは店も倅《せがれ》に譲って暇だから、みんな早いんだよ。十時からって言われたら、その一時間前にはぼちぼち集まり始めるのが普通だよ」

普通、と言われても、心の中ではえぇー、そんなーと絶句する。だけど、確かにお年寄り相手ならばありそうな話ではある。

急いで会議室の場所を尋ねようとして、和奈はそこではたと立ち止まった。

「……絞られてるってどういう意味ですか」

「え？」

「あと、課長さんは行かないんですか。会議」

有名なお祭りだというなら、観光課にとっては一大事業だろう。けれど、和奈の場所から見える観光課は、ほとんどの職員が席についている。いないのは、宗森くらいのものに思えた。

「ああ――。宗森が先にマンガの話をしにいって揉めることがわかってたからね。だから、私たちは後から。なあ？」

課長が言って、横にいる女の子を見る。彼女は困ったように「はい」と苦笑するだけだ。

「え、でも……」

高圧的な課長の話し方も、気遣わしげにこっちを見る女の子の上目遣いも、どっちも嫌な感じがした。違和感を引きずりながら尋ねる。

「『サバク』の聖地巡礼は、市の観光課がやってるんじゃ――」

「いや、一応ね。話が来た以上は誰かが相手しなきゃならないから宗森がやってるけど」

そういえば――と思い出す。

スタンプラリーも、聖地巡礼の準備も、宗森はいつも一人でやってきた。ファインガーデンに挨拶に来る時だって、上司を連れずに一人でだ。考えてみれば、うちは一応社長が応対していたわけだから、市役所だって然るべき立場の人間がお願いに来るのが普通だったのではないか。

改めて、引っ掛かる。課長はさっき、和奈のことをこう呼んだ。「宗森がやってるマンガの会社の人」――。

課長の口調は、まるでアニメの仕事は厄介事だと言っているように聞こえた。

「ほどほどでいいって言ったのに入れ込んで、こっちも困ってるんだよな。まあ、一時のことだとは思うけど。そのマンガ、もう終わったんでしょう？　ろくに人は来なかったじゃない」

「いや、アニメの聖地巡礼は、最終話を迎えてからファンがやってくるんです。効果が出るのはむしろ今からで――」

懸命に説明するが、課長は職員たちと顔を見合わせるだけだ。「そうなの？」と実感が薄そうに呟く。

「〝聖地巡礼〟、ね。また大層な言葉だ」と、嫌みに思える顔で笑った。

この土日、スタンプラリーに歩くあの人たちの姿を見なかったのか、と、肩が震える。言葉が通じない怒りともどかしさに、目が眩む思いがした。

「――つまり、『サバク』の聖地巡礼については、宗森さんが一人で押しつけられてやっていたってことですか？　応援もなしに」

「いや、こっちとしても予算は割いてポスターは作ったりしてるわけだから、まったく応援なしってわけでもないよ。別に宗森に押しつけたってわけじゃない。なぁ、そうだよな」

「ええ。あれは、宗森が自分からやりたいって言ったんですよ」

奥の席に座っていた、別の若い男性職員が立ち上がる。年は宗森とそう変わらないように見えたが、タイプはまったく違う。イケメンでない男子がやる茶髪のロン毛は、二次元のイケメンを見慣れた和奈にとって、こんなに見苦しいものもないと思う。

彼が続ける。

「話が来て、うちに旨味があるかどうかも怪しい話だし、最初は断ろうかって話してたら、宗森が『やりましょう』って言い出して、それで決まった話です。あいつ、そんなタイプに見えないのに、意外にオタクだったんだな」

何気なく呟かれた声に、背筋がぞわっとした。

「実際に撮影するわけじゃないから、映画と違って芸能人や有名人が来るわけでもないし——、ああ、そっか」

言葉を失う和奈に向け、課長の顔がやや迷惑そうに歪む。

「ごめんね。あんたはマンガの会社の人だっけ」

「……私は、制作元のトウケイ動画の人間じゃなくて、原画スタジオの——下請けの人間です」

「あ、そう」

課長に、理解しようという姿勢は感じられなかった。ただ、流すように頷いて、続ける。

「まあ、挙げ句、河永祭りにマンガの舟を出したいなんて、宗森もご隠居さんたちに怒られて当然だ。たっぷり絞ってもらわなきゃ――」

「会議室の場所、どこですか？」

「え？」

「会議に、出させてください」

宗森が言っていた。

――選永は田舎だし、東京でどれだけ今人気があると言われてもピンと来ないというか……。

おそらく、トウケイ動画から話が来てから、作品をきちんと観ようという気持ちを持ったのは、宗森一人だけだったのだ。聖地巡礼事業は、アニメと作品の力を自治体が信じなければ立ちゆかない事業だ。アニメの力を信じたのは、ここでは、彼だけだったのだとしたら――。

宗森は、こうも言っていた。

――『サバク』が観られるために、うちにできることはさせてもらいたいんです。和奈が、アニメを観ないリア充や自治体に大事な作品を使われてたまるかと思っていたことが、今はとても小さな、滑稽な世界の出来事に思えた。アニメなんて、得体の知れない厄介事だと捉える方が、これまで和奈が軽蔑してきた〝リア充〟の世界には、なるほどよく似合う考え方だ。

作品を守ろうと考える監督や和奈、制作側も、聖地巡礼事業を持ち込まれた自治体側も、どちらもともに自分を〝お願いされる側〟だと考えていた。立場が上だと思いこんでいる。

これではうまくいくはずがない。

「会議室、そこの角を曲がった廊下の突き当たりだけど」

「どうも」

顔を見ないで、そそくさと礼を言う。

和奈をあんた呼ばわりする課長にも、その横で微笑むだけの女の子にも、アニメ＝オタク、という捉え方しかない男性職員にも、今は何を話しても無駄だろう。と同時に、思い知る。宗森も、長崎のおじいちゃんも、巫女コスプレで盛り上がろうとしてくれたおばちゃんたちも、あの人たちは、本当にいい人たちだったのだと。

宗森は、自治体とアニメ制作の間に入って、聖地巡礼を成功させようとただ一人、中立な立場として奔走していたのだ。

もう一度目を見たら、課長相手に怒鳴ってしまいそうだった。

――『サバク』の舞台になった、その価値と幸運がわからないなんて、あんたたちはバカだ。観光資源に乏しいここに最高の観光資源がやってきたっていうのに、それでも観光課か！

そして、思う。

あんたたちになんて、絶対に頼らない。見返してやる。

お祭りに舟を、絶対に出す。

人を、集める。

ドアが開けっ放しの会議室の中の空気は、さっきまで和奈がいた観光課のカウンター以上に、ぴりぴりとした緊張感に満ちていた。

近づいて、中に入ろうとしたまさにその時に「私は反対だね」という声が聞こえて背筋が伸びる。

「――失礼、します」

深く息を吸い込み、中に一歩入ると、全員の目がこっちに向いた。一番手前に座っていた宗森が「並澤さん」と驚いたように和奈を見た。

人生でこんなにドキドキしたことはないかもしれない。痛む心臓を抱えながら、和奈はせめて表情だけは毅然と、と心がけて「遅れてすいませんでした」と頭を下げた。

本当は会議の開始時間まであと十分ほどもあったが、すでに会議室の中は議論が尽くされた後のように冷ややかだった。

「観光課のお手伝いをしています。アニメの――、絵を描く会社に所属している、並澤和奈といいます。座ってもいいですか」

見回すと、聞いた通り、会議に集まっていた商工会の面々は、ほとんどがお年寄りと呼べる年齢の人たちだった。六十歳以上、たまに若くても四十代後半から五十代といった様子だ。二十人程度の人たちが、コの字形の席に、険しい顔をして座っている。

和奈の声には、誰も何も答えなかった。皆、一度は向けたはずの目をさっと伏せる。

「……どうぞ」と、自分の隣の席を示してくれたのは宗森だった。その顔に、すいません、とでも言いたげな苦笑が浮かんでいるのを見て、ちょっとほっとする。

「では、『サウンドバック』の舟を出す許可は、どなたからもいただけないということでしょうか」

和奈が座るのを待って、宗森が言う。残酷なほど、この静寂には通る声だった。

「何も頭ごなしに駄目って言ってるわけじゃないよ、周ちゃん」

正面の席に座る、白髪に長い髭を生やした着物姿の――仙人のような外見をした人が言う。席に「理事長」と書かれた三角のネームプレートが置かれていた。

「舟下りの前後にイベントをやるんだったら、勝手にそちらでやってもらっても構わない。だけど、舟を出すのはダメだ。賛成できない」

別の一人が横で頷く。

「三百年だぞ」と、真剣な表情で告げる。

「河永祭りは、三百年の歴史がある。そこに簡単にマンガだかアニメだかを割り込ませるわけにはいかないよ」

「それに、予算だって職人だって押さえられてないんだろう?」

「予算はこれからトウケイ動画さんにかけ合うつもりでおります」

宗森がきっぱりと居住まいを正して言うのを聞いて、和奈はその横顔をすごい、と見つめる。

もっと、落ち込んだりしているんだと思った。けれど、宗森は怯《ひる》んでいないし、ぶれていない。

「職人さんは、河永祭りの保存会に登録されている造船所のいくつかが、すでに他の舟の製作を終えているということで、お受けいただける目処が立っています」

「だがなぁ……」

「――副理事長さんのお帰りを待って、再度相談させていただくわけにはいかないでしょうか」

宗森がすっくと立ち上がり、床にぴしっと両膝をつく。まるで土下座でも始めそうな佇まいだが、そこに卑屈な感じはまるでなく、むしろ、武芸の最初の挨拶を見るような正しい姿勢だった。

「アニメで見込める集客と収益については、さきほどお話しした通りです。今はまだスタンプラリーもグッズ販売も始まったばかりですが、この土日だけでも集客は上がってきています。お祭りの頃には、それがさらに期待できるはずです」

宗森が深く、息を吸いこむ。頭を下げ、お腹から出したいい声が続ける。

「何より、来てくれる人たちがみんな喜んでくれると思います。――観光で最後に残るのは、地元とお客さんの繋がりです」

宗森が顔を上げた。

「その人たちの中に選永がいい場所として記憶されてくれれば、アニメの人気が落ち着いてからも、引き続き、この土地には人が来てくれます。川下りの舟は、必ずそのきっかけになります」

「――立ってくれ、周ちゃん」

長老然とした理事長が、ため息をついた。

「副理事長の帰りを待つって言ってもなぁ」

理事長が自分の隣、「副理事長」と書かれたプレートの置かれた席をちらりと見る。そこは空席で、誰も座っていない。立て、と言われても、宗森は膝を床についたままだ。

「今日の会議もいらしてくださる予定だったのですが、飛行機が遅れたそうで、まだお戻りになっていないそうです」

「なんだ、また海外か」

理事長が目を細くして、空席を見つめる。「来られそうなのか」と別の声が尋ねる。

いや、来られそうも何も、会議時間を一時間も早めたのはあんたたちなのに――と反論の声が出そうになるのを呑み込んで、和奈はじっと様子を見る。援軍のつもりでやってきたけど、自分にできることがなさそうなのがじれったい。

その時だった。

助け——と呼ぶにはほど遠い存在だが、廊下から、「どうですか」と声をかけながら、観光課の課長がやってくる。和奈には無愛想だったのに、商工会のお年寄りたち相手には、憎たらしいほど、にこにこと笑顔だ。

「ああ、課長」と何人かに呼びかけられると、「すいませんねぇ、止めたんですけど」と宗森を呆れがちに見る。皆に向き直った。

「どうですか。このままじゃ埒が明かないので、ひとまず、マンガの話は脇に置いて、先に私らで例年通りの打ち合わせをしてしまうというのでは。このままじゃ日が暮れちゃいますよ」

「そうさなぁ……」

理事長が思案深げに宙を見つめる。ややあって、「それでいいかい？　周ちゃん」と尋ねる声に、宗森が「はい」と頷いた。

「そういうことだから」と課長が、宗森がそれまで座っていた席に自分の荷物を置き、どっかりと座りこむ。

言葉がいちいち、棘《とげ》を孕《はら》んで聞こえた。

宗森がようやく立ち上がる。ただし、その目にはまだ光がちゃんとある。闘志と呼べるような、光が。

「また、後で来ます」と彼が言った。

宗森と一緒に会議室を出て、観光課に戻る。宗森が周囲の職員に軽く会釈しながら自分の荷物を置いて、「ちょっと外に出ましょうか」と和奈を連れ出したのは、市役所の駐車場だった。

駐車場の隅にある自動販売機で缶コーヒーを買い、それを手にすると同時に、和奈の口からまず、「何なんですか、あれ」と声が出た。

「三百年の歴史があるのはわかりますけど、ちょっと頭が堅いんじゃないですか。歴史って、三百年、ただ同じことのくり返しをすればいいってわけじゃないでしょう?」

「河永祭りは伝統がありますから」

宗森が苦笑しながら、市役所の前の花壇に腰かけ、缶コーヒーのプルタブを引いた。

「僕も並澤さんに同感ですけど、だからってそれをそのまま僕のような若造から理事さんたちに伝えるわけにはいきません。せめて、内部の人か、うちの課長くらいの年の人から伝えてもらわなければ難しいでしょうね」

宗森の顔が申し訳なさそうに翳る。「すいません」と和奈に謝った。

「嫌な思いをさせてしまいましたね。やっぱり、僕一人で出ればよかった」

「──知りませんでした」

「え？」

「宗森さんが、こんなアウェイな環境で聖地の準備してたこと」

「ああ──」

宗森が何ということもなさそうに頷く。「それは、気にしなくても大丈夫ですよ」と微笑んだ。

「課長も悪い人ではないんです。『サバク』の関係できちんと結果が出てくれれば、状況は確実に変わると思います。事実、舟のことはまだ保留ですけど、お祭りの翌日に『サバク』のイベントをやっても構わないと言ってくれましたし」

「トウケイ動画は、なんて言ってるんですか」

尋ねると、宗森の表情が目に見えて曇った。

「予算はこれ以上、一円も出せないそうです」

「そんな……」

作品がヒットして充分に潤ったはずなんじゃないか、という声が出かかる。だけど、正直、和奈もお金のことには疎い。莫大な制作費がかかるアニメの現場は、少しヒットしたくらいでは、制作費すら回収できないと言われている。完全にもとがとれるのはDVDが最終巻まで出てからだ。

「とりあえず、舟の許可が正式に出たところで、トウケイ動画の方でも考えてくれるとは言っているんですが……。ひょっとしたら、商工会と市役所からも自腹を切ることを考えてもらわなければならないかもしれないです」

「今のあの状況じゃ無理でしょう？」

舟を出す出さないで、許可の段階から揉めているのに、その費用まで出してほしいと頼むのはどう考えても無謀すぎる。

宗森が頷いた。

「貸してもらう、ということで拝み倒すしかないですね。出来高制にしてもらって、後は『サバク』の観光収益が上がってきてから返すという形です。つまり、『サバク』の人気を担保に借金をする」

宗森がさらに申し訳なさそうな顔になる。「すいません」とまた、和奈に謝った。

「作品をお金にするような、現実的なことばかり言ってしまって、並澤さんを不愉快にさせていたら、すいません」

「それはいいんですけど」

もどかしい気持ちで和奈は言う。問題はそこではないように思えた。

「――作品の人気なんていう見えないものを担保にしても、あの人たちは食いついてくれないと思います」

さっきの話し合いで散々感じたことだった。目に見える確かな何かが示せなければ、誰も乗り気になってくれない。悔しいが、それがお金が絡む仕事をする、ということなのだ。

「そもそも、舟を出すことができるかどうかもわからない。勝算はあるんですか？」

「あります」

宗森が意外にもきっぱりと頷いた。驚いて目を見開く和奈に、彼が続ける。

「さっきの会議にはいませんでしたが、商工会の副理事長さんが、アニメに多少は理解がある人なので、応援してもらえるように頼んであります。他のご隠居と違って現役の社長さんですし、影響力も強いので、その人に味方してもらえれば――」

宗森が、言葉の途中ではっと息を呑んだ。和奈の背後に何かを見つけたように立ち上がる。「噂をすれば」と彼が言った。

「副理事長さんです。よかった、いらっしゃいました」

和奈もあわてて背後を振り返る。そして、息を吞んだ。

田舎道に不釣り合いな赤のポルシェが、市役所の駐車場に滑り込んでくる。車に疎い和奈が車種を知っていたのは、何年か前に描いたことがあるからだ。その時には、主人公のライバルである大金持ちが運転している、という設定だった。

車が止まる。

「副理事長！」

ドアが開くのが待ちきれないように、宗森が手を挙げて駆け寄っていく。左ハンドルの運転席から降りてきたその人の姿を見て、和奈は目を見開いた。

「やあー、宗森くん。遅れてごめんよ」

ものすごく整った顔立ちの、美中年が、車から降りてくる。

地面に足をつけると同時にかけていたサングラスを取る。この田舎のどこにこんな人が、と絶句するような美形が、和奈の目にも違和感のない茶色く長い前髪を、静かにかき上げた。

|||||

美形の副理事長は、選永の日本酒メーカーが次々撤退したり、規模を小さくする中で、ほとんど唯一業績を拡大している酒蔵の社長さんなのだという。年は六十代前半だというが、とてもそうは見えない。

「よろしくね、並澤さん」

挨拶してくれる物言いも若く、和奈を「あんた」呼ばわりした課長や、目も合わせてくれなかった他の理事たちとは明らかに違う雰囲気があった。

どこかで見たような気がするくらい、メディアで目にして違和感がない、芸能人顔負けの美形。夏用の薄いジャケットと、そのポケットからちらりと覗いた柄物のスカーフ。ファッションといい、車といい、『LEON』のグラビアから出てきたんですか、と訊きたくなる。宗森とはまた違う意味で、和奈の周りには絶対にいないタイプの人だ。

海外に日本酒を輸出する事業にも力を入れていて、近年では、自分のところ以外の酒造メーカーにも声をかけ、独自のルートで海外に日本の〝SAKE〟を卸している。そのため、地元の酒造メーカーのどこも彼に頭が上がらず、商工会でも副理事長を務めているそうだ。

「本当は理事長やってくれって言われたんだけどさー。嫌じゃない？　そういう責任をかぶらなきゃならないような役職。まあ、権力は嫌いな方じゃないから、副理事長は拝命したけど」

短い時間で説明されながら、和奈はぱちぱちと、この人の眩しさに圧倒され続けていた。なんだ、この濃いキャラクター。「どうせなら市長とかなっちゃおうかなー」と歌うように言う声を、宗森が「副理事長、市役所でそういうこと言うのやめてください」と諫《いさ》める。

「現役市長に聞こえますよ」

「まあね。オレが選挙出たら負けちゃうもんね」

自信満々にそう答えた後で、彼が「いやー、しかし、ごめんね」と宗森と和奈、両方を見た。

「オレが本当に理事長か市長だったら、『サバク』の舟はスムーズに出せたんだろうに、苦労かけるね。今日も遅刻して悪かった。みんなは？」

「もう会議室に。今はもう別の議題に移っています」

「ああ、あの例年やってるくっだらない申し送りね。はいはい」

和奈が言いたくても言えなかったことを易々と口にして、「じゃー、行きますか」と首を回す。その頼もしそうな背中を見て、和奈は「あの……」と初めて、自分から声を出した。

彼が振り返る。

「ん？」

「副理事長さんは、観てくれたんですか。『サバク』」

市役所に来てから、宗森以外で初めて作品名を口にする人に会った。他の職員の人たちも商工会の面々も、皆、「アニメ」か「マンガ」としか口にしない。

副理事長の顔に、一瞬、きょとんとした表情が浮かぶ。何をいまさら、という顔に、見えた。

「観ましたよ。もちろん。イタリアにいたけど、今はネットが便利だね。ラスト、なんなら戦闘でうちの酒蔵も壊してくれればよかったのに。トワコちゃんのがんばりで破壊されるなら本望だったのになぁ」

それからさらに、驚くべきことを続ける。

「話題になってた『わた死に』も観てたけど、あれは一話で損したね。そう思わない？　宗森くん」

「いや、僕はそっちは観てないです」

「あ、そう？　なかなかいいよ」

アニメに理解がある人だ、とは聞いていたけど、想像以上だ。若すぎる。ある意味、『わた死に』についていけなかった和奈より若い。

副理事長が急に真顔になって、二人に向き直る。

「河永祭りに舟を出すっていうのは、なかなかどこまで話が通せるか、さすがのオレでも難しいとこだと思うけど、まあ、適度に期待して待っててよ。外部の人間抜きの身内だけの方がまとまりやすいこともあるから」

「よろしくお願いします」

宗森が頭を下げる。

いつものような威勢のいい言い方ではなくて、重く、噛みしめるような言い方だったのが、胸にこたえた。宗森の本気が伝わってくる。あわてて和奈も、それに倣った。

「私からも、よろしくお願いします。――私は、アニメの絵を描く仕事をしているんですが」

懸命に、声にする。

「舟が出せるなら、その舟に入る絵を、描かせていただきたく、思っています」

初めて、声に出して言った。宗森が驚いたように和奈の方を見る気配があったけど、和奈は黙って頭を下げ続ける。

和奈たち二人の必死の思いを、副理事長が「はいよ」と軽い声で受け止める。

「引き受けましょう。しばらく、お待ちを」

明瞭な言葉で、そう頷いてくれた。


副理事長が参加してからの会議は、そこから昼過ぎまで続いた。

そわそわと落ち着かない気持ちで待っていた和奈と宗森に、二階の会議室から下りてきた副理事長が「おまたせー」と相変わらず軽やかな足取りで近づいてくる。

「下の食堂で蕎麦おごってよ」

他の理事たちが、何か言いたげな視線をこっちに向けながら、階段を下りて、連れだって外に出て行く。彼らの目から逃れるように、和奈たち三人は、市役所奥の職員食堂に向かった。

「どうでしたか」と問いかける手間すらももどかしかった。

「通ったよ」

副理事長があっさり頷いた。

「ありがとうございます！」と勢い込んで言う和奈たちに向け、「ただし――」と落ち着いた口調で言い添えた。

古い食堂と副理事長の姿は、これもまた違和感があるものだったが、何度か来ているのか、副理事長は慣れた調子に食券を差し出し、蕎麦に七味を振りかけ、ねぎを載せて、席に座る。

「舟を出す、ということについては許可できるけど、条件は他の舟と同じだから。流す順番もくじ引きに参加して決めてもらう。朝すごく早い時間帯になるかもしれないし、夕方遅くになったり、ファンが参加するには都合が悪い時間になるかもしれないけど、それは承知してくれる?」

「はい」

舟が出せるなら、多少のことはどうとでもなる。蕎麦を啜《すす》りながら、副理事長が続ける。

「あと、お金も。こちらでは一切出せないから、それはそのつもりで」

宗森と、これにはさすがに無口になる。黙ったまま、顔を見合わせた。だが、宗森が「わかりました」と頷いた。

「それはこちらでどうにかします」

「うん。悪いけど、オレが力になれるのはここまでだ。うちはうちで、酒蔵協会の舟を出す準備があるから、そこまでは人も金も割いてあげられない」

「充分です。ありがとうございます」

「舟謡《ふねうたい》は誰に頼むの？」

副理事長が言って、和奈は「舟謡？」と首を傾げる。「あ、知らない？」と副理事長が和奈を見た。

「見たことないかな。舟を流す前にね、独特の節回しで、その舟の成り立ちやそこにかけた思いなんかを読み上げるんだ。練習なしだとなかなか厳しくて、選永には舟謡を教える専門のばあちゃんたちもいるくらいなんだけど」

「へえ……」

改めて、これまで河永祭りに無関心でいたことが悔やまれた。だけど、舟を流す際にはそういう伝統を重んじなければならないということだろう。宗森が苦しげに呟く。

「それは……監督さんに頼めたら一番いいんでしょうけど」

「いや、声優じゃない？」

アニメに詳しい、というのは伊達《だて》じゃないようで、副理事長が間髪入れずに言った。

「アニメにはせっかく声のプロがいるんだからさ」と続ける。

「主人公三人、日程を早いうちにおさえた方がいいよ」

「……それはちょっと、難しいんじゃないでしょうか」

和奈がおずおずと言う。

タカヤ、トワコ、リュウイチの声をあてた声優はそれぞれ第一線で活躍する人気声優だ。今から全員の日程を押さえるのはおそらく不可能だろう。声優イベントは集客が見込めるし、本当だったら来てもらいたいけれど、何しろ、選永は東京から遠い。簡単にはお願いできないだろう。舟謡に練習時間が必要だというなら、なおさらだ。

「翌日のイベントというのは、何を考えてますか？」

ふと気になって、和奈が尋ねる。せっかく許可が下りても、内容が薄かったりショボかったら、むしろ聖地巡礼のイメージダウンだ。

宗森の顔がますます困ったようになる。

「トウケイ動画さんに相談しているところです。監督さんに講演かトークショーをお願いしているんですが、あまり乗り気ではない様子で……」

「そうですか……」

つまり、まだまだ状況は前途多難だということだ。

一度会ったことがあるだけだが、斎藤監督は、確かにあまり人前で話すことが得意なタイプではなさそうだった。その上、自治体に自分の作品を使われることに関しても、まだ複雑な気持ちでいるだろう。

「ともあれ、もう一度、先方に連絡を取ってみます。許可が取れたことを伝えれば、何かしら考えてくれるとは思いますから」

「連絡は、相変わらず宣伝プロデューサーの方に取ってるんですか？　越谷さん、でしたっけ？」

「はい」

宗森が頷いた。

「他にもお仕事を抱えていらっしゃるようで、なかなか連絡がつきにくいんですが、一生懸命やってくれています」

「そう、ですか……」

今はアニメの改編期だ。

相手がどういう立場のどういう人なのか、想像はうっすらとしかできないが、次々現れる新しいタイトルを抱えては、一生懸命やってくれている、というそれがどの程度の懸命さなのか、和奈には疑問だった。

「三百年だよ」

蕎麦を食べ終え、食堂を去ろうという頃になって、副理事長が和奈と宗森に言った。

指を三本、目の前に立てられる。

「選永の舟下りが始まって、今年で三百二十七年って言われてる。協力することに異存はないけど、伝統っていうのはそういうものだから、一応、重みを持って捉えといてね。でないと、商工会の他のじいさんたちだって気の毒だ」

「わかっています」

宗森が神妙な顔をして頷いた。

和奈もまた、同じ気持ちだった。さっきの会議で別の理事に言われた時は嫌な気持ちしかしなかったけど、今はもう、彼から言われる「三百年」の数字の重みが素直に聞けた。

「がんばります」と、和奈もまた背筋を正して、副理事長に頭を下げた。

||||||

名刺をもらっておけばよかった——、と後悔した。

斎藤監督の。行城プロデューサーの。

スカイツリーからバタバタ連れ出された恨みから、意地になってあの二人にろくに挨拶しなかった自分の子どもじみた自意識が、今は恨めしかった。

社員寮の自分の部屋で、和奈はさっきから迷っていた。パソコンの画面を開き、そこに映る数字をずうっと睨み、そして――、意を決して、スマホのボタンを押す。

押した先は、トウケイ動画の代表番号だった。

原始的な手段だけど、トウケイ動画のホームページを開いて、「会社案内」にあった番号にそのままかける。

「あの――」

繋がった電話の向こうに、諦め半分に声をかける。

「こちら、ファインガーデンというアニメスタジオの並澤と申しますが、『サウンドバック』の斎藤瞳《ひとみ》監督にお願いできますか」

トウケイ動画は、スタッフを自分のところで徹底的に囲い込む社風で知られている。いきなり監督にコンタクトを取らせてもらえるとは思わなかった。これでダメなら行城だ。監督よりも親身になってはくれなそうだけど、あの人にだって人の心はあるだろう――。

そう、思っていたその時。

少々お待ちください、と留め置かれた電話の向こうから、おもむろに、その声が聞こえた。

『――はい、お電話替わりました。斎藤です』

和奈は思わず息を呑んだ。こんなに簡単に？　と驚く。

「もしもし。私、並澤です。ファインガーデンの」

息せき切って言う。すると、すぐに反応があった。電話の向こうで声が明るくなる。

『ああ、並澤さん』

よかった、覚えてもらっている。安堵がつま先から順に身体を駆け抜けていく。

「おひさしぶりです」と和奈は言った。

「お疲れさまでした。『サバク』、最終話。お忙しいでしょうから、電話が通じるとは思いませんでした。まさか、監督にこんなに簡単に繋いでもらえるなんて」

『ああ――。今の時期は落ち着いたので大丈夫ですよ。それに私はもう……』

何か事情があるのだろうか。監督が言葉を言い淀む気配があった。しかし、それ以上は続けず、彼女がそのまま、『で、どうしました？』と話題を変える。

『ご連絡いただいて嬉しいですけど、何か？』

「それが……」

咄嗟にこみ上げてきたのは、斎藤監督と、行城への、ひどいじゃないですか、という思いだった。

もう電話に出られるくらい暇になったのなら、少しはこっちを手伝ってくれたっていいのに、という理不尽な思いに駆られる。

「あの時の恩義を、返してもらえないですか」

乾いた声が、喉をついた。

『え？』

「『アニメゾン』の表紙の件です。私が、スカイツリーから急に、休みなのに呼び出された」

電話の向こうで今度は斎藤監督が息を呑む気配があった。だけど、止まらない。

斎藤監督や、行城プロデューサーに、ここに来て欲しい、と切実に思う。

アニメ制作は室内作業だ。ファンの姿を実際に見られる機会は少ない。あの国道を、ロボットのおもちゃ片手にスタンプラリーで巡る人たちの嬉しそうな表情を、一度でいいから見て欲しい。和奈がそれを見て、嬉しかったように。

「あの時のことを、少しでもお礼とか、申し訳ないって気持ちがあるなら、お願いがあるんです。選永市に来てもらえないですか。――今、『サバク』のスタンプラリーをやっています。私も、手伝っています」

お祭りを——、と声が出た。

「お祭りを盛り上げるのに、力を貸してもらえないでしょうか。舟を出したいんです。私たち、本当に一生懸命、やっています」

『——わかりました』

斎藤監督の、揺らぐ様子のない声が聞こえた。和奈は短く息を吸う。彼女が言った。

『すいません。だけど、申し訳ないですが、私はお祭りのことは初耳です。事情を聞かせてください』

一呼吸置いて、彼女がさらに言った。

『並澤さんのお仕事には、もちろん、恩義を強く感じています。——敬意を払っています。私にできることがあるなら、させてください』

その言葉は、和奈の胸の底に、ぐん、と温かく、沁み込むように響いた。鼻の奥がつん、と痛む。涙が出そうになった。

詳しく話を聞いてみると、斎藤監督は選永市でやっている聖地巡礼事業のことを、ほとんど何も聞かされていないらしかった。

『越谷さんに、スタンプラリーをやっているなら用紙やMAPを見せてほしいと言ったんですが、先方から送られてき次第、と言われたまま今日まで時間が経っています』と言われて、絶句する。

宗森が送らないなんて考えられない。宣伝プロデューサーのところで、選永の事業は話の大部分が止まっていたらしかった。

電話の向こうで斎藤監督がため息をついた。

『申し訳ありません。そういうミスが多い人なんです。うちの会社全体が、外部とのやりとりに対して弱いというか、意識が低いところがあって、申し訳ないです』

「いいんですか。そんなこと、そこで言って」

社内なのにいいのかな、とちょっと気になって尋ねると、斎藤監督が微かに苦笑する気配があった。そして、恐るべきことを言う。

『辞めるんです』と。

和奈は目を見開いた。

『もう公になっていることですが、今年中にこちらを退社します。だからって悪口を言っていいってものでもないと思いますが、うちの会社のこういうところがダメなのは事実ですから』

「――辞められて、どうするんですか」

聞きながら、納得する。だからだ。

だから、トウケイ動画は和奈の電話をすんなりこの人に繋げてくれたのだ。

『引き続き、アニメの現場にはいます。並澤さんにもまたお世話になると思うので、環境が整ったところでご連絡させてください』

礼儀正しい言い方だった。『私のことはともかく――』と、監督が言う。

『選永市がそんなに熱心に「サバク」を盛り上げてくれようとしているんだとは知りませんでした。お客さんが来ていることも』

「老若男女、みんな、来ていますよ。国道の通学路を歩くのが楽しそうでした。サバクのロボットを一人で何体も持っている男の子が妹と取り合いになってて――」

光栄だ、と思う。

斎藤監督にこのことが伝えられるなんて、とても光栄なことだ。電話の向こうで監督が息を詰める気配があった。ややあってから『行きたいです』と言う声が返ってくる。

『お祭りについてですが、詳しい人間から連絡させます。費用についても、もう一度、改めて相談してみますから』

「はい。――あの、あと、もう一つ、いいですか」

『なんでしょうか』

「川下りの舟がもし、費用と折り合いがついて無事に出せることになったら、その舟に入る絵は、私に描かせてもらえないでしょうか」

差し出がましいことだ、とはわかっていた。だけど、気持ちが曲げられない。描きたい。どうしても。

「作監の後藤《ごとう》さんを差し置いて、図々しいお願いごとだということはわかっています。ですが、お願いできないでしょうか。私の仕事に関しては、制作費用から引いて、ボランティアということでも構いませんから」

『……願ってもないことです』

ですが、と監督がきっぱり言う。

『並澤さんへのお仕事については、報酬をきちんとお支払いさせてください。ボランティアでもいいなんて、死んでも言わないでください。あなたの絵の価値を貶めるようなことは、絶対に口にしないでください』

「でも……」

『ありがとうございます』

斎藤監督が言った。それは和奈の方こそ言うべき言葉だったのに、彼女が続ける。

『そこまで、あの子たちを愛してくれて。「サバク」を大事に思ってくださって、ありがとうございます』

遅々として状況が進まなかったり、話が停滞することがある一方で、できる人たちの仕事というのは、本当に早い。

和奈はその日、思い知った。

斎藤監督との電話を切った後すぐに、和奈のもとに電話がかかってきた。相手は、斎藤監督ではなく、今度は行城プロデューサーだった。

『お話は聞きました』

開口一番、彼が言う。

『費用の件も了解です。舟の絵も並澤さんにお任せしますが、ぜひ、それにはキャラクター全員をまんべんなく描いてください』

「トウケイ動画さんで、お金を出してくれるんですか」

期待を込めて口にすると、行城が『いいえ』と答える。「へ?」と拍子抜けした声が出た。

『会社としては、お恥ずかしい話ですが、これ以上は本当にお金がないんです』

「じゃあ……」

『なので、ファンに一口いくらで出資を募ります』

唇を開き、目を見開く。その手があったか、という気持ちだった。行城が説明する。

『お話を聞いて、河永祭りのことを調べました。これ、川下りでバラバラになった舟の破片にそれから一年、無病息災の御利益があると言われているそうですね』

そういえば、宗森がそんなことを言っていた。行城が続ける。

『出資してくれたファンに、その破片を等分して配りましょう』と。

『それなら、当日お祭りに来られないファンのもとにも、後日、参加した証として舟の欠片が届きます。出資してくれた口数が多ければ多いほど、その人のもとに破片がより多く集まることになるので、ファンからの出資額も多く期待できる。――だから、並澤さんにはなるべく、破片に姿が入るよう、キャラクターをたくさん描いていただきたいんです』

興奮が、行城の言葉とともにお腹からふわっと喉に駆け上がってくる。

やるじゃん、この雰囲気イケメン――！　と声が出そうになる。その衝動をこらえて、「すごい」とだけ、口にする。

「すごいです、行城さん！　それならきっと、お金が集まる――」

『実際に自分がお金を出した舟が流れるわけだから、現地で直接川下りを観たいと思うファンも多いでしょう。集客効果もばっちりです。告知は僕らに任せてください。うちの記事を扱うアニメ誌全誌とトウケイ動画のサイトとで充分に宣伝させてもらいますから』

すいませんでした、と彼が言った。

『こんな楽しそうな話をこれまで放っておいて、本当にすいませんでした』

ああ、この人、本当は〝楽しそう〟じゃなくて〝おいしそう〟って思ってるんだろうなぁと天邪鬼《あまのじゃく》に思うけど、謝ってもらえるよりも、そう言ってもらえることの方が、何倍も、何倍も嬉しい。

『ここからは、聖地巡礼の件は僕が責任持って引き継ぎます。一緒に盛り上げましょう』

見えないけれど、おそらくドヤ顔でこの案を語っているであろうこの人を、喜ばせるのは癪だったのに、それでも和奈は、どうしようもなく、安堵してしまう。

今日までやってきた宗森の努力が、無駄にならなくて済むこと。

みんなで一緒に、楽しそうなことができること。

敏腕プロデューサーの名は伊達《だて》じゃない。ここからは行城が入ってくれるのだと思ったら、こんな安心感はなかった。喜びがこみ上げてくる。

ありがとうございます、とお礼を言う。

翌朝になって、宗森から電話があった。

『監督さんが、川下り翌日のイベントへの出演をＯＫしてくれました』

そう話す宗森の声が、涙ぐんで聞こえた。行城からは、昨夜、費用の件もきちんと連絡があったという。

『並澤さん、本当にありがとうございます』と声だけで、彼が心から感謝している様子が伝わってくる。

『一人で話すような講演は無理だけど、相手がいるトークショー形式なら自分でも務まると思う、と』

「そうですか」

昨夜電話で話した斎藤監督の声を思い出す。あの人があの後で動いてくれたことを思ったら、胸が詰まった。

『並澤さんのおかげです』と、宗森がくり返した。

『これで、今年の河永祭りは準備万端です』

「もう少し早く、私が電話してみればよかったかもしれないです。こちらこそ、すいません」

『いいえ、とんでもない』

「――がんばりましょう」

和奈が言った。宗森から『はい』と力強い返事が返ってくる。

『がんばります。「サバク」に、敬意を持って』


さらにその翌日、再び、トウケイ動画から奇跡のような連絡が入った。

舟を川に流す際の、冒頭の舟謡を声優が引き受けてくれたのだ。担当してくれるのは、『サバク』でトワコの声をあてた群野《むれの》葵《あおい》。

売れっ子声優なので、練習を必要とするようなこんな仕事は受けてくれないだろうと思っていたのに、快諾してくれたそうだ。その上、川下り当日に、『サバク』女性陣の声をあてた子たちが五人、選永に勢揃いして、一緒に舟の出立を見送ってくれるという。

以前、『マーメイドナース』というアニメで主役を担当したことから人気の高い彼女たちが、葵の呼びかけで全員日程を調整してくれたと聞いて、そんな贅沢が許されていいのか、と言葉を失う。

葵は、「舟謡を習いたいが、どうすればいいか」と、宗森のところに直接連絡までくれたそうだ。

『主演の春山《はるやま》くんや御影《みかげ》くんが他の収録で参加できず、私たちだけで申し訳ないんですが』

「とんでもない。そんなに大勢でいらしていただけるなんて」

恐縮する宗森に、葵が言い放った。『私たちは、五人揃わなければダメなんです』と。

『一人一人だと印象が薄いかもしれないですが、その意味で、私たちは胸を張ってタバドルですから。五人揃った時の集客力は、それなりに期待していただいて大丈夫です』

タバドル、とは、アイドルが大人数でないと価値がないと揶揄される時の言葉だ。

しかし、それを毅然と自分から口にする群野葵はかっこいい。

斎藤監督のことを「親友なので」と話していたと聞いて、それを又聞きした和奈まで胸がいっぱいになった。自分の好きなアニメのスタッフたちが実際に仲がいいのか、と思ったら、それだけでファンとしてはたまらない気持ちになる。

『斎藤監督と「サバク」のためなら、私たちは何でもします。礼には及びません』

三

お祭りは、秋の初め、九月第四週の週末、二十七日から。

金曜日の夜が、花火が上がり屋台も出る前夜祭。土曜日が川下りの本番で、その翌日、日曜日には川下りの余韻を引きずりながら、皆が特設舞台で各種イベントを楽しむことになっている。

舟の準備を着々と職人が進めてくれる中、『サバク』のスタンプラリーは夏休み中、ますます盛り上がりを見せていた。そして、選永が都心から遠い、ということが、必ずしもマイナスにならないことが、この夏休みで証明された。遠すぎて、日帰りできないのだ。そのため、地元の宿に宿泊客が増え、みんなが長く滞在してくれる。

商店街にある蕎麦屋や喫茶店、アサミさんの焼き鳥屋のような、普段は地元の人しか出入りしないようなお店まで、八月に入ると、外から来た聖地巡礼のお客さんで混み合うようになった。

宗森とお祭りの相談で会った、アサミさんの店の中でも、「あんたたちも『サバク』

を観に来たの？」と訊く地元の人と、「僕たち、この夏、これで二回目なんです」とお客さんが応える会話とが聞こえた。

それを、宗森が、和奈との話を中断して、くるっと振り返って見ている。頬が喜びに緩んでいた。

「嬉しいですね」

和奈が呼びかけると、「はい」と頷く。

「課長たちも喜んでくれてます」と彼が言うのを聞いて、和奈はげんなり「調子いいな」と毒づく。しかし、宗森は「そうですか？」と単純に嬉しそうだ。和奈は枝豆をつまみながら、この人、本当にいい人すぎるんだよな、とため息が出る。

けれど、和奈もまたそこまで悪い気はしていなかった。こういうところを大らかに流す、という考え方は、宗森に教えてもらったことだ。

あれだけ、アニメを胡散《うさん》臭いもののように言っていた商工会から、今月になってグッズの版権依頼が来るようになった。「お祭りに向けて、『サバク』のカップケーキを作りたい」「作っている梅酒のラベルを『サバク』にしたい」。

相談される時、彼らはもう、「マンガ」や「アニメ」という呼び方はしなかった。『サバク』と、若いファンが口にするのと同じように呼んでくれる。

「舟が出来上がってくるのは、来月の半ばすぎ——、お祭り直前になります。せめて三日前には、ということで話をしています」

宗森が居住まいを正して、和奈の顔を覗き込む。

「並澤さんには、ギリギリの日程で絵を入れてもらうことになると思いますが、大丈夫ですか」

「大丈夫です。満を持して、お待ちしています」

その三日間には、他の仕事を絶対に入れないよう、今も前倒しに前倒しに仕事を進めている。

舟の装飾は、通常は絵を入れるというよりは彫刻を施したりすることが多く、絵の場合も転写プリントで貼り付ける形のものが圧倒的だそうなのだが、和奈は、木に直接描くつもりでいた。壊れてしまう舟だけど、舟の破片はその後、出資してくれたファンのもとに届けられる。なるべく当日の熱が伝わるものを、と思っていた。

行城の名案は功を奏し、舟の出航に見合うだけの出資がこの段階でもうすでに集まってきている。

「それと、ご相談なんですが……」

「はい」

「川下り翌日のイベント、斎藤監督のトークショーについてなんですけど」

「ああ――」

宗森に言われて、思い出す。そういえば、そちらの方は監督から許諾を得られた、ということに安心して、話を詰め切っていなかった。

宗森から「相手役を務めませんか」と言われた時、一瞬、何を言われたかわからなかった。冗談でも言われたものかと、「へ？」と顔を上げると、それを言う彼の顔が笑っていなくて驚いてしまう。一拍遅れて、「えええええーっ！」と声が出た。

「無理無理無理無理。それは無理です」

「ダメですか。僕にはぴったりに思えるんですけど」

「無理です。私、人前で話すとか、そんなほんっと、無理。そういうのはもっとそういうことが得意な声優さんとか、プロがやればいいですよ。だいたい、みんなを翌日も参加させたいのに、斎藤監督と私とじゃ、どっちも口ベタキャラだし、ラインナップがド地味っていうか」

「ド地味ってことはないと思いますけど……。ていうか、その発言は斎藤監督にも失礼なんじゃ……」

「あ、そうか。すいません」

あわてて謝ると、宗森が苦笑する。どうやら本気らしく、「ダメですか」ともう一度訊かれた。

「声優さんたちは、前日に舟謡をお願いするのに日程をつけてもらったのが精一杯で、翌日にはもう東京に戻らなければならないそうなんです。コンサートがあるとかで。なので、そこまでお願いするわけにはいきません。並澤さんなら、『サバク』に関わるアニメーターだし、選永在住だし、うってつけだと思ったんですけど」

「いやー、無理です。これは本当に断らせてください」

和奈もまた、本気を示すように、宗森に静かに向き直る。「申し訳ないですが」と丁寧に頭を下げた。

「私は、裏方なんです。それに、『サバク』にはもともと、後藤さんという、キャラクターデザインから監督と一緒に作品を立ち上げてきた功労者の作画監督がいます。――その人を差し置いて自分が表に立つのは、それがどういう場合であれ居心地が悪いし、信条に反します」

「信条、ですか」

「はい」

和奈は頷いた。単に人前が嫌だから、というわけではない。和奈としても、ここは譲れない一線だった。

「アニメの絵は、それがどれだけ素晴らしいと言われようと、うまいと褒められようと、作品の一部でしかないんです。それ単体が芸術作品だということは絶対にない。そこに価値があると言ってもらえるのは、すべて作品の魅力のおかげです。その上で、私は、作品の細部を作る裏方の仕事を、誇るべき、軍隊アリの仕事だと思っています」

「軍隊アリですか？」

宗森が笑いながら聞いて、和奈も「ええ」と微笑む。自分がこんなに朗らかな気持ちでそう答えられることが、信じられなかった。

そうなのだ。神原画だなんて言われてしまうのは、むしろ、全体の中から浮いていると言われているようなもので、だからとても居心地が悪かった。作品にしっかり溶け込み、馴染んでこそ、原画マンの仕事は初めて評価される。

だから、私は軍隊アリでいたい。

「誇りを持って軍隊アリなので、女王アリの横に座るのは性に合わないんです。誰かもっと、ふさわしい人を探しましょう。声優さんが無理でも、誰か——」

そこまで話して、「あ、だけど」と付け加える。

「地元出身の女子アナとか、そういうアニメに理解がない人だと、かえって斎藤監督がやりにくいかもしれない。そういうトークショーや記者会見をニコ動で見てハラハラした経験があるので、ファンのためにもそれはよくないかもしれないですね」

「ああ、そういうのは僕も観たことがありますねぇ……」

宗森があっさりと頷いて、和奈は「え?」と面食らう。この人ニコ動なんか見るの? と偏見覚悟で思ったところで、宗森が宙を見つめた。

「一つ、心あたりがあることはあるんですが」と、躊躇うように口にする。

「──女王アリの横に並んで違和感がなくて、かつ、お客さんたちも喜びそうな、アニメに詳しい人に、心あたりがないこともなくて……。引き受けてもらえるかどうか、わからないですけど」

「まさか、副理事長じゃないですよね?」

確かにあの人だったら、ステージの上に立ってても違和感はないだろうけど、と半笑いの表情で言うと、宗森が「あ? いえいえ、違います」と苦笑した。

「副理事長にまったく無関係というわけでもないんですけど」と真顔になって続ける。

「僕の高校の先輩に、アニメに詳しい人がいて、聖地巡礼のことでもいろいろ相談に乗ってもらってきたので」

「あぁー、前に話してたアニメファンの先輩ですね？」

「いえ」

宗森が言い淀むように、小声で首を振る。怪訝に思って和奈が首を傾げると、宗森が静かに「ファンではないです」と続けた。

「アニメファンではなくて、むしろ、それを仕事にしている人です。今、大きな仕事が一つ終わったばかりなので、ひょっとしたらお願いできるかもしれないんですが──」


宗森の言うその人が、九月の半ば、お祭りを前に選永に帰ってきた。

駅まで迎えに行くという宗森についていった和奈は、駅の、『サバク』のポスターを背に立っているその姿を見て、息を呑んだ。

これまでで、最大級の驚きだった。

「暑い！　いつまで待たせんの、遅いよ」と不満を言いながら、顔を歪めて立っていたのは、アニメ監督の、王子千晴《おうじちはる》だ。

今期の覇権アニメと言われる『運命戦線リデルライト』を撮った、今まさに一番の話題の人。

高校の先輩なのだ、と聞かされても、和奈には半信半疑だった。だけど、まさか、本当に。

雑誌と映像でしか見たことのなかった王子監督に、宗森がびっくりするほど気後れも躊躇いもなく、「すいません、遅れました」と簡単に近づいていくのを見て、和奈はますます驚嘆《きょうたん》する。

「遅いよ、周平」と王子が子どものように唇を尖らせた。

「お待たせして申し訳ないです。ありがとうございます、トークショー、お引き受けいただいて」

「全然いいけどね。っつーか、ようやく、やっとオレの出番って感じ」

王子が盛大にため息をついた。

「一緒に帰ってきたプロデューサーが今、商店街の方に『サバク』のグッズ見に行ってるから。きゃー、ここが聖地なんですねー、とかバカみたいに——、ほんっとバッカみたいにはしゃいでオレのこと置いて、さっさと見にいっちゃった」

童顔の王子監督は、宗森と並んでも、むしろ宗森の方が年上に見えた。どう見ても先輩ではなく後輩という感じで、和奈は、そうか、宗森さんて若かったんだ……と呆然としてしまう。

王子は宗森が高校一年生の時の三年生。二歳上の先輩だったのだという。

ふてくされた表情のまま、見慣れた駅に立つ彼の姿を前に、ああ、本当だ、と思う。王子だったら、なるほど、名前からして女王アリの横に並んで遜色ない。

王子監督が選永市出身だという話は聞いたことがない。

ファインガーデンで長らく働いていて、王子や『リデル』の話が同僚との間で出たことがあっても、誰もそんなことは知らなかった。この市出身だという古泉と話していてさえだ。

「本当なんですか？」と尋ねる和奈に、宗森が「はい」と頷く。

アサミさんの居酒屋で、周りに他のアニメファンがいることを気にしてか、彼にしては珍しく小声になる。

「ファインガーデンの社長さんが知らないのは、世代が違うからだと思います。王子さんがアニメの仕事を始めたのは東京に行ってからですし、出身地の欄にも、新潟県としか書いていませんから」

宗森が、どう言っていいか困ったように考え考えしながら続ける。

「ただ、県しか書いてない以上、王子さんにも思うところがあるんだとは思うんです。

うちの市は有名人が少ないので、王子さんが出身であることがバレると、きっとうちの市長や課長は、有名ってだけでやれ講演会だとか、市のキャラクターをデザインしろだとか、そういうことに王子さんを駆り出そうとすると思うので……」

「それは……、確かにあり得そうな話ですね」

頷きながら、和奈は密かに感心していた。

有名な監督や脚本家が、自分の母校や実家の場所を知られてしまったことで、そこにファンが押しかけて問題になったり、観光大使のような形で本来の業務とかけ離れたような仕事を依頼されたり、という話はよく聞く。あれは大変だろうな、と内心思っていた。

王子の場合、それを宗森が節度を保って止めていたのだ。観光課だったら利用しようと考えて当然なのに、むしろ、守っていた。長く一緒にいた和奈にさえ、これまでそのことを明かさなかったという事実にも、彼の人柄がよく表れている。

「あー、だけど、もうほんっと、覚悟してたけど、どこもかしこも『サバク』一色だなぁ！　もう、なんていうか、こんなの人の故郷レイプだよね。ここ舞台にアニメ作るなんてオレだったら愛憎半ばして絶対に嫌だけど、出身じゃない人はさすがキレイに田舎撮るよね。すごい、尊敬する」

「王子さん、声がでかいです」

宗森があわてて、王子の腕を引く。その顔を王子が目を細くして睨みつけた。

「なんで？　オレ、楽しみにしてたんだよね。っていうか、親切にも『サバク』の放映が終わるまで誰にも何にも言わずに黙ってたのも、この日のためだったって気がする。斎藤監督にめいっぱい嫌みと感謝を伝えたいんだよね。故郷泥棒を糾弾できる機会をいただけるなんて、光栄だよ。いやー、本当にご指名ありがとう、周平」

「あの……」

二人の慣れ親しんだやり取りに入っていけず、おずおずと声をかけると、宗森と王子がそろってこっちを振り向いた。宗森が「あ、こちらファインガーデンの――」と紹介してくれようとするが、その時、王子の目が「あ」と、和奈の方を向いた。その目が輝いた気がしたのは、多分、和奈の自惚れではないと思う。――というか、そう、思いたい。

「あなたが、並澤和奈さんか」と、王子からいきなり、名前を呼ばれた。

両手を取られて、ぶんぶん、と強く握手される。

「どうも。『リデルライト』ではお世話になりました。うちの作監からお名前と評判は聞いてます。周平から聞いて驚いたよ。ファインガーデンって、選永にあったんだね」

「え――、あ、どうも」

「絵コンテ、後半かなり雑で汚くなったから、あそこから原画に起こすの大変じゃなかった？ オレ、絵が下手でさ。みんなに苦労かけたなって反省してる」

「あ、それは、大丈夫です」

話題が原画に移って、和奈はいくらか落ち着いて続ける。王子が不思議そうな目をして、和奈を見た。その目にどぎまぎしながら続ける。

「確かに、絵を描かない監督さんの絵コンテは、キャラが丸ちょんだったりしますけど、王子さんの場合は、それでもやりたいこととか、作りたい絵が見えてくるっていうか――むしろ、挑戦状をもらったような気がして、挑み甲斐がありました」

「――ふうん」

王子が言って、一瞬、機嫌を損ねたのかと思う。しかし、彼の顔に実に嬉しそうな笑みが浮かんでいた。

「どうもありがとう。――また、いつか一緒に仕事しましょう」

これだけの強烈なキャラクターなのに、そうやって優美に微笑まれると、もうただただその顔が美しい。この人の性格も、鬼のようだと聞く仕事ぶりも忘れて、そのイケメンぶりにほわーっとのぼせ上がりそうになる。

「で？　周平」

王子が和奈の手を解いて、宗森を振り返る。

駅にいる聖地巡礼のアニメファンと思しき人たちが、何人か王子を気にする気配があった。和奈は気が気じゃないが、王子は注目を浴びることすら望むところといった感じだ。大きなタイトルを無事に終了に導いたという安堵が、やはり、それだけ凄まじいということなのかもしれない。

「トウケイ動画チームいつ来るの。っつか、オレが相手役やること、行城サンよく許したね。大事な姫には近づけたくないかと思ってた」

「斎藤監督が、王子さんとなら喜んで、と言ってくれたそうです。斎藤さんは、王子さんが選永出身だと聞いて、驚いていました。どんな非難も甘んじて受けるそうです」

それはまた、斎藤監督らしい潔さだ。和奈は感動するが、そこで少し、宗森の表情が気遣わしげなものになる。

「トウケイ動画さんがやってくるのは、イベント当日の朝ですが、王子さんこそ、いいんですか。出身だってこと、バラして」

「バラすも何も、知ってる人は知ってるし、別に隠してたわけでもないから。さっきも言ったけど、むしろ、斎藤監督に恨みごと言うのは楽しみだよ」

王子が、今度は小さく息を吐く。「しかし、苦労したよ」

「故郷使われる以上はヒットして欲しいしさ。周平や父さんからも圧力かけられるし、いろいろらしくないこともやった。斎藤監督に陣中見舞い行ったりさ。っていうか、オレも同じ期に自分のタイトル持ってたんだよ？　ふつー、地元なんだったら、オレの方応援しろって感じだよ、ふざけんなよ」

とめどなく王子が言っていた、その時だった。

「おおい、千晴ー！」と、遠くから声が聞こえて、振り返る。そして、「え」と声が出た。えに、濁音をつけたような「げ」みたいな発音の「え」が。

駅前のロータリーに、赤いポルシェが入ってくる。運転席から顔を出した副理事長が「ああ、宗森くんに、和奈ちゃんも」と言うのを聞いて、和奈は目を大きく、それこそ大きく見開いた。

ああ！　と納得する。

「千晴、おかえり」と言う副理事長に、王子が微かに目を細め、「ああ」と頷く。

「ただいま、父さん」

美中年である副理事長を最初に観た時、和奈は確かに誰かに似ている、と思ったのだ。その謎が今、氷解する。

副理事長は、王子監督に、顔がそっくりだった。

赤のポルシェが入ってきたのとちょうど同じ頃、今度は、お土産を買い込んだらしい紙袋を下げた、長身の美女が「すいませんー、お待たせしました」とこっちに向けて走ってきた。

その人の顔が、和奈を見つめる。

イケメンは好きだけど美女は苦手、そして、そのどちらとも正面から目を合わせるのには抵抗のある和奈は、反射的に視線を逸らそうとする。しかし、相手がそれを許さなかった。

「あなたが並澤和奈さんですか！」と、王子と同じ言葉で、正面から声をかけられる。

彼女の目もまた、やたらとキラキラ輝いていた。

「初めまして！　私、スタジオえっじの制作部におります、有科香屋子《ありしなかやこ》と申します。お会いできて光栄です。『リデル』では本当にお世話になりました。あ、ええと、名刺、名刺」

「ちょっと落ち着きなよ。なんなの、その、有科さんのアニヲタぶり」

王子が呆れたように、ふーっと大きなため息を洩らす。

「それと、うちの両親もいるんですけど。監督の身内へのご挨拶とかないわけ？　いつもお世話になっております、とか、あなたたちの息子は天才なんですよ、とか」

「え？　わわわ、それは、大変失礼しました」

何なんだろう、この人たち、と和奈もまた呆れた気持ちで見守る中、その時ひょこっと、ポルシェの後部座席の窓が下りて、中から、見覚えのある顔が覗いた。

「あのー」というおっとりした声と話し方にも覚えがある。

スタンプラリーの場所を探して鍾乳洞に行った和奈と宗森を迎えてくれた、あの巫女姿のおかめ顔のおばちゃんだ。ああ、と挨拶をしかけて、はたと疑問に思う。なぜ、副理事長のポルシェに乗っているのだろう。

その顔を確認して、王子が「ああ」とまた頷いた。ドアを開けて下りてきた、今日は巫女姿ではなく、明るい色のサマーニット姿のおばちゃんが、香屋子に向け、「ひょっとして、有科さんですか？」と尋ねる。香屋子が「はい」と頷いた。

「ああ、やっぱり。すいませんねぇ、いつぞやは、この子のマンションを開ける開けないでご連絡いただいて。私、千晴の母です」

え、とまた声が出て、目を見開く。

ポルシェの運転席から顔を出した副理事長とともに、彼女がにこにこしているのを見て、ここ？　ここが夫婦？　と石のように固まる和奈に向け、宗森が「あれ、知りませんでした？」と話しかけてくる。

「僕、言ってませんでしたっけ。王子さんのところは、ご夫婦そろって商工会でお手伝いしてくれてるんですよ」

「そうだよ。鍾乳洞の入り口で、チケットもぎりの看板娘が不足してるっていうから、うちのかわいい明子《あきこ》さんをバイトで貸してあげたんだ」

副理事長がにこにこしながら言う。「ね、明子さん？」と話しかける声に、おばちゃんが柔らかく「はい」と微笑む。それに王子が「いい歳して人前でそういうこと言うのやめなよ」と顔つきだけはげんなりと言う。

驚くことが多すぎて、どこから手をつければいいかわからなかった。そもそも、王子が副理事長の息子だってことも今日初めて知ったのに。

混乱しながら、よろよろと壁に手をついたところで、和奈のスマホがメールの着信を知らせる、チャリーンという音が響いた。

香屋子とおばちゃんとが「お世話になって」「いえいえ、こちらこそ」というやり取りをして盛り上がるのを横目で見つつ、メールを開く。

そして——息を呑んだ。

「おひさしぶりです」という、件名。

メールは、和奈のスカイツリーデートの相手——ブルトの逢里からだった。

||||

お祭り前夜祭の三日前。

宗森の言葉通り、無事に舟が納品された。

伝統を重んじる河永祭りには、昔から河永祭り保存会という団体があり、そのメンバーの多くが自治体関係者や商工会の理事を兼ねながら、関係各所と祭りの調整をする。

和奈が絵を描く作業現場として借り受けたのは、祭りの会場となる渓谷の近くにある、保存会の集会所だった。

昔ながらの建物は、驚くべきことに冷房がなく、相当な暑さの中での作業になることを覚悟していたのだが、車が山道を分け入って少し進んだ途端、そこが同じ市内だと思えないほど、空気が急に温度を変えた。

鍾乳洞の中を思わせるような涼しい風が、山の奥に吹いている。

麓とは比べようもないくらい幹が太く、背の高い木々がそびえ立つ森を、宗森の車で作業場まで運んでもらう。市内であっても、ここまで来るのは車がないと無理なので、宗森には今日から朝晩の送り迎えを頼んでいた。

「これ、明子さんからの差し入れです」

かわいらしい和柄の風呂敷包みを渡され、それを助手席で受け取った和奈は、「なんですか」と尋ねる。宗森が答えた。

「おはぎだそうです。絵を描くような頭を使う仕事はきっと、甘いものがほしくなるだろうから、と」

車がどんどん、道なき道を進むようになる。フロントガラスに広がる山道を見つめながら、宗森が「王子さんがそうみたいなんですよね」と教えてくれた。

「昔から、学校の勉強以外のことにものすごく情熱を燃やしてて、そのたびに明子さんは夜食作りに追われてたそうです。明日は、胡麻とわさびのお稲荷さんを作ってくれるらしいですよ」

「それはとても助かります。一回山に入ると、麓に戻るのがなかなか大変ですから」

「何かあったら携帯に電話をくださいね。すぐにお迎えにいきますから」

宗森が自分の胸ポケットから携帯を取り出し、そして、あっと顔をしかめた。

「ごめんなさい、この辺、まさかと思ったら圏外でした」と言われ、和奈は「仕方ないですよ」と声をかける。自分のスマホも確認するが、やはり圏外だった。

「それはもう覚悟して、夕方まではがんばって作業に集中します。何しろ時間がありませんから」

「納品がギリギリになってしまって、本当に申し訳ないです。せめて、一日くらいは早くしてくれるんじゃないかと淡い期待をかけていたんですけど、むこうも職人ですから、妥協しないで最後まで造形にこだわったみたいなんですよね」

一日限りで消えてしまう舟だが、でも、だからこそ、ただ一度の晴れ舞台のためにこだわって作るというのは、贅沢で、そしてすごくいい風習だと和奈は思う。

「大丈夫です」と答えた。

「それに、今日から応援が来てくれますから」

「そのことなんですが、それも、本当にありがとうございます」

運転しながら、宗森が和奈に礼を言う。ガタガタ道に乗り上げたせいで、車体が大きく揺れた。

「行城さんといい、斎藤監督といい、並澤さんの人徳ですね」

「いえ、とんでもない」

和奈が苦笑する。

車が、作業場となる小屋に、ようやく到着する。

簡素な平屋の山小屋の中に、一歩入る。

天井の高い、倉庫のような建物だった。中は、この季節だというのに、暑いどころかむしろひんやりとしている。

ビニールシートが敷かれた床の中央に、白い布がかけられた舟の姿がある。

見て、息を呑む。写真や映像で見ていたけど、思っていたよりずっと大きい。小柄な和奈からしてみると、圧倒されるほどだった。

宗森が黙って、かけられた布をふわっと取り去る。舟を覆った新しい生木の匂いがふわんと強く、作業場に溢れた。

しっかりと目を見開いて、舟の姿と対峙する。声が出た。

「――いいです。すごく、いい」

むき出しの木の木目が、まるで生き物のように思えた。一つの巨木から彫り起こされたと思しき舟は、滑らかなフォルムをしていて、継ぎ目がほとんど確認できない。伝統のあるお祭りだ、と聞いていたことの意味が改めて、胸に迫る。美しく、丸みを帯びた舟の形は、どことなく女性の身体のラインを連想させる。昔から長く続くお祭りは、きっと、女性の身体に代表されるような自然の恵みに感謝を捧げながら、今日まで存在してきたのだろう。説明されたわけではなくても、舟の形からそれがわかる。

ところどころに、彫刻が施されていた。舟の頭にあるあのマークはおそらく、トウケイ動画の「東」を象った三角のマーク。後ろに回り込むと、そこには「L」に似た選永市の市章が入っていた。

息を一つ吸いこみ、唇をぎゅっと噛む。

「始めます」と、和奈は言った。

「よろしくお願いします」と、宗森が頭を下げる。

宗森が再び車に乗り込み、その姿が山道の向こうに消えていくのを見送ってから、和奈は一人、作業場に戻る。誰に聞かせるわけでもないのに「さーて、やりますか」

と声が出た。

と、そこで、小屋の前に先客がいることに気づいた。

さっき宗森と入った時には気づかなかったが、小屋の裏手から、小さな女の子が出てきて、「ひゃっ！」と声が出る。彼女もまた、和奈の姿を見て、びっくりしたように目を見開いていた。

すごく――ものすごく、かわいい女の子だった。年は四、五歳というところだろうか。白黒のボーダーシャツに、黒いフリルスカート。スカートの裾には、ラインストーンがびっしり並んで、彼女が動くたびにそれが存在感を主張して揺れる。ビスケット柄のポシェットを肩から提げていた。

一瞬、妖精？　と思う。

こんな山の中だったら、それもあり得る気がする。だけど、たぶん、違う。彼女はブランド物らしきオシャレな子ども服を着ている。

「え……と、誰？」

女の子は答えない。びっくりしたような顔のまま、じりじりと後じさろうとする。誰かわからないけど、あまり山奥に行かせない方がいいだろう。和奈はあわてて、「商工会の、誰かのとこの子？　お父さんたちと来たの？」と尋ねる。

子どもがあまり得意でない和奈にしては精一杯がんばった質問だったが、彼女は唇を堅く閉じたまま、何も言わなかった。ただじっと、こっちを見ている。

「えーと、お母さんとか、どっかにいるのかな?」

これにも返答はない。

和奈は弱り果てて、周囲を見回すが、背の高い森の中は、鳥が鳴く声と、どこか遠くで誰かが何かの作業をしているような、工機の音が微かに聞こえるくらいで、他には人の気配がなかった。

「ええと……」

困る。

本当に、困る。何より、貴重な作業時間はもう始まっている。苦し紛れに訊いた「一緒に、小屋の中に入る?」と言う和奈の声にも、彼女はうんともすんとも言わない。本当に妖精か精霊なんじゃないかと思う。

「じゃあ……、お姉ちゃんはここにいるから、もし何かあったら来てね」

もし、この子の保護者が来ても、ここに小屋があったら、きっと中を探すだろう。

諦めて和奈が小屋に戻ると、女の子は、あれだけ何の反応も示さなかったにもかかわらず、和奈の後ろに距離を取りつつ、ついてきた。木の匂いの満ちた作業場に入るなり、その口が、舟を見上げて、微かに「わあ」という形に動く。

舟に触られたらどうしようか、と思ったが、女の子はそのまま、遠巻きに舟を見上げながら、入り口近くの床にちょこんと座った。

一体、この子、何なんだろう。宗森に連絡したくても、携帯は圏外だし――、と考えながら、とりあえず作業を進める。事前にトウケイ動画と相談してきた図案の模造紙を広げる。女の子がそれを見て、また「わあ」という口の形になる。

和奈は、図案と舟とを見比べる。

舟の右横に立ち、「よし」と呟く。最初の線を描き入れる。

一度作業に没頭してしまうと、申し訳ないことに、謎の女の子の存在がどんどん頭から消えてしまった。

なるべく、多くのキャラクター。なるべく、生き生きとした表情で、なるべく、皆に見せ場があって――と、がむしゃらに腕を動かしていく。神聖な木の舟に直接線を引くことで最初はしていた気後れが、どんどん消え失せていく。

集中力がふつりと途切れる瞬間が急にやってきて、一度舟を離れる。すると、女の子が、和奈のすぐ横で自分のことを見上げていた。手に何か持っている。

「描いて」

和奈に向け、初めて口を利いた。

見れば、女の子が手にしていたのはお絵描きボードだった。磁石のペンに砂鉄を使って絵を描いたり消したりできるおもちゃだ。ポシェットの中に入れていたのかもしれない。

相変わらず無愛想な顔のまま、彼女がもう一度言った。

「それ、『サバク』でしょ。描いてよ」

どうやら、本当に妖精や精霊ではないみたいだ。日本のアニメを、きちんと見ている。

「よしきた」と和奈はボードを受け取る。

女の子からリクエストされたマユを描き終え、軽く飲み物を口にしてすぐ、再び作業に戻る。作業に合わせて、手がどんどん黒ずんでいく。

次に気づいた時、女の子の姿がいつ間にか消えていた。

いつ出て行ったのか、ドアが閉まる音すら記憶になかった和奈は、あわてて「え？　え？」と周囲を探すが、夏の森は、朝とさほど変わった様子もなく、のどかなものだった。

まずい、あの子、本当に迷子だったのかもしれない。遭難してしまうかもしれない――と、小屋の周りを探そうとしたところで、その時、「わあー、ようやく見つけたぁ」という声が聞こえた。

聞き覚えのある、声だった。忘れようと思っても、忘れられない声だ。

声の方向を見る。相手と目があった。

「おひさしぶりです、並澤さん。すいません、迷いに迷って、遅れました」

大きなリュックサックを背負ったまま肩を落とす逢里と、――この山道を涼しい顔してキャリーバックを引いている造形師の鞠野が立っている。

ああ、と胸に吐息が落ちる。

ひょっとしたら、と思っていたけど、やっぱり鞠野が来た。そのことに、微かに胸がまだ痛む思いがしたが、次の瞬間、おや、とその気持ちが打ち消される。

ロングスカートを穿いた鞠野の細い腰の向こうに、さっきの女の子の姿が見えた。

和奈の方を、相変わらずの無表情で、じっと見つめている。その手が、鞠野のスカートをぎゅっと摑んでいた。

『応援が必要じゃないかと思いまして』

逢里から電話があったのは、和奈があの日、メールをもらってすぐのことだった。

選永駅で王子と香屋子を出迎え、ただでさえ衝撃に揺れていた和奈のもとに届いた逢里からのメールには、河永祭りの舟下りのことで連絡を取りたいという旨が記されていた。

『突然、携帯にメールしてすいません。

河永祭りの舟のこと、トウケイ動画さんのサイトで見ました。つきまして、うちの会社からご提案があって、行城さんに連絡を取ったのですが、その際に、並澤さんが舟に絵を描かれるという話を伺いました。

お手伝いさせていただけないでしょうか』

過剰なほどのアニメ愛の人であり、仕事バカだと和奈が思った逢里は、しかし、和奈の想像を遥かに超えたアニメ愛の持ち主だった。

緊張しながらかけたひさしぶりの電話が繋がった瞬間、彼から挨拶もそこそこに、いきなり、『着色はどうするおつもりですか』と尋ねられた。

『舟全体に、たった三日で、お一人で全部描くと聞いて、驚きました。失礼ですが、並澤さんは普段は着色のお仕事まではされていませんよね？　それに立体物に絵を描くのも色を塗るのも、原画を描くのとは勝手がまるで違います。うちの造形師に手伝わせていただけないですか？』

ブルトからはトウケイ動画に、舟の破片をファンに送る際、それに合わせて舟の小さなフィギュアをつけてはどうかと提案をしたそうだ。割れた舟の破片は、そこに御利益があるとはいえ、どうしたって絵が原形をとどめてはくれない。どの部分が届くかで、不公平感もでる。

それならば、うちの出番ではないでしょうか、とかけ合ったそうだ。

『発送までに三ヵ月いただければ、急ぎの仕事にはなりますが、充分に破片と一緒にフィギュアをつけられますよ。このお祭り行事が恒例になるなら、来年からは今年のフィギュアを会場販売してもいいでしょうし』

今年のお祭りを造形師とともに視察に行きたい、と申し出た逢里の提案に、おいしい話が大好きな行城は一も二もなく乗った。

——逢里は、その際に、和奈の仕事のことを知ったのだそうだ。

『うちは立体のプロです』

電話の向こうで逢里が言う。

『お手伝いさせていただけるなら、並澤さんは絵の作業のみに集中できます。せめて塗装だけでもうちにやらせていただけないでしょうか』

「ありがたいですが、でも……」

大丈夫ですよ、と和奈が答えようとしたその時、逢里から、矢継ぎ早に質問が飛んできた。

『並澤さんは、塗料はどんなものを持っていますか？　ラッカーは？　エナメルは？　ひょっとして、道具の用意から始めなければならないんじゃないですか。木に描くというなら、彫刻の溝に塗る作業は必要ありませんか？　表面処理の経験はありますか？』

咄嗟に口が利けなかった。

と同時に、確かに自分は、がむしゃらに絵を描きたいと口にするだけで、作業を舐めていたのかもしれないと思い知る。これまで、和奈が単純に着色と呼んでいた作業を、彼が「塗装」と口にしたことで、それはまったく違う能力を要する仕事なのだと、心が揺れる。

『うちの造形師と伺います』と逢里が言った。

『お手伝いをさせてください』

「いやー、威勢よく手伝わせて欲しいなんて大口を叩いたのに、こんなに遅刻してしまって申し訳ないです」

逢里が、小屋に入ってすぐ、背負っていたリュックサックを下ろして言った。

和奈が普段着ているものとは、値段が倍以上違いそうなパーカを着ている。スウェット地がライダースジャケットのようにデザインされたそれは、もはやパーカなのかどうかも和奈からしてみるとわからない。

服装こそ相変わらずおしゃれだったけど、リュックだけは誰かに借りたような年季の入ったアウトドアスタイルのものだ。きっと、重たい作業道具を担いできてくれたのだろう。

「駅からタクシーに乗ったんですけど、運転手さんが山道に詳しくなくて、ここから先は歩いてくれって降ろされてしまって……。携帯も通じないし、途中で紅羽《べには》ちゃんともはぐれるし、本当に、泣きそうになりました」

「本当に。逢里くん以上に私は泣きそうでした」

そう言いながらも、泣くところなどまったく想像のつかない鞠野が横から言う。

彼女は彼女でまた、逢里以上に山奥に似合わない雰囲気の持ち主だ。この山道をそれで上ってきたのかと驚愕するようなロングスカートにハイヒール。スカートは、女の子と同じく、裾の部分に一列にラインストーンが並んでいた。

さっき鞠野の腰にしがみついていた女の子は、今は彼女の腕の中だった。この細い腕によく――と思うけれど、おさまりよく抱っこされている。

「まさか――、鞠野さんが来てくれるなんて驚きました。お忙しいでしょうに」

まだ状況が見えきらないまま、和奈が口にする。人気造形師なのに、こんな場所まで出張していていいのか。

本音を言えば、彼女の美しさにまた落ち込むのが嫌で、どうか別の人が来てくれますように、と、和奈は祈るように思っていた。

鞠野がちらりと和奈を見る。ただそれだけで、首を締め上げられたように息苦しくなる。スカイツリーですれ違った時よりは、それでもいくらか好意的ではありそうな声が、「確かに暇ではありませんが」と答えた。

「この夏はどこにも出かけられなかったので、遅い家族旅行を兼ねて来ました。普段、ほとんどこの子の相手をしてあげられないので」

「え?」

「あ、紅羽ちゃんは鞠野さんのお子さんなんですよ」

信じられない思いで、再び「ええ？」と鞠野を見る。無愛想にこっちを向いた鞠野と子どもの二人を見て、さらに驚きがこみ上げてくる。

「えええー！」と声が出た。

「さっきはぐれてしまいましたが」と鞠野がしれっとした顔で言う。

「お絵描きボードに並澤さんの絵を描いてもらって戻ってきたので、おかげで小屋の場所まで辿り着けました。ありがとうございます」

鞠野の顔が、その時初めて微笑んだ。普段愛想のない美人が笑うと、それはとんでもない破壊力だ。その後で、彼女が謝る。

「すいません。私が片親で育てているので、今日もお仕事場に連れてきてしまって」

「いや、それは全然。気にしないでください。——さっきも、私が作業するの、おとなしく、お行儀よく見てくれてましたし」

呆然としながら、この人、シングルマザーだったのか、と現実感薄く考える。鞠野が再び、今度は紅羽の顔を覗き込んで微笑んだ。

「そうですか、よかった。この子、人の作業を見るのは好きなんですよ。もっと小さい頃は苦労したんですけど。造形の仕事は、子どもの好きそうな細かい部品が多いので」

「ああ、それは確かに」

「すごかったですよね。仕事場の隅で大人しくしてるから、何かと思って覗き込んだら、接着剤のチューブ踏んづけて床にくっついてたり。あれ、ゴキブリほいほいみたいでしたね」

逢里が言うと、鞠野の腕の中から、紅羽が「やめろ！　おーさとくん」と、逢里の顔をバシン、と叩いた。それに逢里が「痛っ」と鼻の頭を押さえる。

母親の真似をして呼ぶ、「おーさとくん」がかわいかった。

それを見て、和奈は、なぁんだ、と安堵する。

鞠野とも、きちんと話せる。

むしろ、美人だったり、同じ会社だというだけで、逢里との関係を疑った自分の視野の狭さが恥ずかしくなる。そんなふうにしか物事が見られないなんて、本当にバカみたいだった。

「鞠野の日程が取れるかどうか、怪しいところだったんですが、一緒に来られてよかったです」と逢里が言った。

「ありがとうございます」と、今度は和奈も心から言う。

「助かります。ご無理をお願いしてしまって」

「友人が困っているんだから当然です。——あ、と、すいません」

逢里が和奈に向き直った。

「友人だなんて、呼んでしまって」

「何をいまさら」

紅羽を床に下ろした鞠野が、目を細めて言う。

「逢里くん、散々会社で言っているじゃないですか。『サバク』の話するとき、並澤さんと友達だって」

「いやー、自慢なんですよ」

そう笑う逢里を前にして、和奈は深く、息を吸う。

「とんでもない」という声は、自分でも思っていたより素直に出た。

スカイツリーで会っていた頃のような期待は、もう消え失せていた。あの時鞠野に「デート」と呼ばれたような気まずさより、逢里の言う「友人」はよほど耳に心地よかった。

私は、この人たちの友人。

自慢の仕事をすると、そう信じてもらえる友人。

打ち明けることもないままの恋心だったけど、今なら、その言葉を嬉しく、受け止められる。一足飛びに彼女とか恋人と誤解されてしまうより、ずっといい。

職種も、生い立ちも、あるいは容姿や、女子度だとか、そういうものさえも超えて、私たちは同じ仕事で繋がれるのだ。

「じゃあ、やりましょうか」と和奈は号令をかける。

「三日しかありません。どうぞよろしくお願いします」

「こちらこそ！」と答える逢里と鞠野の声が、気持ちよく、それに重なった。

舟の完成は、河永祭り前夜祭の朝、徹夜作業を終えてからだった。

生木の強い匂いが、どんどんと、塗料の匂いに上書きされ、その匂いが強くなるにつれ、舟が完成に近づいていく。

丁寧に付近に布をあて、そこを避けてエアスプレーを吹き付ける鞠野と逢里の作業を見守りながら、これは確かに素人が手を出せるものではなかった、と恐ろしく思う。鞠野の手が色に色を重ねると、アニメ絵らしい立体感が鮮やかに再現されていく。

完成するまでのその作業を、宗森も一緒に見守る。作業が進むにつれ、作業所には『サバク』の聖地巡礼に協力する飲食店や旅館からも差し入れがどんどん増え、さながら宴会のような空間が出来上がっていた。場所柄日本酒も多いせいで、一足早く、舟に奉納品が集まったような雰囲気だ。

「終わりました」

鞠野の声が、響き渡る。

彼女にしたところで、普段のフィギュアより巨大なものを扱っているわけだから、勝手はだいぶ違うだろう。スプレーを吸いこまないようにかけたマスクを外しながら、彼女が言う。

「あとは、乾かすだけです」

「――ありがとうございます」

その場にいる全員を代表するように、宗森が鞠野に頭を下げた。その後で、和奈の方にも改めて向き直る。

「並澤さんも、本当にありがとうございます。まさか、こんなことができるなんて思ってもみなかった」

顔を上げた宗森が、作業場中央にある舟を見つめる。そして、一言、言った。

「早く、監督さんや、ファンの皆さんに見せたい。すごい舟ができました」

彼の素直な言葉が、和奈の胸にもじんわりと沈み込んでいく。

舟の船体に、和奈は、選永市の、河永祭りを描いた。

実際の渓谷を見にいき、お祭りの過去の映像もたくさん見て、勉強した。渓谷の両脇に分かれたキャラクターたちが、舟の絵の中で、舟を川に流しているという二重構造の絵だ。そして、彼らが流そうとしている舟の絵は、これまで彼らが乗り込んできたロボット十二体。

これまで、主人公たちが封じ込めてきた音を象徴する、ノックや、雪解けや、雨音や、タカヤの笑い声や——、そういうものを、全部、背景の中に入れ込んだ。最後の戦いで、彼らが守った水田の景色も。


その舟が、完成する。

お祭りが、とうとう始まる。

||||||

舟の完成した、それから数時間後。

河永祭りに前夜祭から参加する、斎藤監督や行城プロデューサーを始めとした『サバク』チームがとうとう現地入りした。

ひさしぶりに会った彼らが、駅に降り立った瞬間、まず、「わあ、すごい」と声を出す。

今日のために用意した、「ようこそ、『サウンドバック』の街・選永市へ」と書かれた歓迎幕を見て、斎藤監督が嬉しそうに目を瞬いた。

聖地巡礼のことを除いたとしても、河永祭りは全国的に有名な祭りだ。毎年十万人、と言われる観光客の数も誇張ではなさそうだった。朝から、人を満載した電車がやってきては、選永でたくさんの人が下車する。車通りもとても多かった。

前夜祭だけでこの人出なのだから、明日の川下り当日は、きっとさらに人出が見込めるのだろう。

「例年より、若い人が圧倒的に多いです」

宗森が興奮した口調で言う。

「『サバク』効果だと思います」

「――こんなに、人が」

斎藤監督が、呆気に取られたように口にする。

『サバク』目当てらしい客の多くが、斎藤監督に気づいて「わあ」と声を上げる。屈託なく、「監督、お疲れさまー」と声をかけてくれる子の姿さえ見られた。

「おひさしぶりです」

和奈もまた、斎藤監督に声をかける。

ひさしぶりに会う監督は、以前会った時よりだいぶ柔らかく優しい印象になっていた。ボーダーのシャツにジーンズという格好は気取ったものではなかったけれど、髪の毛をきちんとまとめているせいか、あの頃よりだいぶきちんとしている。

和奈が前に会った時、彼女はまだシリーズアニメの放映途中の、まさに佳境にいた人だった。彼女は今、その戦いを抜けたばかりなのだ。それは、次の現場に向かうまでの、束の間の休息時間のようなものだろう。長く苦しい戦いを抜けた監督は、あの頃からは想像もできないくらい、穏やかな、とてもいい顔をしていた。

「お招きいただいてありがとうございます」

斎藤監督が和奈に向けて微笑む。「とんでもない」と和奈は答える。

「勝手なお願いごとのお電話をしてしまって、こちらこそ申し訳なかったです」

「当日入りになってしまってすいません。まさか、こんなに盛り上がっているなんて」

「いやー、盛況ですね。ありがたい」

言葉をぽつぽつと繋げる監督と対照的に、行城が目の上に手をあてて、遠くまで続く人の波に目を凝らす。ああ、この目にはお客さんの姿が全部札束に見えてるんじゃないか、と和奈はまだ少しおもしろくないが、黙っていた。

「王子さんたちは明日、川下りの会場に直接いらっしゃるそうです」

宗森が伝えると、行城の顔が「ああ……」と微かに曇った。不満げな様子を露わにしながらも、「了解しました。いや、相手にとって不足はありませんけど」と唇を尖らせる。

「行城さんには、今から、明日の川下りの順番を決めるくじ引きに参加していただきます」

宗森がトウケイ動画の二人の顔を両方見て、尋ねる。

「引くのは、行城さんでいいんですね？　監督じゃなくて」

「そういうくじ運みたいなものは、きっと、私より行城さんの方がいいですから。勝負強いっていうか……」

斎藤監督が歩きながら答える。「いやー、それほどでも」と言いながら宗森と前を歩く彼の後ろで、彼女がぼそっと、「それに」と付け加える。和奈に言った。

「行城さんが引いてくれた方が、いい順番じゃなかった時も責める側でいられるから、気楽です」

「意外に酷いですね」

「ええ」

斎藤監督が静かに微笑んだ。「改めて、ありがとうございます」と和奈に言った。

「舟の映像を送ってもらって確認しました。――美しい舟ですね」

「実際はもっとすごいですよ」

和奈も胸を張る。

「私たちみんなの、自信作です。制作は、ブルトのスタッフさんたちも手伝ってくれました」

「楽しみにしています」

その後、移動した保存会と商工会をまじえての川下りのくじ引きで、行城が、黄色いボールを引き当てた。

その色を見た途端、宗森が和奈の横で立ち上がり、「よしっ！」とガッツポーズを作る。それだけで、それが何かいい結果を示す色だったのだということがわかった。

行城の引いたボールに書かれた数字は、「13：00」。

お昼過ぎの、一番いい時間と呼ばれる時間だった。これならファンにも都合がいい。

「やりました！　さすが、持ってますね、行城さん」

「いやー、それほどでも」

宗森に肩をばんばん叩かれながら、涼しい顔をした行城がまんざらでもなさそうな表情で、くじ引きの壇上から降りてくる。斎藤監督の方をちらっと彼が見て、それに斎藤監督の方は、特に声を上げるでもなく、柔和な微笑みで拍手をしているだけなのが、この二人の関係性を物語って見えて、和奈には、おもしろかった。

引き続き、参加団体向けの説明会に出るという宗森と行城を残して、和奈と斎藤監督はくじ引き会場を出た。

監督と一緒に歩いていると、「ああ、ちょっとちょっと」と背後から声をかけられる。

振り返ると、王子監督のお母さん、明子さんが立っていた。「お嬢さんがたー」と軽やかに和奈たちの方までやってくる。お祭り用に炊き出しでもしているのか、今日は割烹着姿だ。

足を止めると、「ねえ、監督さんなんでしょう?」と人なつこい様子に斎藤監督の顔を覗き込んだ。

「『サバク』を撮った、監督さん。すごいのねえ、まだ若いのねえ」

「あ、いえ……」

「ねえ、ちょうどいいから、明日の朝、うちでみんなで浴衣着なさいよ。和奈ちゃんも、よければ一緒に」

「え——」

「私、好きでねえ」

明子さんが、いつものおかめ顔をさらにさらに柔らかくふっくりとした笑顔にする。

「若い頃から着道楽で、たくさん浴衣も訪問着も持ってるんだけど、普段はなかなか出してくる機会がないから。よければ、みんなで着てちょうだい。着付けも面倒見るから」

「ええっ、だけど、それは……」

斎藤監督はどうだか知らないが、少なくとも、和奈の人生に着物という概念はなかった。地元の同級生が集まる成人式にだって、案内は来たけど出なかったことを母からいまだにじくじく言われる始末だ。

下町で育ち、地元にお祭りも多かった和奈にとって、お祭りに浴衣で出るなんていうのは、デートとか彼氏という文化が当たり前にある、クラスの特権階級にだけ許された贅沢だ。文化が違いすぎる。

無理無理、といつもの調子に口を開きかけたその時、だけど、王子母が有無を言わさぬ口調で「ね、この後うちに来てみんなで選びましょ。他にも着たいっていう人がいたら連れてきてもいいから」と早口に言う。

呼び止める間もなく「じゃ！　また」と、彼女が遠ざかっていってしまう。

「あの、明子さんっ！」と呼び止める和奈の言葉が、むなしく宙を切る。

和奈と同じか——それよりもっと圧倒された様子の斎藤監督が「なんか、すごい人ですね」と言うのに、「王子監督の、お母さんです」と、説明する。

「えっ⁉」

監督が盛大に驚きの声を上げるのを聞き、和奈は苦笑する。

驚きますよね、やっぱり、と肩を竦《すく》める。

＝＝＝

「浴衣、華やかでいいんじゃないですか」という行城のどこまでそう思っているかわからないハートレスな言葉に送り出され、和奈と斎藤監督は、午後になってから、王子監督の実家に向かった。

タクシーで名前を出すとすぐに、「ああ、王子酒造さんのとこの家ね。はいはい」と運転手さんが頷いた。酒蔵の場所は別にあるそうだけど、このあたりでは有名な家らしい。

車を降ろされてすぐ、目に入ってきた門とその奥に広がる庭の立派さに、ひゃーっとため息が出た。

ものすごく立派な日本家屋だ。

よく手入れされた様子の松や椿の庭木が並んだ中に、鯉の泳ぐ池が見える。王子監督って、お金持ちだったんだ……と、呆然としたまま、斎藤監督と二人、前に立ち尽くしていると、ふいに、奥から声が届いてきた。

「あ、王子監督ってボンボンだったんだ、とか思ってるんだったら、それ、全然違うから。親から俺、一切援助とかしてもらってないから」

「あ」

斎藤監督が、声の方向に顔を上げる。

開いたままの玄関の奥から、王子が出てくる。後ろに「おひさしぶりです」と付き従う有科プロデューサーの姿もあった。

「王子さん」

「明後日のトークショーよろしくね。斎藤さん」

「こちらこそ」

斎藤監督の顔に微かな苦笑が浮かぶ。

「すいません。選永が王子さんの故郷だってこと、私、まったく知らなかった。無断に使ってすいませんでした」

「いいよ。親父たちも喜んでるし」

この間息巻いていた時よりはだいぶ落ち着いた声で王子が言う。その時、背後から、

「はいはいはーい、じゃ、お嬢さんたち、みんな奥にどうぞー。用意してますから」

と明子さんがやってくる。

「明日は、着付けができる友達を総動員で呼んだから、本当に遠慮しないでね。華やかで、おばさん嬉しいわ。千晴がこんなにたくさん女の子を連れてこられるようになるなんてねえ……。本当に成長したこと」

「いや、ていうか、家に連れてこなかっただけで、俺だってそこそこモテてたから。

つか、母さん、張り切りすぎ」

「嘘よぉ、モテなかったくせに」

「ああ、それは確かにそうなんでしょうねぇ」と香屋子が横から頷いて、それに王子が「有科さんも食いつかなくていいから！」とまた怒鳴る。

それを見て、和奈と斎藤監督とでまた顔を見合わせる。自然と、互いに笑みがこぼれた。

斎藤監督だけじゃない。シリーズアニメという嵐を終え、平穏を迎えた人が、ここにもいる。


通された奥の部屋には、明子さんが用意してくれた浴衣がずらっと並んでいた。

色合いが華やかで、柄もかわいいものが多い。朝顔に、花火に、撫子《なでしこ》、鈴蘭《すずらん》……。

「これなんかはアンティークなんだけど、お魚屋さんのお嬢さんのものだったんだって」と、全面魚が泳ぐ柄のものを示されて、「すごーい！」と女子三人から声が上がる。

「この帯とこの草履は、この着物を着る人にセットで使ってもらって——、あ、だけど、こっちの着物とも合うかな」

「あっちの帯も、この深い色には合いそうですよね」

着物のことには素人だけど、色彩感覚についての話だったら多少はできる。和奈の言葉を受け、明子さんが嬉しそうに、「あ、じゃ、これとこれはセットで決まり」と微笑む。

「私、動かしますねー」と、香屋子がテキパキとたくさんある小物と浴衣のセットを整えていくのを見て、なんかまるで呉服屋の女将さんと若女将って感じだな、と思う。実家に泊まり込んでいるところまで含めて、お嫁さんみたいだ。

だけど、当の王子は、途中から「勝手にやって」と席を外してしまった。

「有科さんは背が高いから、大きい柄のものも似合うんじゃないですか？　こっちの牡丹《ぼたん》みたいな」

「あー。並澤さんはそっちのチョコミントカラーの浴衣が似合いそうです。帯も茶色っぽくして……」

「斎藤さんは、絶対に寒色系ですね。凛々しい」

苦手だと思っていた女子っぽい話が、すんなり口をついて出てきて、和奈は驚く。だけど、楽しかった。「かわいい、かわいい」と互いに向かって着物を見立てていくのは、ちっとも嫌じゃなかった。

夕方になって、さらに、王子宅に来客が増えた。

応対に出た明子さんが「あらー、こんなにきれいなお嬢さんたちが！」と嬉しそうな声を上げる。

斎藤監督が、その声を察して「あ」と座敷から立ち上がり、一緒に迎えに出る。

マーメイドナース組、と呼ばれる、声優の女の子五人。先頭に立った葵が、サングラスを外しながら「お世話になりますぅ」と頭を下げた。

ライブ映像とか、テレビやグラビアでなら見たことがあるけど、本物のアイドル声優だ。芸能人だ。皆、足が細くて顔がとんでもなく小さい。ミーハー心が刺激されたせいで、嫉妬するのも忘れて純粋に感動してしまう。

続きの間を開け放し、浴衣を並べた座敷は、さながらアイドルの楽屋控え室のようになる。

途中で、日中は観光名所を回っていたという鞠野たち親子もやってきた。

明子さんの顔がまた綻び、「ちっちゃい子の着物も借りてきましたよ。柄は少ないけど、選んでね」と紅羽に向けて笑う。鞠野が「すいません」と恐縮していた。

和奈の方に顔を上げ、「ありがとうございます」と彼女が言った。

「私たちまで、お誘いいただいて」

「いいえ。鞠野さん親子が浴衣姿だったら、すごく似合うと思ったので」

そう言いながら、ふと、彼女に手を引かれた紅羽が俯いていることに気づいた。もともとお母さん譲りで表情に乏しい子ではあるが、明らかに元気がない。泣いた後のように頬が赤く、唇を噛んでいる。

どうしたのだろう、と思っていると、彼女が和奈の腕をぐい、と引いた。

「……消えちゃった」

「え？」

「あ、ごめんなさい。この子、並澤さんが描いてくれたお絵描きボードの絵が消えてしまったことを、朝からずっと、泣いて、怒っていて」

見れば、彼女の手がこの間と同じお絵描きボードを握り締めている。和奈は驚いて紅羽を見た。砂鉄で何度も描いたり消したりができるお絵描きボードは、描いた絵をすぐ消してしまうのが普通だ。この子と最初に会った日から、もう四日になるのに。

「消さないで、大事に持っていたんですが、今朝、荷物の支度をするときに旅館の仲居さんがうっかり触ってしまって……。それでずっとご機嫌が悪いんです」

「紅羽ちゃん、見せてもらってもいい？」

こくん、と無言で頷いた紅羽からボードをもらう。和奈の描いたマユが、半分、消えている。だけど、残り半分はそのままだ。これを消さずにずっと持っていてくれたのかと思ったら、胸が詰まった。

「また、描いてあげるよ」

紅羽の目線にまで腰を折って言う。

表情に乏しいと思っていたこの子を、自分の絵が喜ばせることも、泣かすことさえもできるのかと思ったら、言葉がなかった。

「本物だから」と紅羽が言った。

「本物の、マユちゃん、だったから」

「ありがとう」

心の底から、紅羽に向けて、お礼を言う。

|||||

前夜祭では、駅前に店が出て、花火も上がる。

「せっかくだから、今日も着ていったら」と言われた浴衣を着て、みんなでぞろぞろ、王子の家から、駅前に向かって歩いていく。

ただでさえ集団の浴衣姿は目立つのに、その中に監督や声優陣の顔ぶれがあるせいで、道行く人たちからさらに注目を浴びる。だけど、どの視線にも嫌な感じはまるでなかった。空気が弾んでいる。

「王子！　次のタイトルでは絶対、私のこと使ってよね」と葵たちが王子監督に絡む声が聞こえたり、「瞳さん、その浴衣、すごくかわいい」とマユ役をあてた杏樹《あんじゅ》が斎藤監督を褒める声が聞こえたり。

ああ、目が眩むほど豪華な顔ぶれだ。選永でこんなの、考えられない。

紅白の丸い提灯が並び、屋台が軒を連ねる駅前の大通りは、普段と様変わりしていた。

屋台の発電機から聞こえる鈍い音が夏の空気を震わせ、やきそばやたこ焼きのソースの匂いが鼻腔を刺激する。

「ヨーヨー、取りたい」と、逢里に肩車をしてもらった紅羽が鞠野に言い、彼らの姿がそのままヨーヨー釣りの屋台に吸いこまれていく。

斎藤監督や声優たちがファンにつかまって、握手をせがまれている。

その姿を遠目に見ながら、和奈は一人、屋台の間を歩いた。

慣れない帯の感覚が胸を圧迫してまだ少し苦しい。過剰なほど気になって、つい、胸に手がいきそうになる衝動をこらえ、確か、アサミさんが焼き鳥の屋台を出すと言っていたはずだ――と、一軒一軒、探して、歩いていく。

すると、その時だった。

「並澤さん！」

声が聞こえて、振り返る。

宗森が立っていた。『河永祭り』と入ったお祭りの法被を着ている。

「ああ、宗森さ――」と顔を上げかけて、ふと、自分もまた浴衣姿なのだということを思い出した。お祭りに浴衣なんて着るのは自分に自信のある一部の女子だけに許されることだ、とこれまで思ってきたせいで、急にそのことが恥ずかしく、心もとなく思える。

浴衣なんて着ていてすいません、という気持ちで「あ、あの、これ、王子さんのお母さんに着せてもらって――」と言い訳のように口にすると、その言葉が最後まで終わらないうちに、宗森が目を大きく、見開いた。

「うわあ、かわいいですね！」

へ？　という声が、喉の途中で固まる。宗森が、嬉しそうに笑いながら近づいてくる。和奈のすぐ傍に立って、そして、微笑んだ。

「びっくりしました。ものすごく、ものすごく、かわいいです」

遠くで、ぽーん、と、最初の花火が上がる。

周囲の人たちの歓声が上がる。空が明るくなる。明るくなって、宗森の顔を照らす。だけど、宗森はまだ、花火ではなく、和奈を見ていた。自分のことを、正面から見ていてくれた。

それを確認した途端、――和奈の目から、涙が出た。

何の前触れもなく。

熱い涙がじわっと湧いて、止まらなくなる。「え」と、今度は宗森が驚いたように言う。「わー、どうしました？　並澤さん」と自分を呼ぶ声に応えられない。涙が、まだまだ止まらなくて、どんどん、どんどん、溢れてくる。宗森が困ってしまう、と思うのに、止められなかった。

かわいい、なんて言われたのは初めてだった。

誰かから、正面切って、こんなふうに、褒めてもらったのなんて初めてだった。

新しい花火が空に弾けて、みんなの視線が夜空の方向に集中する。自分の頭上に降り注ぐ、明るい光と音とを感じながら、その時、躊躇いがちに、頭上にそっと、手が置かれる、その重みを感じた。

宗森が、静かに、和奈の頭に手を置く。顔を上げると、目が合った。宗森がもう一度言う。

「本当に、とてもかわいい。素敵です」

それを聞いたら、今度こそ本格的に涙が止まらなくなる。せっかく褒められたのに、と思うのに、顔をぐしゃぐしゃにして、和奈はわーん、と子どものように泣き出した。宗森に応える、ありがとうございます、という声は途切れ途切れでぐしゃぐしゃに崩れ、ほとんど、満足に言えなかった。

＝

九月二十八日。川下り当日。


午後、一時。

『サバク』の舟が、会場である渓谷の、大きな岩場前にお目見えする。

舟謡を担当する葵が、マイク片手にその前に立つ。そのすぐ後ろで、他の声優たちと斎藤監督がその様子を見守る。和奈もまた、近くに控えて一緒に見る。

葵の舟謡が、静かに、川の水音の流れに沿って、響き渡る。

この日々を後悔しない
諦めない
挫けない
これは、ぼくの選んだことだから
ぼくたちの選んだ、大事な明日のことだから

事前に聞いていた通り、独特の、まるで民謡のような節回しだ。

伴奏も何もない、きれいなアカペラの声が、会場にろうろうと聞こえる。これは、『サウンドバック』のオープニングテーマの歌詞だ。

気づいたファンの間に、声に出さない興奮が広がっていく。思いが共有されていく。

葵は、スケジュールの関係で舟謡を直接現地で習うことこそできなかったが、代わりに参考テープと資料を送ってもらい、東京で何度も練習して今日に臨んだという。

この日々を後悔しない
誰かのせいにする明日は、きっと楽な道だけど
自分で選んで、自分で歩く
すぐ隣には君がいる
一緒に歩いてくれる君がいる

ぼくらは一緒に、歩いていく
君と一緒に、進んでいく
この道は寂しくないから
ぼくの選択は哀しくないから

舟謡が、最後まで、歌詞を言い終える。

それから葵が、ふっと空気を変えて、その場にいる全員をぐるっと見渡した。監督や、スタッフや、商工会の人たちや、お客さんの方を。もちろん、和奈の方も。

「私が、〝せーのっ〟と言ったら、皆さんも〝せーの〟と復唱してくれますかぁー？」

おおー、という、大きな歓声が上がる。

その声に合わせて、行城と宗森が、他のスタッフとともに、『サバク』の舟を、みんなで、まるで御神輿《みこし》のように担ぐ。急流に向けて、進んでいく。

それを確認して、葵が叫ぶ。

「いきますよー！　〝せえのーっ〟！」

今朝、舟の準備をしている時、行城に尋ねられた。

完成した舟を前に上機嫌になった行城が、和奈にこう訊いたのだ。

「すごいですね。これ、前々から選永市がブルトさんと考えていたことなんですか」

「え？」

「いや、別にこそこそ前から準備してたんだとしても、別にいまさら、そのことを咎《とが》めるつもりではないんですけど」

あの時のスカイツリー、と行城が言う。

「ブルトさんの他にも宗森さんがいたんですよね」

和奈は目を見開いた。

「え、違いました？」と、行城が何の屈託もなさそうに口にする。

「確か、言ってましたよね。並澤さん、〝今、好きな人と一緒なんですが〟って」

敏腕でやり手の行城は、きっと情が薄くて不誠実で、和奈が言ったあんな言葉のことは忘れているんだろうとばかり思っていた。

何の含みもなさそうに訊かれた声に、——ああ、と和奈はゆっくり、頷いた。普通、そんなこと訊くかな、と内心ではちょっと、その女心への理解のなさに呆れながら。

「……かもしれないですね」と和奈は答えた。

答えになっていない答えだけど、行城は興味なさそうに「やっぱり」と頷く。その横顔を見て、和奈は、あ、やっぱりこの人不誠実だ、と考えを改める。

だけど、訊かれたことで、和奈も初めて認められる。自分でもびっくりしながら、だけどしみじみ、自覚する。

まさか、あんなアニメに理解のなさそうな人を、いいと思う日が来るなんて思わなかった。

葵のかけ声とともに、一呼吸置いて、みんなの声が揃う。

——せぇぇぇぇぇぇのっ！

全員揃った大きな声が、川の底から湧き起こる地響きのように重なって、渓谷全体を震わせる。

空に、高く、太陽が出ていた。

舟を担ぐみんなの手が、今、離れる。

その瞬間、和奈は思っていた。目の表面が震えて、眩しくて、開けていられなくなる。

お父さん、お母さん、と呼びかけてしまう。

私は、生まれながらにしての、生粋の、非リアだけど。

今日だけは、こう思っても、許されますか。

――私のリアル、充実してる。

たくさんの人からの声援と、美しい選永の陽光を浴びて。

『サバク』の舟が、今、川の中に旅立っていく。

最終章　この世はサーカス

斎藤瞳《さいとうひとみ》がトウケイ動画を去る日は、夕方から、秋の涼しい風が吹き始めた。

十一月の終わり。季節が、また秋から冬に変わっていく。

当然のことだが、去っていく者に冷たいこの会社の性質を、瞳はよく理解している。総務部に渋い顔をされながら用意してもらった段ボール箱に、机の上や、背後の棚、使っていた身の回りのものを順に詰めていく。

狭い作業机の頭上にある本棚から、重たい資料をごっそりと抜いて箱に入れる。

このイギリスの写真集は、『ピンクサーチ』で宮殿を描かなければならなかった時のもの。

この江戸時代の資料は、ゲーム内アニメを作った際の着物の参考資料。

――そして、この少年少女の動きを集めた資料は、『サバク』の時のもの。

一つ一つ、ページがよれるまで開いて絵コンテと格闘していた日々のことを思い出す。自分のキャリアがそうやってここで築かれてきたこと。その会社を、今日で去ること。

一人、片づけに没頭していると、あっという間に窓の外が暗くなっていく。蛍光灯の明かりが窓ガラスに反射する頃になって、背後から声が聞こえた。

「片づけは終わりそうですか」

振り返る。

パーティションで仕切った瞳の作業デスクがある一角の、その入り口に行城《ゆきしろ》が立っていた。

「行城さん」

「車、出しますよ。その荷物、ご自宅まで届けます」

「あ、これらは宅配便で出すので大丈夫ですよ。心配はいりません」

箱の中のいくつかは、そのまま、次の職場であるオフィス・ラグーン宛に直接送ってしまうつもりでいた。行城の方でもそれを察したのか、「そうですか」とあっさり頷く。

「他に何かお手伝いできることがあったら言ってください」

「ありがとうございます」

礼を言った後で、ふと、彼のその横顔を見つめる。

「春の覇権――」

瞳が口にすると、行城が「え？」と振り向いた。何気なくこっちを見る、その表情はわざとだと思う。瞳は静かに、頭を下げた。

今期の覇権を目指す、と言っていたあれがもう、〝前々期〟になるのだと思いを馳せながら、彼に謝る。

「『サバク』が取ることができなくて、申し訳ありませんでした」

そのクールで最も売り上げを出したアニメ、〝覇権アニメ〟の称号を今期与えられたのは、残念ながら、瞳の『サウンドバック 奏の石』ではない。

王子《おうじ》監督とスタジオえっじの『運命戦線リデルライト』でもない。

春の覇権となる数字を叩きだした作品は、では何かというと、『サマーラウンジ・セピアガール』だ。ファンの間では、通称『夏サビ』と呼ばれる、女子校のヨット部を舞台にした青春ストーリー。主人公たちの、ヨットレースにかける情熱と友情とを丁寧に描いた、良質なアニメ作品だ。

前評判で上がっていた並み居るタイトルを押さえた『夏サビ』の快挙は、アニメ関係者やファンの多くにとって予想外の出来事だった。アニメファンの間でさえ、放映中はノーマークだった者が多く、「え、『夏サビ』って何？」というところから振り返るほどだった。

扱うテーマや素材も地味だったし、過去に似たような作品も多かったことから、放映前に注目されることは少なかった。派手な宣伝やイベントもろくに打たなかったようだが、この業界が長いベテラン監督が、若手のスタッフとともに「ものすごくオーソドックスなことを、丁寧にやりたい」と取り組んだこの作品の熱が、ファンに届いた。

「地味だけど、今期は『夏サビ』もすごくいいよ」というファンの声が放映中ににわかに高まった。

女の子たちがみんなかわいく、心情描写も豊かで、かつ、ヨットレースのシーンが素人にもわかりやすくアニメらしくデフォルメされながらも本格的だ、ということから、じわじわと評判が上がった。女の子同士を絡ませた同人誌の盛り上がりとも相性がよく、放映終了直後に行われた夏のコミケを通じて、その人気が普遍的なものになった。

「『夏サビ』ってそんなにすごいの？」と、多くのファンが、放映後からＤＶＤを購入。数字が跳ね上がった。

製作者側にとっても、これは嬉しい誤算であったらしく、最近のアニメ誌やネットの記事では、「宣伝費ゼロから、覇権になるまで」といった、監督やプロデューサーの成功譚がよく載っている。

基本的に、覇権アニメという称号は、純粋にDVDなど、パッケージの売り上げのみをさすものだ。

そうでなければ、数が見えにくいアニメの人気に明確な結果を示せるものは他にない。

パッケージが一番買われた『夏サビ』が、数あるこの春のアニメ界の、その〝頂点〟を取った。

「そのことですか」

行城が静かに苦笑する。瞳を見た。

「まさか、謝られるとは思いませんでしたけど、気にしていませんよ。売り上げは確かに『夏サビ』に及ばなかったかもしれませんが、ぼくはそれを前向きにとらえていますから」

「――夕方五時、という時間で視聴率を取れたおかげだ、と言っていただいていることは知っています。直接観てくれた人たちが多かったから、パッケージの売り上げにそこまで波及しなかったのだろうと」

　おかげで、テレビ局側は喜んでくれている、とも聞いていた。子どもが多く観てくれたおかげで、おもちゃの売り上げもよく、制作費がそれで充分ペイできたということも。

「でも、口に出してしまいましたから」

　瞳はきっぱり、彼に言う。

「覇権を目指したい、勝ちたい、と言った以上は謝ろうと思っていました。すいません」

「確かに、枚数は負けてしまったかもしれないですが、パッケージの売り上げでも『サバク』は二位につけていますよ。言ってみれば準優勝です。おもちゃの利益を含めてよければ、純利益は『夏サビ』以上です」

「でも負けましたよ。――『夏サビ』だけではなく、王子監督の『リデルライト』にも」

　そう言うと、行城が微かに息を呑んだ。彼には珍しく、うっかりそうなってしまったというような沈黙が一拍あってから、行城が「負けていません」と答える。

　けれど、その表情と声音に、彼の本心が表れていた。

『リデルライト』を瞳とともに、あの日、最終話まで見守った行城にも、自分たちの負けは、はっきりともう実感できているはずだった。

売り上げとしては、王子監督の『リデルライト』は、『夏サビ』『サバク』に及ばなかった。

けれど、今、アニメファンの多くに「この春の覇権アニメは？」と尋ねると、多くの人が、王子監督と『リデルライト』の名前を答える。それはもう、パッケージの売り上げという目に見えた結果を超えて。あのアニメが素晴らしかった、衝撃的だったと、多くの人が声を揃えた。

もともと、「今期の覇権アニメは何か」を競うように見るアニメファンたちの関心は、初めから結果にはない。盛り上がってその期のアニメを見守った後で、では、どの作品が一番だったか、を振り返る時、人の記憶というのはとても曖昧なものだ。

数字の一番が何だったか、ということよりも、どの作品が印象に残ったか、の方が圧倒的に存在感がある。業界内部にいる瞳たちでさえ、後から振り返って、自分の思っていたその期の「覇権」タイトルと、実際にそうだったもののタイトルが必ずしも一致しない、という経験がままある。

つまるところ、その期の「覇権アニメ」を決めるのは売り上げではなく、個人の趣味だ。みんな「俺の」「私の」覇権を追いかけることに必死になる。

瞳はその意味で、王子監督にも敗北したのだと、そう思っていた。

＝

九月にあった、選永《えなが》市の河永《かなが》祭りでのイベント。

トークショーに臨む瞳の相手役を務めた王子は、瞳に向け、「感服しました」と素直に言った。

もちろん嬉しく、光栄だったものの、彼にあっさりそう言わせてしまったことが悔しくもあった。それは、王子の自信の完全なる裏返しだ。自分の『リデル』にそれだけの自信があるからこそ、すんなり口にできるのだろう。本当に「負けた」と思っていたら、口にも出せないはずだ。

「――天才にそう言っていただけるなんて光栄です」と、半ば嫌みを返すような気持ちで言った瞳にも、王子は揺らがなかった。端整な顔を微かに歪めて言う。

「それ、よく言われるんだけど、俺、違うと思うんだよね。天才は、俺じゃなくて斎藤さんの方。誤解されがちだけど、俺は秀才」

あっけらかんと口にする王子は、あながち嘘やリップサービスで言っているわけでもなさそうだった。真面目な顔つきになって、瞳に向き直る。

「斎藤さんの『サバク』に感服したっていうのも、嫌みでもなんでもないよ。アニメ業界って、いわば、世の中に架空の恋人を届けるヴァーチャル風俗でもあると俺は思ってるけど、その意味で、股間か子宮を熱くさせなきゃ覇権を取れないって言われてる近年のアニメ業界の中で、『サバク』は、これまで誰もなしえなかったことをしたんだよ。わかりやすい〝萌え〟を提供しない健全な作品で、ド直球の勝負をして、そして勝った」

大健闘だよ、と王子が言った。

「これからは、『サバク』の功績のおかげで、萌え系以外のアニメ制作にも予算が取りやすくなる。スポンサーがつくし、企画が通るよ。アニメ界を変えるのは、美少女ものの『リデル』じゃない。『サバク』だよ」

王子がそれから、会場に揃ったファン全員を見渡す。「これだけの人を、こんな寂れた田舎に集めちゃうわけだしね。あ、オレ、出身なんで、堂々とこの町の悪口言いますけど」と言うと、笑いが起きた。

相変わらず、そこにいるだけで華があって、場を作ることができる人だ。彼に正面から評価されたことで、言葉をどう続けていいかわからなくなる。

「……アニメ界を変えるのは、王子さんですよ」

精一杯口にする。互いの褒め合いになるようで、みっともないとは思うけれど、そこは譲れなかった。

「『リデルライト』は、ここから十年、アニメ界の歴史を進めた、歴史に名前を残す名作だと思います。これからきっと、みんながあれに合わせてアニメの演出を大きく変える。――画面の前で、私も、正直、悔しかったです。誰も、ここからしばらく、『リデル』に勝てません」

「あー、それ、嬉しいことに最近よくそんなふうに言われますけど。あ、そうだ、じゃあさ」

おもしろいことを思いついた、というように王子が目を輝かせる。「斎藤監督がやってよ」と続けた。

「オレのせいで誰も手が出せなくなったって言われてる魔法少女もの。次、斎藤さんが新しいの撮ってぶち壊してよ。でないとオレも他のものが撮れないし。ダメ？」

彼のこの言葉に、会場から大きな歓声が上がった。

すごくいい、それ最高、という声が響く、その輪の中心で、マイクを両手で摑んだ瞳の腕が震えた。それから、大声で、マイクを持ったまま、呟く。

大きな声で。

「……重っ‼」

その声に、会場が、さらなる笑いに包まれた。

『サバク』の現場で何が一番つらかった？」

トークショーの後半、王子に尋ねられた。事前にネットで受け付けた瞳への質問内容の中にあったものらしい。

「まあ、アニメの現場なんて基本つらいことしかないかもしれないけど、それでも一番っていうと何？」

「つらいこと、ですか」

マイクを下ろし、しばらく考える。だけど、この場で言いたいことはすでにもう決まっていた。

「つらいことは、たくさんあったんでしょうけど」と、マイクを握り直す。

「今、こうやって作品が形になって、無事に放映が終了してしまうと、そういうことも、みんな乗り越えられた後なので、今、取り立てて思い出せることはありません。

——つらい側面ばかりが取り上げられがちな、私たちの業界ですけど」

頬に、自然と笑みがこぼれる。

壇上から見える一列目の席には、ともに歩いてきた行城も、王子監督のパートナーである有科香屋子《ありしなかやこ》も、姿が見えた。そのまま、続ける。

「それでも私は、この業界の仕事を楽しい、と言いたいです。つらくても取り組む価値のある、とても楽しい仕事だと。この業界に憧れて欲しいし、新しい人にどんどん入ってきてもらいたい」

後継者が欲しいです、と続ける。

王子が笑った。「斎藤さんらしくて、まっすぐでいいなぁ」と。

「オレたちって、お人よしだよね」

「え？」

「新しい才能って、それ、つまり、自分にとっても手ごわいライバルを歓迎するようなもんでしょう。自分のタイトルを送り出して、それ観て参考にしましたって人に、自分の作品や演出内容を食い荒らしてもらって、その上で業界の活性化を望む。あーでもない、こーでもないって後輩にいちゃもんつけながら、商売敵を育てる。ま、それは、どの業界でも一緒か」

王子が苦笑する。

「アニメが好きなんだよね」と、彼が言った。

「どうしようもなく好きなんだから、だからもう、どうしようもないよね」

その言葉を聞いた途端、瞳の全身が、温かい熱にくるまれたように感じた。「はい」と頷く。嬉しく、ただ、ただ、頷く。

「私も、アニメが大好きです」

＝

瞳の『サウンドバック』が、売り上げ、人の印象と記憶、両者ともに〝覇権〟の称号を得るのに届かなかった、と言われる要因は、他の作品との競合という要素の他に、もちろん、作品の内容そのものにもあった。

多くのアニメファンや評論家から指摘されるのは、最終話についてだ。

世界から音を奪われながらも戦い続けたヒロイン、トワコに音は戻るのか。斎藤監督なら、きっと、彼女に何らかの方法で音を戻すハッピーエンドを描くはずだ、と期待された最終話で、瞳は、トワコに音が戻ったかどうかの明確な描写を――、避けた。

結論から言えば、トワコに音は、戻らなかった。

シナリオの打ち合わせの段階から、瞳の決めたこの結論には、賛否両論あった。曰く、そんなのは、斎藤瞳らしくない。少年アニメらしくない、トウケイ動画の作品らしくない。

けれど、瞳の中で、それは当初から決まっていた結論だった。

人生には、大事な何かを失っても、それでも何かを成し遂げたい時がある。やらなければならない時がある。

その後で、それがアニメの中のことだからといって、容易に失った何かが戻ってくるなんていう都合のいいことが起こるなんてあり得ない。失う覚悟で臨んだ以上、そこにまやかしの夢を見せたくはなかった。それは、観てくれる子どもを騙《だま》す行為に等しい。

『サバク』のオープニングテーマの歌詞にもある「この日々を後悔しない」というのはそういうことだ。急に都合よく人生が動かないことを、瞳は自分が子どもの頃から知っていた。今の子だってそれはそうだろう。

戦いを走り抜けた主人公たち——ロボットの変形に合わせ、十二の音を失ったトワコのことを、さりとて瞳は決して不幸だとは思っていなかった。これをハッピーエンドでないなんて誰にも言わせない。――しかし、その一方で、子どもに残酷な作品だと思わせることも本意ではない。がんばった見返りはきちんとあるのだと、前向きな結論の方も伝えたかった。

だから、瞳は、戦いの後で、音がトワコに戻ったかどうかを、一切描写しなかった。自分たちの守り抜いた選永市に帰ってきた主人公たちを、彼らの家族や友人が迎える。両手を広げ、ロボットから降りて、空から戻るみんなを笑顔で地上に帰した。

瞳が描いたこの結末に対し、ネットでは今も検証サイトが立ち上げられたり、話題になっている。その多くが「斎藤監督が逃げた」という批判的なものだ。

『本当だったらトワコに音を戻すべきだったのに、ここまで引っ張っておいてそれはない』

『あの後って結局どうなったの？　ラストの笑顔を見ると、トワコはタカヤと何か話してるようにも見えるし、音、戻ってきたんだよね？　説明ないの？』

この反応を事前に予想したスタッフたちとの間で、最終話近辺には、長いシナリオ打ちがくり返された。スタッフの間にも、危惧と欲が生まれていた。

今からでもいいから、何かトワコに音を戻す方法を考えるべきだ、という意見に、瞳はけれど、これまでそのための伏線も何も張っていないのだから、今からそんなおざなりな真似はしたくない、と頑として譲らなかった。

放映後、大人のファンから責められても、がっかりされても。自分の選んだ結論こそが誠実なのだと信じて、瞳は疑わなかった。

今すぐに、伝わらなくてもいい。けれど、いつか覚えていて、思い出してもらえる日が来ればいい。自分の描く最終話が、そんなふうに、誰かの胸に刺さってくればいい。

周囲に反対され通しだった瞳の選択を、ただ一人支持してくれたのは、行城だった。

「監督の言う通りにしましょう」と、現場の長い打ち合わせに、彼がピリオドを打った。

「――覇権を逃すかもしれませんよ。ハッピーエンドじゃないなんて」

スタッフの一人から、意地悪く、嫌みのように言われた。その言葉は、凍った刃のように瞳の胸をえぐった。打ち合わせのみんなの反応で、それは薄々、瞳自身も感じていたことだった。

顔が上げられず、唇を噛む瞳の前で、しかし、行城は動じなかった。「かもしれないですが」と涼しい顔で続ける。

「ですが、うちは大手です。目先の利益にこだわって作品のクオリティーを落とすようなことは、別にやらなくてもいい。——今年の覇権を目指すより、十年先も語られるアニメになることの方を考えましょう。そういう名作を残すことが、伝統のある、うちのような会社の務めです」

ようやく前を向き、行城を見つめた瞳の目をしっかりと覗き込んで、彼が言った。

「斎藤監督の描く最終話がたとえどんなものであれ、ここまでお付き合いしたんですから、僕たちは、潔くそれに従いましょう」

結論の見えにくい最終話は、確かに覇権アニメを逃す一因になってしまったかもしれない。あれだけ、今期の覇権を目指したい、負けたくないと言っていたのに、そこが譲れなかったなんて、我ながら、情けない話だとも思う。

けれど、気分は爽快だった。

走り抜けた、という実感がある。

「斎藤監督、今夜はお暇ですか？」

「え？」

「まさか、一人でいつも通り帰っておしまいってことはないですよね。今日で、最後なのに」

段ボールの箱詰めを手伝ってくれながら、行城に言われ、特に予定もなかった瞳は「悪いですか？」と問い返す。少しばかり、むっとしながら。この会社が去りゆく人間に冷たい体質なのは、今に始まったことじゃない。

「やっぱり」と、行城が大きくため息を吐く。その後で顔を上げ、「よければ一緒に、近くの居酒屋に行きませんか。──『サバク』のスタッフが、みんなで飲む予定なので」

「え……」

「みんなです」

行城が笑顔になる。

「斎藤さんの送別会です。いらしていただけますか」

「──もし私が、今日、予定があったらどうするつもりだったんですか」

「いや、まずないだろうと思ったので」

なかなか失礼なことを言いながらも、行城の表情が柔らかかった。

「それならば、みんなで『サバク』の余韻に浸りながら普通に飲み会をするだけなので、気にしないでください」

「ありがとうございます」

咄嗟《とっさ》に答えてしまってから、まだまだ資料や道具が山積した自分の席を見る。今日中に終わるかな、終わらなくて、明日も来て片づける羽目になったら、そんなの、送別会までしてもらってるのに気まずすぎる……、そんなことを考えながら、だけど、頬が自然と綻んでいく。

「そういえば、聞きましたよ。行城さんのやる、再来年の春休み映画の話」

「ああ……。聞きました？」

「楽しみです。しかし、よく決断されましたね」

瞳が言うと、行城が眉を微かに顰《ひそ》めて「まあ、仕方ないですよ。僕もサラリーマンですから」と答えた。

「せいぜいがんばります。多分、斎藤監督とのものより、さらに過酷な現場になると思いますけど」

瞳の向かいでしゃがみこみ、段ボールを一つガムテープ留めしながら、行城が黙々と片づけを手伝ってくれる。

それからふいに、言った。手元を動かしながら、目線も上げずに。「親の欲目みたいなものですけど」と。

「僕の中では、春の覇権はダントツで『サバク』ですよ。『夏サビ』も『リデルライト』も目じゃない。——選永のお祭りで舟が出る瞬間、あの歓声を聞いて、僕はとても幸せでした」

下を向き、瞳もまた、段ボールに資料を詰める。そうして、作業しているふりを続ける。そうしないと、泣き出してしまいそうだった。

行城と、今日までやってきたこと。

トウケイ動画で学ばせてもらったこと。

今日で、ここを去ること。

「私も幸せでした」と、精一杯、声を振り絞って答える。泣かないように気を張っているのに、声が、水の表面が震えるように揺れる。

バタバタと片づけを終えて会社を出る。

最後の出社だったのに、びっくりするくらいいつもと変わらない飛び出し方で、行城にバタバタと「これ、総務に戻しておいてください」と、社内IDが入ったパスカードを首から外して渡す。行城は苦笑しながら「承知しました」とそれを預かってくれた。

「お疲れさまでした」

「――お世話になりました」

外に出ると、大学を卒業してから今日まで通った会社の前の商店街が、薄闇の中でぽつぽつと赤提灯の明かりをつけている。

駆けつけた居酒屋には、『サバク』の主要スタッフがほぼ全員座って、すでに瞳と行城のことを待っていた。地元の人も利用する、普通の安居酒屋の座敷に、今日は『サバク』のポスターが何枚も貼られている。

「おー、来た来た」という声に出迎えられて、「遅れてごめんなさい」と顔を上げた瞳は、ふいに飛び込んできたポスターの上の横断幕に、胸が、いっぱいになる。

『いってらっしゃい、斎藤監督』

そう、書かれている。

全員の顔を見回す。仕事で揉めた人もいるし、喧嘩した人も、瞳が出て行くことを引き留めた人も、みんな、今日は笑顔で自分を見送ってくれる。

この会社でこんなに円満に送り出してもらえるなんて、史上初かも。

微かな優越感に浸りながら、瞳は小さく頭を下げる。

「いってきます」と、みんなに向け、胸を張って言う。

三

春の『運命戦線リデルライト』の終了以降、スタジオえっじの会議室は、王子監督へのインタビュー取材のために使われることが多くなった。

今日の取材媒体は、アニメの専門誌ではなく、『とびきりエンタ☆』という実写映画やドラマを中心とした情報誌だ。今年のアニメを振り返る、という企画で、年末に売り出される号らしい。

落ち着いた様子で記者からの取材を受ける王子の後ろで、香屋子もまたインタビューの様子を見守る。取材開始から十分程度が経過したところで、相手から、その質問が出た。

「——今、アニメ業界は戦国状態で、『覇権アニメ』という言葉があるくらいですが、いかがですか。監督は、『リデルライト』で覇権を取ったお立場として、何かご意見は」

問いかけを受け、香屋子は静かに息を吸い込む。

珍しくない質問だった。王子が「ああ」と頷く。気分を害した様子もなく、ただ「違いますよ」と答える。

「申し訳ないですが、『リデルライト』は覇権アニメではありませんよ。春クールのパッケージの売り上げ一位は、うちではない。もともと、こだわってもいませんし」

「え？　では、あの期の一位って何だったんですか。すいません、勉強不足で」

記者が意外そうに目を瞬き、あわてて手元の手帳をめくる。それを受け、香屋子が王子の後ろからフォローする。これも、よくあることだった。

「一位を取ったのが、『サマーラウンジ・セピアガール』、二位が『サウンドバック』で、三位には、その前のクールから人気だった『わたしが好きって言ってるのに、死にたいとかナイ』が横ばい状態で入ったので、純粋な売り上げで言うとうちは四位ですね」

答えながら、だけど、香屋子もまた、嫌な気分はしていない。数字や順位の話をこうまで明け透けにするのは無粋だとは思いつつも、気持ちはむしろ爽快だ。

「そうだったんですか、ごめんなさい。今年、何の作品が注目されたのかと訊くと、皆さんが『リデルライト』の名前を挙げるのですっかり……」

悪気がなさそうに謝る記者に対し、王子が「大丈夫ですよ」と答えた。

「まったく、気にしてませんから」という彼の声は、負け惜しみの強がりにも聞こえるが、その顔には自信に満ちた微笑が浮かんでいた。嫌みなほど、堂々と。

あの日、記者会見で覇権アニメという言葉を「嫌な言葉ですね」と吐き捨てた王子の声を、香屋子は今でも、耳の奥にしっかりと記憶している。


そのクールの一番は何か、を問う覇権アニメだが、見守るファンは、必ずしも、一位だけを評価しない。その意味では、売り上げに関係なく、何が話題になったかを誠実に公平に判断するアニメファンは、シビアだけど優しい存在だ。

——斎藤監督の『サウンドバック』が、ヒロイン・トワコに音が戻ってくるかどうかを皆が期待して見続けたのに対し、王子の『リデルライト』に世間が期待したのは、その真逆のような残虐さだった。

『今はまだ平穏だけど、この平穏さがむしろ怖い』

『王子監督のことだから、きっとここから大量虐殺だな』

九年前に彼が撮った伝説的なアニメ『光のヨスガ』で、彼がヒロインをラスト、殺したがっていた、というエピソードは、当時記事にはならなかったものの、広く知られた事実だった。深夜という放送時間帯を、彼ならむしろ逆手にとって、やりたい放題にやるのではないかという期待が高まっていた。

香屋子もまた、企画の立ち上げの際、彼をその言葉で口説いた。「ヒロインを、私と殺してみませんか」と。

『リデルライト』は、ファンをたくさんつけた、皆が愛するヒロインを、どう皆が納得する形で殺すことができるのかを問う、本気のプロジェクトだと。

一話ごとに、キャラクターたちが一歳ずつ年を取る『リデルライト』は、全十二話を経て、主人公は最終的に十八歳を迎える。この十八歳が、高校を卒業する年齢だということで、ファンの間では、王子はきっと「死の卒業式」を描くのだろうと予想されていた。少女時代の終わりを、そうやって表現するに違いない、と。

六歳、七歳と年を取るごとに違うキャラクターの造形にも注目が集まり、わがままなファンたちの間からは「○歳の充莉《じゅうり》がかわいかったのに！」とか「このまま成長、止まってくれ！」という声も出ていた。もともと、魔法少女は、幼い造形の方が人気が出やすい傾向にある。——「大人になったあの子なんて見たくない」というファンの期待に応える形で、王子はきっとヒロインを殺す。そう、思われていた。

しかし、その最終話で。

皆が、死んでしまうことを予見していたヒロインは、死ななかった。

『リデル』の戦闘シーンは、バイクレースだ。どれだけバイクで転倒し、マシンが大破し、大怪我を負っても、ボロボロになっても、何を失っても――、主人公たちは誰も、一人として、死ななかった。

それは、観ている方の心臓がきりきり音を立てるのが聞こえるほどに痛々しく。醜く顔を歪めた主人公が、レース相手と――そして、視聴者に向けて、叫ぶ。

『お前ら！　私たちが死ねばいいと思ってるんだろうけど、おあいにく様。私は、死なない』

古いんだよ、と、主人公・充莉が吐き捨てる。

『死ななきゃ花道にならないような古い感動なんて、誰もお前らにやらない。よく観てな、私たちは、命汚く、誰にも望まれなくても、生きて、ここから帰ってやる。そんな私たちを、お前ら、どんだけ醜くても、――責任持って、愛してよ』

この、「責任持って、愛してよ」という言葉が、ウケた。

もし、アニメに流行語大賞があるなら、きっと取れたろうな、と思うくらい、ファンが自分の文章や日常会話の中で使ってくれた。

そして、充莉の言葉通り、主人公たちは、誰も死ななかった。それどころか、敵対していた相手方の魔法少女さえ、改心しないで、悪は悪のままそれを貫き、生きたままで主人公たちの前を去る。そこには、頑なほどの王子の意思を感じた。

それは、自分のシナリオで誰も殺さない、という強い執念だ。

妄執とでも呼べそうな、その「生きる」ことにこだわる主人公は、従来の魔法少女の笑顔や美しさを根こそぎ奪われた、まるで、鬼女か魔女のような装いで、前代未聞とも呼べるBGMがない十分間をエンジン音と息遣いのみで戦い、走り、そして、音が戻ってきた後に、それまでとは対照的な圧倒的な美しさで、生きて、画面を飾った。

〝成長を望まなかったファンの横っ面を張り倒すような美しさ〟と、あるアニメ評は書いてくれていた。

――生きろ。君を絶望させられるのは、世界で君ひとりだけ。

充莉の声が、闇を切り裂く雷鳴のように響く。それは痛切なまでに、画面を超え、視聴者に放たれる、「死ぬな」というメッセージだった。

王子の描いた彼女たちは、泥臭いまでに、そして、生き残った。

「年を取ったって言われたらそれまでだけど。喪失とか、死とか、そんな楽な見せ場に頼らない部分ってものを、ふいに認めたくなったんだよね」

あの日、失踪した後で、十二話までの絵コンテを持って現れた王子は、それを読み終えた香屋子に向けて、そう言った。

書き上げたばかりのわずかに憔悴《しょうすい》した頬に、それでもやり遂げたという達成感が見えた。

「どうだった？」と彼が訊いた。

胸が詰まった。

「他の誰にも何も言わせないけど、有科さんにだけは文句つける資格があるよ」

誰も殺さないという、鬼気迫るほどのハッピーエンド。人気のヒロインを殺すプロジェクトとして始まった自分との約束を破ってさえ、彼は、これを描きたかったのだ。

「——本当にこれで、いいんですね？」

「うん」

王子の口調に迷いはなかった。

「細かい部分は変えるかもしれないけど、基本はこれで行くつもり」

「素晴らしいです」

王子が香屋子からようやく目を逸らし、横顔で、小さく息を吸い込んだ。香屋子も大きく息を吸い込み、言い直す。鼻の奥が痛み、また涙が出そうになる。

「お疲れさまでした。素晴らしかったです」

「よかった」

短く彼が一言洩らし、そのまま机の上にまた顔を伏せた。

香屋子も、もらったばかりの絵コンテを一枚一枚重ね、両手を置いて、一礼するように頭を傾ける。

そして、『リデルライト』は、ヒロインを生かすプロジェクトとして、あの日、再スタートを切った。

明確なハッピーエンドを提示して、数字で負けたにもかかわらず、「覇権」を取ったと呼ばれる王子と。

おざなりなハッピーエンドを嫌って、だけど誠実に子どもに作品を届け、数字で勝っても「覇権」を逃したと言われる斎藤監督。

類まれな二つの才能とともに、同じクールのアニメに関われたことを、香屋子は誇りに思う。

　まったく、この世の中はおもしろい。何が起きるかわからない、ひとときも目が離せないサーカスか、わくわくドキドキする演出が詰まったおもちゃ箱のように、それは、香屋子を魅了する。

『とびきりエンタ☆』のインタビューの最後、記者が王子にこう訊いた。

「次回作のご予定は？」と。

「これだけの作品を撮ってしまった後だと、すぐに次のことを考えられないかもしれないですが、ファンは、どうしても期待してしまうと思うので」

　王子は「まだ未定です」と答える。けれど、すぐに笑顔になった。中味はいろいろとんでもない人だけど、顔だけみれば、とんでもなく爽やかに美しい笑みを湛《たた》え、彼が続けた。

「それと、あんまり褒めすぎないでくださいよ。大袈裟にされると、この後、僕、何も撮れなくなるじゃないですか。いい意味でくだらないものも、どうしようもないものも、僕はまだまだたくさん撮りたいので、どうか勘弁してください。今度は九年も待たせたりすることは、まずありませんから」

「——お疲れさまでした」

和やかに終わったインタビューの後、記者とカメラマンを玄関先まで見送ってから、香屋子は再び、王子のもとに戻った。

「あー、お疲れー」とこっちを向いた王子が、紙コップのお茶を立ったまま呑んでいる。「この後、どうする？」と訊かれた。

その姿を見ると、香屋子はまだ信じられない気持ちで感動に打ち震える。——ああ、アニメに疎い人が来たインタビューを受けても王子が不機嫌じゃなくなった、大人になった、という思いで目頭が熱くなる。

「今夜はもう予定がないですけど」

「じゃ、軽く呑みに行かない？　せっかくだから」

「いいですね」

泊まり込んでずっと仕事をしてきたスタジオの周りの店は、数が多くないせいでどの店にももう馴染みきってしまって、いまさら新鮮味も何もない。けれど、こうして王子に付き従うことがこれからどんどん減るのだなぁと寂しく思うのだから、私も相当なMプロデューサーだ。末期だ。

この人に振り回される生活がようやく終わるというのに。

鞄を手にして、王子とともに、身一つでスタジオを出る。少し先を歩いていた彼の後ろに追いつき、歩きながら、彼の首筋を見て、言う。

「――次回作の話、聞きました」

香屋子の方から切り出すと、王子が「あ、聞いた？」と、こっちを振り返る。

「はい」と香屋子は頷いた。「驚きました」と。

「行城さんと仕事するんですね」

作品タイトルは、人気作家チヨダ・コーキ原作の『V.T.R.』。制作は、王子の古巣、トウケイ動画。

香屋子の声に、王子が嫌そうに顔をしかめた。

「仕方ないよ。チヨダさんのご指名じゃ断れない。有科さん、それ誰に聞いたの？」

「代々社の黒木《くろき》さんが、わざわざ『リデル』の感想についてお電話くださったので、その時に」

フリーランスの多いこの業界では、たとえ同じ現場で仕事をしていても、同時並行している他の仕事については、お互い、明かさないのがマナーだ。とはいえ、これには度肝を抜かれた。

もともとは、トウケイ動画と代々社の間で進んでいた映画化の話に、『リデル』の最終話を観た原作者、チヨダ・コーキたっての希望で、王子の名前が示された。監督を誰にお願いするかは、事情とかいろいろあるんでしょうけど、王子さんでお願いできないでしょうか——と。

事情は本来ありまくりなのだが、王子はそれを快諾した。古巣のお仕事、やりにくいでしょうけど大歓迎です、と。

あの行城と王子の組み合わせは不協和音この上ないし、今はまだ想像すらできない。本音を言えば、行城に対する嫉妬もある。

だけど、それ以上に、思ってしまった。悔しいけれど、観てみたい。チヨダから王子にあったオーダーは、「徹底的に、原作を壊して、やっちゃってください」。それに、黒木から追加で出された条件が、「ただし、今度こそチヨダを脚本作りに引っ張り出すのはやめてください」。

それを聞いて、香屋子は、ああ、あの人たちらしい、と大声で笑った。

「作画監督は、並澤さんだって伺いましたけど」

「まだ、お願いに出向いている段階だけどね。大きなプロジェクトになるから、東京に長期間拘束することになるし、今はあっちで彼氏とラブラブ状態だから来てくれないかもなぁ」

「え⁉　並澤さんって、向こうに彼氏がいらっしゃるんですか？」

驚いて、香屋子は、わぁっと声を出す。

「いいなぁ、ファインガーデンの方ですか」

王子の足が止まった。「え？」と振り向く顔が盛大に歪んで、それからまじまじ、香屋子のことを奇異なものを見るように見つめる。

「あのさ――、有科さん。俺と一緒に選永行ったよね？　お祭りの時、あの子たちの様子、見てたよね？　もしかして、あれ見て、何も気づかないの？」

「ええー、並澤さんの彼ってあそこにもいたんですか。誰だろう、見たかった」

本気で言う香屋子に、王子がうんざりした様子で首を傾ける。さすがにちょっとかちんときて、「何ですか？」と尋ねると、王子がふうっとため息を吐いた。

「いや、どうりで人のプロポーズも流すわけだと思って」

「え……あ、迫水《さこみず》さんのことですか？　あれは別にそんなんじゃ……」

あわてて訂正する香屋子に、王子が「ちげーよ‼」とさらに怒鳴る。

香屋子を置いてとっとと歩き出してしまった。あれだけ、ヒロインを殺さないことにこだわり続けた監督に、いともあっさり、「マジ、死ね」という言葉を放たれて、香屋子は「ああ、待ってください」と急いで彼を追いかけた。

「王子さん」と、その背中に向けて呼びかける。

「何?」

王子が振り向いた。

その途端、懐かしい記憶が刺激される。

まだたった一年前だなんて信じられない。

王子とともに『リデルライト』の製作記者会見に臨んだ帰り道。

澄み切った冬の暗い空を眺めながら、放映時の春に、自分たちはどうなっているだろうと、香屋子は考えていた。本人には言わなかったけど、監督の背中に向けて、こっそりとこう、呼びかけた。

――あなたに、きっと覇権を取らせてみせる。

その覚悟を、今また、静かに胸に秘めて、訊く。

「いつの日か、また、私ともお仕事ご一緒してもらえますか?」

一緒に駆け抜けたクールが終わっても、私たちは、タイトルを変え、組む相手を変えて、次の現場に休みなく、日々を続ける。

ここで離れてしまっても、また、いずれ。

——ここで働けて幸せだ、と心の底から思う。

アニメもフィギュアも、男も女も、この業界周りで働く人たちは、皆、総じて〝愛〟に弱い。自分のやっていることに誇りをもっています、これが好きです、というのを見せられてしまうと、簡単にたらされ、ほだされてしまう。

そうやって盛り上げて決めた話の後で、結果、愛だけじゃどうにもならないお金の問題が発生して揉めたり、地味な作業に地獄のように追われることになっても。

この業界の人は、やっぱり、皆、総じて、愛の人だ。

「いいよ」

呼び止めた香屋子に、王子が振り向いた。数年前、『リデルライト』に誘った時とはまったく違って、あっさりと彼が頷き、そして、微笑んだ。

「その時には、俺も今よりはもう少しまともになってる予定だから、安心して」

言うなり、王子がくるっと背を向けて、香屋子の少し先をまた歩く。「いくよ、有科さん」という彼の声を受け、香屋子も大きく「はいっ」と返事をする。

季節はそろそろ、来期の新作タイトルが発表になる頃だ。

ジャケットに手を突っ込んだまま歩く自分の監督の華奢な背中にくっついて、香屋子はその後ろを小走りにかけていく。

文庫版特別篇
執事とかぐや姫

たとえば、今、一つ、願いが叶うとしたら。逢里哲哉《おうさとてつや》は、ガラス張りの喫煙室の中で、二本目の煙草に火をつけながら考える。たとえばもし、今、どんなことでも一つだけ願いが叶うとしたら。逢里は、何を措《お》いても、一日前に戻りたい、と答える。一日前、この取り返しのつかない失敗をする前に戻って、昨日のバカな自分を止めたい。

よく考えろ、「ドール・ソニック」前で徹夜続きの頭だって、もう一回、確認することくらいできるはずだ。――叶うなら、殴って気絶させてでも、昨日の自分を止めに行きたい。

逢里哲哉は、二十五歳。フィギュア会社、ブルー・オープン・トイ（略して、ブルト）の広報担当。

――ブルトは、この数年の後に「業界ナンバーワン」と呼ばれるようになり、王子千晴監督の『運命戦線リデルライト』といった人気アニメの製作委員会にも名を連ねる存在になる。その際には、二十九歳の逢里の肩書は企画部長だが、それはまだまだ先のお話。

二十五歳の逢里は、専門学校を卒業して業界に飛び込んだ、入社五年目の広報マンだ。

そして、今日はフィギュア業界最大の祭典と呼ばれる「ドール・ソニック」（略してドルソニ）、当日。

会場となる都内最大規模の催事場、潮崎《しおさき》スーパー・サイトに設けられた喫煙所の透明なブース——通称「一服ひろば」の中で、逢里はさっきから自分がやってしまった大失敗について考え続けていた。

アニメや特撮の世界と縁の深いフィギュア業界には、それと連動するような大きな仕事がいくつもあるが、「ドール・ソニック」はフィギュア業界発の大展覧会であり、特別な位置づけにある。一年に一度の、いわばフィギュアのお祭り。ブルトを始め、業界のほぼすべての会社が主催に名前を連ねている、フィギュア業界最大のイベントだ。

企業ブースでは、新作フィギュアなど、大きなプロジェクトの発表が行われ、アマチュアの造形師たちの所謂〝同人〟スペースも盛り上がる。各企業がこの日だけ、無料で自社アニメの版権をアマチュア造形師たちに提供してくれたりもするし、他にも、フィギュアをはじめとするおもちゃのフリーマーケットが開催されたりと、愛好家たちにとっては、とにかくたまらない一日なのだ。

逢里もまた、ブルトに就職する前は、ファンの一人としてドルソニを心待ちにしていた。子供の頃——それがいつかもわからないくらい、気づいた頃には、アニメや特撮の世界が好きだった。誕生日やクリスマスのたび、親に特撮のロボットやソフビをねだったし、三歳上の姉が買ってもらった女の子向けのキャラクター人形やドールハウスも好きだった。持ち主である姉が飽きてしまっても、ドールハウス自体の模様替えをしたり、小物の配置を考えたりするのが楽しくて、いつまでも遊んでいられた。

また、学校の遠足で博物館などに行った際も、みんなが退屈する中、そういう場所に行けば必ずある建物や街並みを再現したジオラマに張りつくようにして見入った。こんな細かい作業をどうやったら人が手でやるなんてことが可能なんだろうと、胸が弾んだ。

中学生になった頃には、好きなアニメのフィギュアを買うこと、自分で拙《つたな》いながらに作ることに目覚めた。好きなメーカーや造形師の名前を覚え、だんだんと詳しくなっていく。――高校生になると、ドルソニにアマチュアとして自分の作品を出すのが一年通じて一番の楽しみになり、専門学校を出て就職する時も、フィギュア会社を片っ端から受けた。ブルトに就職が決まった日の、くるぶしから震えがくるようなあの嬉しさを今も覚えている。原型師の現場として、ということではなく、一般職扱いの採用だったが、むしろ、本望だった。十代からそれまでの数年間で、自分よりすごい、「天才」と呼ぶしかない人たちをたくさん見てきた。センス、やり方、見えているもの、自分には圧倒的にないものを確かに持っている人たちの素晴らしいフィギュアの数々を前にして、自分に向いているのは、作ることではないのかもしれない、と感じ始めていた。プロとして商品を作る、ということは、それに対価を払ってもらう、ということだ。天才たちと同額を払ってもらえるものを自分が作れるとは、到底思えなかった。

では、自分に向いているのは何なのか。好きなフィギュアを語ること、誰かの作った素晴らしいものの魅力を他の人にもわかる言葉で届けることなら誰にも負けない。愛好家仲間からも、よく言われたことだった。

「お前の話聞くと、現物見てなくても、あ、それ買えばよかった。見たいって気になるんだよな。別に自分の得にもならないのに、ほんっと、フィギュアバカっていうか」

「フィギュアバカ」は名誉の褒め言葉だ。

そう言ってもらったからこそ、今日まで自分のことを信じてこられた。

なのに、今。

逢里は、短くなった煙草を見つめる。二本吸ったらもう行こう、自分のブースに戻ろう、と思うけれど、その決心がなかなかつかない。

逢里は、ブルトのサイトで広報ブログを書いている。新製品の開発状況や、新作発表、予約受付や入手方法など、ブルトの商品情報を載せる。自分がファンの一人だったからこそ、みんなが何を求めているかはよくわかるつもりだった。自分だったら、こんな角度からの写真が見たい、こんな言葉で紹介されたらぐっとくる――名物広報オーサト、とファンからも存在を認識され、信用されるようになってきた。

少なからず手ごたえを得て、そんなふうに自信を持ってしまったことが問題だったのか。

ドルソニは、ブルトにとっても一番の晴れ舞台だ。新作のフィギュアの発表もいくつも控えていて、ブルトの全社員が一丸となって臨む。中でも今回の目玉だったのは、今年劇場公開となるアニメ映画の劇場限定発売のフィギュア二種。主人公二人が、それぞれ本編に登場するのと逆のコスチュームを着ている、というレア商品だった。これはみんな驚くはず、喜んでくれるに違いない——と思って迎えた今日、逢里は、ブルトのブースに並ぶファンの間から、信じられない言葉を聞いた。

「あ、やっぱり出てるな。はるリンとミチカの逆バージョン」

「あ、もちょっと変えるかと思ったけど、本当にオーサトブログの通りか。残念」

聞いた瞬間、「え?」と足が止まった。ブログでは顔出しをしていないので、誰もそんな逢里の姿には気づかないようだった。「あれってわざとじゃね?」「チラ見させて宣伝効果狙ったネタだよな」

すーっと顔から血の気が引いていくのがわかった。まさか、そんな、と思っていると、「逢里くん、ちょっといい?」と、広報の先輩の女性から声をかけられた。

ブースの裏手、人の少ない場所まで引っ張って行かれて見せられたサイトの衝撃ときたら、なかった。開発中の別のフィギュアの紹介ページ。昨日アップしたばかりの記事だ。その商品の写真の背後に、今日発表する予定のフィギュアの姿が——写りこんでいる。

掲載する記事を、間違えたのだ。

全身の血が凍りつく思いがした。次の瞬間、逢里は裏返った声で、先輩に「すいませんでした！」と頭を下げていた。それは、列に並ぶファンたちがぎょっとして、思わずこっちを見るくらいの大声だった。これまでに経験したことがないくらいの混乱に襲われて、怖くて、不安で、声が続いてしまう。

「すいませんでした。申し訳ないです。写真を間違えました。僕、自分が信じられません。まさか、こんな――」

「ちょっと落ち着いて逢里くん。とりあえずこの写真は削除しよう。お客さんの方では、これはミスじゃなくて、宣伝の手法だったんじゃないかって話にもなってるみたいだし、中には気づいてないお客さんもいるし」

当たり前だ。情報解禁は、広報の仕事で最も大事な部分だ。戦略でも「ネタ」でもなく、天然でそれを間違えるなんて誰が想像するだろう。逢里だって、これまでずっと注意してきた。――記事のアップ前に毎度緊張してがちがちになっていた入社当初だったら、むしろ絶対にやらなかったミスだ。

今回の商品を手がけた原型師、うちに商品の版権を任せてくれた取引会社、ドルソニに向けて努力してきた他部署の同僚や先輩たちの顔が次々と頭に浮かび、咄嗟《とっさ》に声を上げる。

「僕、謝りに行ってきます」

「それも後でいいから！」

泣きそうな気持ちで振り向くと、先輩が言った。

「とりあえず、上がってしまった記事はかっこいいことではないから取り下げましょう。その上で、これは逢里くんだけのミスじゃない。ダブルチェックしなかった私たちのミスでもあるし、謝るところには一人じゃなくて部長と一緒に行って」

もはや、自分一人が責任を取ればいいという問題ではないのだ。先輩や上司にまで迷惑をかけてしまったことを思って顔色をなくした逢里を、先輩が「ね、落ち着いて」と励ましてくれる。

部長を捕まえ、二人してあちこちに謝罪行脚に出向く。関係者はほぼ会場内にいたため、直接謝ることができたし、お祭り当日の賑わいのせいもあって、たいていは「まぁ、仕方ないよ」とか「次から気をつけてくれれば」と謝罪を受けてくれた。部長も、「おおごとになったわけじゃないし、もう気持ちを切り替えろ」と落ち込む逢里をむしろ気遣ってくれたが、大事なお祭りの日に会社の顔に泥を塗ってしまった事実には変わりがなかった。――実際、謝る逢里の後ろで、にこりともしない後輩だっていた。普段から、逢里のことを「名物広報とか言われてますけど、逢里さんってなんか『オレ、こんな外見だけどオタクなんですよね』感が出ててちょっと苦手なんですよね」と言っていたという新入社員だ。そういう話はご丁寧にも誰かが教えてくれるから、狭い社内で簡単に耳に入ってくる。普段は気にもならない陰口だが、今日ばかりは思い出すと堪《こた》えた。

昔から、外見がいい、モテそうだ、とよく言われる。

実際、社会人になって仕事に忙殺されるようになるまでは彼女が途切れたこともなかった。けれど、学生時代の彼女たちの多くは、「哲哉ってすべてがアニメとかフィギュアとか二次元中心なんだよね」と最後には呆れたように自分の前から去って行った。そう言われても、いや、フィギュアは三次元だから、という点にのみ腹を立てる自分は、人と付き合うのに向いていないのかもしれない。そんな経験の積み重ねから、モテるとか恋人とか、それってそんなに大事なことかな、と昔から思ってしまう自分は情が薄いのだろうか。実際、ドルソニ前に彼女の誕生日がある、と出品を諦める愛好家仲間の気持ちがまったくわからず「だって、彼女は毎日顔見るかもしれないけど、ドルソニはたった一日だよ?」と言ってしまって大喧嘩をしたこともある。

昔から、フィギュアも好きだが、ファッションも好きだった。造形、という言葉が示す通り、二つはとても似ていると思う。好きな髪形、好きなアクセサリー、コートやシャツを妥協なく選んできた結果、いつのまにやら出来上がった自分のスタイルもまた、揶揄《やゆ》される一因になっているのだろう。しかし、オタクという言葉で語られがちなアニメやフィギュアの業界には、自分のようなこだわりを持つ人たちも多い。造形の美は細部に宿る。素晴らしい作品を上げる人たちは、普段の持ち物のセンスだって抜群にいいことが多い。

切り替えろ、と言われても簡単には切り替えられない気持ちを整理するため、部長に誘われるまま、一緒に煙草を吸いに出た。やってきた「一服ひろば」からは、会場を出入りする人たちの顔がよく見えた。

みんな、楽しげに、笑顔で商品の紙袋を手にしている。ドルソニ公式の袋が多いけど、中にはブルトの袋を提げている人もいる。その一人一人に対し、こんな気持ちでいる自分のことが後ろめたかった。

二本吸ったら絶対に現場に戻る。決めていたけど、なかなか腰を上げられない。横の部長が黙ったままでいてくれることが救いに思える。

すると、その時だった。

「あ、逢里」とおもむろに彼から声をかけられた。

「お前、確か好きだって言ってなかったっけ？　あそこにいるの、鞠野《まりの》カエデだよ」

「――え？」

「あそこだよ、あの女の人」

部長がガラス越しに外を指さす。逢里の目が、吸い寄せられるように一人の女性をとらえた。

鞠野カエデ。

長い黒髪を、耳のあたりで段差をつけた、絵本で見るかぐや姫のような髪形。切れ長の目。鞠野カエデは、まだアマチュアだった頃から逢里の目を釘付けにしてきた造形師だった。アニメで見るキャラクターを、アニメ以上に臨場感溢れる空気のまま、三次元に蘇らせる。空間と時間を切り取る魔術師だ、と作品を見て何度も感じた。

鞠野のことは、作品だけしか知らない。ドルソニでブースを出すときも、雇われた売り子がいるだけで、本人に会えたことがない。顔を見るのは初めてだ。

「あの人、ですか」

目を見開く。そらせなくなる。

鞠野カエデは、同人から、その後、業界最大手の老舗フィギュア会社「1《ザ・ワン》」の造形師になった。

その時期の「1」の商品で話題になるものは、ほぼ鞠野が手掛けていたといっても過言ではないと思う。中でも、食玩と呼ばれるお菓子に付いてくるフィギュアのシリーズはほぼ原型を担当していたはずだ。クオリティが恐ろしく高い、というあのシリーズの尋常ならざる人気と評判は鞠野が支えていたものだ。

働きすぎなんじゃないか、というのは、一ファンに過ぎなかった逢里ですら、思っていたことだった。その後、鞠野が「1」を辞めた、と風の噂で聞いた時は、胸が痛んだ。自分たちファンが働かせすぎたのかもしれない。何より、鞠野の作品を見ると、フィギュアが好きなこと、それが天職であることが伝わるのに、現場を離れなければならなかったとしたら、それは、相当な無念だったろうという気がした。

その後、鞠野はフリーの造形師に戻った。そして、「1」を辞めてからは、表に出ることが極端に減った。去年はドルソニにも出店しなかったし、元の会社と派手に揉《も》めたせいだとか、無責任な噂も途切れなかった。

——その鞠野本人が、今、目の前にいる。

さっきまで真っ暗だった視界に差し込んだ、それは一筋の光のように思えた。実際、周りにいるたくさんの人たちの中で、彼女の姿だけが輝くように浮かび上がって見えた。

「部長、俺、話しかけてきてもいいですか」

「え？　だけど面識とか」

「ないです！　だけど、行ってきます」

吸っていた煙草をあわてて揉み消す。さっきまで、あれだけ立ち上がれない気持ちになっていたのが嘘のように、逢里は「一服ひろば」を飛び出す。人の波をかき分けるようにして、小さくなる鞠野の背中を追う。

声をかけて呼び止めようと思ったが、名前を呼んだらきっと注目されてしまう。追いついて、無言で、いきなり彼女の腕を引いた。

鞠野が振り向いた。不審者でも見るように、その顔が引き攣っている。形のいい眉が歪んで、その下の目が逢里を睨む。

あ、失敗した、と思ったけれど、これを逃したら鞠野と次、いつ会えるかわからない。

鞠野と仕事がしたい、というのは、逢里にとっても、ブルトにとっても、長年の悲願だ。

それは、会社の利益のために、というだけではない。少なくとも、逢里は鞠野の才能を眠らせたくない、これで終わりにしたくない。

無言で自分を睨む鞠野は長身で、逢里とあまり背が変わらなかった。その目に怯《ひる》みそうになりながら、逢里は「あの」と精一杯声をかける。

「いきなり失礼します。僕、ブルー・オープン・トイで広報をしている、逢里と申します」

つっかえつっかえ、逢里は続ける。なるべく目立たないように、小さな声で。

「――鞠野カエデさんですよね。僕、あなたの大ファンです。鞠野さんの作られたクライアのシリーズは、僕のフィギュアの概念を変えてくれました。――できることの限界がないってことを教えてもらったというか」

話す途中で、鞠野が黙ったまま視線を右腕に移す。自分がまだ彼女の腕を掴んだままだったことに気づき、「ああっ！　すいません」と謝って、急いで手を放す。

長く、華奢な腕だった。この手からあれらの作品が生まれるのだと思うと場違いに感動してしまう。

夢中で、胸ポケットに手をやる。忘れてきてしまったかと思ったが、きちんと名刺ケースの固い感触があった。

「あの、何かあったら、ご連絡いただいてもよいでしょうか？」

名刺を差し出しながら、我ながら「何か」ってなんだよ、と思う。本音を言えば、うちの会社に来てほしい。けれど明け透けに言うのも気が引けて、結果、そんな言葉しか出てこなかった。これを逃したらもう二度と会えないんじゃないかと思ったら、焦ってただ声が出た。

鞠野はしばらく、動かなかった。

まっすぐに向けられた強い視線から目をそらしたくなる。しかし、次の瞬間だった。「どうも」とそっけない声がして、逢里の指の間から名刺が引き抜かれる。あっという間の出来事だった。長い髪が目の前で翻り、鞠野がまたすたすたと歩きだす。

その後ろ姿を見送りながら、逢里は、「ありがとうございます!」と頭を下げた。

「よろしくお願いします。ありがとうございました」

まるで、ガソリンスタンドで車を見送る従業員みたいだ。思うけど、とりあえず名刺をもらってもらえたこと、口を利いてもらえたことに、心の底から安堵する。

急いで自分のブースに戻り、部長に興奮したまま言う。「話せました!」と。

「まさか会えるなんて思わなかった。部長、教えてくれてありがとうございます」

「それはいいけど、お前さ、驚かないの?」

「は?」

「知らなかったんだろ? 鞠野カエデが女性だってこと。あの人、極端に表に出ないから」

「ああ……」

「美人なことにも驚かないわけ？」

「あ、そういえばものすごい美人ですね。かぐや姫みたいな髪型だし」

答えると、部長の顔が引き攣った。「お前、どれだけフィギュアバカなんだよ」と呆れがちに言われる。

「普通、初めて鞠野さん見るとだいたいの人間が驚くっていうか引くんだよ。作品だけで作り手には興味ないのか？」

「いや、興味がないなんてことはないです。『1』を辞められてから、うちに来てくれないかなってずっと思ってたし」

言いながら、今更のように心臓の音が大きいことがわかる。名刺を渡した手が汗をかいていた。

「社長もそう言ってるけど」

部長の目が遠くを見るようになる。

「鞠野さん、『1』にいた後半は大変だったらしいよ。働かされすぎてるって、ネットに自分の仕事量をこれ見よがしに書き込んで炎上したりしてたし」

「え、そうなんですか？」

「うん。有名な話だよ。知らなかったか？」

「……鞠野さん個人のことはあんまり」

作品なら、それこそすべてを追うように見ているが、その手の話には興味がなかった。

なんだかやるせない気持ちになる。表に出ず、ただ造形だけを数々手がけてきた鞠野が本当にそんなことをしたとするなら、それはよほどのことだろう。

「僕……、謝った方がいい気がしてきました。いきなり、あんなに不躾に話しかけたりして」

考えてみれば、鞠野は顔出しをしていない。そんな中、一方的に自分を知っている相手からあんなふうに声をかけられたなら、まるでストーカーのように思えただろう。

ネット炎上の件はまったく知らなかったけれど、そんなふうに注目されているのだとしたら、心中穏やかでないはずだ。

かぐや姫みたいな髪型、と咄嗟に部長に言ってしまったけれど、姿を隠してフリーを貫く彼女は実質、並み居る求婚者たちを断っている姫も同然だ。

「しかし、お前も現金だな」

部長に言われて、「へ？」と顔を上げる。彼は苦笑していた。

「お詫び行脚であれだけ落ち込んでたのにそっちの方はもういいのか?」

「あ」

言われて初めて、自分がやった大失敗を再び思い出す。あれだけ落ち込んでいたのが嘘のように、頭がいつの間にか鞠野のことでいっぱいになっていた。

「すいません」と謝る逢里に、部長が「いいよ、その方がお前らしくて」と応じてくれる。

午前までの失敗が、鞠野の登場によって劇的に意味と重みを変えていく。ドルソニの、今日という日に、自分はこれから何をすべきなのか。

いつの間にか、逢里は前を向ける気持ちになっていた。


当たり前の話だが、鞠野からの連絡など、なかった。

うちの会社に誘いたい、というのが無理だとしても、せめて、では、憧れのクリエーターに謝りたい、その機会がもらえないだろうか、と、逢里は考え続けていた。

ブルトに迎え入れるのが無理だったとしても、たとえ、彼女を他社に取られるのだとしても、逢里の願いは一つだ。

それは、鞠野に作品を作り続けてもらうこと。逢里は、彼女のフィギュアをこれからも見たい。鞠野には、心を穏やかに、静かに自分の仕事をしてほしい。そのために、まずは謝りたい。

機会は、ある日、向こうの方からあっさりとやってきた。

西武新宿線沿いにある取引会社の一つからの帰り道。下町にある昔ながらのアニメ会社から帰る途中の商店街に、歩いている鞠野の姿を見つけたのだ。

自分の願望が見せた幻なんじゃないかと思ったけれど、確かに鞠野だった。

長い髪を束ねて、ジーンズとTシャツ姿の鞠野は、ドルソニの時とはだいぶ雰囲気が違う。だけど、鞠野だ。ベビーカーを押している。持ち手のところに緑色のエコバッグを提げていて、そこから長ネギとセロリがはみ出ていた。

「鞠野さん!」

性懲りもなく声をかけてしまったことに、駆け出しながら気づく。だけどもう言ってしまった。止められない。

ベビーカーを押す鞠野が、ぎくりとしたように足を止める。強張った視線でこちらを見る。逢里が近づき、深々と頭を下げた。

「こんにちは。先日、ドルソニでご挨拶させていただいたブルトの逢里と申します。

あの時は、急に声をかけたりして、申し訳ありませんでした」

「――ああ」

思い出したのかもしれない。面食らった様子の鞠野がそれでも頷いてくれる。

「すいません。一言だけ、謝らせてください」

泣きそうな気持ちで、深呼吸する。

「鞠野さん、あまり表に出ないでいたところに、急に僕みたいな初対面の人間に顔を知られていて、怖い思いをさせたんじゃないかと、ずっと謝りたかったんです」

弁明する。

自分はストーカーではないし、会社の人間から聞いてたまたま鞠野だとわかっただけで、鞠野さんは一般の人相手には顔バレしていませんよ、安心してください、と。

この数ヵ月、ずっと心に引っかかっていたことを伝える。

逢里の言葉を、鞠野は呆気に取られたように聞いていた。ベビーカーの持ち手に手をついて目を丸くしている。ああ、おそらく彼女はこの辺に住んでいるんだ。今更気づいて、逢里は続ける。

「今日のこれも、申し訳ありません。あの、家を勝手に調べて近くに来たんじゃないかって思ってるんだとしたら、それも誤解です。取引先が近くにあるから、来て、たまたま見かけただけなんで。鞠野さんは確かに憧れのクリエーターですけど――、あ、憧れって別に、変な意味じゃなくて」

オレ、何を言ってるんだろう、と思いながら、自分の馬鹿さ加減に眩暈《めまい》がした。どれだけ言っても泥沼だ。

「もう、現れませんから。一言、謝りたかっただけなんです。すいませんでした！」

そのまま去ろうと背を向ける。情けなくて気が遠くなりかけた逢里を、その時、「待って」と呼び止める声があった。

驚いて、振り返る。

鞠野が逢里を呼び止めていた。ベビーカーから、ふにゃあん、という声が上がる。鞠野が逢里とベビーカーの中と、両方を見比べ、困ったように「ちょっと、待って」とまた言った。

今度は逢里が立ち尽くす番だった。鞠野がベビーカーから赤ん坊を抱き上げる。口にスカルのマークが入ったおしゃぶりをしていた。ピンク色の服を着ているから、おそらく女の子だ。

「……子供のこと、聞かないの？」

鞠野が言った。

女の子が、抱かれたことで徐々に静かになる。尋ねられても、逢里には聞かれる意味がわからなかった。「は？」という気持ちで鞠野を見つめる。彼女が言った。

「驚かないの？　この子のこと」

なんだか、少し前に同じようなことを誰かに聞かれた気がする。鞠野が女性なことにも美人であることにも引かないのか、と部長に聞かれた。デジャブ感がする。

鞠野に抱っこされた女の子が、こっちを見る。その目が、薄い眉が、鞠野によく似ていた。さすがに気づいて、逆に尋ねる。

「あ、ひょっとして鞠野さんのお子さんなんですか」

「普通、聞かれるの。子供いるんですか、とか、いつ結婚してたんですか、とか。……他にも、噂とかで知ってたとしたら、やたらと、『わー、かわいい』とか、子供を褒めることで私の機嫌を取ったり」

そう言われても、逢里には答えられなかった。

申し訳ないとは思う。だけど、──興味がなかったのだ。

ベビーカーを押していても、その中に子供が乗っていても、それが誰の子だったとしても、別にどうでもよかった。わー、かわいい、と飛びつくほど子供が好きだというわけでもない。頭の中にはただ、憧れの鞠野に謝らなければ、という気持ちがあっただけだった。

黙り込んだ逢里の顔から、何かを感じ取ったのか、鞠野の表情が少しだけ緩んだ。

「……誤解はしませんよ。この近く、まっすぐ行ったところにスタジオみるきーきゃんでぃがあるし、アニメ会社、多いから」

逢里もまさしくそこからの帰りだ。鞠野が子供のおでこをゆっくり撫でる。色が白くて、目が大きい子だ。

「あなたのこと、覚えてます。この間はドルソニでどうも。ねえ、聞いていい？」

「はい」

「何かあったら連絡してくださいっていうのは、遠回しに、つまりは就職を誘ってくれてるってこと？」

はっきり聞かれると、なんとも答えにくい。

「違うの？」ともうひと押し聞かれたことで、ようやく「はい」と認められた。

「鞠野さんをうちの造形師に、というのは、ずっと前から、うちの悲願です」

それは、ブルトだけではなく、業界全体で言われていることだ。鞠野のもとにもたくさん話があるはずだった。

「ふうん」

鞠野が鼻から息を抜くような声で言う。それから初めてまともに逢里の方を見た。

「——天下のブルトさんからそんなお話がいただけるなんて光栄です」

少しも心がこもっていなそうな声で続ける。そんなこと言ったら、あなただって天下の「1」にいたじゃないですか——と思ったけど、逢里には当然言い返す度胸もない。

——昔の彼女たちに言われた通り、アニメやフィギュアを何よりも愛する逢里は情が薄くて、人付き合いに向いていないかもしれない。けれど、そんな逢里にだって、鞠野がどうやら何かに敏感になっている、ということは遅ればせながらわかった。

鞠野は美人だ。

逢里自身が魅力を感じるかどうかに関係なく、客観的な事実としてそうだ。そのせいで何かと不愉快な目にも遭ったのだろうというのは想像に難くない。傍で思うほど実際の「美人」はいい目が見られないいんじゃないかというのは、男の逢里であっても、なんとなく感じられるものがあった。

「——褒めてもらったところ悪いけど、一言、いいですか？」

「はい」

「ドルソニで言われたクライアのシリーズ。だいぶ前のものだから、あれくらいですごいなんて言われても嬉しくないです」

言葉を失う。しかし、話す内容とは裏腹に鞠野の顔は不思議と笑っていた。

「それとも、そんな前のマニアックなものから知ってますっていうアピールのためだった？」

「……違います」

逢里は首を振る。毅然とした態度でそうできた。

「だとしたら、あのクオリティーをその後も標準装備でやれる鞠野さんがただただすごいというだけの話です。――あれを見て、僕、原型師になる道を諦めましたから」

逢里の言葉に、鞠野が小さく目を瞬いた。そのまま続ける。

「かといって、今の広報の仕事も気に入っているんで、問題ないんですけど」

「……ごめん」

「へ？」

「意地の悪いことを言って」

「あっ。いいんです。謝られることじゃないし、今も好きで、造形にはたまに手を出してますから。趣味みたいなものですけど楽しいので、気にしないでください」

鞠野が唇を引き結んだ。それから、「ねえ」と逢里を見た。

「名前、聞いてもいい？　ブルトの……」

「あ、逢里です」

やっぱり名前も、あの日に渡した名刺のことも記憶されていない。覚悟していたことはいえがっかりしたが、逢里は今度こそ、気負いのない手で名刺を渡す。

「よろしくお願いします」と差し出した名刺を、鞠野ではなく、彼女の腕の中の女の子の方がぱっと摑む。

「あ、ちょっと」と鞠野が言う横で、その子が逢里の方を初めて見た。

そして、にぱーっと微笑んだ。

逢里は驚いていた。子供ってかわいいんだ、と人生で、ほとんど初めて思った。

後に――。
鞠野から連絡をもらって、ブルトの同僚と彼女の工房に遊びに行くようになってから、鞠野がぽつぽつと教えてくれた。「1」の役員の男性といろいろあって別れたこと。そのため、これもまたいろいろあって「1」を辞めざるを得なくなったこと。詳しいことを鞠野は語らなかったが、仕事における最後の最後の局面で、その相手に見放されるような状況に陥ってしまったらしい。おなかの子供を守るためにも、出産してすぐに退社し、会社ごと相手と離れる覚悟をしたのだという。

ただ、「1」での仕事量が多すぎて、そのことをネットに書き込んだのではないか、という炎上の噂については、鞠野ははっきりと否定した。仕事量を公表したのは彼女本人ではないし、「第一あれくらいの仕事は多いうちに入らない」と首を振る。そして、逢里に向けて、微笑みながらこう言った。

「どこから流出した話か知らないけど、私は、みんなに『多すぎる』って言われたその仕事量の裏で、同じ月に出産だってしてたんだから」

「1」でのあれこれのせいで、会社という組織に戻る気持ちが今はまったくないのだという。

「だから、ブルトさんにも行かない。申し訳ないけど」

逢里にもそう謝ってきたが、その一方で、フィギュアファンとしての逢里と鞠野は大変気が合った。彼女の仕事場に、仕事抜きで頻繁に遊びに行くようにもなった。

工房では、彼女の子供――(二度目に訪問した際に、ようやく「紅羽《べには》」ちゃんという名前を聞いた――が接着剤で床に張り付いているのを助けたり、「ちょっと見てて」と頼まれて、どうしていいかわからず言葉通り、彼女がよちよち歩くのをただ眺めていると「遊んでてって意味だから」と鞠野に怒られたりした。

鞠野のもとにそんなふうに通い、ダメ元でたまにブルトへの説得を続けていると、やがて、彼女の方からこんなことを言われた。

「一つ助言があるんだけど」

「何でしょう」

「会社に誘うのを検討してるような相手の子供はとりあえず褒めといた方がいいよ。かわいいですね、とか、お名前はなんですか、とか。いくら興味がなくても、せめて興味があるふりくらいはしなよ。次からは」

「あ、鞠野さんでもそうなんですか？」

「そうだよ」

鞠野が笑う。紅羽をぎゅっとそばに抱き寄せる。

「好きだもの。この子のこと」

とはいえ、そんなことを注意されなくても、その頃には逢里も少しわかるようになっていた。相変わらず、恋人や家族を二次元の趣味や仕事より優先させなきゃいけないとは思えないけれど、「子供」という広く一般のものじゃなくて、紅羽ちゃん、という名のこの子個人のことなら、逢里もとても好きだ。

一度、新しいワンピースを着ている際に「本当にリアルドールって感じですね」と褒めてみたが、その時も鞠野からは「褒め方も表現が仕事っぽくてマニアックだ」と指摘された。

鞠野の仕事がこれからも見守れるなら、それがたとえ自社でなくてもいい。

逢里の気持ちに嘘はなかった。

彼女たち親子のもとに差し入れのお菓子やアニメDVDなどを持っていき、趣味の会話を好きなだけして帰る。最初は誘っていたブルトに誘う言葉がまったく出なくなった頃、ある時、ふいに鞠野から言われた。

「ブルトには、頼めばまだ私の席は作ってもらえそうですか」

あまりに驚いて、息が止まるかと思った。

ちょうど逢里が企画部に転属になった年のことだった。素人の趣味みたいなもの——と諦めていた自分のフィギュアが商品化されることになり、その日は鞠野にその原型を見てもらっていたところだった。

逢里の自信作の原型を、「不細工だ」とあっさり言い放った鞠野が、ショックを受ける逢里の前で、そして言ったのだ。だけど悪くない、と——。

「逢里くんのフィギュア、不細工だけど、悪くない。アドバイスしたいけど、どうせただ働きになるなら、もう、社員にしてもらおうかな」

「いいんですか」

声が震えた。尋ねながらも、鞠野の気が変わりませんように、と心の底から祈っている。

「うん」

鞠野が頷いた。逢里を見る。

「逢里くんってさ、静かに熱い人だよね。なんて言えばいいんだろう？　澄ましてるのかと思えば暑苦しいし、隠れ熱血漢っていうか、鈍感王子っていうか、ミーハーっていうのとも違うし」

「……それ、あんまりじゃないですか」

「優秀な執事って言えば一番近いかな」

「執事？」

「うん。執事《バトラー》。見た目もなんかそんな雰囲気あるし。それか、他人の才能に仕える奴隷って感じ」

「ええっ、そんな！」

執事と奴隷では、また隔たりがすごい。思わず声を上げた逢里に向け、鞠野がきょとんとした顔で「なんで？」と聞いてくる。

「それって素晴らしいことよ。自分が魅入られた相手に損得関係なしに一生懸命になれる情熱」

鞠野が微笑んだ。

「逢里くんとなら、やってみたいことがたくさんある。ブルトさんなら、子育て中でもある程度は労働環境、配慮してもらえる？」

＊

そして、それからさらに数年が経った二十九歳の逢里は、ブルトの企画部長を務めている。

ある程度現場に意見が言えるようになったし、大きな仕事を独断で仕切ることだって任せてもらえる立場になった。

重たい塗装用品が入った大きなリュックサックを背負い、待ち合わせた駅の改札前に立っていると「おーさとくん！」と声がした。

ロングスカートにハイヒール姿の鞠野の手を引っ張るようにして、白黒のボーダーシャツにフリルスカートの紅羽がやってくる。二人のスカートは、裾のところにお揃いのラインストーン。既製の服に、鞠野が自分で縫い付けたと言っていたものだ。

「待たせてごめんなさい」と言う鞠野の手にも、おそらく作業道具が詰め込まれているであろうスーツケースの姿があった。

「いえいえ、こちらこそ急なお願いだったのにありがとうございます。——よろしくお願いします」

鞠野に切符を渡し、改札に向けて歩きだす。

行先は、新潟県選永《えなが》市。

尊敬するアニメーターの友人が仕事を背負ってピンチに陥っている。力を貸してほしい、という頼みをこんなふうにすぐに聞き入れてくれる同僚が自分にいることを、逢里は幸せに思う。

「たぶん、向こうに着いてからも徹夜作業ですよ」と言うと、鞠野は平然と涼しい顔で「でしょうね」と答える。その横顔が頼もしかった。

改札を抜け、歩く途中で、「おーさとくん、手」とせがまれて、「はいはい」と紅羽の手を握る。ダンスをする時、姫の手を取るように。

——あの日、あの時。

逢里がドルソニで大失敗に打ち震え、煙草を吸いに出なければ、彼女たちと自分は出会わないままだったのかもしれない。

そう思うと、逢里は今も、あの日の失敗に感謝をささげたい気持ちになる。

ホームに出ると、乗り込む予定の新幹線に、太陽が降り注いでいた。いい天気だ。太陽に目を細め、塗料の匂いのしみついたリュックを背負い直す。鞠野たち親子とともに、陽射しに光るホームを同じ速度で歩いていく。

「じゃあ、一仕事、行きますか」

鞠野にもらった称号を、名誉に思う。

俺は、執事。

鈍感でもミーハーでも、仕事バカでも、なんと呼ばれても構わない。モノづくりの主役でなくたって構わない。

好きな人たちの才能に仕え、彼らをいろんなところに連れていく。別の才能と引き合わせ、新しいものを作る手伝いだってできる。

そのことを、とても誇らしく思う。

謝辞

この作品を執筆するにあたり、左記の方々にお力添えをいただきました。
アニメーション制作という未知の分野に足を踏み入れ、右も左もわからなかった素人同然の著者を丁寧に導いてくださいましたことに、心よりお礼申し上げます。

アニメーション監督　幾原邦彦さま
アニメーション監督　松本理恵さま
アニメーター　長谷川ひとみさま
東映アニメーション　関　弘美さま　柴田宏明さま
プロダクション・アイジー　森下勝司さま　松下慶子さま
アニプレックス　高橋祐馬さま　南成江さま　鈴木健太さま

東宝　川村元気さま
毎日放送　前田俊博さま
アサツー ディ・ケイ　高橋知子さま
湘南藤沢フィルム・コミッション　福島洋二郎さま
秩父アニメツーリズム実行委員会事務局　中島学さま
グッドスマイルカンパニー
KADOKAWA　ニュータイプ編集部
（順不同）

なお、この作品は、現実のアニメーション制作の現場について、皆様にお話を伺いながら、著者の想像を多分に混ぜ込んだフィクションです。登場する人物、団体は、実在するいかなる個人、団体とも関係ありません。

現実のアニメ制作との相違点、誤りがある場合、それらはすべて、著者の不徳と不勉強のいたすところであり、その責任は著者にあります。日々革新する、アニメ制作の現場について、至らぬ点も多々あるかとは思いますが、何卒、ご寛恕いただければ幸いです。

単行本は２０１４年８月にマガジンハウスより刊行。
「執事とかぐや姫」は「ダ・ヴィンチ」２０１５年３月号、
ＪＴウェブサイト「ちょっと一服ひろば」（２０１５年２月）に
掲載されたものを加筆修正して収録しました。
巻末の対談は本書のための語り下ろしです。

巻末スペシャル対談

ゲスト・新房昭之さん（アニメ監督）

しんぼう・あきゆき／１９６１年福島県生まれ。94年に初監督作「メタルファイター♥ＭＩＫＵ」を手掛け、２００４年以降はアニメーション制作会社・シャフトを拠点に活動、次々と話題作を世に送り出している。「魔法少女まどか☆マギカ」はのちに劇場映画化され、第15回文化庁メディア芸術祭アニメーション部門大賞ほか様々な賞を獲得。その他、主な作品に「ぽにぽにだっしゅ！」「さよなら絶望先生」シリーズ「〈物語〉シリーズ」「ひだまりスケッチ」「荒川アンダー ザ ブリッジ」「ニセコイ」「3月のライオン」など。最新アニメ映画は「打ち上げ花火、下から見るか？ 横から見るか？」。

著者が敬愛してやまないアニメ監督・新房昭之さんとの対談は、現実のアニメ業界事情から作品制作に対する熱い思い、幼少期のアニメ体験まで話が尽きない展開に。

辻村深月（以下、辻村）今日は新房監督に、まず謝るところから始めたいと思ってきました。『ハケンアニメ！』なんてタイトルで小説を書いてすみません！　実際にアニメの現場にいらっしゃる方々は、門外漢がつけたこのタイトルをどんな気持ちで受けとめられたんだろうと思って……。

新房昭之（以下、新房）「ハケン」、この言葉は流行ってましたもんね。

辻村　誰が使い始めた言葉なのか最初は知らずにタイトルにしていたのですが、小説を書くにあたっていろんな方に取材をしていくうちに、おそらくアニプレックスの高橋祐馬さんだろうと。それで高橋さんに仁義を切りに行ったら、「で、何が聞きたいんですか？」みたいに謙虚に応対してくださって、感動したんですよね。高橋さんは『〈物語〉シリーズ』の宣伝プロデューサーでもあるので、そのまま、取材までさせてもらって帰ってきました。怒られるかと思ったら、とても優しかった。

新房 高橋さんとしても、理解者ができたような感じだったんじゃないでしょうか。

辻村 小説に出てくる質問をあえてしたいのですが、監督はどうしてアニメ業界に入ったんですか？　新房さんに聞くなんて、心臓が痛いんですけど（笑）。

新房 東京に出るために、当時流行っていたアニメなどを学べる専門学校に入ったんです。それで友だちに付き合っていろんな制作会社を回っていたら、なんとなく入れてもらうことに。

辻村 そのときは動画をされていたんですか？

新房 そう、最初は動画から。そうやってなんとなくアニメ業界に入って、僕みたいに流れで演出家になったりすることのほうが実際は多いんじゃないかな。強い意志を持ってこの業界に入ると、大概折れて辞めちゃう気が……。

辻村 意外ですね。もともと演出がやりたかったわけではないのですか？

新房 やってみたい気持ちはあったけど、演出なんてなかなかできるものじゃないと思っていました。制作進行を経て演出助手になって、演出家になるっていう大まかな流れが当時はあったんです。僕には制作進行ができるとはまったく思えなかったし、絵も満足に描けなくて、ぼけーっとしていました。

辻村 ぼけーっとではないと思います（笑）。

新房 そしたら急にアニメの仕事が増えてきて、演出を募集していることを友だちに教えてもらい、やらせてもらえることになったんです。

辻村 『魔物ハンター妖子^2《ようこのじじょう》』の監督が新房さんだと後々知って、驚きました。当時私は中学生で、アニメに対してものすごく飢えていた時期で、田舎のレンタルショップに新作が入るたびに、父に借りてきてもらっていました。

新房 お父さんが『魔物ハンター妖子^2』を借りていたんだ（笑）。

辻村 『それゆけ！宇宙戦艦ヤマモト・ヨーコ』とかも。大人になってからだと、アニメを観てこなかったような友だちや下の世代が、『魔法少女まどか☆マギカ』をきっかけに観始めるようになったりもして。アニメでも小説でも、カジュアルにコンテンツを楽しむ人っていますよね。たまたまテレビで放送していたら断片的に観るけど、通しで全部観る習慣はあまりないような。『まどか☆マギカ』は、そういう人たちが洗礼を受けた感じがすごくありました。『化物語』もそうですけど、もともとアニメを観るカルチャーのなかった人たちも楽しめるし、アニメ好きにとってもスタイリッシュで今までにない表現に巡り合ったような衝撃があったと思います。まるで革命が起きたような。こういう革新的な演出をやりたいという確固とした思いが、新房さんのなかに何かしらあったのでしょうか？

新房 これがやりたいというより、引き算でできていってるからなあ。たとえば、次のカットで同じポーズからスタートすることをカットつなぎというのだけど、前後両方のカットが上がってこないとチェックができないんですよ。片方だけ上がってきて、自分の机の上にずっと残っているのが嫌だから、そうならないで済むやり方を考えるんです。

辻村 それが引き算から作るというやり方？

新房 そうですね、大変なのはやめようっていう思いが前提にある。作品がたくさん控えていて、合理的にやらないと終わらないので。とはいえ最初の頃は、なかなかそれも通じなかったけど。八〇年代から九〇年代のアニメは技術が足りなかったというのもあるけど、作る上での制約が今よりずっと多かったから。だけど作り手である僕らもそうだし、観る人たちももっと進化していかなければいけないんじゃないかという思いで、チャレンジを始めたところはあります。今となっては、シャフト（※新房さんとの作品を多く手がける制作会社）だったら変なことをやってもしょうがないね、と思われているけれども、そういうレッテルを貼りたかったんです。そうすればもっと自由なことができるようになるに違いないと思っていたから。

辻村　たしかに、シャフト作品には観る側に対して怠けさせないところがあるので、私たちも強引に進化をさせられた感じはします。だからこそ新房さんの作品は、クレジットを確認しなくてもわかっちゃうんです。私はもともと『さよなら絶望先生』の漫画が好きだったのですが、情報量がとてつもないのでアニメ化は難しいだろうと思っていました。だけど新房さんが監督されたアニメ版は、たしかに情報量がすごい勢いで流れてくるのに、まったく苦痛じゃないところがすごい。

新房　セリフで入らないところは読めなくても文字で入れていけって、無理やり詰め込んでいた時代ですね。楽しかったけど、酸欠状態で作ってました。

辻村　『化物語』の第一話を観たとき、原作者の西尾維新さんがとても羨ましくなりました。作家の幸せを思って涙が出そう、という不思議な体験だったのですが、新房さんは原作者からの信頼もとても厚いですよね。原作ものを演出するとき、気構えなどに違いはありますか?

新房　いや、基本的には同じで、作るときにどこを目指しているのかを聞いて、そこに合わせていきます。原作通りにやらないでほしいと言われたらやらないし、

辻村 原作通りにしてほしいと言われたらそうする。これは人から教えられたことなのですが、アニメっていうのは原作者のために作るわけではなく、原作者とともにファンに向けて作るものなんだって。たしかにそうだと思うし、そういうスタンスでやってます。

辻村 素晴らしいですね。

心に個人的な神様を持てる幸せ

新房 『ハケンアニメ!』は結構前に読んでいたのですが、特に第三章の聖地巡礼は、こういうプロセスを踏んで展開するのかと興味深かったです。

辻村 よかった! アニメの制作過程をつぶさに書いていく話ではないので、現場の方たちからすると至らないところもたくさんあると思うのですが、全体的な流れの中で、三章の人の繋がりによるクライマックスを作っていきたかったんです。

新房 小説は実際の現場よりも、大人っぽくてカッコいいと思いました。これならドラマになっても大丈夫だなって。我々の業界がそのままドラマになったら、稚拙だと思われちゃうだろうから（笑）。よく言っているのですが、原画マンは幼稚園児で、監督クラスで学級委員長、制作進行は先生って感じなんです。その点、『ハケンアニメ！』の香屋子は乗せるのが上手な、いいプロデューサーですよね。実際の現場の女性は、もっと神秘的です。

新房 神秘的（笑）。

辻村 あと男女問わず、みんなタフ。一週間が過ぎるのは早いし、一年も早いのだけど、一日は長いのがこの業界なんです。納品する前にV編（ビデオ編集）という行程が最後にあるのですが、大体いつも朝までかかってしまう。テレビシリーズだと、それが毎週あるわけですね。私は週刊誌の連載をするだけで、ひとりでドキドキしているので、アニメの現場で締め切りが近づいてくる緊張感は、想像するだけで吐きそうです（笑）。たくさんの人が関わっている責任感や重圧が、すごくあるんでしょうね。

新房 これはしょうがないことですけど、大勢の人が関わるから薄まってもしまいます。だから最初はできるだけ濃くしたいんですよね。

辻村 劇場版の『傷物語』を観て、表現はこんなところまで行けるのかと圧倒されました。それこそ、そこに行き着くまでの作業が想像を絶します。

新房　西尾さんの本はほとんど読まれているんですか？

辻村　そうですね。デビューの時期が近かったり、同じメフィスト賞の出身だということもあって昔から愛読しています。私自身も大好きなのですが、もうひとついいな、と思うのが、アニメ化された作品含めて、西尾さんが常に今の読者から「私の西尾維新」のように受け止められていると感じられるところ。どれだけ人気でも、展開が大きくても、みんな、「私だけの」と自分の心に響いたものこそを大事にしている。心に個人的な神様を持てたことに支えられて、私も小説を書いてきたし、好きなものを共有できる喜びがそこにはありますよね。そういう物語世界からにもらった感謝と幸せについて書いた『スロウハイツの神様』という小説があるのですが、その解説を、そんな思いから西尾さんにお願いしたりもしました。

新房　あの小説は本当にぐっと来たなあ！　すごく入り込んじゃった。

辻村　嬉しい！　『ハケンアニメ！』に出てくる監督たちも、アニメを知らない人からするとそれほどヒットしている扱いではないかもしれないけど、登場人物それぞれに神様と呼べる存在がいる。そういう指針があるとブレなくて済むんですよね。逆に心に大事なものがない生き方をしてきた人とは、共通に持っている柱みたいな感覚がないぶん、うまく会話ができないかもしれない。『ハケンアニメ！』をいいと言ってくださる人たちとは、そういうところがきっと共鳴するし、その人たちも、自分のなかに大事なものがきっとあるはずで、それを想定しながら、主人公たちに共感して最後まで読んでくれた気がするんです。

新房　『魔法少女まどか☆マギカ』がきっかけでアニメを好きになった人たちの中には、神様がいなくても生きていける人生だったかもしれないけど、あの作品でパラダイムシフトみたいなことが起きた人もいたと思うんです。

辻村　僕の場合は疲れてくると、昔好きだったものにすがりたくなっちゃうんです。今のアニメももちろん嫌いではないけど、昔ほど純粋に好きかというと、そうでもないかもしれない。

新房　たしかに自分とは違うジャンルの小説を面白く感じたり、自分の書くものとは違うからこそ大好きになれるというのはあるかもしれないです。今のアニメはあまりご覧にならないのですか？

辻村　一応テレビで放送される第一話は自動録画しているけど、クレジットに知ってる名前が出てくると、観なくてもいいかなって（笑）。

新房　それはもう職業としての性みたいなものですね。

新房 純粋に楽しみたいんです。だから今は『美味しんぼ』のブルーレイ・ボックスを観続けています。

辻村 私も『美味しんぼ』は大好きです！

現実を直視できる女性は伸びる⁉

辻村 アニメ業界は広いように見えて、意外とどこかでつながっていますよね。

新房 もともと狭いところから始まっているから、実際はそんなに広くないんです。昔は虫プロ系とか東映系みたいな系統分けがあったけど、今はスタジオも細分化されていて正直把握できない。ひと昔前は、アニメ会社によって絵柄もまったく違ったのですぐにわかったけど、今は均一化されて個性がなくなってきています。よくもあり、悪くもあることなんだろうけど。

辻村 成功が一個出ると、次の次のクールくらいに似た設定のものがやたらと多くなりますよね。『ハケンアニメ！』の取材のときにアニメ関係者に理由を聞いたら、成功作品と似た企画を出すと通りやすいのだと。こちらとしてはいろんなバリエーションが観たいので、ちょっと残念ではあるんですけど。

新房　オリジナル作品を作ることは、そのくらい難しいんですよ。『まどか☆マギカ』は、オリジナルがしばらく作られていないなかでの作品だったので、プレッシャーを感じました。あれが成功したおかげで、ほかの会社も含めオリジナル企画が通りやすくなったところはあったと思います。

辻村　SNSのおかげで視聴者は情報を取りやすくなりましたが、制作サイドからするとどうなのでしょう？

新房　今はSNSを通じて仕事の依頼をするケースもあるみたいですね。

辻村　ピクシブとかからですか？

新房　そう、あとはツイッターとか。それによる弊害もいろいろあるみたいですけど、若いアニメーターにチャンスが増えたという点は悪くないと思う。

辻村　私も、自分の本の装画をお願いした方に何人か、ピクシブから依頼した方がいます。装画の仕事が初めてだったり、まだ本当にお若かったりして、連絡してみて驚くことも。

新房　画力に関しては、今の人たちのほうがよっぽど高いですよ。あと『ハケンアニメ！』では女性監督が活躍していましたが、実際の現場でも今は才能のある女性監督が多いですね。

辻村 私と同世代とか年下で、アニメの現場を仕切るのかと思うと信じられない。すごいなあ。

新房 監督だけじゃなく、アニメーターも女性のほうが伸びますよ。なぜかというと、上の人の言うことを素直に聞けるから。女性は早い段階から現実を直視して、夢見がちじゃないから、どんどん成長できるんです。その点、男は変なプライドがあるから人の言うことを聞かない。しまいには、俺はまだ本気出してない、とか言い出すし。

辻村 便利な言葉ですよね(笑)。

新房 でも、僕もそう思ってるんだけどね。

辻村 新房さんもですか!?

新房 思ってる。本当に死ぬ気になって働いたら、こんなんじゃないよって。

辻村 声優さんたちはどうですか?

新房 僕らは声優さんとそこまで深い付き合いがないから、むしろ小説を読んでなるほどなと思いました。大変そうな世界であることは、たしかだけど。女性のほうが入れ替わりが激しいのは、男女の格差がいまだに大きいからなのだろうし。そこは一回ぶち壊したほうがいいように思うけど。

辻村　アフレコを何度か見学させてもらったのですが、本当に一日がかりで、見ているぶんには楽しいけど、これが毎日だと大変だろうなと思いました。そうやって大勢の人が関わってできあがった三十分間を、毎週ただ待つだけで享受できるなんて、本当に贅沢なことだと思います。

消費されて初めて作った甲斐がある

新房　漫画化された『スロウハイツ』も持ってますけど、偶然にも僕が監督した『コゼットの肖像』のコミカライズも同じ方がしているんです。

辻村　そうなんですね！　桂明日香さんはとてもお上手ですよね。漫画家さんと何回かお仕事をさせてもらって、力のある方は筋から変えられるのだと思いました。作者の私が見ていなかったとき、チヨダ・コーキはこういう会話をしていたのかもしれないと違和感なく思わせてくれるものを描いてくださる。

新房　たしかに絵もいいし、小説と漫画、どちらも好きです。

辻村　『スロウハイツ』は舞台化もされたのですが、劇場で観ている誰よりも原作者の私が感激して、号泣してしまいました。

新房 チヨダ・コーキのキャラクターは、もうなんとも言えないですね。

辻村 彼はフットワークが軽いので、『ハケンアニメ！』にも出すことができました。才能があるけど、そのぶん何かを犠牲にしているような人は、キャラクターとしてとても魅力的。ここに出てくる王子千晴もきっとそういう人だと思います。

新房 そうでしょう。失踪して帰ってきたとき、絵コンテを全部描いてきたからすごいです。

辻村 嬉しい、新房さんに王子が褒められてる（笑）。

新房 『ハケンアニメ！』は続きが読みたいですね。

辻村 ありがとうございます！　単行本が出版されたのはたった三年前なのですが、アニメ業界はその時よりさらに変わってきているように見えます。覇権という言葉の在り様もそうだし、受け手もまた違った形で観ているような気がして、本当に日々革新しているんだろうなって。

新房 たしかに当時は、アマゾンでのＤＶＤやブルーレイの順位をかなり気にしていたけど、最近はもうチェックしなくなりましたね。グッズ販売とか海外展開の方向に変わってきているのかもしれません。

辻村 小説にも書いたことですが、何をもって覇権アニメとするのかは、パッケージの売り上げではなく、みんなの記憶にどう残ったのかということなのだと実際に取材をして感じました。

新房 記録に残るものと、記憶に残るものの違いですよね。

辻村 記憶に残って売り上げもあったけど、一部の人の盛り上がりに過ぎなかったような扱いの作品もあったりするから。

新房 そうですね。僕の場合、初期に監督したものは大体売れなかったんだけど、あるときを機に売れないとダメだと明確に思うようになったんです。マイナーでいいから自分が作りたいものさえできたらいい、というのではなく、何でもいいから話題になって売れるものを作りたい、自分の作品が消費されたいって。アニメは消費されて初めてみんなで作った甲斐があるのだと、やっと気づいたんですよね。

辻村 作品でいうと、どのくらいの時期ですか？

新房 二〇〇四年の『月詠《つくよみ》 -MOON PHASE-』からですね。普通のことをやっていてもしょうがないし、もっと大胆に作ろうと思うようになりました。たとえばお米を作っている人はお金をもらえる理由が明確だけど、アニメや小説のような嗜好品は、戦争が起こったら真っ先にいらなくなってしまう。だからこそ今の時代に必要とされるもの、みんなに観てもらえるものを作らなければいけない、というふうに考え方が変わりました。

辻村 東日本大震災が起きたとき、こんなに悲惨なことが現実の世界で起きているのに、嘘の人殺しの話を書き続けるべきか悩んでいたミステリーの同業者が結構いました。その気持ちもよくわかるし、当座は必要ないと思われるかもしれないけれど、小説やアニメや漫画に助けられた人がいたのも事実なんですよね。月並みな言い方ですけど、人間はパンだけでは生きられないし、剝き出しの現実だけでは生きにくい生き物だと思うのです。剝き出しの現実を覆ってくれるものが何かというと、フィクションだったり、誰かの物語に自分を仮託することだと思うので、消費されたいという感覚はとてもよくわかります。

新房 たしかにパンだけではダメなんだけど、本当に何もなくなってしまったら必要なのはパンだけになってしまう。難しいところですよね。

辻村 それと神戸連続児童殺傷事件のとき、当時中学生だった私が憧れていた作家さんたちが、自分の書いているものの延長上にあるホラー映画の悪影響を取り沙汰されて、苦しんだり、いきり立っていたのが印象に残っています。一方で何か事件や問題が起きたときと比べて、小説やアニメの功罪の「功」のほうはあまり表に出てこないですよね。でも、その物語が楽しみだから生きていけるということは現実にあるし、ただ生きているだけでは記事にならない功の部分が、実際はすごくたくさんある。『スロウハイツ』は、物語を読んで生きてきたからこうして作家になった、功罪の功のほうの存在証明として書きたかった思いが強くあるんです。人が死ぬストーリーだったり、悪影響がある、と大人が眉を顰めるようなものであっても、私には強く必要だったものがたくさんあるんだ、と。新房さんのアニメを観ながら、今日も平穏に生きている人がたくさんいるでしょうし、作品の続きや新作が楽しみだから、どんなことがあっても生きていけるというような、普段はなかなか表には出てこないことをこれからも小説で書いていけたらいいな、と思っています。

テレビアニメが一期一会だった時代

新房　東日本大震災が起こった時期に、『まどか☆マギカ』が放送されていたのだけど、結末を観ることができないまま亡くなった人もいるんだろうな、といたたまれない気持ちになりました。そのときなぜか思い出したのが、子どもの頃の他愛ないこと。『漂流教室』の影響なんだろうけど、盲腸になるのが当時異様に怖くてね。盲腸になって入院してしまったら、大好きな『タイガーマスク』を観ることができなくなるから、盲腸には絶対になれないと頑なに思っていた時期がありました。

辻村 たしかに『漂流教室』を読むと、盲腸になるのがものすごく怖いですよね。

新房 もしなったとしても、腹が痛いとは絶対に言わないぞ、みたいな。

辻村 そしたら本当にやばいじゃないですか（笑）。子どもの頃って、好きなアニメが放送されると思うだけで、その日は何も手に付かないんですよね。今でも覚えているのですが、好きなアニメの最終回の放送日に、ピアノの伴奏をやっていたんです。最終回を観るのがあまりに楽しみで伴奏が早くなっちゃって先生に注意されたんですけど、浮足立っているから自分では早いかどうかすらわからなくて。本当に好きだったんだなあって思います。

新房 録画をできない時代のほうが、よっぽど真剣に観ていましたよね。僕はそろばん塾に通っていたのだけど、アニメの『月光仮面』を観たいがために、放送時間の重なっている二部から一部に降格しようかと本気で悩みました。

辻村　私も土曜日の習字教室が長引いて『勇者シリーズ』を見逃したとき、母親に「もう習字辞める！」と泣きながら訴えたら、「何バカなこと言ってるの！」と怒られました。私にとっては、何もバカなことではなかったんですけどね。

新房　まさに一期一会でしたよね。アニメのいい思い出です。

辻村　新房さんとは初対面ですけど、普段私と一緒に仕事をしている人たちが新房さんとも親しいので、勝手に親近感を覚えていたんです。

新房　そういう意味では、もう同じ輪の中ですね。

辻村　この輪の中に来たかったので嬉しいです！　いろんな人と緩やかに繋がっている感じが新房さんとお会いしてわかったし、それができるのは大人になったからこそですよね。『ハケンアニメ！』の登場人物も、それぞれ別の場所にいても繋がっている感じがあって、意図して書いていたわけではなかったのですが、どうしてそうなっていたのかが、今日、監督にお会いしてわかった気がします。彼女たちの繋がり方は、現実の大人の仕事現場でもそうだったんだ、と。

新房　『ハケンアニメ！』はぜひシリーズ化してください。斎藤瞳監督が次に何を作るのか、やっぱり気になりますね。

（構成・兵藤育子）

マガジンハウス文庫

ハケンアニメ！

2017年９月６日　第１刷発行
2022年３月30日　第２刷発行

著者　辻村《つじむら》深月《みづき》
発行者　鉄尾周一
発行所　株式会社マガジンハウス
〒104-8003　東京都中央区銀座3-13-10
書籍編集部　☎03-3545-7030
受注センター　☎049-275-1811
印刷・製本所　大日本印刷株式会社
フォーマット　細山田デザイン事務所

マガジンハウスのホームページhttps://magazineworld.jp/

ISBN978-4-8387-7100-4 C0193